WOLFGANG HOHLBEIN

DIE CHRONIK DER UNSTERBLICHEN

AM ABGRUND

LYX EGMONT

I

Ein dünner Ast peitschte in sein Gesicht und hinterließ einen blutigen Kratzer auf seiner Wange. Die Wunde war nicht tief und würde so schnell heilen wie alle anderen Verletzungen, die er sich im Laufe seines Lebens zugefügt hatte. Der Schmerz war sowieso ohne Bedeutung – nachdem er Raqi und seine gerade erst geborene Tochter auf grausame Art verloren hatte, gab es nichts mehr, was ihn wirklich berührte. Und doch riss ihn das dünne Blutrinnsal auf seiner Wange für einen Moment aus seinen düsteren Gedanken. Andrej Delãny sah auf, unterzog seine Umgebung einer flüchtigen Musterung – und zügelte überrascht sein Pferd.

Er war zu Hause.

Er hatte geglaubt, ziellos durch das Land geritten zu sein, seitdem er sofort nach der improvisierten Beerdigung aufgebrochen war, aber dem war nicht so. Er war wieder am Ort seiner Geburt angekommen. Über den sanften Hügel, den sein Pferd hinaufgetrabt war, war er als Kind zusammen mit seinen Freunden getollt. Er erkannte die verkrüppelte, mächtige Buche, deren Äste sich wie die vielfingrigen Hände eines freundlichen Riesen in alle Richtungen reckten. Als Kind war er mehr als einmal von ihrem Wipfel gefallen, ohne sich auch nur ein einziges Mal einen Knochen zu brechen oder sich anderweitig zu verletzen.

Während er den gewaltigen Baum betrachtete, erschien ihm das immer unglaublicher – bis ihm klar wurde, dass die Buche aus der Sichtweite eines Kindes viel riesiger und Furcht einflößend gewirkt hatte, gerade recht, um seinen Freunden seinen außergewöhnlichen Wagemut zu beweisen. Der Gedanke ließ ihn erschauern. In wie viele verrückte und gefährliche Situationen hatte er sich freiwillig begeben, nur um den anderen zu beweisen, dass er der Mutigste war? Und später hatte er dann oft daraus keinen Ausweg gefunden – wie nach dem verhängnisvollen Kirchenraub in Rotthurn, als er einem sogenannten Freund aus einer verzwickten Lage geholfen hatte, obwohl dieser eigentlich keine Hilfe verdient hatte. Mit gerade erst sechzehn Jahren war er so zum Ausgestoßenen geworden, ein Verdammter, dessen Leben nun keinen normalen Verlauf mehr nehmen konnte. Die Folgen dieser Entscheidungen hatten seinen ganzen Werdegang geprägt und letztlich auch dazu geführt, dass er Jahre später seinen Sohn Marius in einer Nacht-und-Nebel-Aktion zu Verwandten ins Tal der Borsã hatte bringen müssen, ohne die Aussicht, ihn je wieder besuchen zu können.

Wieso also war er hierher zurückgekommen?

Nachdem er Raqi und seine Tochter beerdigt hatte – das zweite Kind, das ihm nun wieder entrissen worden war, nachdem er schon seinen Sohn hatte weggeben müssen –, war er tagelang ziellos durch Transsilvanien geritten. Wie viele Tage es gewesen waren, hätte er nicht mehr zu sagen vermocht. Fünf, zehn oder hundert: Was machte das schon für einen Unterschied? Er hatte jedes Zeitgefühl verloren und war keiner bestimmten Richtung gefolgt, sondern hatte sich vom Zufall, der Willkür der Wegführung und dem Instinkt seines Pferdes leiten lassen – mit der einzigen Ausnahme allenfalls, dass er bewusst die Nähe von Menschen mied und sich nur gelegentlich auf irgendeinem abgelegenen Bauernhof mit Proviant versorgte.

Es konnte kein Zufall sein. Wollte er wider alle Vernunft ein Wiedersehen mit seinem Erstgeborenen erzwingen, den er nun schon vor langer, langer Zeit seinen Verwandten überlassen hatte mit der Bitte, ihn wie ihr eigen Fleisch und Blut aufzuziehen? Dieser Gedanke behagte ihm nicht, war er doch verbunden mit den allzu schmerzlichen Erinnerungen, vor denen er nun schon so lange davonlief. Da wäre es schon einfacher gewesen, dem Vorbild seines Stiefvaters zu folgen und hinauszuziehen in all jene fernen Länder und Kontinente, von denen Michail Nadasdy ihm im begeisterten Tonfall vorgeschwärmt hatte.

Andrej hatte anfangs nicht viel mit dem alten Haudegen anfangen können. Als Michail Nadasdy aus Alexandria nach Transsilvanien zurückgekehrt war, der alte Herumtreiber, der Frau und Stiefkinder schmählich im Stich gelassen hatte, und sich dann, wie aus einer plötzlichen Laune heraus, als Vater und Lehrer aufspielen wollte, da hatte er ihn regelrecht gehasst. Nach einigen Monaten schlimmer Szenen und trotziger Verweigerung hatte Andrej schließlich einsehen müssen, dass sein Widerstand nicht nur aufreibend, sondern auch sinnlos war: Michail war tatsächlich ein weiser und stets geduldiger Lehrer, der es aufs Trefflichste verstand, seine durch die vielen abenteuerlichen Reisen gewonnene Lebenserfahrung und Kampfkunst an ihn weiterzugeben.

Wenn er zurückblickte, musste er gestehen, dass es fast so etwas wie der Anfang seines bewussten Lebens gewesen war, als sich Michail seiner angenommen hatte. Der einzige Wermutstropfen war, dass sie schon kurz nach Michails Rückkehr das Dorf fast fluchtartig hatten verlassen müssen: seine Mutter, Michail und er selbst. Aus einem Grund, den er bis heute noch nicht ganz verstanden hatte, waren dem Weltreisenden nicht nur Neid und Ablehnung entgegengeschlagen, sondern auch ein abgrundtiefer Hass, der sich schließlich in einer blutigen Gewalttat entladen hatte, bei dem Gott sei Dank niemand ernsthaft zu Schaden gekommen war. Noch in derselben Nacht hatten sie all ihre Habseligkeiten zusammengepackt und waren Hals über Kopf in die Berge aufgebrochen, wo sie für die nächsten Jahre unter vielen Entbehrungen ein sehr einfaches Leben geführt hatten. Er war der Einzige gewesen, der noch recht lange zu gelegentlichen Besuchen ins Dorf aufbrach und von einem Onkel oder einer Tante heimlich etwas zugesteckt bekam – allen voran von Barak, der nie einen Hehl daraus gemacht hatte, dass er die Vertreibung von Andrejs Familie missbilligte.

Aber es hatte auch noch einen anderen Anfang gegeben, später, nachdem er Michail und seine Mutter verlassen hatte, um in die Welt hinauszuziehen – und um mit seinen sechzehn Jahren dann doch nur bis Rotthurn zu kommen und durch den Kirchenraub für immer und alle Zeiten gebrandmarkt zu werden. Einsam und verwirrt hatte er sich auf den Rückweg zu dem einfachen Haus seiner Mutter gemacht. Auf dem Weg dorthin, mitten in abgelegenem Berggebiet, war er auf Raqi gestoßen. Auch sie war auf der Flucht gewesen. Zusammen hatten sie bei seiner Mutter und Michail Unterschlupf gefunden, bis einer nach dem anderen von ihm gegangen war.

Kurz nachdem Raqi zu ihnen gestoßen war, hatte es angefangen. Zuerst waren es nur merkwürdige Geräusche gewesen und Fußspuren, die sich in den kärglichen Boden eingegraben hatten, auf dem sie ihre Hütte errichtet hatten. Später dann war es zu hinterhältigen Angriffen durch Unbekannte gekommen, derer sie nie hatten habhaft werden können.

Inzwischen waren sie alle tot. Seine Mutter hatten sie erwischt, als sie ihren kleinen Kräutergarten gejätet hatte. Bevor Michail und er, durch einen schrecklichen Tumult angelockt, den hinter einen Hügel gelegenen Garten erreicht hatten, war es schon zu spät gewesen. Mit groben Steinen und spitz zulaufenden Holzlatten war seine Mutter fast zu Tode geprügelt worden – die Täter hatten sie nie ausfindig machen können.

Von den Folgen des Angriffs hatte sich seine Mutter nie erholt. Wenige Wochen danach war sie an ihren Verletzungen elendiglich zugrunde gegangen. Nur zwei Jahre später war Michail Nadasdy nach einem heimtückischen Attentat an den Folgen eines Schwerthiebs nach tagelangem Siechtum in seinen Armen verblutet. Raqi war dagegen auf natürliche, aber nicht minder entsetzliche Weise im Kindbett gestorben – und mit ihr seine Tochter, die kaum das Tageslicht erblickt hatte, bevor sie der Herr zu sich geholt hatte.

Es hatte in dieser Zeit nicht einen Tag, nicht eine Stunde gegeben, in der er nicht daran gedacht hätte, seinem Leben selbst ein Ende zu setzen. Er hatte keine Angst vor dem Tod. Ganz im Gegenteil; der Tod erschien ihm wie ein sanfter alter Freund, der alle Sorgen und alle Trauer von ihm nehmen würde. Denn wie er es auch drehte und wendete: Er hatte die Menschen, die ihm auf der ganzen Welt am meisten bedeuteten, mit eigenen Händen beerdigt. Nur ihm war die Gnade des Todes bisher nicht zuteil geworden.

Was also hatte ihn hierher geführt? Ein Instinkt, wie er manche Tiere dazu brachte, an den Ort ihrer Geburt zurückzukehren, um dort zu sterben? War er es Raqi schuldig, ihr zu folgen und seinem Leben ein Ende zu setzen? Oder vielleicht ein noch viel, viel älteres Gefühl – Einsamkeit?

Andrej zögerte lange, bevor er sich endgültig zum Weiterreiten entschied. Er hatte nichts zu verlieren. Borsã, der Ort seiner Geburt, lag auf der anderen Seite des Hügels, unmittelbar am Ufer des Brasan, an dessen Wassern sich die Bauernburg erhob. Konnte man sich dort noch an ihn erinnern, oder war es zu lange her, seit er, Michail Nadasdy und seine Mutter das Dorf verlassen hatten? Als er viele Jahre später Marius hierher gebracht hatte, war er kurz nach Einbruch der Nacht angekommen und – um von niemandem als Andrej Delãny und damit als einer der angeblichen Kirchenräuber von Rotthurn enttarnt zu werden – kurz vor Sonnenaufgang wieder aufgebrochen.

Doch gerade weil das so war, hatte er auch nichts zu verlieren. Ihn beunruhigte mehr und mehr die Frage, warum er hierhergekommen war. War es wirklich nur der Instinkt eines Vaters und die Sorge um sein Kind gewesen, das Erbe seiner tierischen Vorfahren, wie Michail Nadasdy es immer genannt hatte, ohne dass er jemals wirklich verstand, was damit gemeint war. Möglicherweise irgendeine … *Ahnung*? Delãny wollte lächeln, doch es misslang ihm. *Sprich niemals abfällig über deine Ahnungen*, wisperte Michail Nadasdys Stimme in seinem Kopf. *Wer weiß, vielleicht sind diese Botschaften ein Teil von uns, der Dinge sieht, die dem Rest verborgen bleiben …*

Aber vielleicht war nichts davon der Grund, aus dem er hier war. Dennoch blieb es dabei: Es konnte nichts schaden, wenn er die paar Meter weiterritt und einen Blick auf das unter ihm liegende Borsã warf. Er schnalzte mit der Zunge, um das Pferd zum Weitertraben zu bewegen. Michail Nadasdy hatte ihn gelehrt, um wie vieles besser ein Pferd gehorchte, wenn man es mit viel Liebe und Geduld dazu erzog, auf gesprochene Befehle zu gehorchen, statt ihm mit der Peitsche den Gehorsam einzuprügeln, und er hatte nicht lange gebraucht, um zu begreifen, wie viel Weisheit in diesem Rat steckte – nicht nur in Bezug auf Pferde.

Oben auf dem Hügel hielt er noch einmal an. Das Borsã-Tal lag unter ihm, wie er es erwartet hatte. Und zumindest aus dieser großen Entfernung heraus betrachtet, schien es ihm fast, als sei die Zeit stehen geblieben.

Nichts hatte sich verändert. Der Wehrturm ragte düster und majestätisch aus den kristallklaren Wassern des ruhiges Flussarms empor, ein uraltes Monument, dessen charakteristische Linien die Zeit glatt geschliffen, aber nicht gebrochen hatte. Im Gegenlicht, im Schein der rötlich glühenden Nachmittagssonne, wirkten seine Mauern fast schwarz. Andrej glaubte dennoch, die eine oder andere Veränderung zu erkennen: Hier und da war ein Schaden ausgebessert, eine abgebrochene Zinne erneuert, ein Dachstuhl der hölzernen

Nebengebäude verändert worden. Nichts davon hatte die Bauernburg mit dem zentralen Turm jedoch wirklich verändert. Der Wehrturm stand so unberührt und trutzig da, wie er schon vor zweihundert Jahren dagestanden hatte und wie er wohl auch noch nach weiteren zweihundert Jahren dastehen würde.

Der Turm wird den Türken wahrscheinlich nicht wichtig genug sein, um ihn irgendwann einmal zu schleifen, dachte Andrej spöttisch. Auch die hölzerne Brücke, die vom Nebenarm des Flusses zu dem kleinen Ort an seinem Ufer führte, stand noch wie in den Tagen seiner Kindheit – als wäre sie für die Ewigkeit gebaut. Dabei hatten sie schon in seiner Kindheit heimlich Wetten darauf abgeschlossen, wie lange es noch dauern mochte, bis der nächste heftige Sturm sie endgültig davonblies.

Er ritt weiter und ließ seinen Blick nun auch über Borsã schweifen. Im Gegensatz zur Bauernburg hatte sich der Ort stark verändert. Er war nicht einmal viel größer geworden, aber die Gassen waren nun befestigt, und viele Häuser hatten richtige Dächer aus Holzschindeln, statt mit Stroh und Ästen gedeckt zu sein. Borsã war offensichtlich zu bescheidenem Wohlstand gekommen.

Was es verloren hatte, das waren seine Bewohner. Das fiel Delãny erst auf, als er den Weg vom Hügel hinab schon zu mehr als der Hälfte zurückgelegt hatte. Nirgendwo in den wenigen Gassen Borsãs rührte sich etwas. Aus keinem Kamin kräuselte sich Rauch. Selbst die Pferdekoppeln, die er von hier aus sehen konnte, waren leer.

Er ließ sein Pferd wieder anhalten. Sein Herz schlug ein wenig schneller – nicht aus Furcht, sondern infolge leichter

Anspannung –, und er senkte die Hand auf die Waffe an seiner Seite, um die grauen Stofffetzen zu entfernen, mit denen er den Griff umwickelt hatte, damit das exotische Sarazenenschwert nicht zu viele neugierige Blicke auf sich zog oder gar die Aufmerksamkeit von Dieben erregte.

Andrej glaubte eigentlich nicht wirklich, dass er die Waffe brauchen würde. Borsã wirkte wie ausgestorben, aber über dem Ort lag nicht der Geruch von Tod und Verwesung. Am Himmel kreisten keine Aasvögel, und er konnte zumindest aus der Entfernung keine Spuren eines Kampfes erkennen.

Es musste eine andere Erklärung für diese vollkommene Abwesenheit von Leben geben. Alle Dorfbewohner mochten auf den Feldern sein, im Wald, um Holz zu schlagen, oder zum Fischen an den großen Weihern, die hinter den Hügeln lagen und seinen Blicken somit entzogen waren. Vielleicht hatten sie sich auch in der Bauernburg versammelt, um dort ein Fest zu feiern.

Und dazu hatten sie alle ihre Hunde und Katzen, Schweine und Ziegen, Pferde und Kühe mitgenommen? Wohl kaum. Es musste einen anderen Grund dafür geben, dass alles Le ben aus Borsã geflohen zu sein schien.

Delãny hörte auf, sich den Kopf über etwas zu zerbrechen, worauf er sowieso keine Antwort finden würde, und ließ das Pferd ein wenig schneller traben. Am Fuße des Hügels schwenkte er nach links und ritt – mit schlechtem Gewissen – ein kurzes Stück über einen frisch umgepflügten Acker, bis er den festgestampften Teil der Straße erreichte, der gut zwanzig Meter vor der eigentlichen Ortschaft begann.

Er wurde wieder langsamer. Die Stille schlug ihm wie eine Wand entgegen, und mit jedem Schritt, den er dem Ort näher kam, schien sich ein immer stärker werdender, erstickender Druck auf seine Seele zu legen.

Es war die Last der Erinnerung, die er spürte. Dies war der Ort seiner Kindheit, der Platz, an dem er aufgewachsen war, wo er gehen und reiten gelernt hatte, wo er Freundschaften geschlossen hatte – aber es war zugleich auch der Ort einer verletzenden Schmach und tiefen Enttäuschung. Nachdem er in noch sehr jungen Jahren in Zusammenhang mit dem Kirchenraub ins Gerede gekommen war – an dem er selbst tatsächlich nicht teilgenommen hatte –, war er noch einmal ins Dorf gekommen. Er hatte nicht geahnt, dass man ihn mittlerweile in ganz Transsilvanien gesucht hatte, dass die Pfaffen nichts Besseres zu tun gehabt hatten, als ihn landauf, landab als Kirchenschänder und frechen Dieb zu diffamieren.

Die Dorfbewohner hatten ihn nicht gerade freundlich empfangen. Mit Schimpf und Schande hatten sie ihn die Dorfstraße hinuntergejagt, hinein in einen gleißend heißen Tag, dessen Helligkeit mit unglaublicher Brutalität in seine äußerst lichtempfindlichen Augen stach. Sie hatten mit Steinen und Kot nach ihm geworfen, ihn einen Ketzer und Teufelsanbeter genannt. Er hatte damals nicht gewusst, was mit ihm geschah – und eigentlich wuste er es ja auch heute noch nicht! –, er hatte einfach nur Angst gehabt. Er hatte geweint, geschrien, seine Freunde angebettelt, doch endlich auf ihn zu hören, Freunde, die plötzlich zu Feinden geworden waren, weil *sie* glaubten, dass er ein Gotteshaus geschändet hatte. Heute verstand er sie. Er hegte keinen Groll mehr gegen sie. Aber das linderte nicht den Schmerz, den die Erinnerung mit sich brachte.

Er dachte an seinen Großonkel Barak, und ein flüchtiges

warmes Gefühl breitete sich in seinem Inneren aus. Barak war vielleicht der Einzige gewesen, der damals zu ihm gehalten hatte; möglicherweise nicht einmal aus Freundschaft oder auch nur aus Sympathie, sondern aus ererbter Loyalität seinem Dorf gegenüber. Aber ganz gleich, warum – Barak hatte er es jedenfalls zu verdanken, dass er damals nicht auf der Stelle gesteinigt, sondern nur aus Borsã gejagt worden war. Er bedauerte, ihn seither nicht wenigstens noch ein einziges Mal wiedergesehen zu haben.

Ein Geräusch ließ ihn aufmerken. Etwas hatte geklappert – vielleicht nur der Wind, der mit einer losen Dachschindel oder einem Fensterladen spielte. Bestimmt nur der Wind. Trotzdem beschloss Delãny, dem Geräusch nachzugehen.

Es wiederholte sich nicht, aber er hatte sich die Richtung gemerkt, aus der es gekommen war. Wie erwartet fand er nichts außer einem lockeren Fensterladen, der sich knarrend im Wind bewegte und gelegentlich gegen den Rahmen schlug.

Da er nun schon einmal hier war, konnte er das Haus auch genauer in Augenschein nehmen. Er stieg aus dem Sattel, schob die Tür vorsichtig mit der linken Hand auf und trat ein, die Rechte auf dem Griff des kostbaren Sarazenenschwertes, dem einzigen wertvollen Besitz, den sein Stiefvater von seinen abenteuerlichen Reisen mit nach Hause gebracht hatte.

Einen Moment lang glaubte er ein rasches Huschen in den Schatten vor sich wahrzunehmen; ein erschrockenes Seufzen, das Tappen federleichter eilender Schritte. Und er glaubte, etwas zu *spüren* – die Anwesenheit eines oder mehrerer Menschen, die ihn heimlich und misstrauisch beäugten.

Delãny blieb stehen, zog das Schwert zwei Finger weit aus der Scheide und versuchte, die Dämmerung vor sich mit Blicken zu durchdringen. Gleichzeitig lauschte er konzentriert.

Die Schatten blieben Schatten, und er hörte auch nichts mehr. An diesem mit Erinnerungen überladenen Ort durfte er seinen Sinnen nicht trauen – vielleicht gaukelte ihm sein Gedächtnis etwas vor, was nicht da war.

Er durchsuchte das Haus, schnell, aber gründlich. Der Eindruck, den er schon von Weitem gehabt hatte, bestätigte sich: Die Bewohner dieses Hauses waren keine armen Leute, und es mussten andere sein als die, die er hier als Hausbewohner in Erinnerung hatte. In der Truhe der Hausfrau befanden sich zwei Kleider – was bedeutete, dass sie *drei* besaß, wenn sie nicht nackt auf die Straße gegangen war. Und ihr Mann, der wohl das Tischlerhandwerk ausgeübt haben mochte, verfügte über eine wohlsortierte Werkstatt. Wenn er die Möbel, mit denen das Haus ausgestattet war, selbst gebaut hatte, dann war er in seinem Beruf ein Meister gewesen.

Delãny schüttelte ärgerlich den Kopf, als ihm klar wurde, dass er mehr und mehr in der Vergangenheitsform von diesen Leuten zu denken begann. Noch hatte er keinen Beweis dafür, dass sie tot waren, ja, dass ihnen überhaupt etwas zugestoßen war.

Er verließ das Haus, untersuchte auch noch das benachbarte und stieg schließlich wieder in den Sattel. Es hatte keinen Sinn, Stunden damit zuzubringen, das ganze Dorf zu durchkämmen; er würde zu keiner anderen Erkenntnis gelangen als zu der, die er schon besaß: Es war niemand da. Die einzige Spur von Leben, auf die er gestoßen war, war eine halb verhungerte Katze gewesen, die ihn aus den Schatten heraus angemaunzt hatte, vielleicht in der irrigen Hoffnung, einen Leckerbissen von ihm zu ergattern.

Er musste in die Bauernburg, um sich dort nach Möglichkeit Klarheit über den Verbleib der Dorfbewohner zu verschaffen.

Sein Pferd in Richtung der Holzbrücke zu lenken, die zu der auf der Felsinsel gelegenen Bauernburg inmitten des ruhigen Flussarms hinüberführte, verlangte ihm noch mehr Überwindung ab, als es ihn gekostet hatte, in den Ort zu reiten. Er hatte Angst davor, auch hier niemanden zu finden. Andererseits – wenn sich die Dorfbewohner vor irgendeiner Gefahr hatten in Sicherheit bringen wollen, dann ganz gewiss hier. Er hoffte, seinen Sohn Marius im Kreise seiner Verwandten wohlbehütet vorzufinden, aber irgendetwas in ihm fürchtete sich davor, dass diese Hoffnung in jähes Entsetzen umschlagen könnte, wenn er weiterritt und auf eine grausige Wahrheit stieß, die vielleicht besser unentdeckt blieb.

Delãny sah an sich herab. Er war auf die landesübliche Art gekleidet: Sandalen und Kniestrümpfe, ein Untergewand und darüber einen Überwurf aus Leinenstoff mit Schlüsselloch-Ausschnitt, der von einer einfachen Fibel zusammengehalten wurde, und ein einfaches Haarband, das seine wilde Mähne bändigte. Die Schärpe, die er trug, hatte er vor vielen Jahren auf einem Markt erstanden – Raqi hatte viele Talente gehabt, aber das Schneidern hatte nicht dazugehört –, und sie verdeckte ganz bewusst den Waffengurt, den er zusammen mit dem Schwert von Michail geerbt hatte. Nein, er war nicht auffällig gekleidet und konnte bei einigem guten

Willen als der Bewohner eines der etwas weiter entfernten Nachbardörfer durchgehen. Zudem hatte er sich in den letzten Jahren so stark verändert, dass ihn selbst der alte Barak wohl nicht mehr erkannt hätte – auch dann nicht, wenn er ihm direkt gegenüber gestanden hätte.

Das war ihm wichtig, denn es war ihm durchaus klar, dass er auch nach all den Jahren hier immer noch nicht willkommen geheißen werden würde, wenn man ihn erkannte. Er galt nach wie vor als Kirchenschänder und Dieb und musste sich vorsehen, dass er nicht unversehens zur Zielscheibe einer Hetzjagd wurde, bei der er durchaus zu Tode kommen konnte: Die Menschen in Transsilvanien waren nicht gerade als zimperlich bekannt, wenn es darum ging, Ketzern oder vermeintlichen Langfingern den Garaus zu machen.

Und in ihren Augen war er eine Mischung aus beidem.

Je näher er der Brücke kam, desto unruhiger wurde er. Die Wand aus Stille, die Borsã umgab, setzte sich auch hier fort. Sie schien sogar noch massiver geworden zu sein. Es schien Andrej fast, als müsse er gegen einen körperlichen Widerstand ankämpfen. Selbst das Pferd ging im unnatürlich langsamen Schrittempo über die Brücke – vielleicht spürte das Tier ja etwas, was er noch nicht wahrnehmen konnte. Ein seltsames Gefühl breitete sich in ihm aus, fast so etwas wie eine Vorahnung, dass er nur Fremde auf der Bauernburg vorfinden würde. Falls überhaupt jemanden – denn noch nicht einmal das stand ja fest.

Er erreichte die Insel und kurz darauf das Tor. Es stand weit offen. Nichts rührte sich.

Delãny stieg aus dem Sattel, tätschelte dem Pferd, das immer nervöser – oder womöglich ängstlicher? – wurde, beruhigend den Hals und ging mit langsamen Schritten weiter. Das niedrige Torgewölbe warf das Geräusch seiner Schritte verzerrt zurück, und in den Ecken und Winkeln flüsterten Schatten Geschichten aus längst vergangenen, düsteren Zeiten – erzählten aber auch von kommendem Schrecken, der noch nicht wirklich Gestalt angenommen hatte.

Delãny schüttelte den Gedanken ab und ging schneller. Er hatte genug mit den Problemen der Gegenwart zu tun. Das Vergangene war vergangen, und das Kommende war sowieso nicht mehr aufzuhalten.

Er betrat den kleinen Innenhof mit seinen einfachen hölzernen Nebengebäuden und drehte sich mit in den Nacken gelegtem Kopf einmal um seine Achse. Die jahrhundertealten Mauern der Bauernburg ragten lotrecht um ihn auf, hoch genug immerhin, um für einen nicht allzu entschlossenen Heerestrupp ein unüberwindbares Hindernis zu sein. Der Himmel war nur ein verwaschener Fleck trüber Helligkeit, die keine wirkliche Substanz zu haben schien, und das war auch gut so: Über die Jahre waren seine Augen immer lichtempfindlicher geworden, weshalb er helle Tage mied und im Sommer am liebsten in der Morgen- oder Abenddämmerung unterwegs war.

Nichts rührte sich. Es war, als stünde er in einem Grab, das für Riesen gemacht worden war.

War es das? fragte sich Delãny schaudernd. Es mochte eine mögliche Erklärung sein: Die Bewohner des Dorfes konnten sich vor einem anrückenden feindlichen Heer in den Wehrturm geflüchtet haben, wo sie und die Verteidiger dann gemeinsam ihr Schicksal ereilt hatte.

Aber dann hätte er Spuren eines erbitterten Kampfes

vorfinden müssen. Der Hof war jedoch leer; und viel aufgeräumter und sauberer, als er es jemals gewesen war, als Andrej noch hier gelebt hatte.

Delãny drehte sich mit einer entschlossenen Bewegung um und ging auf den Wehrturm zu. Die große zweiflügelige Tür war nur angelehnt, und als er sie öffnete, knarrte sie noch genauso wie in seiner Jugend. Er trat hindurch, senkte die Lider und gab seinen Augen damit Gelegenheit, sich an das ewige Zwielicht zu gewöhnen, das in dem großen Raum mit den viel zu kleinen Fenstern herrschte. Er hatte keine Angst, dadurch verwundbar zu sein – seine Sinne würden ihn zuverlässig vor jeder Gefahr warnen. Er hörte leise, undeutliche Geräusche: die Laute, die eine große Halle von sich gibt, wenn man ganz still dasteht und lauscht – das Heulen des Windes, der durch ein offen stehendes Fenster eindrang, das Prasseln einer Fackel, etwas, das ein Stöhnen sein mochte, vielleicht aber auch nur das Knarren von Holz. Der Geruch eines Feuers lag in der Luft, und noch etwas, was ihm auf furchtbare Weise vertraut vorkam.

Als er die Augen öffnete, fand er seine schlimmsten Befürchtungen bestätigt.

Hier waren die Toten, nach denen er gesucht hatte. Sie lagen säuberlich aufgereiht auf den Fliesen vor dem großen Kamin; viele, nicht annähernd so viele, wie es hätten sein können, aber trotzdem *viele*. Die meisten waren jung; Männer in einem Alter, in dem auch er gewesen war, als er den Wehrturm von Borsã das letzte Mal gesehen hatte, aber es gab auch ein paar Alte unter ihnen und zwei oder drei, die kaum dem Kindesalter entwachsen waren.

Wie es aussah, hatte es keinen wirklichen Kampf gegeben.

Einige schienen sich gewehrt zu haben – an dem einen oder anderen Schwert klebte Blut, hier und da sah er eine blutige Hand, ohne dass diese eine Verletzung aufwies, einen dunklen, eingetrockneten Fleck auf einem Hemd. Doch der Kampf konnte nicht lange gedauert haben, und offensichtlich hatten sich nur sehr wenige daran beteiligt.

Die meisten schienen regelrecht hingerichtet worden zu sein. Man hatte ihnen die Kehlen durchgeschnitten. Zwei junge Männer waren enthauptet worden.

Während Delãny langsam an der Reihe nebeneinanderliegender Leichname vorbeiging, ergriff ihn ein Gefühl unbeschreiblichen Grauens. Er war ein Meister des Schwertkampfes. Michail Nadasdy hatte ihn alles gelehrt, was er im Land der Sarazenen gelernt hatte, und am Schluss war er besser gewesen als sein Lehrer: Aber er hatte, von ein paar üblen Schlägereien abgesehen, im Grunde noch nie wirklich gekämpft. Er hatte das Kämpfen gelernt, aber das Töten ...?

Ganz am Ende der Reihe von gut dreißig Toten blieb er stehen. Der Anblick des letzten Leichnams erschütterte ihn ganz besonders – obwohl er allen Grund gehabt hatte, diesen Mann in der grauen Priesterkutte zu hassen. Dieser verfluchte Dummschwätzer war als Mönch ins Dorf gekommen, als Andrej vielleicht zehn Jahre alt gewesen war, und hatte später die Dorfbewohner so lange gegen seine Familie und vor allem gegen Michail Nadasdy aufgehetzt, bis sie allesamt aus dem Dorf gejagt worden waren. Bei ihm hatten sich die Schlächter nicht darauf beschränkt, ihm die Kehle durchzuschneiden. Seine Augen waren ausgestochen; sein Körper wies zahlreiche Schnittwunden auf, die nicht dem Zweck gedient hatten, zu töten, sondern nur dem, Schmerz zuzufügen, und selbst am Ende waren seine Peiniger nicht so barmherzig gewesen, ihn mit einem schnellen Schnitt von seiner Qual zu erlösen. Die klaffende Wunde in seiner Kehle hatte nicht geblutet. Er war schon tot gewesen, als man sie ihm zugefügt hatte. Stattdessen hatte man ihn mit Händen und Füßen an den Boden genagelt, so dass er langsam verblutet war.

»Großer Gott!« flüsterte Delãny. »Was ist hier geschehen?«

Er drehte sich einmal um die eigene Achse und ließ seinen Blick in die Runde schweifen; das Töten und Morden, das hier stattgefunden hatte, erschreckte ihn tief, aber noch schlimmer empfand er die Ungewissheit, die berechtigte, fast panische Sorge um Marius, seinen Sohn. Er hatte ihn hier, im Schutz des Dorfes, zurückgelassen, in der sicheren Erwartung, es könne ihm im Borsã-Tal nichts Ernsthaftes zustoßen: Das war offensichtlich ein kapitaler Fehler gewesen.

Er musste ihn finden; jetzt und sofort.

Wie zur Antwort hörte er wieder diesen sonderbaren Laut – und diesmal war er sicher, dass es sich um ein Stöhnen handelte! Es kam von oben, vom Ende der Treppe, oder von den wenigen Gemächern, die sich daran anschlossen.

Delãny fuhr herum, stürmte die Treppe hinauf und zog im Laufen sein Schwert. Eine der Türen war nur leicht angelehnt, und die Dämmerung dahinter schien noch blasser als das schwache Licht in der Halle. Er sprengte die Tür mit der Schulter auf, stürmte hindurch – und prallte entsetzt zurück.

Der Raum war leer – bis auf eine geschnitzte Truhe und das übergroße Bett, in dem zu seiner Zeit der Dorfschulze geschlafen hatte. Jetzt saß eine gebeugte, langhaarige Gestalt mit schwarzem Bart und rotfleckigem Hemd darin, halb aufgerichtet und mit ausgebreiteten Armen, zugleich aber leicht nach vorne gesunken. Sie konnte nicht ganz zusammensinken, denn jemand hatte ihre Hände in einer perfiden Kreuzigungshaltung an das Kopfteil des Bettes genagelt. Der abgebrochene Schaft eines Speeres ragte aus ihrer Seite.

Und doch war es nicht der Anblick dieser neuerlichen Grausamkeit, die Andrej für eine Sekunde regelrecht erstarren ließ.

Es war das Gesicht. Unter all dem Blut und Dreck, unter dem dicht wuchernden Bart und dem tief eingegrabenen, unsäglichen Schmerz verbargen sich Züge, die er ... *kannte*.

Er war älter geworden, natürlich, aber nicht so alt, wie er hätte sein müssen. Falten und Runzeln bedeckten sein Gesicht, und vielleicht war auch die eine oder andere Narbe neu hinzugekommen. Aber es war, unmöglich oder nicht, ganz eindeutig ...

»Barak?« hauchte Andrej fassungslos. Schon der bloße Klang dieses Namens schien der pure Hohn. Und doch öffnete die sterbende Gestalt beim Klang ihres vertrauten Namens das eine verbliebene Auge, das ihr nicht ausgestochen worden war, und sah zu ihm hin.

»Andrej?«

Es konnte nicht sein, dass er ihn nur am Klang seiner Stimme wiedererkannt hatte, nicht nach so langer Zeit!

Andrej näherte sich langsam dem Bett. Eisige Schauer liefen ihm über den Rücken, als er sah, wie grässlich sie Barak zugerichtet hatten. Er hatte nicht gewusst, dass ein menschlicher Körper imstande war, solche Qual auszuhalten.

Er trat an das Bett heran und wollte das Schwert zurückstecken, aber Barak schüttelte den Kopf – es schien Andrej das einzige Körperteil, das er überhaupt noch bewegen konnte – und er behielt das Sarazenenschwert in der Hand.

»Endlich«, stöhnte Barak. »Es ist gut ... dass du es bist, der gekommen ist ... ich habe so lange ... gewartet.«

»Gewartet?« wiederholte Andrej verwirrt. »Aber ...«

»Ich habe gehofft, dass jemand ... zurückkehren würde«, flüsterte Barak. »Aber ... es hat ... so lange ... gedauert. Erlöse ... mich.«

Und endlich verstand Andrej. Ihm war jetzt klar, wieso Barak ihn sofort erkannt hatte: Er musste darum gefleht haben, dass jemand kam, um ihn zu erlösen. Und er musste gewusst haben, dass es nur jemand aus seiner Vergangenheit sein konnte, der *nicht* erschlagen unten in der Eingangshalle lag. Wahrscheinlich waren ihm ständig Gesichter und Namen aus seinem langen Leben durch den Kopf geglitten – auf der Suche nach einem Erlöser seiner Schmerzen.

Er hatte auf ihn oder einen der anderen Dorfbewohner gewartet. Und er hatte Andrej erkannt, weil er ihn für den Tod hielt, der ihn von seiner Qual erlösen würde. War es nur das, was er für alle seine Freunde war? Der Tod?

»Erlöse mich«, murmelte Barak.

Andrej zwang sich, Barak einer genaueren Betrachtung zu unterziehen, und sei es nur aus der völlig unmöglichen Hoffnung heraus, ihn doch noch retten zu können.

Er konnte es nicht. Die Nägel, mit denen sie Barak an das Bett genagelt hatten, waren so dick wie ein Finger und bis ans Heft in seine Hände und das Holz getrieben. Der Zimmermann war nicht sehr behutsam gewesen. Mehrere von

Baraks Fingern waren gebrochen. Wenn er versucht hätte, die Nägel herauszuziehen, hätte allein der Schmerz den Mann umgebracht.

Noch schlimmer war die Wunde an seiner Seite. Die Speerspitze war zur Gänze in seinen Leib eingedrungen. Von Michail Nadasdy hatte Andrej eine Menge über die menschliche Anatomie gelernt. Er wagte sich nicht einmal vorzustellen, was der geschliffene Stahl in Baraks Körper angerichtet hatte.

Und er verstand immer weniger, warum Barak überhaupt noch lebte. Es war nicht nur sein Alter, das geradezu unglaublich erschien – er musste annähernd *hundert* sein! –, da war noch etwas: Der Überfall auf die Bauernburg war länger her als nur ein paar Stunden, das hatte ihm schon der Leichengeruch draußen in der Halle verraten. Gestern, vielleicht vorgestern war es geschehen.

»Gott im Himmel, Barak, wie lange …?«

»Zu lange«, stöhnte Barak. »Erlöse mich, Andrej, ich flehe dich an!«

Andrej zog sein Schwert. Es hätte noch so viel gegeben, was er Barak hätte fragen wollen, so viel, was er wissen *musste*. In allererster Linie ging es ihm um das Schicksal seines Sohnes. Und dann um die Frage, wer für das alles hier verantwortlich war, warum es geschehen war – und warum ausgerechnet Barak als einziger noch lebte.

Er stellte nicht *eine* dieser Fragen. Jede Minute, die er Barak zwang, weiter am Leben zu bleiben, war wie eine Ewigkeit in der Hölle. Er schloss nur noch einmal die Augen und lauschte in sich hinein, suchte nach etwas – der Gewissheit, dass er richtig handelte, wenn er Barak tötete, dass es kein

Mord sein würde, sondern eine Erlösung, wie er sie seinem alten Gönner schuldig war.

Das Schicksal hatte Barak einen besonders üblen Streich gespielt. Er verfügte über die fast schon sprichwörtliche Zähigkeit der Delãnys und das unglaubliche Durchhaltevermögen ihrer Familie, das ihn geradezu zwang, sein Leben nicht einmal in dieser verzweifelten Situation einfach aufzugeben. Es war eine erstaunliche Lebenskraft in ihm, die ihn länger hatte leben lassen als all seine Altersgenossen im Dorf, und die ihn nun dazu zwang, die Qualen der Hölle Tage zu ertragen statt nur Stunden.

Andrej hob das Sarazenenschwert und stieß Barak die Klinge fast bis ans Heft in die Brust.

Das Leben blieb noch eine einzelne, endlose Sekunde in den Augen des uralten Mannes. Dann brach es. Baraks Kopf sank nach vorn auf seine Brust, und über seine Lippen strömte ein letzter Atemzug wie ein erleichtertes Seufzen.

Andrej senkte das Schwert, und hinter ihm sagte eine Stimme: »Das war sehr tapfer von Euch, Herr.«

Erschrocken fuhr er herum und sah sich einem vielleicht zwölf- oder dreizehnjährigen Knaben mit blassem Gesicht und schulterlangem rötlichen Kraushaar gegenüber.

»Er hat mich angefleht, ihn zu erlösen, und ich ... ich wollte es auch tun. Aber ich hatte nicht den Mut. Ich war feige.«

»Es hat nichts mit Feigheit zu tun, wenn man einen Freund nicht töten kann«, antwortete Andrej. Er senkte sein Schwert. »Wer bist du?«

»Frederic, Herr«, antwortete der Junge. Sein Blick begegnete dem Andrejs offen und vollkommen ohne Scheu. »Frederic Delãny vom Borsã-Tal. Und Ihr?«

Da er sich Barak gegenüber schon als Andrej zu erkennen gegeben hatte, war es wenig sinnvoll, sich nun mit einem anderen Namen vorzustellen. Das hätte das Misstrauen des Jungen geweckt. »Mein Name ist Andrej Delãny«, antwortete er.

»Delãny?« Die Augen des Jungen leuchteten einen Moment lang auf, aber die Erleichterung machte fast augenblicklich Misstrauen und durchaus begründeter Vorsicht Platz. »Ich erinnere mich jetzt. Es muss ein paar Jahre her sein, dass ich Euch gesehen habe, wie Ihr im frühen Morgengrauen das Dorf verlassen habt. Ihr habt Marius hierher gebracht, und die Frauen haben sich erzählt, Ihr wärt ein entfernter Verwandter von ihm – aber ein Delãny: Nein, das könnt Ihr nicht sein.«

Delãny schloss einen schmerzhaften Herzschlag lang die Augen. *Marius.* Er hatte seine Gründe gehabt, seine Vaterschaft nicht an die große Glocke zu hängen. Und es war ihm auch lieber gewesen, dass bis auf ein paar Eingeweihte im Dorf niemand wusste, dass er seinen Sohn weggeben hatte, weil er ihn hier sicherer geglaubt hatte als in den Bergen, in den sich gleichermaßen rätselhafte wie bedrohliche Vorfälle gehäuft hatten – die mit dem Mord an Michail und seiner Mutter geendet hatten. Abgesehen davon brauchte niemand zu wissen, dass er Andrej Delãny war, der Mann, den man mit dem Kirchenraub in Rotthurn in Verbindung brachte.

»Ich ... gehöre zu einem fernen Zweig der Familie. Einem sehr kleinen.« Mit einer Geste auf seinen toten Großonkel fügte er hinzu: »Barak hat mich erkannt.«

Frederic nickte mit nachdenklichem Gesicht. »Barak hat Euch erkannt«, bestätigte er. »Und Ihr habt seinen Namen genannt, als Ihr hereingekommen seid ... Aber das hat doch überhaupt nichts zu bedeuten.«

»Es ist mir nicht wichtig, für wen du mich hältst«, sagte Delãny barsch und voller Unruhe. »Sag mir lieber, wo Marius ist. Ich muss sofort zu ihm.«

»Marius?« echote Frederic. »Ich ... ich ... weiß nicht.« Als er Andrejs drohenden und mittlerweile vor Sorge fast irrsinnigen Gesichtsausdruck sah, zuckte er zusammen, als ob er geschlagen worden wäre. »Ich ... ich«, stotterte er.

»Ja?« fragte Andrej leise. Irgendetwas tief hinten in seiner Kehle zog sich in Erwartung einer schlechten Nachricht so schmerzhaft zusammen, dass er kaum noch Luft bekam. »Was weisst du, Bursche? Spuck es aus.«

Frederic verzog ängstlich das Gesicht und tat so, als dächte er angestrengt nach. »Marius ist nicht hier«, sagte er schließlich. »Vor einer Woche oder so ... sie haben ihn nach Kertz gebracht. Er sollte dort aushelfen.«

Andrej spürte eine Welle der Erleichterung und Hoffnung durch seinen Körper jagen. »Ist das auch wirklich wahr?«, bohrte er nach.

Frederic nickte eifrig. »Aber ja, Herr«, sagte er. »So wahr ich hier stehe. So und nicht anders ist es gewesen.«

Delãny atmete ein paar Mal tief durch. Es dauerte einen Moment, bevor er sich so weit beruhigte, dass er weitersprechen konnte. »Du fragst dich, wer ich bin. Und das fragst du zu Recht, nach alldem, was hier passiert ist. Ich denke, du hast ein Recht auf eine vernünftige Antwort.«

Der Junge legte den Kopf schief und nickte. »Das wäre nicht schlecht«, bekannte er.

»Nun gut«, sagte Andrej. »Du sollst die Wahrheit wissen.

Ich war lange nicht mehr hier. Viele Jahre. Ich wusste nicht einmal, dass Barak noch am Leben ist. Ich bin gekommen, um … ihm einen Freundschaftsbesuch abzustatten.«

»Da habt Ihr Euch einen schlechten Zeitpunkt ausgesucht, Herr«, sagte Frederic düster. Er zuckte mit den Schultern. »Vielleicht auch einen guten. Wäret Ihr zwei Tage eher gekommen, dann wärt Ihr jetzt wohl auch tot.«

»Was ist passiert?«

Frederic setzte zu einer Antwort an, doch dann wanderte sein Blick wieder zu Barak hin, und sein Gesicht verdüsterte sich. Bisher hatte sich der Junge erstaunlich gut in der Gewalt gehabt angesichts dessen, was er erlebt und mit angesehen hatte, aber nun begannen sich seine Augen mit Tränen zu füllen.

»Gehen wir nach draußen«, schlug Andrej vor. »Dort redet es sich besser.«

Frederic widersprach nicht, sondern drehte sich rasch um und verließ mit schnellen Schritten nicht nur das Zimmer, sondern eilte auch, ohne zu zögern, die Treppe hinunter. Andrej wollte dem Jungen die Möglichkeit geben, sich ein wenig zu beruhigen, und unterdrückte deshalb in letzter Sekunde den Ausruf, mit dem er ihn eigentlich hatte aufhalten wollen. Stattdessen warf er einen letzten Blick auf Barak und nahm in Gedanken von ihm Abschied; erst dann drehte er sich um und folgte dem jungen Delãny, der die schmale Treppe bereits so schnell hinuntergeeilt war, als sei ihm der Leibhaftige auf den Fersen. Bevor Frederic durch die Tür aus seinem Blickfeld verschwand, warf er Andrej einen ängstlichen Blick zu und für einen grotesken Moment hatte Delãny das Gefühl, als wollte der Junge etwas vor ihm verbergen.

Die Treppe hinabzusteigen war viel schlimmer, als er geglaubt hatte. Andrej hatte die ganze Zeit über die Toten im Blick und jetzt, nachdem er Barak getötet hatte, kam ihm das Schicksal jedes einzelnen von ihnen noch viel monströser vor als vorhin, als ihn der erste Schock kaum Einzelheiten hatte erkennen lassen. Wahrscheinlich würde er den Anblick der vielen unschuldig Erschlagenen, die unter ihm den Raum füllten, sein ganzes Leben lang nicht mehr vergessen. Zudem schlug ihm der süßlich-herbe Verwesungsgestank auf die Lungen, und er hatte das Gefühl, keine Luft mehr zu bekommen. Aber das war schließlich kein Wunder: Der Turm hatte sich in eine riesige Gruft verwandelt. Vielleicht würde er ihn nie wieder betreten können, ohne diese schrecklichen Bilder vor Augen zu haben.

Er hatte die Halle schon halb durchquert, als ihm eine Kleinigkeit auffiel, eine kaum wahrnehmbare Ähnlichkeit bei einem der Toten, die mit von ihm abgewandten Gesichtern und verkrümmten Körpern nahe der Mauer lagen … sein Herz setzte ein paar Schläge aus, und als es wieder einsetzte, schien es ihm bis zum Hals zu schlagen.

Der Schock der Erkenntnis traf ihn den Bruchteil einer Sekunde später: Es war Marius, sein Sohn, der sich eigentlich in Kertz aufhalten sollte. Aber … das konnte doch gar nicht sein! Hatte Frederic gelogen, hatte er ihm verschweigen wollen, dass sein Sohn tot war …?

Mit zwei, drei schnellen Schritten war Andrej bei dem Toten, starrte voller Entsetzen auf ihn hinab. Er konnte es einfach nicht fassen. Marius' Haut wirkte blass und fast durchsichtig, wie die einer wertvollen Porzellanpuppe, aber bis auf den Holzpflock, der seine Brust durchbohrt hatte und in seinem Herzen stak, und Bissspuren an seinem Hals, schien er vollkommen unverletzt zu sein. Seine gebrochenen Augen starrten anklagend ins Nichts, beinahe so, als habe er seinen Mörder gekannt und sich nicht vorstellen können, dass er die grausige Tat vollbringen würde.

Andrej spürte, dass seine Augen feucht wurden. Er begriff es nicht. So viel Leid. So viel Entbehrung. So viel Verzicht. Nur, um seinen Sohn zu schützen, dieses letzte Bindeglied zu seiner Familie, zu Raqi, die nun schon seit Wochen tot war, gestorben, als sie ihr zweites Kind zur Welt hatte bringen wollen. Er hatte einen Bogen um Borsã gemacht, er hatte sich ferngehalten von seiner Vergangenheit, alte Fäden abgeschnitten – nur um nicht ruchbar werden zu lassen, dass Marius sein Sohn war, um ihn nicht der Schande auszusetzen, mit einem Mann in Verbindung gebracht zu werden, der als Kirchenschänder und Dieb galt.

Doch damit, das begriff er erst jetzt, hatte er alles Lebendige, alles Fröhliche und alles Glück aus seinem Leben ferngehalten, er hatte die Chance verstreichen lassen, seinen Sohn aufwachsen zu sehen, sich an seinem Heranwachsen zu erfreuen – für nichts weiter als eine vage Hoffnung auf eine bessere Zukunft, die nun endgültig zerstört war.

Andrej hielt es nicht länger neben der Leiche seines Sohnes aus. Das Gefühl von Verwirrung und Schmerz wurde übermächtig und drohte, den Damm einzureißen, den sein Verstand angesichts Raqis Tod errichtet hatte, um ihn nicht endgültig in Verzweiflung und Irrsinn abdriften zu lassen. Warum verbreiteten die Körper derer, die man im Leben geliebt hatte, im Tode so großen Schrecken?

Als er die Tür des Wehrturmes hinter sich schloss, musste

sich Andrej erst einmal dagegen lehnen. Er hatte das Gefühl, seine Beine würden jeden Augenblick ihren Dienst verweigern. Sein Magen fühlte sich an, als hätte ein Riese seine Faust hineingedrückt und seine Eingeweide von rechts nach links gedreht. Er übergab sich.

Frederic stand ein wenig abseits auf dem Hof. Er rührte sich nicht von der Stelle. Offensichtlich hatte er begriffen, dass Andrej Marius gefunden hatte. »Ich wollte … ich hatte Angst … ich wusste ja nicht, wie Ihr darauf reagiert, wenn ich Euch die Wahrheit sage.«

»Schon gut«, stieß Andrej mühsam hervor. Er ging auf Frederic zu – der wich zuerst zwei Schritte zurück, als fürchte er, Andrej wollte seine Wut und seinen Schmerz an ihm auslassen – und legte dann fast sanft seinen Arm auf die Schultern des Jungen. »Gehen wir«, sagte er. »Lassen wir den Toten ihren Frieden.« Und nach einer kleinen Pause fügte er hinzu: »Später werden wir zurückkommen und sie beerdigen.«

Gemeinsam verließen sie den Hof in Richtung Brücke. Als sie das Tor durchquerten und Frederic Andrejs weißen Hengst sah, blieb er stehen und riss erstaunt die Augen auf.

»Seid Ihr ein Edelmann, Herr?«

»Wie kommst du darauf?«, fragte Andrej, ohne den dunklen Schleier, der sich über seine Gedanken gelegt hatte, zerreißen zu können.

»Weil nur Edelleute ein so kostbares Pferd besitzen«, antwortete Frederic.

Andrej lächelte voller Schmerz. In gewissem Sinne war der Hengst ein Abschiedsgeschenk von Michail Nadasdy – der dritte oder vierte Nachkomme jenes prachtvollen Tieres, das sein Stiefvater aus einem fernen Land namens Arabien mitgebracht hatte.

»Nein«, antwortete er. »Ich bin kein Edelmann.«

»Dann seid Ihr reich?«

»Mein Schwert und dieses Ross sind alles, was ich besitze«, antwortete Andrej. »Möchtest du es reiten?«

Frederics Augen weiteten sich. »*Dieses* Pferd?«

»Warum denn nicht dieses Pferd?« Andrej hob Frederic in den Sattel, ohne seine Antwort auch nur abzuwarten. Der Junge strahlte.

Delãny griff den Hengst am Zügel. Während er das wertvolle Tier langsam den Weg in Richtung Borsã zurückführte, schweiften seine Gedanken ab. So hatte er sich all die Jahre über das Wiedersehen mit seinem Sohn Marius vorgestellt: Ihn auf sein Pferd zu setzen und gemeinsam mit ihm loszuziehen, um die nähere und weitere Entfernung zu erkunden, und ihm die Plätze zeigen, die ihm im letzten Drittel seiner Kindheit ans Herz gewachsen waren.

Ein paar Schritte weiter richtete er sich fragend an Frederic: »Und jetzt erzähle, was hier geschehen ist. Wer hat das getan? Die Türken? Eine Räuberbande? Oder ein Fürst, der Machtpolitik mit dem Abschlachten von Menschen verwechselt?«

»Nein, Herr«, antwortete Frederic. Seine Stimme war plötzlich ganz leise. Sie zitterte.

»Vergiss den Herrn«, sagte Andrej. »Mein Name ist Andrej.« Er nickte Frederic so freundlich zu, wie er das in diesem Moment fertigbrachte. »Immerhin sind wir Verwandte – wenn auch nur weit entfernte.«

Vielleicht nicht einmal so weit entfernt, wie der Junge annehmen mochte. Es war gut möglich, dass er der Nachzügler aus der Familie eines seiner Onkel war – oder der Erstgeborene eines Cousins. Und doch verkniff sich Andrej die Frage, wie Frederics Vater geheißen hatte. Irgendwie war in Borsã ohnehin jeder mit jedem verwandt. Und wie es aussah, war dieser Junge sowieso der einzige aus der Familie, der noch am Leben geblieben war.

»Andrej, gut«, sagte Frederic wenig überzeugt. Sein Blick wanderte nach Süden, suchte die dunstigen Berggipfel am Horizont ab. Ein eigenartiger Ausdruck erschien in seinen Augen, an denen Andrej erst jetzt auffiel, dass ihre Farbe auf verblüffende Weise den klaren Fluten des Brasan ähnelte. Andrej fühlte sich schuldig, weil er diesem Jungen zumutete, all das Grauenhafte noch einmal zu durchleben.

»Sie kamen vor zwei Tagen«, sagte er. »Abends, mit dem letzten Licht des Tages. Es waren viele ... bestimmt so viele Männer, wie Ziegen in unserer Herde sind.«

»Und wie viele Ziegen umfasst eure Herde?« fragte Andrej, erntete aber nur ein verständnisloses Achselzucken als Antwort. Frederic konnte nicht zählen – nur wenige hier konnten das.

Es spielte auch keine Rolle. Es mussten schon viele gewesen sein, wenn es ihnen gelungen war, dieses Massaker anzurichten – auch wenn sich die Männer des Dorfes aus irgendeinem Grund kaum gewehrt hatten.

»Soldaten?« fragte er.

»Ja«, antwortete Frederic. »Männer mit Waffen. Kostbare Waffen, solche, wie Ihr ... wie *du* eine trägst. Ein paar hatten Rüstungen. Aber es waren auch Mönche dabei. Und ein Papst.«

»Ein *was*?«

»Ein ... Kardinal?« schlug Frederic schüchtern vor.

Andrej lächelte und bedeutete ihm, weiterzusprechen. Er wollte den Jungen nicht noch mehr in Verlegenheit bringen. Klar war, dass ein höherer kirchlicher Würdenträger nach Borsã gekommen war – und warum auch nicht? Die Dorfbewohner hatten stets ein gutes Verhältnis zur Kirche gepflegt. Zu Andrejs Zeiten war Borsã eines der wenigen Dörfer in der Umgebung, das einen eigenen Mönch hatte.

Der damals den ersten Stein nach ihm geworfen hatte.

»Am Anfang waren sie freundlich«, fuhr Frederic fort. »Sie baten um Unterkunft für eine Nacht und ein Gespräch mit dem Dorfältesten, und natürlich haben sie beides bekommen. Bis spät in die Nacht konnte man das Lachen und Singen vom Turm herab hören. Aber im Dorf gingen Gerüchte um, von Kriegern und Mönchen, die durch das Land zögen und auf der Suche nach einem Zauberer seien.«

»Einem *Zauberer?*« Delãny blieb stehen und sah Frederic zweifelnd an, aber der Junge schüttelte nur um so heftiger den Kopf.

»Ich sage die Wahrheit. Ein mächtiger Hexenmeister, der mit dem Satan persönlich im Bunde sei, heißt es.«

»Glaubst du an Zauberei?« Andrej ging weiter und lachte laut, vielleicht ein bisschen zu laut und zu heftig, um den bohrenden Schmerz über seinen frischen Verlust übertönen zu können – den er in seiner ganzen grausamen Bedeutung wahrscheinlich sowieso erst in ein paar Tagen begreifen würde. Zudem begann ein ungutes Gefühl schleichend Besitz von ihm zu ergreifen. Er hätte sich fast gewünscht, dass Frederic nicht weitersprechen würde.

»*Sie* taten es jedenfalls«, antwortete Frederic düster. »Noch in der Nacht sandte Barak einen Boten ins Dorf, der jeden Mann, jede Frau und jedes Kind für den nächsten Morgen in die Burg bestellte. Dort haben sie dann alle umgebracht.«

Andrej schauderte es. Er war froh, dass Frederic es so kurz gemacht hatte. Natürlich würde er ihn über alle Einzelheiten befragen müssen, aber nicht jetzt. Er hatte schon viel zu viel gehört.

»Alle?«, fragte er erschüttert.

»Alle, die du gesehen hast«, antwortete Frederic. »Die anderen haben sie in Ketten gelegt und mitgenommen, ebenso alles Vieh und alle Schätze, die sie finden konnten.«

»Raubritter also«, knurrte Andrej. Zorn erfüllte ihn. Über ganz Transsilvanien hing die Türkengefahr wie ein Damoklesschwert, und es hätte ihn nicht verwundert, wenn Borsã Opfer eines der kleineren Scharmützel geworden wäre, die größere Abwehrschlachten gegen die expansionslüsternen Türken zu begleiten pflegten. Aber Raubritter? Das Dorf selbst war nie besonders friedlich gewesen und in seiner mittlerweile schon recht langen Geschichte mehr als einmal in eine Fehde mit einem Nachbarort verwickelt gewesen, wobei es durchaus des Öfteren selbst einen Zwist vom Zaun gebrochen hatte. Auch wenn sie es niemals laut zugeben würden: Sie hatten stets in dem Bewusstsein gelebt, eines Tages an den Falschen geraten zu können, der ihnen eine bittere Niederlage zufügen konnte, möglicherweise sogar eine vernichtende. Damit hätte Andrej sich abfinden können. Es wäre bitter gewesen, und sicher hätte er im ersten Moment auch blutige Rache geschworen, aber er hätte damit leben können.

Doch sein einziger Sohn, seine gesamte Familie, *das Borsã-Tal*, ausgelöscht von gemeinen Räubern? Das war unvorstellbar!

Frederic schüttelte den Kopf. »Nein, es waren keine Räuber. Ich sagte doch, es waren Kirchenmänner. Bruder Toros hat einen von ihnen gekannt. Sonst hätte Barak ihnen doch nie vertraut!«

Andrej dachte an den selbstgefalligen und bösartigen Mönch, dem er vor Jahren oft die Pest den Hals gewünscht hatte, und der nun mit ausgestochenen Augen und unter schwerster Folter für all seine Sünden hatte büßen müssen – was für ein grausamer Scherz des Schicksals. »Bruder Toros hat immer noch bei euch gelebt? Oder ist er etwa erst mit den anderen zurückkommen?«

»Er war unser Gottesmann«, belehrte ihn Frederic. In seiner Stimme schwang hörbarer Stolz, der nur zu verständlich war, da bei Weitem nicht jedes Dorf einen eigenen Gottesmann vorzuweisen hatte.

»Wie konntest du entkommen?«, fragte er.

Frederic senkte beschämt den Blick, und es dauerte eine ganze Weile, bis er antwortete. Vielleicht so lange, wie er gebraucht hatte, um sich eine glaubhafte Geschichte auszudenken.

»Ich war der jüngste Sohn meines Vaters«, sagte er, »und für die Ziegen verantwortlich. Ich treibe sie morgens aufs Feld und am Abend wieder zurück, weißt du? An dem Abend, an dem die Fremden kamen, war ich unaufmerksam.«

»Du hast ein paar Tiere verloren«, vermutete Andrej. Das Gefühl kannte er. Er erinnerte sich noch jetzt an die fürchterliche Tracht Prügel, die ihm *sein* Vater verabreicht hatte, als er einmal mit drei Tieren weniger zurückkam, als er am Morgen mitgenommen hatte.

»Zwei«, sagte Frederic. »Es war meine Schuld. Ich sah all diese Reiter und Männer in Richtung Dorf ziehen und war neugierig. Ich bin auf einen Felsen geklettert, um besser sehen zu können. Als ich zurückkam ...«

»Waren die Ziegen weg«, vermutete Andrej.

Frederic nickte niedergeschlagen. »Ich habe meinem Vater nichts davon gesagt. Ich hatte Angst, dass er mich schlagen würde. Aber spät in der Nacht, als alle schliefen und auch in der Burg die letzten Feuer erloschen waren, habe ich mich noch einmal aus dem Haus geschlichen, um nach den Ziegen zu suchen. Ich habe sie nicht gefunden.«

»Aber dadurch hast du die Versammlung verpasst«, vermutete Andrej. »Danke Gott dafür, dass dir die beiden Ziegen weggelaufen sind, mein Junge. Vielleicht hat er dir befohlen, sie zu suchen, um dein Leben zu retten.«

»Ich kam zu spät«, fuhr Frederic fort. Andrej hatte jetzt kaum noch das Gefühl, dass er zu ihm sprach. Vielmehr schien es, als sei er plötzlich gar nicht mehr in der Lage, die Worte zurückzuhalten. Vielleicht musste er das Grauen einfach in Worte kleiden, um ihm auf diese Weise etwas von seinem namenlosen Schrecken zu nehmen.

»Alle waren schon fort, zum Wehrturm. Ich lief hinterher, aber ich ging nicht durch das Haupttor, weißt du? Ich hatte Angst, Ärger zu bekommen, aber es gibt einen geheimen Weg zum Turm, eine schmale Bresche unter der Mauer, so schmal, dass nur Kinder ihn nehmen können.«

Andrej lächelte flüchtig. Er kannte den Weg, von dem der Junge sprach. Er hatte ihn als Kind oft selbst genommen.

»Der Weg endet auf einer schmalen Galerie hoch oben über dem großen Saal. Von dort aus kann man alles sehen und hören, ohne selbst gesehen zu werden. Ich ... ich hatte mich dort versteckt, um zu lauschen. Ich dachte, auf diese Weise könnte ich später vielleicht erzählen, dass ich dort gewesen sei und mein Vater mich nur nicht bemerkt habe. Ich ... ich dachte, der Kirchenmann wollte mit uns zusammen beten. Oder den Dorfaltesten irgend ... irgendetwas Wichtiges ... mitteilen.«

Er stockte jetzt immer öfter. Seine tränenerstickte Stimme bebte. Trotzdem musste er weitersprechen.

»Aber er wollte etwas ganz anderes. Er ... brachte schwere Anschuldigungen vor. Das Dorf, so behauptete er, hätte sich dem Teufel verschrieben.«

»Das Dorf?«, vergewisserte sich Andrej.

»Das ganze Borsã-Tal«, bestätigte Frederic. »Sie sagten, wir stünden mit der Hölle im Bunde und betrieben Zauberei und Hexenwerk. Am Anfang haben alle gelacht, am lautesten Barak. Aber die Vorwürfe wurden immer schlimmer, und dann hörten sie auf zu lachen. Und plötzlich haben ... haben die fremden Männer Waffen unter ihren Gewändern hervorgezogen und alle überwältigt und gebunden.«

»Und niemand hat sich gewehrt?«

»Nur wenige waren bewaffnet«, antwortete Frederic traurig. »Wer bringt schon ein Schwert mit zum Gottesdienst? Ein paar der Männer haben sich gewehrt, aber die Fremden waren in der Überzahl. Am schlimmsten waren die drei Ritter in den goldenen Rüstungen.«

»Goldene Rüstungen?«

»Ich schwöre es«, beharrte Frederic. »Ich habe so etwas

noch nie zuvor gesehen. Niemand hat das, glaube ich. Sie … waren wie die Teufel. Schreckliche Krieger, die keinen Schmerz und keine Angst vor dem Tod zu kennen schienen.«

Andrej sagte nichts mehr dazu. Die Erinnerungen des Jungen waren vor Angst getrübt und spielten ihm einen Streich. Später, wenn er hinlänglich Zeit gehabt hatte, den schlimmsten Schmerz zu verarbeiten, würde er noch einmal mit ihm reden, um herauszufinden, was es mit diesen drei Rittern in *goldenen Rüstungen* wirklich auf sich hatte.

»Und dann?«, fragte er.

»Dann haben sie angefangen, Bruder Toros und Barak zu foltern«, antwortete Frederic. »Am grausamsten Bruder Toros, wenigstens am Anfang. Er hat Gott im Himmel angefleht, dass sie aufhören mögen, und bei seinem Seelenheil geschworen, dass er nichts von Zauberei und Hexenwerk wisse. Aber es hat nichts genutzt. Sie haben immer weitergemacht. Am schlimmsten waren die drei goldenen Teufel. Es war fast, als … als bereite es ihnen Freude, Bruder Toros zu quälen. Am Schluss hat Bruder Toros dann alles zugegeben. Dass er den Teufel beschworen und ihm seine Seele verkauft habe, dass das ganze Borsã-Tal der schwarzen Magie anhänge und manchmal Hexen und schreckliche Dämonen unter uns weilten.«

»Das hat er nur gesagt, damit sie aufhören«, murmelte Andrej. »Bruder Toros war noch nie ein besonders tapferer Mann.«

Frederic antwortete nicht darauf, aber etwas an seinem Schweigen gefiel Andrej nicht. Er sah zu ihm hoch und gewahrte einen Ausdruck auf den Zügen des Jungen, der ihm noch sehr viel weniger gefiel.

»Du glaubst diesen Unsinn doch nicht etwa?«, fragte er. »Frederic, du hast gesehen, was sie ihm angetan haben! Unter dieser Folter würde jeder alles gestehen! Im Borsã-Tal gibt es keine Zauberei!«

»Es gab ... Gerüchte«, sagte Frederic unbehaglich. »Schon lange.«

»Barak.« Er wich Andrejs Blick aus. »Er ... war zu alt. Kein Mensch kann so alt werden, wie er es war. Er war niemals krank, und es heißt, wenn er sich verletzte oder in der Schlacht verwundet wurde, dann schlossen sich seine Wunden in Tagen, wo die Heilung bei anderen Wochen gebraucht hätte.«

»Barak war schon immer ein zäher Bursche«, antwortete Andrej. »Und es gibt Menschen, die sehr alt werden. Schon in der Bibel wird davon berichtet. Hat dir Bruder Toros nie von Methusalem erzählt?«

Frederic verneinte. Andrej bezweifelte, dass Bruder Toros jemals die Bibel gelesen hatte.

»Und da war noch ... diese andere Geschichte«, sagte Frederic leise.

»Welche andere Geschichte?«

Frederic wand sich wie unter Schmerzen. »Niemand spricht laut darüber«, sagte er, »aber es heißt, dass vor vielen Jahren der Reliquienschrein aus der Kirche von Rotthurn entwendet wurde. Von einem Mann, der mit dem Bösen in Verbindung stand – dem Sohn eines Sarazenen, der sich unter dem falschen Namen Michail Nadasdy bei uns eingeschlichen hat.«

Andrej drehte sich rasch um, damit der Junge den entsetzten Ausdruck auf seinem Gesicht nicht sah. Es war unmöglich! Nicht solch ein Unsinn und nicht nach so langer Zeit!

»Was für ein ... Unfug.« Er räusperte sich. Seine Gedanken rasten. »Ich kann verstehen, was du über Barak gedacht hast. Du bist jung, und er war schon immer ein komischer alter Kauz. Aber diese Geschichte ... Das entbehrt jeder Grundlage!«

»Die Fremden haben es jedenfalls geglaubt. Sie haben alle gebunden und fortgebracht und ... viele getötet.«

»Warum nur?«, fragte Andrej. Er war noch immer zutiefst erschüttert. Es fiel ihm schwer, Frederics Worten überhaupt noch zu folgen. Hatte das Schicksal ihn nur hierher geführt, um ihm zu zeigen, dass er zum Todesengel geworden war, der am Ende jedem den Untergang brachte, der seinen Weg kreuzte, selbst seinem eigenen Sohn?

»Ich weiß es nicht«, antwortete Frederic stockend. »Einer der goldenen Ritter hat die ausgewählt, die getötet werden sollten. Mein Vater und ... und mein älterer Bruder waren auch dabei.«

»Das tut mir leid«, sagte Andrej leise. »Wirklich.«

Er versuchte seine Gedanken wieder in halbwegs klare Bahnen zu zwingen. Er hatte nicht das Recht, nicht nur alle Schuld, sondern auch allen Schmerz der Welt für sich allein zu beanspruchen. Dieser Junge hatte mehr durchgemacht als er, und in kürzerer Zeit. Außerdem war er ein unfreiwilliger Augenzeuge dieses furchtbaren Blutbades geworden. Und er hatte eindeutig Anspruch auf Hilfe.

Vielleicht hatte ihn das Schicksal ja gar nicht hierher gebracht, um ihn zu quälen ...

»Nachdem es vorbei war«, fuhr Frederic mit brechender

Stimme fort, »haben sie Barak in sein Zimmer gebracht. Ich konnte ihn schreien hören ... Lange.«

Seine Stimme versagte. Er schluchzte ein einziges Mal auf, und es war auch nur eine einzige Träne, die über sein Gesicht lief, ehe er sie mit dem Handrücken fortwischte.

»Du musst jetzt nicht fortfahren«, sagte Andrej leise. »Wir können später weiterreden. Oder auch gar nicht, wenn du mochtest.«

Frederic schüttelte den Kopf und schluckte die Tränen hinunter. »Nachdem sie gegangen waren und ich festgestellt hatte, dass von den Gefolterten niemand mehr am Leben war, bin ich ihnen gefolgt. Ich wollte wissen, wohin sie meine Mutter bringen und ... und die anderen. Sie haben sie aneinandergebunden wie Tiere und dann aus dem Borsã-Tal getrieben.«

»Wohin?«

Frederic deutete nach Süden, auf die einzige Straße, die nach Borsa hinein und vom Dorf weg führte. »Ich bin ihnen ein Stück gefolgt. Nicht weit. Ich hatte Angst und wusste einfach nicht, was ich tun sollte. Ich wollte meine Mutter nicht im Stich lassen, wirklich, aber ...«

»Es ist gut«, sagte Delãny. »Es war sehr klug von dir, ihnen nicht weiter zu folgen. Du hättest nichts für deine Familie tun können, und wahrscheinlich hätten sie dich am Ende auch noch gefangen genommen oder getötet.«

»Zum Schluss bin ich zurückgegangen«, fuhr Frederic im Flüsterton fort. »Ich wollte Barak und meinen Vater begraben, wenn meine Kraft schon nicht ausreichte, um sie alle zu bestatten. Aber Barak war noch am Leben, und so ... habe ich gewartet.«

»Wie lange?«

»Einen Tag und eine Nacht und dann noch einmal fast einen ganzen Tag«, antwortete Frederic. »Ich habe gebetet, dass Gott Barak endlich von seinen Leiden erlösen möge, aber er hat es nicht getan. Das ... das hast erst du getan.«

Andrej räusperte sich. War das Gespräch vorhin schon unangenehm gewesen, so wurde es jetzt geradezu quälend.

»Zwei Tage Vorsprung also.« Er blickte nach Süden. Es würde noch eine Stunde lang hell bleiben, vielleicht auch etwas länger, aber das Licht war bereits blasser geworden. Von den Bergen herab floss Nebel ins Tal, als hätte sich eine Wolke an den scharfen Graten aufgeschlitzt und ergösse ihren Inhalt nun auf die Erde. »Das ist nicht viel. Sie können mit all diesen Gefangenen nicht sehr schnell sein.«

»Du willst ihnen folgen?« Frederics Gesicht verhärtete sich. »Wirst du sie töten?«

Andrej schüttelte den Kopf und nickte zugleich. »Zuerst beerdigen wir Marius, Barak und deine Familie«, sagte er. »Danach folgen wir ihnen.« *Und dann,* fügte er in Gedanken hinzu, *werden wir sehen, was diese drei goldenen Ritter tun, wenn sie uns gegenüberstehen ...*

2

Andrej hatte sein Versprechen gehalten und Marius, Barak und Frederics Vater sowie seinem Bruder ein christliches Begräbnis zuteil werden lassen. Ihre Kräfte hatten nicht ausgereicht, Gräber für mehr als zwanzig Tote auszuheben, sodass sie die Leichname der anderen Erschlagenen in den Hof hinausgetragen und verbrannt hatten. Das war sicher nicht das, was Bruder Toros ein christliches Begräbnis genannt hätte, aber das Einzige, was sie noch für die Ermordeten tun konnten.

Während Andrej dastand – so nahe am Feuer, dass die Hitze auf seinem Gesicht schmerzte und sich seine Augenbrauen und Wimpern kräuselten – und eines der wenigen Gebete sprach, das er kannte, kamen ihm zum ersten Mal Zweifel daran, ob es so etwas wie einen allmächtigen Gott überhaupt gab.

Dass er allgegenwärtig und gütig war, daran glaubte er ohnehin schon lange nicht mehr. Das Leben hatte ihm zu viel genommen, und er hatte zu viel Leid und Willkür gesehen, um an einen gütigen – oder auch nur gleichgültigen – Gott glauben zu können. Nun aber begann er sich zu fragen, ob es so etwas wie eine allmächtige Wesenheit im Universum überhaupt gab, irgendwo in den Ödnissen zwischen den Sternen am Himmel, von denen Michail Nadasdy behauptet hatte, jeder einzelne sei eine Welt so groß wie die ihre und möglicherweise von Menschen gleich ihnen bewohnt. Andrej glaubte das nicht. Und wenn er es geglaubt hätte, so hätte er es sich nicht vorstellen können. Seine Welt war viel kleiner als die, von der Michail Nadasdy erzählt hatte; selbst kleiner als die, in der Michail Nadasdy *gelebt* hatte. In Andrejs Welt war kein Platz für einen Gott, der grausam genug war zuzulassen, dass einem Kind wie Marius so etwas widerfuhr.

Trotzdem blieb er wie in stummem Gebet weiter reglos stehen, bis auch der Junge sein Gebet beendet hatte und die Hände herunternahm. Als Frederic mit einem gemurmelten *Amen* schloss, da bewegte er lautlos die Lippen, als spräche er dasselbe Wort, aber er wich seinem Blick aus, als sie sich herumdrehten und schweigend nebeneinander den Hof verließen. Es spielte in diesem Moment keine Rolle, was er *glaubte*. Nachdem er für seinen Sohn nichts mehr tun konnte, brauchte schließlich dieser Junge jedes bisschen Hilfe, das er bekommen konnte.

Die Plünderer hatten nicht alle Lebensmittelvorräte mitgenommen, sodass sie sich, bevor sie am nächsten Morgen aufbrachen, noch ein reichhaltiges Mahl gönnen und die Satteltaschen ihres Pferdes auffüllen konnten. Andrej hatte trotz intensiver Suche nichts mehr von Wert gefunden, was sie mitnehmen konnten. Er bedauerte das. Er wollte gewiss nicht selbst zum Plünderer werden, aber sie hatten möglicherweise einen langen Weg vor sich und mochten auf etwas angewiesen sein, das sie verkaufen oder eintauschen konnten. Die Eindringlinge waren jedoch gründlich gewesen. Andrej nahm an, dass sie einige Übung darin hatten, alles Wertvolle an einem Ort aufzuspüren.

Die beiden Delãnys brachen mit dem ersten Tageslicht auf und folgten den Spuren der Angreifer nach Süden, was nicht besonders schwer war. Alles in allem mussten es an die achtzig Menschen gewesen sein, die vor zwei Tagen aus dem Borsã-Tal aufgebrochen waren. Die Spuren würden noch nach einer Woche deutlich zu sehen sein. Sie mussten sich also nicht übermäßig beeilen.

Zu zweit auf einem Pferd kamen sie ohnehin nicht schnell voran. Frederic stieg nach einer Weile wieder ab und schlug vor, immer abwechselnd zu reiten, doch das erwies sich als unpraktisch, sodass Andrej es vorzog, ihn wieder in den Sattel zu heben und es dem Pferd zu überlassen, ein praktikables Tempo zu finden.

Sie sprachen sehr wenig an diesem Tag. Frederic starrte die meiste Zeit mit leerem Blick vor sich hin und schlief ein paarmal im Sattel ein. Einmal wäre er dabei fast vom Pferd gestürzt, aber Andrej weckte ihn trotzdem nicht. Der Junge brauchte vor allem Zeit, um das Erlebte zu verarbeiten, und Schlaf half, die Zeit zu verkürzen.

Er wünschte, er wäre auch so glücklich dran gewesen. Nachdem Raqi und seine Tochter gestorben waren, hatte er geglaubt, nichts könnte ihn mehr erschüttern. Das war ein Irrtum gewesen. Es gab immer eine Steigerung des Grauens, und er hatte gestern eine erlebt: Der Tod seines Sohnes hatte die Wand seiner betäubenden Trauer eingerissen und ein so tiefes Entsetzen in ihm ausgelöst, dass er sich am liebsten gleich in sein Schwert gestürzt hätte.

Aber bevor er solch selbstzerstörerische Gedanken weiter verfolgte, hatte er noch eine Kleinigkeit zu erledigen.

Sie rasteten auf einer Waldlichtung, aßen von den mitgebrachten Vorräten und tranken Wasser aus einem Bach. Und sie mieden vor allem die Nähe menschlicher Ansiedlungen. Solange er nicht wusste, was in Borsã wirklich geschehen war, konnte er keinem Menschen trauen.

In der zweiten Nacht schlief Frederic besser. Er wurde noch immer von Alpträumen geplagt und schrak mehr als einmal schreiend hoch, aber es gab auch Phasen, in denen er vollkommen ruhig dalag und schlief. Einmal – wenn auch nur für einen flüchtigen Moment – glaubte Andrej sogar die Andeutung eines Lächelns auf seinem Gesicht zu erkennen.

Während er den schlafenden Jungen betrachtete, überkam ihn ein Gefühl von sonderbarer Vertrautheit, ja, fast Zärtlichkeit. Das Schicksal hatte ihm einen Sohn genommen, einen Jungen, den er kaum gekannt aber nichtsdestoweniger geliebt hatte. Doch im gleichen Moment hatte ihm das Schicksal einen Sohn geschenkt – keinen leiblichen zwar, aber vielleicht einen, mit dem er so vertraut werden konnte, wie Michail nach einigen Jahren mit ihm vertraut gewesen war. Wenn das Leben einen Sinn hatte, hatte Raqi einmal gesagt, so den, es weiterzugeben. Wozu für eine bessere Welt kämpfen, wenn es niemanden gab, der darin leben konnte? Nun, jetzt *hatte* er jemanden.

Andrej verscheuchte den Gedanken. Er war melancholisch. Und er war ganz eindeutig nicht in der Verfassung, über *so etwas* nachzudenken. Außerdem war es mehr als ungewiss, ob er und Frederic mehr als ein paar Tage zusammenblieben.

Sie hatten noch eine Stunde, bis die Sonne aufging, aber Andrej spürte, dass er ohnehin keinen Schlaf mehr finden würde. Er stand auf, ging ein paar Schritte und zog schließlich sein Schwert. Um auf andere Gedanken zu kommen, aber auch, um der Kälte zu trotzen, entfernte er sich etwas von dem Schlafenden und absolvierte ein paar Schwertübungen.

Am Anfang war er nicht gut, er spürte es selbst; seine Bewegungen waren steif und ungelenk. Es war Wochen her, dass er das letzte Mal mit der Waffe geübt hatte, aber er hatte das Gefühl, als seien es schon Monate. Er brauchte lange, bis er spürte, wie seine gewohnte Geschmeidigkeit zurückkehrte, und noch länger, bis sich die noch viel wichtigere innere Ruhe und Ausgeglichenheit einstellte.

Er übte eine halbe Stunde, dann war er vollkommen außer Atem und am ganzen Leib in Schweiß gebadet, trotzdem aber wieder von einer Stärke und Kraft erfüllt, die er viel zu lange nicht mehr gespürt hatte.

Als er sein Schwert einsteckte und sich herumdrehte, hatte Frederic sich aufgesetzt und sah ihn an. Andrej wusste den Ausdruck auf seinem Gesicht nicht zu deuten, aber er war nicht ganz sicher, ob er ihm gefiel.

»Wie lange siehst du mir schon zu?«

»So habe ich noch nie jemanden kämpfen sehen«, sagte Frederic beinahe andächtig.

»Ich hab es von jemandem gelernt«, antwortete Andrej, »der in dieser Kunst in einer sehr fernen Stadt unterwiesen wurde.«

»In Rom?«, fragte Frederic. »Oder in Venedig?«

»Oh nein«, antwortete Andrej. »Er erlernte es in einem Land, das viel weiter entfernt ist.«

»Weiter als Rom?« Frederic klang zweifelnd.

»Vielleicht wirst du es eines Tages einmal kennenlernen«, sagte Andrej achselzuckend. Dann machte er eine Handbewegung, mit der er das Thema abschloss. »Wenn du ohnehin schon wach bist, können wir auch weiterreiten.«

Frederic nickte, stand aber trotzdem nicht auf, sondern zog fröstelnd die dünne Decke, in die er sich zum Schlafen gewickelt hatte, enger um seinen Körper.

»Bringst du mir bei, so zu kämpfen?«, fragte er.

Andrej sah ihn eine Sekunde lang schweigend an. »Wozu?«, fragte er dann.

Frederic suchte nach einer Antwort, aber Andrej schnitt ihm mit einem Kopfschütteln das Wort ab, ging zu ihm und ließ sich neben den Jungen ins nasse Gras sinken.

»Dein Bruder und dein Vater – konnten sie mit dem Schwert umgehen?«

»Derek hat in einer großen Schlacht gekämpft«, sagte Frederic stolz. »Und mein Vater sogar in dreien. Er hat eine Menge Türken erschlagen.«

»Und darauf bist du stolz«, vermutete Andrej.

»Natürlich«, antwortete Frederic.

Andrej schwieg ein paar Sekunden. »Diese ... Feinde, die dein Vater und dein Bruder erschlagen haben«, fuhr er leise fort, »was meinst du – ob sie Familien hatten? Frauen und vielleicht Söhne ... wie dich?«

Frederic sah ihn argwöhnisch an und sagte nichts.

»Wie hättest du dich gefühlt, wäre dein Vater von einer dieser Schlachten nicht mehr nach Hause gekommen?«

»Ich wäre zornig gewesen«, antwortete Frederic.

»Nur zornig? Nicht auch traurig und voller Kummer?«

»Natürlich!«, antwortete Frederic. »Aber ...«

»Also, dann verrate mir, was gut daran ist, seine Feinde zu erschlagen«, fiel ihm Andrej ins Wort.

Für einen Moment starrte ihn Frederic einfach nur verwirrt an, aber dann machte sich jene Art von Trotz auf seinem Gesicht breit, zu dem nur Kinder imstande sind und gegen den zu argumentieren vollkommen sinnlos ist.

»Wenn es so ist, wie du sagst, wieso bist du dann ein so guter Schwertkämpfer?«

»Wer sagt dir, dass ich das bin?«

Frederic deutete mit einem Ausdruck von noch größerem Trotz in die Richtung, in der Andrej seine Schwertübungen absolviert hatte. »Du musst ein großer Krieger sein.«

»Vielleicht bin ich das«, murmelte Andrej. »Aber das bedeutet nicht, dass ich Freude daran habe.« Er stand auf. »Ich sattle das Pferd. Geh zum Bach und hol uns frisches Wasser. Danach reiten wir weiter.«

Frederic sah ihn noch einige Sekunden lang auf eine Art an, die Andrej beinahe erschreckte, und in seinen Augen glomm dabei etwas auf, das weit über kindlichen Trotz hinausging. Dann aber erhob er sich wortlos und ging, um Andrejs Befehl auszuführen.

3

Die Spuren wurden deutlicher. Offenbar waren die Männer, hinter denen sie her waren, nicht annähernd so schnell vorangekommen, wie Delãny vermutet hatte. Er nahm an, dass sie die Bande noch im Laufe des Tages einholen würden.

Und dann?

Andrej hatte es bisher vermieden, allzu genau über diese Frage nachzudenken. Natürlich würden sie versuchen, die Gefangenen zu befreien und die Mörder seines Sohnes Marius, Baraks und der anderen zu bestrafen, aber irgendetwas in Andrej war bisher davor zurückgeschreckt, über das *Wie* nachzudenken. Ginge es nach Frederic – und auch nach einer leisen, aber beständig flüsternden Stimme in ihm selbst –, dann würde er sie alle töten.

Was in der Praxis wohl kaum möglich sein würde. Frederic zufolge handelte es sich bei den Angreifern um gut zwanzig Mann, einen Trupp wahrscheinlich vor allem Kirchenmänner, die er mit etwas Glück und ein wenig Umsicht austricksen konnte, sofern ihm diese goldenen Ritter nicht in die Quere kamen. Wenn ihm das Glück hold war, mochte es ihm so vielleicht gelingen, die Gefangenen zu befreien, um mit ihnen gemeinsam den Rückweg nach Borsã anzutreten – aber dann? Wie sollte er diese Menschen beschützen, wenn die Ritter Jagd auf sie machten? Er würde unter den entführten Dorfbewohnern wohl kaum waffenfähige Männer finden, die ihn dabei unterstützen konnten, sondern vor allem Frauen, Kinder und Greise.

Als andere Möglichkeit bot sich an, zuerst die Ritter auszuschalten. Doch bei allem Vertrauen in seine Fähigkeiten: Eine überlegende Klinge treffsicher einsetzen zu können bedeutete nicht, es gleichzeitig mit mehreren kampferprobten Männern aufnehmen zu können. Wenn es ihm nicht irgendwie gelang, sie in eine Falle zu locken, musste er am Ende auf der Strecke bleiben. Aber wem war damit geholfen?

Auch das hatte ihm Michail Nadasdy beigebracht: Niemals blind drauflos zu schlagen, sondern sich zuvor zu überlegen, wie er die Schwächen seiner Gegner zu seinem Vorteil nutzen konnte. Doch wenn er ganz ehrlich war: Nach dem, was Frederic erzählt hatte, vermochte er bei den Goldenen Rittern nicht auch nur eine Schwäche zu erkennen. Es blieb ihm also nichts anderes übrig, als abzuwarten, in der Hoffnung, ein Zufall könnte ihm einen Trumpf in die Hand spielen.

Gegen Mittag teilte sich die Spur. Andrej und Frederic hatten einen weiteren, in einer endlosen Kette flacher, mit spärlichem Grün bewachsener Hügel überquert. Vor ihnen fiel das Gelände steil ab und erweiterte sich am Fuße der Erhebung zu einem schmalen, aber sehr langgestreckten Tal, um auf der anderen Seite ebenso steil wieder anzusteigen.

Obwohl der Boden sehr felsig war, war die Spur unübersehbar: Sie zog sich schnurgerade durch die Senke und die gegenüberliegende Böschung hinauf. Andrej schätzte, dass es drei oder vier Reiter gewesen sein mussten, die ungefähr in der Mitte des Tales im rechten Winkel vom Haupttrupp abgewichen waren. Ihre Spur verlor sich nach wenigen Schritten zwischen Felsen und Geröll.

»Worauf wartest du?« Frederic hatte bisher hinter Andrej im Sattel gesessen. Nun glitt er mit einer fließenden Bewegung aus dem Sattel des Pferdes und lief unruhig ein kleines Stück voraus. Das Pferd schnaubte nervös, und nach kurzem Zögern stieg auch Andrej aus dem Sattel. Er war beunruhigt, und seine Unruhe übertrug sich entweder auf das Pferd, oder das Tier spürte eine Gefahr, die seinen viel weniger empfindlichen menschlichen Sinnen noch verborgen blieb. Das wiederum beunruhigte ihn noch mehr.

Er antwortete erst mit einiger Verspätung auf Frederics Frage. »Ich bin nicht ganz sicher, welcher Spur wir folgen sollen.«

»Der Hauptspur natürlich«, sagte Frederic. »Wir haben sie fast eingeholt. Noch ein paar Stunden, und ...«

»Du solltest einen Gegner nie unterschätzen«, fiel ihm Andrej ins Wort. Er griff nach den Zügeln und begann das Pferd vorsichtig den Hang hinabzuführen. Unter den Hufen des Tieres lösten sich kleine Felsbrocken und Steine und polterten zu Tal. Es war eine vernünftige Idee gewesen, abzusteigen. Der Boden war abschüssiger, als es von oben den Anschein gehabt hatte. Das Pferd hatte selbst ohne Reiter Mühe, sich auf den Beinen zu halten, und die Spuren, denen sie folgten, bewiesen, dass es den Verfolgten kaum anders ergangen war. Etliche von ihnen mussten gestürzt sein. Andrej fand eingetrocknetes Blut auf den Felsen. Es war noch nicht sehr alt.

Unten im Tal angekommen, hielt er abermals an. Sein Blick irrte unschlüssig zwischen den beiden unterschiedlich breiten Spuren hin und her.

»Worauf wartest du?«, fragte Frederic erneut.

Andrej hob die Schultern. »Ich ... weiß nicht«, sagte er zögernd, während er gleichzeitig seine empfindlichen Augen abschattete. »Irgendetwas stimmt hier nicht. Ich habe kein gutes Gefühl.«

»Ich auch nicht«, versetzte Frederic scharf. »Wenn wir noch lange hier herumstehen, dann entkommen sie uns am Ende noch.«

Andrej sagte nichts dazu, aber er musterte seinen Begleiter mit einem langen, sehr nachdenklichen Blick. In Frederics Stimme war ein Ton, der ihm nicht gefiel. Der Junge brannte nicht nur darauf, seine Familie wiederzusehen und die Mörder seines Vaters und seines Bruders zu bestrafen. Da war noch mehr. Er konnte nicht genau sagen, was es war, aber er war ziemlich sicher, dass es ihm nicht gefallen würde.

»Du hast recht«, sagte er lahm. »Lass uns weitergehen.«

Der Überfall erfolgte, als sie die Kuppe des gegenüberliegenden Hügels erreicht hatten. Die Spur verlor sich. Es gab keinen vorgezeichneten Weg durch den Wald, aber die Bäume standen so licht, dass das Durchkommen kein Problem gewesen wäre. Und dieser Waldrand war nicht menschenleer. Jemand war hier. Andrej spürte es so deutlich, als könne er ihn *sehen*.

Die Gestalt erschien wie aus dem Nichts, ein gewaltiger,

gold schimmernder Riese, aus dessen Helm Hörner wuchsen und der mit einem gellenden Kampfschrei auf ihn losstürmte. Delãny riss sein Schwert aus dem Gürtel und wich gleichzeitig in einer komplizierten Dreh- und Rückwärtsbewegung vor dem Angreifer zurück.

Der gehörnte Dämon stürzte mit einem gellenden Schrei auf ihn zu. Sein Schwert, groß wie ein Mann, beidseitig geschliffen und sicherlich mehr als einen Zentner schwer, bewegte sich mit unfassbarer Schnelligkeit, und Delãny wusste, dass es treffen würde; ebenso sicher und zuverlässig, wie er umgekehrt immer genau spürte, wenn *er* treffen würde. Die Klinge bewegte sich in tödlicher Präzision auf seine Kehle zu. Andrejs Sarazenenschwert zuckte hoch, aber er war nicht schnell genug; die Strecke, die die Klinge zurücklegen musste, um das Schwert des Dämonenkriegers abzufangen, war einfach zu lang. Der Angreifer würde ihn enthaupten.

Sein Fuß verfing sich an einem Stein. Delãny kippte nach hinten, und der gewaltige Bihänder des Dämonenkriegers fügte ihm eine bis auf den Knochen reichende, heftig blutende Wunde an der Schläfe zu, statt ihm den Kopf abzuschlagen.

Andrej stürzte, rollte wimmernd vor Schmerz auf die Seite und kämpfte mit aller Gewalt gegen eine drohende Ohnmacht an. Blut lief ihm in die Augen. Für einen Moment war er fast blind, und der Schmerz hinter seiner Stirn wurde immer schlimmer.

Aber der Schmerz hatte auch noch eine andere, unerwartete Nebenwirkung. Aus dem gehörnten Dämon wurde wieder das, was er *wirklich* war: Ein Mann in einem polierten

Messingharnisch, der einen mit angedeuteten Hörnern versehenen Helm aus dem gleichen Material trug und einen anderthalb Meter langen Bihänder schwang. Er war groß, erschreckend breitschultrig und stark, aber kein Gigant und schon gar kein Dämon.

Dennoch fast so gefährlich.

Der Mann musste ein erfahrener Kämpfer sein, denn er ließ sich von Andrejs heftig blutender Kopfwunde keine Sekunde lang täuschen, sondern sprang mit einem Satz über den Stein hinweg, über den Andrej gestolpert war, spreizte die Beine, um festen Stand zu haben, und schwang seine Waffe hoch über den Kopf, um zu Ende zu bringen, was ihm gerade misslungen war.

Sein Angriff überschwemmte Andrej mit einer Flut purer, destruktiver Energie. Es war die gleiche hell lodernde Kraft, die er auch bei Michail Nadasdy fast körperlich gespürt hatte, wenn sie bei einem Übungskampf zu hart aneinandergeraten waren, nur dass Michail nicht darauf abzielte, ihn zu vernichten, sondern ihm vielmehr mit seinen Attacken den Weg weisen wollte, mehr zu sich selbst und damit auch zu einem konzentrierten Kampfstil zu finden. Den goldenen Krieger hielt dagegen das Feuer des Vernichtungswillens gepackt. Er wollte nichts weiter, als ihn töten; und das möglichst rasch und ohne eigenes Risiko. Doch damit weckte er in Andrej den Reflex des hervorragend trainierten Kämpfers, und etwas in ihm machte ihn sich – fast ohne sein Zutun – zu eigen und fachte den erlöschenden Lebensfunken in ihm neu an.

Als der Bihänder herabsauste, war Andrej schon nicht mehr da. Die gewaltige Klinge schlug Funken aus dem

Stein und pflügte eine zwei Finger tiefe Scharte in den Boden, exakt dort, wo sich kurz zuvor sein Hals befunden hatte.

Delãny hörte einen enttäuschten Schrei. Ein Geräusch, als schlüge Metall auf Stein oder auf hartes Holz. Noch in der Bewegung, mit der er in die Höhe sprang, wechselte er das Sarazenenschwert von der rechten in die linke Hand und schlug aus diesem vorteilhaften Winkel heraus zu. Er traf nicht, zwang seinen Gegner aber zu einem hastigen Rückzug und hätte diesen Vorteil vielleicht weiter ausbauen können, hätte er nicht gleichzeitig aus dem Augenwinkel eine Bewegung registriert, die nur zu einem weiteren Angreifer gehören konnte. Eine kleinere, aber nicht minder tödliche Klinge züngelte nach seinem Hals.

Delãny vollführte eine komplizierte, rasend schnelle Pirouette, wechselte das Schwert abermals in die andere Hand und führte einen blitzschnellen, geraden Stich nach der Brust des Angreifers. Der rasiermesserscharfe Stahl seiner Klinge stieß fast ohne Widerstand durch den schimmernden Harnisch und fügte dem Mann eine hässliche Fleischwunde zu, die so manchen Gegner außer Gefecht gesetzt hätte. Ihn hielt sie zumindest auf, und mehr brauchte Andrej im Augenblick nicht. Er machte einen weiteren Schritt zurück, nahm einen Schnitt an der Schulter hin, ohne mit der Wimper zu zucken, und wandte eine jener Kampftechniken an, die er von Michail Nadasdy gelernt hatte, um dem Angreifer mit einem Tritt die Kniescheibe zu zerschmettern.

Der Mann brüllte, ließ sein Schwert fallen und brach zusammen. Er war doch nicht so hart im Nehmen, wie er befürchtet hatte. Der Angriff hatte ihn nachhaltig kampfunfähig gemacht, und Andrej konnte sich wieder dem Gegner in der Messingrüstung zuwenden.

Wie sich zeigte, keine Sekunde zu früh. Der Kerl war zäh, selbst für einen Hünen, der mit einem Schwert kämpfte, das mancher Bauernjunge noch nicht einmal zu heben vermocht hätte. Andrej hatte sich kaum zwei oder drei Sekunden mit dessen Kumpan beschäftigt, aber diese kleine Zeitspanne hatte ihm gereicht, um den Schmerz seiner Verletzung zurückzudrängen; er hatte den Zweihänder in den Boden gerammt und stemmte sich taumelnd an dem Schwertgriff in die Höhe.

Delãny schmetterte ihn mit einem Fußtritt zurück, fegte das Schwert davon und setzte dem stürzenden Krieger aus der gleichen Bewegung heraus nach. Sein Schwert zielte nach dem Gesicht des Mannes. Er verfehlte sein Ziel, zerschmetterte aber den Helm und fügte dem Goldenen einen Kratzer zu. Über die Lippen des Riesen kam nicht der mindeste Laut, aber Andrej wusste, was er in diesem Moment empfand – Schmerz, Todesangst. Die absolute Gewissheit, dass es vorbei war.

Er genoss es.

Eine winzige Bewegung seines Handgelenks hätte gereicht, um der Sache ein Ende zu machen. Das Sarazenenschwert war scharf genug, um Muskeln und Knochen mit einem Hieb zu durchtrennen.

Aber er zögerte. Er *wollte*, dass der Mann litt. Er gehörte zu denen, die seine Familie ausgelöscht hatten, und vielleicht war er sogar der Mörder seines Sohnes. In jedem Fall war er aber einer von denen, die Barak auf so grässliche Weise zu Tode gefoltert hatten; und Andrej wollte, dass er dafür bezahlte, jeden Schmerz, jede Sekunde der Qual hundertfach zurückbekam. Sein Schwert machte zwei, drei blitzartige Bewegungen, die den Helm des Goldenen endgültig zerteilten und blutige Spuren in dem Gesicht darunter hinterließen. Diesmal *kam* ein Schmerzenslaut über die Lippen des Besiegten. Andrej genoss ihn wie einen kostbaren, süßen Wein.

Die Wunden waren oberflächlich und nichts weiter als eine kleine, grausame Spielerei. So sehr er diesen Mann auch verabscheute: Er war es einfach nicht wert, dass er sich so weit vergaß und zu einer Bestie wurde, die Genugtuung dabei empfand, einen Gegner zu Tode zu quälen. Er hörte auf, an seinem Gesicht herumzuschnitzen, und setzte seine Klinge an die Kehle des Mannes. Etwas in ihm schrie vor Enttäuschung auf. Er *wollte* diesen Mann nicht töten. Nicht so schnell. Nicht so *leicht*. Das schwarze Feuer brannte noch immer in ihm, und diese Flamme verlangte, dem anderen Qualen zu bereiten.

»Tu es ... endlich, Delãny«, stohnte der Goldene. »Bring es ... zu ... Ende.«

Seine Schwäche war nur gespielt. Unter all dem Blut und Schmutz gewahrte Andrej ein starkes, auf eine sonderbare Weise gutaussehend-brutales Gesicht. Das Gesicht eines Kriegers, der es gewohnt war, Schmerzen zu ertragen und seine Chancen abzuwägen.

Delãnys Schwert drückte gegen seine Kehle, und das auf eine Art, die jede Gegenwehr unmöglich machte. Er wartete. Er versuchte, Zeit zu gewinnen, vielleicht einen winzigen Moment der Unaufmerksamkeit abzupassen, in dem er der tödlichen Klinge an seinem Hals entwischen und Andrej überwältigen konnte.

»Wer bist du?«, fragte Andrej.

Der andere lachte. »Was willst du?«, fragte er. »Meinen Namen oder meinen Kopf?« Er hatte einen sonderbaren, schweren Akzent, den Andrej noch nie zuvor gehört hatte.

»Die Namen der anderen«, antwortete Andrej. »Ich will wissen, wohin sie gehen. Und warum ihr das getan habt.«

»Lässt du mich am Leben, wenn ich sie dir verrate?«

»Du kannst dir aussuchen, ob du schnell stirbst oder ob es so lange dauert wie bei Barak«, sagte Andrej düster. »Warum habt ihr diesen alten Mann gequält? Er hat niemandem etwas getan.«

Hinter ihm erscholl ein gellender Schrei. Ein Schrei aus der Kehle eines Kindes; schrill, hoch, ein Laut, der aus fürchterlicher Qual und schierer Todesangst geboren war.

Drei ... schoss es Andrej durch den Kopf.

Er hatte einen fürchterlichen Fehler gemacht. Es waren die Spuren von *drei* Männern gewesen, die sich vom Haupttrupp getrennt hatten!

Delãny war nur für den Bruchteil einer Sekunde abgelenkt, aber schon dieser winzige Moment reichte seinem Gegner. Ohne Rücksicht darauf zu nehmen, dass das Sarazenenschwert eine blutige Spur in seine Schulter pflügte, wirbelte er herum, brachte sich vor der tödlichen Klinge in Sicherheit und trat gleichzeitig mit beiden Beinen nach Andrejs Fußgelenk.

Er traf nicht, aber die Attacke zwang Andrej zurückzuweichen; sein nachgesetzter Stich verwundete den Mann nicht so schwer, wie er gehofft hatte, ließ ihn aber trotzdem stolpern und auf die Knie fallen. Möglicherweise war das die Entscheidung. Ein blitzschneller Schritt, um ihm nachzusetzen, und diesmal würde er keine Sekunde zögern, sondern den Kampf mit einem sauberen Hieb beenden. Der Fremde war zu gut, um ihm eine zweite Chance zu geben.

Aber hinter ihm schrie Frederic noch immer. Andrej setzte dem Goldenen nach, warf aber in der Bewegung einen Blick über die Schulter zurück.

Was er sah, ließ ihn vor Entsetzen schier erstarren. Es *waren* drei Männer gewesen, aber nur zwei hatten sich – wohl im Vertrauen auf die vermeintliche Überlegenheit des Kriegers in der Messingrüstung – an dem Überfall auf ihn beteiligt.

Der dritte jagte Frederic.

Bisher schien es dem Jungen gelungen zu sein, sich zwischen den Felsbrocken und Bäumen auf dem Hang in Sicherheit zu bringen. Nun aber hatte ihn der Angreifer in die Enge getrieben und stand mit hoch erhobenem Schwert über ihm.

Andrej reagierte, ohne nachzudenken. Er hatte die Wahl, ein Leben zu nehmen oder eines zu retten, und er entschied sich instinktiv richtig: Statt den hilflos vor ihm Knienden zu enthaupten, wirbelte er herum und schleuderte sein Schwert. Die Waffe verwandelte sich in einen silbernen Blitz, traf den Mann über Frederic zwischen den Schulterblättern und schmetterte ihn zu Boden.

Aber den Bruchteil eines Atemzuges, bevor dies geschah, senkte sich sein Schwert auf Frederic hinab ... Die Schreie des Jungen verstummten, und Andrej rannte los. Er konnte hören, wie der Goldene hinter ihm ein überraschtes Grunzen ausstieß und in die Höhe taumelte. Zweifellos würde er sich im nächsten Moment nach seiner Waffe bücken und ihn erneut angreifen.

Andrej verschwendete nicht einmal einen Gedanken daran. Frederic durfte nicht tot sein. Nicht auch noch er! Der Junge war alles, was ihm geblieben war. Mit fünf, sechs gewaltigen Sätzen erreichte er die Felsen, zwischen denen sich Frederic verkrochen hatte. Der tote Krieger war über dem Jungen zusammengebrochen, das Schwert war seiner Hand entglitten. Andrej registrierte entsetzt, dass die Klinge voller Blut war.

Mit einer gewaltigen Kraftanstrengung hievte er den Toten von Frederic herunter.

Der Körper des Jungen war voller Blut. Sein Hemd war aufgerissen, und das Fleisch darunter glitzerte im frischen Rot des Todes.

Er war zu spät gekommen, vielleicht nur um den Bruchteil einer Sekunde, aber trotzdem zu spät.

Frederic war tot.

Und im ersten Moment wollte er nichts anderes als Rache.

Der Schmerz, den er erwartet hatte, kam nicht. Er war nicht einmal wirklich erschrocken, aber die schwarze Flamme in seinem Inneren explodierte jäh zu einer brüllenden Feuersbrunst, die nach Nahrung schrie, nach Blut, um den Schmerz wegzuwischen, der ihm angetan worden war. Er fuhr herum, riss das Sarazenenschwert aus dem Körper des toten Kriegers und wandte sich wieder dem Waldrand zu. Er spürte noch immer nichts; nur diese schreckliche, verzehrende Kälte, mit der das schwarze Feuer in ihm nach Rache schrie.

Wie erwartet hatte der Goldene die Gelegenheit genutzt, sich aufzurichten und seine Waffe wieder an sich zu nehmen. Aber er verzichtete darauf, ihn anzugreifen. Der Mann in der gold schimmernden Rüstung stand hoch aufgerichtet, aber fast reglos am Waldrand und sah auf ihn herab.

Delãny machte einen Schritt auf ihn zu, blieb jedoch wieder stehen, als der Fremde den Kopf schüttelte.

»Nicht jetzt, Delãny«, sagte er.

»Komm her«, antwortete Andrej. »Bring es zu Ende – so oder so!«

»Nicht jetzt«, wiederholte der Fremde. »Du bist gut, Delãny – aber noch nicht gut genug. Wir sehen uns wieder, das verspreche ich dir.«

Und damit verschwand er, so schnell und lautlos, wie er aufgetaucht war. Andrej spürte seine Nähe noch für einen winzigen Augenblick, doch dann erlosch auch dieses Gefühl einer dunklen, dräuenden Präsenz, die bisher wie ein übler Geruch über dem Waldrand gelegen hatte.

Und endlich kam der Schmerz.

Andrejs Hände begannen zu zittern. Das schwarze Feuer in seiner Seele erlosch, doch zurück blieb keine Asche, sondern ein roter, brodelnder See aus schierer Pein. Seine Augen füllten sich mit Tränen, und seine Hände zitterten immer stärker. Er hatte Mühe, sein Schwert einzustecken, und die winzige Bewegung, sich zu Frederic herumzudrehen und auf den Jungen hinabzublicken, überstieg fast seine Kräfte.

Frederic lag auf dem Rücken. Seine Augen standen weit offen, und der Ausdruck darin schwankte zwischen Verständnislosigkeit und allmählich aufkeimendem, fassungslosem Entsetzen.

»Was ... ist passiert?«, murmelte er. »Hast du ihn getötet?«

Für die Dauer eines Herzschlages war Andrej einfach nicht fähig zu begreifen, was er sah. Frederic lebte. Er lag in einem See von Blut, seine Kleider waren zerfetzt, und er musste furchtbar schlimm verletzt sein, aber er *lebte*!

Andrejs Fassungslosigkeit machte einer jähen, fast schmerzhaft tiefen Erleichterung Platz.

»Nicht bewegen!«, sagte er hastig. »Um Gottes willen, rühr dich nicht! Bleibe ganz ruhig liegen!«

Er ließ sich neben Frederic auf die Knie sinken und drückte die Schultern des Jungen zurück, als der sich aufrichten wollte.

»Hast du ihn getötet?«, wiederholte Frederic. Seine Stimme klang belegt. Vielleicht war die Schwäche, die Andrej darin hörte, schon die erste Berührung des Todes.

Er schüttelte den Kopf. »Nein«, sagte er. »Aber das spielt jetzt keine Rolle. Du musst ...«

Andrej brach mit einem überraschten Stirnrunzeln ab. Während er sprach, hatte er behutsam mit den Fingern den Leib des Jungen abgetastet, um die Schwere der Verletzung zu erkunden, die ihm das Schwert zugefügt hatte. Frederics Brust war voller Blut, aber die Haut darunter war unversehrt.

»Du bist ... nicht verletzt?«, fragte er zweifelnd.

Frederic richtete sich benommen auf – diesmal ließ Andrej es zu –, sah an sich hinab und machte eine Bewegung, die irgendwo zwischen einem Achselzucken und einem Kopfschütteln lag.

»Nein«, sagte er zögernd. Es klang eher wie eine Frage als wie eine Feststellung.

Andrej starrte ihn an. Er hatte nicht *wirklich* gesehen, wie das Schwert Frederic getroffen hatte. Vielleicht hatte er einfach Glück gehabt. Vielleicht hatte die Klinge des Mörders nur sein Hemd zerfetzt, ohne die Haut darunter auch nur zu ritzen, und vielleicht stammte all das Blut tatsächlich nur von dem Toten, der über ihm zusammengebrochen war. Aber vielleicht ... er verscheuchte erschrocken den Gedanken. Er musste sich hüten, mehr in Frederic zu sehen, als da war. Es war ein Zufall, ein unglaublicher Zufall, aber mehr auch nicht.

Um seine eigene Verwirrung zu überspielen, zwang er sich zu einem nervösen Lächeln und stand mit einer viel zu heftigen Bewegung auf.

»Hast du Schmerzen?«, fragte er.

»Nein.« Diesmal *war* es eine Feststellung. Frederic drehte sich schwerfällig herum, sodass er für kurze Zeit reglos auf Händen und Knien dahockte, schüttelte den Kopf und stand dann übertrieben umständlich auf. Andrej beobachtete ihn sehr aufmerksam, bereit, beim geringsten Anzeichen von Schwäche sofort einzugreifen.

Es war nicht nötig. Frederic zitterte am ganzen Leib, war aber ganz offensichtlich wirklich unverletzt, auch wenn es an ein Wunder grenzte. Vielleicht hatte sich das Schicksal einfach entschieden, einen winzigen Teil der Schuld zurückzuzahlen, die es ihm gegenüber hatte.

Frederic drehte sich unsicher zu ihm um, sah einen Moment lang ihn und einen sehr viel längeren Augenblick den Krieger an. Dann holte er aus und trat dem Toten so wuchtig in die Rippen, dass der auf die Seite rollte. Andrej wollte ihn ganz instinktiv zurückreißen, führte die Bewegung dann aber nicht zu Ende, sondern legte ihm nur sanft die Hand auf die Schulter.

Frederic schüttelte sie ab und holte zu einem weiteren Tritt aus, setzte den Fuß dann aber wieder ab. Auf seinem Gesicht kämpften die widersprüchlichsten Gefühle miteinander, aber am stärksten waren wohl doch Furcht und Hilflosigkeit.

»Warum hast du das getan?«, fragte Andrej leise.

Frederic starrte ihn trotzig an und schwieg.

»Weil er dich töten wollte?«, fragte Andrej. »Oder weil er zu denen gehört, die Borsã überfallen haben?«

Frederics Augen wurden schmal. »*Du* hast ihn getötet«, sagte er.

»Das war etwas anderes«, widersprach Andrej. Er sah die Verwirrung, die seine Worte auf Frederics Gesicht auslösten, und ganz plötzlich begriff er, wie wichtig dieser Moment für den Jungen war. Was immer er jetzt sagte, mochte vielleicht darüber entscheiden, wie Frederics Leben weiter verlief.

»Warum?«, fragte Frederic trotzig. »Weil du ein Krieger bist und ich ein Kind?«

»Weil er dich töten wollte«, antwortete Delãny. »Ich habe ein Leben ausgelöscht, um ein anderes zu retten.«

»Und wer gibt dir das Recht dazu?«

Andrej fühlte sich hilflos. Michail Nadasdy hatte ihn so vieles gelehrt, aber auf eine Situation wie diese hatte er ihn nicht vorbereitet.

»Ich weiß es nicht«, gestand er nach kurzem Zögern. »Vielleicht gibt es keinen Grund, der schwer genug wiegt, ein Leben auszulöschen. Aber wenn ich wieder vor der Entscheidung stünde, würde ich es wieder tun.«

»Hast du den Goldenen Ritter deshalb verschont?« fragte Frederic böse. Seine Feindseligkeit war nichts als Trotz, kindlicher Zorn und vor allem Furcht, die ein Ventil suchte und dafür verantwortlich war, dass der Junge einfach auf den ersten Menschen losging, den er sah. Sie hätte von Andrej abprallen sollen, ohne ihn zu verletzen, aber das genaue Gegenteil war der Fall. Die Worte taten so weh, dass er für einen Moment nicht in der Lage war, etwas darauf zu erwidern.

»Ich bin nicht ganz sicher, wer wen verschont hat«, sagte er schließlich. »Aber wir werden uns wiedersehen, keine Sorge.«

Er drehte sich mit einem Ruck herum. »Komm mit«, sagte er. »Wir haben einen Gefangenen. Ich bin sicher, er hat eine Menge interessanter Dinge zu erzählen.«

Der dritte Angreifer hatte versucht, sich davonzuschleppen und den Waldrand zu erreichen, aber seine Kräfte hatten ihn auf halber Strecke verlassen. Er lag wimmernd im Gras. Als Andrej und Frederic herankamen, hob er die Arme vors Gesicht und schluchzte vor Angst. Vielleicht auch vor Schmerz. Sein rechtes Knie war zertrümmert. Andrej musste nur einen einzigen flüchtigen Blick darauf werfen, um zu wissen, dass es nie wieder heilen würde.

Der Anblick versetzte ihm einen leichten, aber überraschend schmerzhaften Stich. Auch das war etwas, worauf Michail Nadasdy ihn nicht hatte vorbereiten können. Er hatte ihn gelehrt, mit Fußtritten, Ellbogenstößen und Schlägen der bloßen Hand armdicke Holzscheite zu zertrümmern, und er hatte ihm gesagt, dass er mit der gleichen Leichtigkeit Knochen zerbrechen und Schädel einschlagen konnte.

Aber es gab einen Unterschied zwischen *Wissen* und *Erleben*, und dieser Unterschied war entsetzlich.

Er bedeutete Frederic mit einer Kopfbewegung, zurückzubleiben, ließ sich neben dem Verwundeten auf die Knie sinken und zwang mit sanfter Gewalt seine Arme herunter.

»Du brauchst keine Angst zu haben«, sagte er. »Ich werde dir nichts tun.«

Seine Worte zeigten keine Wirkung. Die Furcht in den Augen des Mannes explodierte zu nackter Panik, er begann am ganzen Leib zu zittern.

»Nein!«, wimmerte er. »Rühr mich nicht an! Du bist der Teufel! Es ist wahr, was sie über dich erzählen.«

»Was erzählen sie denn?«, fragte Andrej.

»Dass ihr mit dem Teufel im Bunde seid«, wimmerte der Krieger.

»Wir?«

»Die Delãnys«, antwortete er. »Ihr seid Zauberer. Hexer, die sich der schwarzen Magie verschrieben haben.«

Andrej sah aus den Augenwinkeln, wie Frederic zusammenzuckte, widerstand aber der Versuchung, sich zu dem Jungen herumzudrehen.

»Habt ihr Barak deshalb gefoltert?«, fragte er.

»Ihr seid Hexer«, beharrte der Mann. »Ihr seid mit dem Teufel im Bunde. Niemand kann euch töten.«

»Wenn du das wirklich glaubst, dann war es ziemlich töricht von euch, es überhaupt zu versuchen«, antwortete Andrej. Er zwang sich, das verletzte Bein des Mannes einer zweiten, eingehenderen Untersuchung zu unterziehen, jedoch ohne zu einem anderen Ergebnis zu gelangen. Der Verletzte würde für den Rest seines Lebens ein Krüppel bleiben, falls er nicht in den nächsten Tagen an Wundbrand starb. Andrej konnte nichts für ihn tun – außer vielleicht seine Schmerzen ein wenig zu lindern. Ohne auf die schwachen Proteste des Mannes zu achten, tastete er nach einem der versteckten Nervenknoten, die Michail Nadasdy ihm gezeigt hatte, und übte für einige Momente einen schwachen Druck darauf aus. Die Schmerzen des Mannes würden nicht völlig verschwinden, aber doch auf ein weitaus erträglicheres Maß herabsinken. Wenigstens für eine Weile.

»Bevor du es sagst«, bemerkte er. »Das war keine Zauberei und auch kein Teufelswerk, sondern nur eine uralte Heilkunst aus einem fernen Land.«

Es war sinnlos. Die Angst auf den Zügen des Mannes erreichte ein Maß, das Andrej nicht mehr nachempfinden konnte. Es war gleich, was er zu ihm sagte oder was nicht, der Krieger war nicht mehr in der Verfassung, irgendetwas anderes zu empfinden als Angst.

»Wie ist dein Name?«, fragte er.

»Draškovic«, antwortete der Krieger.

»Draškovic, gut.« Delãny nickte und legte sich seine nächsten Worte sehr sorgfältig zurecht. Es war möglich, dass er den Krieger umbrachte, wenn er die falsche Frage stellte oder Draškovic die falsche Antwort gab.

»Wer hat euch nach Borsã geschickt, Draškovic?«, fragte er.

»Vater Domenicus«, antwortete Draškovic. »Lass mich in Ruhe! Geh! Töte mich, wenn du willst, aber ich ... ich werde nicht mehr mit dir reden.«

»Ich werde dich nicht töten, Draškovic«, sagte Andrej ruhig. Er hasste sich für seine nächsten Worte, aber als er sie aussprach, klang seine Stimme so kalt und drohend, dass er fast Angst vor sich selbst bekam. Vielleicht war das schwarze Feuer in ihm nicht erloschen, sondern hatte etwas in Brand gesetzt, das nun tief am Grunde seiner Seele wie ein böses Geschwür heranwuchs.

»Ich werde dich nicht töten, Draškovic«, wiederholte er. »Weder jetzt noch später. Wenn du meine Fragen ehrlich beantwortest, wird dir nichts geschehen. Wenn du dich weigerst oder lügst, werde ich deine Seele nehmen.«

Draškovic starrte ihn an. Er wollte etwas erwidern, aber seine Stimme verweigerte ihm den Dienst.

»Ich bin kein Zauberer, und ich bin auch nicht der Teufel«, fuhr Andrej fort. »Aber ich weiß, wie man ihn ruft. Wer ist Bruder Domenicus, und warum habt ihr die Delãnys überfallen?«

Draškovic zitterte immer heftiger, und die Angst in seinen Augen wurde zu etwas, das die Grenzen des Wahnsinns berührte.

Dann begann er zu reden.

4

Es würde wohl Mitternacht werden, bis sie Constãntã erreichten, und diese Nacht war schon jetzt viel kälter als die zurückliegenden. Seit einer Stunde konnten sie das Meer riechen, und die Temperaturen schienen mit jeder Meile, die sie sich der Küste näherten, weiter zu fallen. Der Winter war noch zu weit entfernt, als dass sie mit Schnee rechnen mussten, aber kalt genug dazu war es, zumindest nach Andrejs Empfinden.

Delãny wickelte sich zitternd enger in der Decke ein, die er um die Schultern geschlungen hatte, und wechselte auf die andere Seite des Pferdes, um auf diese Weise dem schneidenden Wind zu entgehen, der ihnen entgegenblies. Es half nichts. Er fror immer stärker, als käme die Kälte gar nicht von außen, sondern kröche aus seinem Inneren hervor.

Obwohl sie seit Einbruch der Dämmerung auf den Schutz des Waldes verzichtet hatten und auf der schlecht gepflasterten Straße reisten, die nach Constãntã und zur Küste führte, kamen sie viel langsamer voran, als Andrej erwartet hatte.

Sie konnten es nach wie vor nicht riskieren, mit Menschen zusammenzutreffen; nun vielleicht weniger denn je. Frederic hatte die letzten Tage über kaum ein Wort gesprochen, und Andrej konnte einfach nicht voraussagen, wie er reagieren würde, wenn sie einem Fremden begegneten.

Er konnte nicht einmal mit Bestimmtheit vorhersagen, wie *er* reagieren würde.

Das Gespräch mit Draškovic hatte lange gedauert, und was Andrej erfahren hatte, das hatte ihn nicht nur mit einer Mischung aus Entsetzen und Zorn erfüllt, die noch jetzt in ihm wühlte, sondern ihn auch zutiefst erschüttert. Möglicherweise sogar mehr, als ihm zu diesem Zeitpunkt bewusst war.

»Wie weit ist es noch?«, fragte Frederic leise.

Delãny sah den Jungen einen Augenblick lang besorgt und zugleich abschätzend an. Frederic hatte kaum noch mit ihm gesprochen, seit sie das kleine Tal verlassen hatten, aber heute war er besonders schweigsam gewesen. Seit Einbruch der Dunkelheit waren es überhaupt die ersten Worte, zu denen er sich herabließ. »Noch ein gutes Stück«, sagte er schließlich. »Zwei oder drei Stunden. Vielleicht auch mehr.«

Frederic zog mit der linken Hand die Decke zusammen, in die er sich ähnlich wie Andrej gewickelt hatte, und sah von der Höhe des Pferderückens nachdenklich auf ihn herab. Obwohl sie sich ganz nahe waren, reichte das Licht nicht aus, um den Ausdruck auf seinem Gesicht zu erkennen. Der Mond war zu einer schmalen Sichel zusammengeschmolzen, und ein guter Teil der Sterne am Himmel verbarg sich hinter schwarzen, tief hängenden Wolken. Vielleicht war es gut, dass er Frederics Blick nicht genau sehen konnte. Der

Junge hatte keinen Hehl daraus gemacht, dass er Draškovic am liebsten getötet hätte, und er verachtete Andrej dafür, dass dieser es nicht getan hatte.

»Wieso reiten wir so langsam?«, fragte er nach einer Weile.

Weil wir ihnen zu nahe sind, dachte Delãny. *Und weil ich nicht weiß, was ich tun soll, wenn wir sie tatsächlich einholen.*

Er hütete sich, diesen Gedanken laut auszusprechen, aber Tatsache war, dass sie Vater Domenicus und seine Schergen leicht hätten einholen können, hätte er es wirklich gewollt. Ihr Vorsprung betrug höchstens noch eine Stunde, eher weniger. Allein seit Einbruch der Dunkelheit glaubte Andrej die Nähe anderer Menschen gespürt zu haben, zweimal mindestens; ganz schwach nur, wie den ersten Schimmer von nicht mehr ganz so tiefem Schwarz am Horizont, kurz bevor der Morgen zu grauen beginnt – mehr Ahnung als Wissen. Aber das Gefühl war da gewesen, und schließlich fand er auch Spuren, die auf eine größere Menschengruppe hinwiesen, die kurz vor ihm hier entlanggekommen war. Er hatte jedes Mal angehalten und hatte sich genauer umgesehen; das verdächtige Aufblitzen von Metall im letzten Sonnenlicht oder die Reflexion glatt polierten Zaumzeugs wären ihm wohl ebenso wenig verborgen geblieben wie das Schnauben der Pferde und das Klirren von Waffen. Schließlich hatte er keine besondere Lust, in einen zweiten und diesmal sicher besser vorbereiteten Hinterhalt zu tappen.

»Du hast Angst«, sagte Frederic, als Andrej nicht auf seine Frage antwortete. Seine Stimme troff vor Verachtung.

»Ich bin müde«, sagte Andrej leise. »Genau wie du. Die Wunden, die ich mir im Kampf zugezogen habe, sind noch nicht vollständig verheilt ...«

»Sie sind schneller verheilt, als sie es sollten«, sagte Frederic gehässig. »Zumindest ist damit bewiesen, dass du ein Delãny bist. Du wirst wahrscheinlich genauso lang leben wie Barak – bis dich jemand gewaltsam tötet!«

»Das könnte schneller passieren, als dir lieb ist«, sagte Andrej ärgerlich. »Ich fühle mich bei Weitem noch nicht in der Lage, einen weiteren Kampf gegen so überlegene Gegner wie die goldenen Ritter durchzustehen. Zumal sie es uns beim nächsten Mal nicht mehr so leicht machen werden.«

»Du *hast* Angst«, beharrte Frederic. »Du bist kein großer Krieger, Andrej Delãny. Du bist nur ein Aufschneider, der gelernt hat, ein bisschen mit dem Schwert herumzufuchteln.«

Vielleicht hat er damit sogar recht, dachte Andrej. Er *hatte* Angst, wenn auch aus einem ganz anderen Grund, als Frederic annahm.

»Wir haben Zeit«, sagte er leise. Diese Worte klangen selbst in seinen eigenen Ohren nach nichts anderem als einer billigen Ausrede, und Frederic ließ sich nicht einmal zu einer Antwort herab. Trotzdem fuhr Andrej nach ein paar Sekunden fort: »Wir wissen, wohin sie wollen.«

»Wenn der Kerl die Wahrheit gesagt hat«, grollte Frederic. »Wahrscheinlich hat er gelogen, damit wir in eine Falle laufen.«

»Das glaube ich nicht.« Andrej schüttelte überzeugt den Kopf. Der Mann hatte Todesängste ausgestanden. Und er hatte *geglaubt*, was Andrej über den Teufel und seine Seele gesagt hatte. Ein Mensch in dieser Verfassung war nicht imstande zu lügen.

»Wir brauchen einen Platz für die Nacht«, sagte er, ganz

bewusst das Thema, aber auch Tonfall und Lautstärke wechselnd. »So, wie wir aussehen, erregen wir zu großes Aufsehen.«

»Um diese Zeit?« Frederic schüttelte heftig den Kopf. »Niemand wird uns aufnehmen.«

»Niemand wird einen frierenden Mann und einen verletzten Jungen fortschicken, die mitten in der Nacht an die Tür klopfen«, widersprach Andrej. »Du brauchst frische Kleider und ein paar Stunden Schlaf – und ich auch«, fügte er etwas leiser hinzu. Vor allem aber brauchte er Zeit, um sich einen vernünftigen Plan zurechtzulegen und sich über vieles klar zu werden. Frederic schien seine Gedanken zu erraten; er widersprach zwar nicht, doch in seinen Augen blitzte es so zornig auf, dass Andrej es trotz der Dunkelheit deutlich sehen konnte. Die Verachtung des Jungen schmerzte. Viel stärker, als sie hätte sollen.

Sie versanken wieder in das gleiche, unangenehme Schweigen, in dem sie einen Großteil des Tages verbracht hatten. Die Kälte wurde immer schlimmer. Andrejs Zähne begannen zu klappern, und der Wind, der wie mit unsichtbaren Nadeln in seine Hände und sein ungeschütztes Gesicht biss, schien sich mit der Kälte in seinem Inneren zu vereinen, als wollte er alles Leben mit dem eisigen Feuer der Hölle aus ihm herausbrennen.

Eine gute halbe Stunde ritt Frederic schweigend neben ihm her. Wäre die Nacht klarer gewesen, dann hätten sie das Meer und vielleicht sogar Constãntã schon sehen können; so aber war alles, was Delãny von der Hafenstadt wahrnahm, ein blassrosa Schimmer am Himmel. Es musste wohl so sein, wie Michail Nadasdy behauptet hatte: Die großen Städte schliefen niemals. Andrej war über diese Erkenntnis jedoch nicht besonders erfreut. Ihre Chancen, unbemerkt in die Stadt zu kommen, sanken auf diese Weise dramatisch.

Frederic richtete sich plötzlich im Sattel auf und blickte konzentriert nach vorne, und erst als Andrej seinem Blick folgte, sah auch er den Lichtschein, der ein Stück vor ihnen am Wegesrand aufgetaucht war. Ein Haus, vielleicht auch ein kleines Gehöft, in dem trotz der späten Stunde noch Licht brannte.

Andrej blieb einen Moment lang stehen und horchte in die Nacht hinaus. Aber da war nichts; kein verdächtiges Geräusch, das auf die Anwesenheit von Menschen hinwies, die hier auf sie lauern mochten.

Trotzdem waren alle seine Sinne bis zum Zerreißen angespannt, als sie sich dem Gebäude näherten. Dass Domenicus mit seinen Leuten nicht hier war, bedeutete nicht, dass er nicht ein paar seiner Männer zurückgelassen hatte, die auf Frederic und ihn warteten. Der goldene Ritter hatte gesagt, dass sie sich wiedersehen würden, und dies war die einzige Straße, die von Norden her nach Constãntã führte. Draškovic hatte berichtet, dass sie die Gefangenen auf ein Schiff bringen würden, und Constãntã war der größte Hafen weit und breit: Eine aus transsilvanischer Sicht riesige Hafenstadt am Schwarzen Meer, auf die die Türken begehrlich blickten, konnte man von hier aus doch wichtige Handelswege ins Landesinnere und bis hoch zum Donaudelta und den Karpaten kontrollieren.

Wenn es eine Falle war, dann war sie so gut vorbereitet, dass er sie nicht erkennen konnte. Die Nacht blieb still. Niemand stürzte sich aus der Dunkelheit auf sie, und auch, als sie sich dem Gebäude selbst näherten, blieb alles ruhig.

Es war ein großes, offenbar vor noch nicht allzu langer Zeit errichtetes Gasthaus, an das sich noch mehrere andere, in der Dunkelheit allerdings nur schemenhaft zu erkennende Gebäude anschlossen. Durch die geschlossenen Fensterläden drang unverständliches Stimmengemurmel, und vor der Tür waren vier Pferde und zwei oder drei schlecht genährte Maulesel angebunden. Andrej unterzog insbesondere die Pferde einer schnellen, aufmerksamen Musterung, deren Ergebnis ihn jedoch beruhigte. Die Tiere sahen nicht so aus, als gehörten sie Kriegern.

Er band den Hengst neben den drei Mauleseln an, hob Frederic ohne viel Federlesens aus dem Sattel und überzeugte sich davon, dass sein mit eingetrocknetem Blut besudeltes Hemd vollkommen unter der Decke verborgen war, die sich der Junge umgeworfen hatte.

»Wenn wir hineingehen, überlässt du mir das Reden«, sagte er eindringlich.

Frederic starrte ihn trotzig an und presste die Lippen aufeinander, aber er widersprach wenigstens nicht, und Andrej drehte sich wieder herum und betrat das Gasthaus.

Ein Schwall abgestandener Luft schlug ihm entgegen und ein Durcheinander von Gerüchen und Geräuschen – vor allem aber die behagliche Wärme eines Feuers, das in einem gewaltigen Kamin an der gegenüberliegenden Wand prasselte. Bedachte man die fortgeschrittene Stunde, dann hielt sich noch eine erstaunliche Anzahl von Gästen in der Herberge auf. Andrej schätzte, dass mindestens ein Dutzend Männer unterschiedlichen Alters an den einfachen Tischen saßen, sich lautstark unterhielten und tranken. Niemand schien daran Anstoß zu nehmen, dass Frederic und er noch zu so später Stunde hereinkamen. Die meisten Gäste sahen zwar kurz von ihrem Getränk auf oder unterbrachen ihre Unterhaltung, aber kaum einer schenkte ihnen mehr als einen flüchtigen Blick. Abgesehen von dem Wirt vielleicht, dessen Interesse aber wohl eher geschäftlicher Natur war. Nun, sie waren nicht mehr in Borsã, sondern in der Nähe einer großen Stadt, deren Einwohnerzahl in die Tausende ging. Wahrscheinlich verlief das Leben hier nach anderen Regeln als im Borsã-Tal.

Andrej bugsierte Frederic ins Haus, schloss mit der linken Hand die Tür hinter sich und deutete gleichzeitig mit einer Kopfbewegung auf den freien Tisch, der dem Kamin am nächsten war. Mittlerweile nahm kaum noch einer der Gäste von ihnen Notiz. Aber er konnte spüren, wie ihnen die misstrauischen Blicke des Wirtes folgten, während sie zum Tisch gingen und sich daran niederließen.

Kaum hatten sie das getan, kam er auch schon hinter der Theke hervor und steuerte auf sie zu. Er war ein sehr großer, fast kahlköpfiger Mann mit schwieligen Händen und einem Gesicht, das älter aussah, als es wohl tatsächlich war. Er trug einfache Kleidung und darüber eine fettige Lederschürze.

»So spät noch unterwegs?«, fragte er anstelle einer Begrüßung.

Andrej nickte. »Wir sind froh, dass wir Euer Gasthaus gefunden haben. Wir wollten nach Constãntã, aber der Weg scheint doch weiter zu sein, als wir geglaubt haben«, antwortete er, wobei er die Erschöpfung in seiner Stimme nicht einmal schauspielern musste.

»Das geht vielen so«, sagte der Wirt. »Was kann ich für euch tun?«

»Ein Bier wäre nicht schlecht«, antwortete Andrej. »Und für meinen Bruder vielleicht ein Glas heiße Milch.«

»Ich nehme auch ein Bier«, protestierte Frederic.

»Ein Bier und eine Milch also«, sagte der Wirt ungerührt. »Könnt ihr denn auch bezahlen?«

Das unverhohlene Misstrauen, das aus dieser Frage sprach, ärgerte Andrej. Aber er verbiss sich die scharfe Antwort, die ihm auf der Zunge lag, griff stattdessen in die Tasche und zog einige der kleinen Münzen heraus, die sie Draškovic und dem toten Krieger abgenommen hatten. So vollkommen unberechtigt, wie es ihm im ersten Moment erschienen war, war das Misstrauen des Mannes eigentlich gar nicht. Noch vor ein paar Tagen hätte er die bestellten Getränke nicht bezahlen können.

Der Mann steckte die Münzen ein und fragte: »Auch etwas zu essen?«

»Wenn in der Küche noch ein Feuer brennt, wäre das wunderbar«, antwortete Andrej. Er war nicht einmal besonders hungrig, aber Frederic brauchte etwas in den Magen. Ein nicht geringer Teil seiner niedergeschlagenen Stimmung rührte vielleicht von dem profanen Grund her, dass sie seit dem frühen Morgen nicht mehr als eine Handvoll Beeren zu sich genommen hatten.

»Kalter Braten und Kohl«, antwortete der Wirt. »Und bevor du fragst: Es ist kein Zimmer mehr frei, aber ihr könnt im Pferdestall schlafen. Es kostet nichts.«

»Danke«, antwortete Andrej überrascht. »Das nehmen …«

»Wir müssen weiter«, fiel ihm Frederic ins Wort. »Wir

haben versprochen, heute in der Stadt zu sein, hast du das schon vergessen?«

»Wir nehmen Euer Angebot gerne an«, sagte Andrej. Er warf Frederic einen scharfen Blick zu. »Es spielt keine Rolle, ob wir heute nacht oder morgen in aller Frühe ankommen.«

Der Wirt zuckte mit den Schultern und ging, um ihre Bestellung zu holen. Frederic spießte Andrej mit seinen Blicken regelrecht auf.

»Ihr kämt sowieso nicht in die Stadt, Junge.«

Andrej drehte sich umständlich auf dem harten Stuhl herum, um den Mann anzusehen, der sich in ihr Gespräch gemischt hatte. Es war einer der Gäste vom Nebentisch, ein Mann von etwa vierzig Jahren mit schulterlangem braunen Haar und in einer Kleidung, die für Andrejs Geschmack viel zu bunt war. Sein Gesicht wirkte exotisch, ohne dass Andrej genau sagen konnte, warum, und die Art, wie er sprach, ließ erkennen, dass er den hiesigen Dialekt nicht in der Kinderstube gelernt hatte. Aber er hatte ein freundliches, offenes Gesicht und Augen, denen man ansah, dass sie gerne und oft lachten.

»Wieso?«, fragte Frederic.

Der Fremde griff nach seinem Bierkrug und nahm einen gewaltigen Schluck daraus, ehe er antwortete. »Sie schließen die Stadttore nach Einbruch der Dunkelheit«, sagte er. »Niemand kommt ohne einen Passierschein in die Stadt hinein oder aus ihr heraus. Habt ihr das nicht gewusst?«

»Nein«, antwortete Andrej. »Wir waren ... noch niemals hier.«

»Und wie es scheint auch noch in keiner anderen größeren Stadt, wie?« Der Mann lachte, und die drei anderen, die mit ihm am Tisch saßen, stimmten darin ein. Doch noch bevor Andrej entscheiden konnte, ob der Spott in ihren Stimmen nun verletzend war oder nicht, setzte er seinen Bierkrug ab und machte eine einladende Geste.

»Warum setzt ihr euch nicht zu uns?«, fragte er. »Ihr seht aus, als könntet ihr ein paar Ratschläge gebrauchen – und wir sind begierig darauf, Fremde kennenzulernen, die interessante Geschichten zu erzählen haben.« Er streckte die Hand aus. »Ich bin Ansbert. Das sind meine Brüder Vranjevc, Sergé und Krusha.«

Andrej zögerte einen Moment, griff dann aber nach der dargebotenen Hand und drückte sie. »Andrej Delãny«, antwortete er, »vom Borsã-Tal. Das ist mein Bruder Frederic.«

»Vom Borsã-Tal?«, wiederholte Ansbert. »Ihr kommt aus Transsilvanien?«, fügte Sergé fragend hinzu.

Andrej nickte und stand gleichzeitig auf, um am Nachbartisch Platz zu nehmen. Frederic war es seinem Trotz schuldig, noch einen Moment lang sitzen zu bleiben, schließlich folgte er ihm aber.

»Ja, wir kommen aus Borsã, einem Dorf, das an dem Fluss Brasan liegt«, sagte er. »Sagt jetzt nicht, ihr hättet noch nie was von diesem Fluß gehört.«

Er behielt die Gesichter Sergés und seiner drei Brüder scharf im Auge, während er dies sagte. Es war nicht ganz ungefährlich, sich unter seinem richtigen Namen vorzustellen – vor allem nach dem, was vor wenigen Tagen im Borsã-Tal passiert war –, aber er würde nichts in Erfahrung bringen, wenn er nicht zugleich auch bereit war, ein gewisses Risiko einzugehen. Auf den Gesichtern der drei Männer zeigte sich jedenfalls nicht die geringste Reaktion.

Ansbert schüttelte heftig den Kopf. »Ein Fluss namens Brasan?«, wiederholte er. »Nie gehört.« Er lachte. »Aber jetzt sei nicht beleidigt, Delãny. Wir sind nicht aus der Gegend. Du könntest die größte Familie Transsilvaniens anführen oder sogar der Thronfolger der Walachei sein, und wir wüssten wahrscheinlich trotzdem nicht, wer du bist.« Er trank wieder von seinem Bier und musterte Andrej und Frederic über den Rand des schweren Tonkruges hinweg. »Aber du siehst nicht aus, als wärst du ein Thronfolger«, fügte er hinzu.

»Wie sehe ich denn aus?«, erkundigte sich Andrej.

»Was wollt ihr in Constãntã?«, fragte Sergé, ehe sein Bruder antworten konnte. Hinter der Frage steckte mehr als bloße Neugier, das spürte Andrej. Und plötzlich begriff er auch, dass die Männer Frederic und ihn nicht nur aus purer Freundlichkeit an ihren Tisch gebeten hatten. Sie verfolgten eine ganz bestimmte Absicht. Er wusste nur noch nicht, welche.

»Wir ... wollen meine Schwester besuchen«, antwortete er vorsichtig. »Sie hat vor fünf Jahren nach Constãntã geheiratet. Seither haben wir sie nicht mehr gesehen.«

»Ihr kommt aus Transsilvanien hierher, nur um einen Familienbesuch zu machen?«, fragte Krusha. »Das ist ein weiter Weg.«

»Vater ist im letzten Frühjahr gestorben«, sagte Frederic plötzlich. »Jemand muss es Lugova sagen.«

Andrej unterdrückte den Impuls, dem Jungen einen überraschten Blick zuzuwerfen. Frederic hatte bis jetzt geschwiegen – aber das bedeutete ganz offensichtlich nicht, dass er nicht *zugehört* hatte. Vielleicht spürte er ja auch, dass mit diesen vier Männern irgendetwas nicht stimmte.

»Wißt ihr denn, wo eure Schwester wohnt?«, fragte Sergé. »Constãntã ist eine große Stadt, mein Junge. Du kannst eine Woche nach jemandem suchen, ohne ihn zu finden.«

»Oder auch zwei oder drei«, fügte Ansbert hinzu. »Vor allem jetzt.«

»Wieso jetzt?«, fragte Andrej.

»Es ist Markt«, antwortete Ansbert. »Die Menschen strömen von überall her in die Stadt.« Er machte eine ausholende Geste. »Das ist auch der Grund, weshalb meine Brüder und ich in dieser Kaschemme logieren statt in einer Herberge, die uns angemessen wäre. Es gibt in ganz Constãntã kein freies Zimmer mehr.«

»Ist das auch der Grund, aus dem sie nachts die Stadttore schließen?«, erkundigte sich Andrej.

Sergé starrte ihn mit einem Ausdruck von Überraschung an, der zu spontan war, um gespielt zu sein.

»Dieses Borsã muss wirklich sehr weit entfernt sein«, sagte er. »Ihr wisst anscheinend nicht, was in der Welt vorgeht.«

»Was *geht* denn vor?«, fragte Andrej.

Sergé und sein Bruder tauschten einen vielsagenden Blick, bevor Ansbert antwortete. »Krieg, Delãny«, sagte er.

»Krieg?«, fragte Andrej. »Wer gegen wen?«

»Irgendwer führt immer gegen irgendwen Krieg«, antwortete Ansbert achselzuckend. »Wer gegen wen ... das spielt doch keine Rolle mehr, oder?« Er zuckte die Achseln. »Noch ist er nicht ausgebrochen, aber man erzählt sich so einiges von der Türkengefahr. Schlechte Zeiten ziehen schlechte Menschen an, ist es nicht so?«

»Aber das ist manchmal nicht das Schlechteste, was einem passieren kann«, fügte Krusha hinzu.

Andrej sah aufmerksam von einem zum anderen. »Worauf wollt ihr hinaus?«, fragte er geradeheraus.

Ansbert lachte. »Ich habe mich nicht in dir getäuscht, Delãny«, sagte er. »Du scheinst ein kluger Mann zu sein.«

Der Wirt kam und brachte ihre Bestellung: einen Krug Bier für Andrej, heiße Milch für Frederic und zwei Portionen kalten Braten und nicht minder kalten Kohl. Der bloße Anblick der Mahlzeit ließ Andrej das Wasser im Munde zusammenlaufen, obwohl sie im Grunde alles andere als appetitlich aussah.

Sie unterbrachen ihr Gespräch, bis der Wirt wieder außer Hörweite war. Frederic begann das Essen in sich hineinzuschaufeln, und auch Andrejs Magen ließ ein lautstarkes Knurren hören, was Ansbert zu einem leisen Schmunzeln verleitete. Delãny griff nach dem Messer und dem hölzernen Löffel, die ihm der Wirt neben den Teller gelegt hatte, fing aber noch nicht an zu essen.

»Jedenfalls nicht klug genug, um zu verstehen, was ihr von uns wollt«, sagte er.

Ansbert nippte an seinem Bier. »Warum kommt ihr nicht mit uns?«, fragte er. »Du siehst nicht aus wie ein Schwächling. Meine Brüder und ich sind Schausteller. Wir können immer einen Mann gebrauchen, der zupacken kann und keine Angst vor Arbeit hat. Und für deinen Bruder finden wir auch eine Aufgabe.«

Für einen Moment konnte Andrej die Spannung, die zwischen den vier Brüdern in der Luft lag, fast mit den Händen greifen. Er wollte antworten, aber in diesem Moment ... hörte er von draußen das Klirren von Waffen und eine Stimme, deren fremdartiger Dialekt ihm nur zu bekannt vorkam.

Es war wie ein Schlag in den Magen. Andrej stockte für Sekundenbruchteile buchstäblich der Atem. Das Gefühl einer fremden, durch und durch *bösartigen* Präsenz schlug mit fast körperlicher Wucht über ihm zusammen, so schnell und brutal, dass er für die Dauer von zwei oder drei schweren Atemzügen nicht einmal in der Lage war, einen klaren Gedanken zu fassen, geschweige denn, irgendwie zu *reagieren*.

Es wäre ohnehin zu spät gewesen.

Die Tür flog auf, und drei, dann vier und schließlich fünf Männer in schweren Wollmänteln und Helmen betraten den Gasthof. Andrej wusste sofort, dass sie zu seinen Verfolgern gehörten.

Der goldene Ritter, der ihn mit dem Bihänder fast erschlagen hatte, war nicht dabei.

5

Ein sechster Mann betrat den Raum und zog mit einem übertrieben zur Schau gestellten Frösteln die Tür hinter sich zu. Als er sich herumdrehte, klaffte sein Mantel zwei Finger breit auseinander, und Andrej gewahrte darunter ein flüchtiges Aufblitzen wie von mattem Gold, vielleicht auch Messing, das durch die Kälte und Feuchtigkeit der Nacht beschlagen war.

Andrej senkte gerade rasch genug den Blick, um nicht aufzufallen. Alle Gäste hatten die Männer neugierig angestarrt, als sie hereinkamen, scheuten aber zugleich auch den direkten Blickkontakt mit den bewaffneten und nicht sonderlich freundlich aussehenden Gestalten.

Andrej hoffte, dass sein Verhalten in dieses Muster passte. Der Mann in dem Messingharnisch schenkte ihm jedenfalls keinerlei Beachtung, sondern gesellte sich mit schnellen Schritten zu seinen Kameraden am Schanktisch und bestellte dasselbe wie sie: ein Bier.

Die Gespräche im Raum setzten – allerdings deutlich leiser

als zuvor – wieder ein, und auch Andrej beugte sich wieder über seinen Teller und begann zu essen. Er nahm den Geschmack kaum wahr, so wenig wie die überraschten Blicke, die Ansbert und seine Brüder tauschten, oder sonst irgendetwas anderes. Die Präsenz des goldenen Ritters erfüllte die Gaststube mit einer solchen Macht, dass sie jeden anderen Sinneseindruck einfach erschlug. Es war nicht der Mann, gegen den er am Morgen gekämpft hatte.

Andrej sah aus den Augenwinkeln, wie Frederic sein Essbesteck sinken ließ. Der Junge war leichenblass geworden. Er hatte sich gut genug in der Gewalt, um die Männer an der Theke nicht anzustarren, aber seine Hände zitterten, zuerst ganz sacht, dann immer stärker, bis das Zittern seine Arme und Schultern hinauflief und schließlich von seinem ganzen Körper Besitz ergriff.

»Du musst dich beherrschen«, murmelte Andrej.

Zu seiner Überraschung reagierte Frederic mit einem nervösen Nicken auf seine Worte. Er fuhr sich unsicher mit der Zungenspitze über die Lippen und presste beide Hände flach neben seinem Teller auf den Tisch, um das Zittern zu unterdrücken.

»Kennt ihr diese Männer?«, fragte Sergé leise.

»Nein«, antwortete Andrej. »Jedenfalls … nicht direkt.«

Selbst das Sprechen fiel ihm schwer. Die Gegenwart des goldenen Ritters und seiner fünf Begleiter erfüllte den Raum wie ein erstickender Geruch, der ihm den Atem nahm und sich klebrig lähmend über seine Gedanken legte. Seine rechte Hand glitt in einer verstohlenen Bewegung vom Tisch und unter die Decke, in die er sich gewickelt hatte, und tastete nach dem Griff seines Schwertes. Nur um bereit zu sein. Er durfte es um keinen Preis zu einem Kampf kommen lassen, nicht gegen sechs Krieger zugleich, von denen ihm zumindest einer ebenbürtig, wenn nicht überlegen war, und vor allem nicht hier in der Herberge. Selbst wenn er gewann – woran er nicht wirklich glaubte –, würde ein Handgemenge in diesem engen, überfüllten Raum zu einem unbeschreiblichen Blutbad führen. Und es waren schon zu viele Unbeteiligte gestorben.

Worauf warteten die Männer? Warum musterten sie nicht die Gäste? Warum stellten sie dem Wirt nicht peinliche Fragen, um herauszubekommen, ob er Andrej kannte und etwas über seinen Aufenthaltsort wusste?

Sergé nahm einen großen Schluck aus seinem Bierkrug, wischte sich mit dem Handrücken den Schaum vom Mund und erhob sich. Andrejs Herz klopfte heftig in seiner Brust, als er sah, wie Sergé die Hand hob und den Männern an der Theke zuwinkte.

»Ihr Herren«, sagte er.

Frederics Augen wurden schwarz vor Angst, und Andrejs Herz schlug noch heftiger als zuvor. Hatte Sergé den Verstand verloren, oder wollte er sie verraten? Seine Hand schloss sich fester um den Griff des Sarazenenschwertes. Wenn der Gaukler glaubte, sich ein schnelles Kopfgeld verdienen zu können, würde er nicht mehr lange genug leben, um es in Empfang zu nehmen.

»Ihr Herren, entschuldigt bitte«, rief Sergé noch einmal.

Andrej widerstand mit einiger Mühe dem Drang, sich herumzudrehen, aber er konnte hören, wie mindestens zwei, drei Männer näher kamen.

»Was willst du?«, fragte eine barsche Stimme.

Sergé setzte ein betrunkenes Grinsen auf und prostete jemandem zu, der unmittelbar hinter Andrej stand. »Bitte entschuldigt die Störung, edle Herren«, lallte er mit schwerer Zunge, »aber meine Brüder und ich haben uns gefragt, ob wir nicht miteinander ins Geschäft kommen könnten.«

Andrej trank an seinem Bier und versuchte aus den Augenwinkeln einen Blick auf den Mann zu erhaschen. Er sah wenig mehr als einen Schatten, der zu dunkel und zu klein war, um zu dem goldenen Ritter gehören zu können. Seine Hand schloss sich fester um den Griff des Schwertes.

»Was bringt dich auf die Idee, dass wir an einem Geschäft mit euch interessiert sein könnten?«, fragte der Mann.

»Und was hättet ihr uns zu bieten?«, fügte eine zweite Stimme hinzu.

»Ihr seid auf dem Weg nach Constãntã, habe ich recht?«, fragte Sergé.

»Und wenn es so wäre?«

»Meine Brüder und ich haben dasselbe Ziel«, antwortete Sergé. »Wir fragen uns, ob wir gemeinsam weiterreiten könnten?«

»Wozu?« Diesmal hörte Andrej einen deutlichen Unterton von Misstrauen in der Stimme des Fremden heraus.

»Wir sind reisende Künstler«, sagte Sergé. »Morgen ist Markttag. Ein guter Standplatz ist bares Geld wert. Aber den werden wir nicht bekommen, wenn wir erst morgen früh nach Constãntã hineinkommen.«

»Das ist euer Problem«, mischte sich eine weitere Stimme mit einem Akzent ein, den er nicht vergessen würde – nicht, nachdem sich das Bild des goldenen Ritters auf seine Netzhaut eingebrannt zu haben schien, der mit dem drohend erhobenen Bihänder über ihm gestanden hatte und später, als sich das Blatt gewendet hatte, zu ihm gesagt hatte: »Was willst du? Meinen Namen oder meinen Kopf?«

»Wieso gibst du dich überhaupt mit diesem Gesindel ab, Bogesch?« fuhr der Mann mit dem schweren Akzent fort. »Wir haben keine Zeit für solchen Unsinn.«

Der Mann näherte sich, trat mit schnellen Schritten um den Tisch herum und blieb auf der anderen Seite stehen. Andrej wusste sofort, dass er es war. Er war sehr groß, hatte schulterlanges, gewelltes blondes Haar und wirkte deutlich jünger als der goldene Ritter, gegen den er vor ein paar Tagen gekämpft hatte. Sein Gesicht hätte sympathisch wirken können, wäre in seinen Augen nicht ein Ausdruck von Gier gewesen, der Delãny zutiefst erschreckte.

»Wir sind kein Gesindel«, lallte Sergé. Er spielte den Betrunkenen wirklich überzeugend. »Wir sind Künstler!«

»Künstler ..., soso.« Der goldene Ritter zog eine Augenbraue hoch. »Mir kommt ihr eher vor wie fahrende Diebe, die von einem Markt zum anderen reisen und nach Dummköpfen Ausschau halten, die sie um ihr Geld erleichtern können.«

Während er sprach, glitt sein Blick von einem Gesicht zum anderen. Zu Andrejs Überraschung musterte er ihn selbst kaum länger als die anderen, sah Frederic dafür aber umso aufmerksamer an.

»Verzeiht meinem Bruder, edler Herr«, sagte Ansbert. »Er ist betrunken und weiß nicht, was er tut. Sergé – entschuldige dich!«

»Was ist mit dem Jungen?« Der Ritter machte eine Kopfbewegung in Frederics Richtung. »Ist er krank?«

Frederic senkte den Blick und griff mit einer zitternden Hand nach seinem Löffel. Er hustete.

»Eigentlich nicht«, antwortete Ansbert. »Aber die Leute sind großzügiger, wenn sie glauben, ein krankes Kind zu sehen.«

»Er sieht nicht aus wie euer Bruder«, fasste der Goldene misstrauisch nach. »Eigentlich seht ihr alle nicht aus wie Brüder.«

Ansbert lachte leise. »Das kommt vielleicht daher, dass wir alle verschiedene Väter haben.«

»Die noch dazu aus verschiedenen Teilen der Welt zu stammen scheinen ...«, ergänzte der Blonde argwöhnisch. »Woher kommt ihr? Aus dem Norden?«

»Dort ist nichts zu holen«, antwortete Ansbert kopfschüttelnd. »Wir haben den Sommer bei dem Türkenpack verbracht und wollten nun hinauf nach Transsilvanien, doch ich glaube, der Weg lohnt nicht.«

»Hör auf, deine Zeit mit diesem Gesindel zu vertrödeln«, rief einer der Männer von der Theke her. »Wir müssen weiter. Malthus erwartet uns in einer Stunde.«

Der Ritter antwortete nicht sofort auf diese Bemerkung. Wieder sah er Frederic an, und ein sehr nachdenklicher Ausdruck machte sich auf seinem Gesicht breit, fast so, als wäre er überrascht, hier auf ihn zu treffen. Aber das war natürlich undenkbar. Der Mann und Frederic konnten sich überhaupt nicht kennen – jedenfalls nicht, wenn der Junge ihm den Ablauf des Überfalls auf Borsã korrekt wiedergegeben hatte. Aber was dann hatte die Reaktion des Ritters zu bedeuten? Spielte er ein Spiel mit ihnen?

»Überlegt Euch unser Angebot, edler Herr«, sagte Sergé

mit schwerer Zunge. »Wenn Ihr uns mit in die Stadt nehmt, dann wäre uns das ganz sicher ein hübsches Sümmchen wert.«

»Hört nicht auf ihn«, sagte Ansbert. »Wir haben gerade genug, um unser Bier zu bezahlen.« Er wandte sich in scharfem Ton an seinen Bruder. »Halt endlich den Mund! Ich habe keine Lust auf Ärger!«

Der Ritter starrte die beiden noch einen Moment lang abwechselnd an, dann aber zuckte er mit den Schultern und ging. Nur wenige Augenblicke später konnten sie hören, wie ein paar Münzen auf der Theke klimperten, und kurz darauf verließen die Männer den Schankraum.

Andrej atmete innerlich auf und löste endlich die Hand vom Schwert, wenn auch nur zögernd und beinahe widerwillig. Die Fremden waren gegangen, und mit ihnen verschwand auch das Gefühl ihrer mächtigen, feindseligen Gegenwart. Aber dennoch war er zutiefst verwirrt und nicht annähernd so erleichtert, wie er hatte sein sollen.

Er warf Sergé einen zornigen Blick zu, wandte sich aber zuerst an Frederic. Der Junge zitterte noch immer am ganzen Leib – wenn auch nicht mehr ganz so stark wie eben noch – und war so blass, dass er nun tatsächlich krank wirkte. Auf seiner Stirn und seiner Oberlippe perlte kalter Schweiß.

»So, ihr kennt diese Männer also nicht ...«, bemerkte Sergé spöttisch.

Andrej ignorierte ihn. »Das war einer von denen, die du in der Burg gesehen hast«, vermutete er.

Frederic nickte abgehackt. Praktisch in der gleichen Bewegung schüttelte er den Kopf. »Zwei«, sagte er.

»Zwei?« Andrejs Gesicht blieb unbewegt, aber er konnte

nicht verhindern, dass seine Stimme erschrockener klang, als vielleicht gut war.

»Der an ... an der Theke«, antwortete Frederic stockend. »Er war auch dabei. Es waren die beiden in den goldenen Rüstungen.«

»Das war kein Gold, Junge«, sagte Krusha. Er schüttelte heftig den Kopf. »Jedes Kind könnte mit einem rostigen Nagel diesen Brustharnisch aus Messing oder Kupfer durchdringen. Nur ein Dummkopf trägt einen solchen Panzer.«

Oder jemand, dem es gleich ist, fügte Delãny in Gedanken hinzu, *weil er keine Waffe fürchtet.*

»Zwei?«, fragte er. »Es waren diese zwei?«

»Diese zwei und der eine, gegen den du gekämpft hast«, sagte Frederic. »Ich vergesse ihre Gesichter nie.«

Ein Gefühl dumpfen Entsetzens machte sich in Andrej breit. Wenn diese Männer auch nur im entferntesten geahnt hätten, wer er und Frederic waren, hätten sie kaum mehr als noch ein, zwei Minuten zu leben gehabt.

Trotzdem war er einen Moment lang der Verzweiflung nahe. Er hatte den Kampf vor ein paar Tagen mit Mühe und Not überstanden; und wenn er ganz ehrlich war, verdankte er dies mehr dem Glück als seiner Geschicklichkeit im Kampf. Wie aber sollte er gegen gleich *drei* nahezu unverwundbare Feinde bestehen?

Einer der Männer am Nebentisch stand auf und schlurfte zur Theke, um seine Zeche zu zahlen; offensichtlich wollte er aufbrechen. Andrej wandte sich mit einem zornigen Schnauben an Sergé. »Bist du wirklich betrunken, oder hast du nur einen sehr sonderbaren Humor?«, fragte er.

Sergé hielt seinem Blick gelassen stand. »Ich weiß nur

gerne, mit wem ich es zu tun habe«, sagte er ruhig. »Ihr seid nicht auf dem Weg nach Constãntã, um eure Schwester zu besuchen. Was sind das für Kerle?«

»Keine, mit denen ihr euch abgeben solltet«, antwortete Andrej. Er warf Frederic einen auffordernden Blick zu und wollte aufstehen, aber Sergé streckte rasch die Hand über den Tisch und hielt seinen Arm fest. Andrej sah stirnrunzelnd an sich hinab, und der Schausteller zog die Hand nach einer Sekunde fast trotzig wieder zurück, fuhr aber dennoch in ruhigem Ton und mit einem breiten Lächeln fort: »Nicht so schnell, mein Freund. Vielleicht kommen wir ja doch noch ins Geschäft.«

»Das glaube ich kaum«, antwortete Andrej. »Wir sollten jetzt besser gehen.«

Sergés Blick wurde auf einmal hart, entspannte sich aber sofort wieder. Andrej spürte, dass sein Gegenüber alles andere als ein Feigling war, doch Sergé schien instinktiv zu wissen, dass er mit diesem sonderbaren Fremden besser keinen Streit anfing. Er hob nur die Schultern und setzte wieder sein gespielt-betrunkenes Lächeln auf. Andrej trat nun endgültig vom Tisch zurück und machte eine Geste in Frederics Richtung, ihm zu folgen.

Mittlerweile hatte der Mann, der vor ihnen aufgestanden war, die Tür erreicht und versuchte sie zu öffnen.

Es gelang ihm nicht.

Andrej verfolgte auch diese Bewegung nur aus den Augenwinkeln, aber irgendetwas daran alarmierte ihn über die Maßen, ohne dass er selbst genau sagen konnte, was es war. Er richtete sich angespannt auf, schlug mit der linken Hand die zum Mantel umfunktionierte Dekke zurück und legte die andere auf den geschnitzten Elfenbeingriff des Sarazenenschwertes. Sergés Augen wurden groß, als er die kostbare Waffe in Andrejs Gürtel gewahrte, doch dann folgte er dessen Blick – und auf einmal wirkte auch er sehr besorgt.

Der Gast – er war nicht mehr ganz nüchtern, aber auch nicht völlig betrunken – zerrte noch einmal vergeblich am Türgriff und wandte sich dann leicht schwankend zu dem Wirt hinter der Theke um. »Die Tür ... geht nicht auf.«

»Du bist besoffen, Kerl«, antwortete der Wirt grinsend. »Ich habe gar kein Schloss an der Tür.«

»Aber ich will ... raus«, lallte der Gast.

Sergé schob seinen Bierkrug beiseite und stand langsam auf. Seine rechte Hand glitt unter den Mantel, wo er zweifellos eine Waffe trug. »Da stimmt etwas nicht«, murmelte er. Das Gefühl einer drohenden Gefahr wurde so intensiv, dass Andrej es fast greifen konnte.

»Aber ich will raus«, lallte der Gast erneut. Der Wirt reagierte nur mit einem Achselzucken, und der Angetrunkene drehte sich wieder herum und begann ungeschickt an dem Fensterladen neben der Tür herumzuhantieren.

»Dann ... klettere ich eben aus dem Fenster«, nuschelte er.

»Nein«, flüsterte Andrej. Und dann schrie er: »*Nein! Weg vom Fenster*!«

Es war zu spät. Der Mann hatte den Riegel zurückgeschoben und öffnete den in der Mitte geteilten Laden. Kaum hatte er das getan, zischte von draußen ein brennender Pfeil herein und traf ihn in die Brust.

Die Wucht des Treffers war so gewaltig, dass der Mann meterweit zurückgeschleudert wurde, ehe er mit rudernden

Armen gegen einen Tisch prallte, den er im Zusammenbrechen mit sich zu Boden riss. Aus seiner Brust züngelten Flammen.

Die Gaststube verwandelte sich von einer Sekunde auf die andere in einen Hexenkessel. Die Männer sprangen entsetzt von ihren Stühlen hoch, schrien und rannten wild durcheinander. Krüge und Becher zerbrachen, und der Getroffene begann mit hoher, fast unmenschlich schriller Stimme zu schreien. Ein zweiter Brandpfeil flog durch das Fenster herein und bohrte sich kaum eine Handbreit neben dem Wirt in die Wand, und plötzlich erbebten auch die Läden vor den anderen Fenstern unter einer Folge harter, dumpfer Schläge. Zuckender roter Feuerschein vertrieb die Dunkelheit. Etwas Kleines, Dunkelfarbiges kam durch das offenstehende Fenster hereingeflogen, prallte auf die Theke und zerbarst – und plötzlich erfüllte ein charakteristischer, scharfer, unverkennbarer Geruch den Raum.

»Öl!«, keuchte Ansbert. »Großer Gott – macht *das Feuer aus*!«

Natürlich kam seine Warnung zu spät. Ein dritter Brandpfeil flog durch das Fenster herein und bohrte sich in die Theke; und praktisch unmittelbar darauf verwandelte sich der Bereich vor der Tür in eine lodernde Hölle aus züngelnden roten und gelben Flammen. Seit dem Augenblick, in dem der Betrunkene das Fenster geöffnet hatte, waren kaum mehr als zwei Atemzüge vergangen.

In der Schenke brach endgültig das Chaos aus. Die Gäste gerieten schlagartig in Panik, wichen entsetzt vor den Flammen zurück, schrien und rannten durcheinander. Der Wirt tauchte hinter seiner brennenden Theke auf und deutete heftig gestikulierend auf eine niedrige Tür in der Wand dahinter. »Hinten raus! Schnell!«

»Nein!«, brüllte Sergé. »Tu das nicht!«

Der Wirt hörte seine Worte vermutlich gar nicht. Schreiend riss er die Tür auf, tat einen Schritt in den dahinterliegenden Raum – vermutlich die Küche – und taumelte augenblicklich wieder zurück. Aus seinem Hals ragte der Schaft eines brennenden Pfeils.

Mehr und mehr Geschosse trafen die Fensterläden oder flogen durch das geöffnete Fenster direkt in den Raum. Die Theke stand bereits auf ganzer Länge in Flammen, und auch durch die Ritzen der noch geschlossenen Läden fraß sich bereits gelbes Feuer. Die Luft war heiß und voll erstickenden Rauches, und die Flammen hatten mittlerweile mit erstaunlicher Geschwindigkeit auf das trockene Strohdach übergegriffen. Funken und brennendes Stroh regneten auf Andrej herab. Er konnte kaum noch atmen; die Hitze war so gewaltig, dass ihm der Schmerz die Tränen in die Augen trieb.

Hustend sah er sich nach Frederic um. Seit dem ersten Pfeil war noch nicht einmal eine Minute vergangen, doch wie dieser heimtückische Überfall enden würde, stand jetzt schon außer Zweifel. Gut ein Drittel des Raumes und ein erschreckend großer Teil des Dachs standen bereits in Flammen, und das Feuer breitete sich mit unheimlicher Schnelligkeit aus. Wer nicht in dem beißenden Rauch erstickte, würde in den nächsten Minuten qualvoll verbrennen.

Endlich entdeckte er Frederic. Der Junge hatte sich in einen Winkel neben den Kamin gekauert und die Decke schützend über den Kopf gezogen. Funken regneten auf ihn herab, und am unteren Saum der Decke züngelten die ersten

Flammen. Andrej stieß eine brüllende Gestalt zur Seite, sprang zu Frederic hin und riss ihn in die Höhe. Mit der freien Hand schlug er die Flammen aus, die aus der Decke züngelten.

Frederic hustete qualvoll. Seine Augen tränten so heftig, dass er vermutlich kaum noch etwas sah, und sein ohnehin zerfetztes Wams wies dunkle Brandspuren auf.

»Nicht atmen!«, keuchte Andrej. »Versuche, den Rauch nicht einzuatmen, hörst du?«

Frederics Antwort ging in einem qualvollen Husten und den entsetzten Schreien der Gäste unter. Andrej presste den Jungen schützend an sich, als ein gut metergroßes Stück des Strohdaches brennend auf sie herabstürzte, fegte Flammen und schwelendes Heu beiseite und sah sich verzweifelt nach einem Fluchtweg um.

Zwei weitere Männer hatten versucht, das zur Todesfalle gewordene Gasthaus durch die Küche zu verlassen, und diesen Versuch mit dem Leben bezahlt, ein dritter war verzweifelt genug gewesen, sich durch die Flammen zur Tür durchzukämpfen, und brannte nun selbst lichterloh. Die Hitze hatte längst die Grenzen des Vorstellbaren erreicht und wurde noch größer. Jeder Atemzug schien Andrejs Lungen zu versengen, und er konnte spüren, wie sich sein Haar kräuselte und seine Augenbrauen und Wimpern verkohlten. Frederic wimmerte vor Schmerz und Angst. Er musste den Jungen hier herausbringen, irgendwie. Wenn er nicht in den nächsten Augenblicken ein Wunder vollbrachte, würden sie beide sterben!

Andrej stieß Frederic unter einen Tisch, sprang selbst mit einem Satz hinauf und riss sein Schwert aus dem Gürtel. Die

Klinge schnitt widerstandslos durch das brennende Stroh des Daches, zerteilte einen der Sparren und prallte von einem zweiten ab. Delãny ließ das Schwert sinken, griff mit bloßen Händen nach dem brennenden Stroh und riss es in Fetzen heraus. Seine Decke brannte inzwischen ebenfalls, die Flammen versengten seine Hände und ließen seine Haut in großen Blasen aufplatzen, und der frische Sauerstoff, der durch das Loch hereinströmte, das er mit verzweifelter Anstrengung in das Dach riss, fachte das Feuer zu noch gewaltigerer Glut an. Der ganze Raum schien nur noch aus Gluthitze zu bestehen. Der Tisch, auf dem er stand, brannte, und über Andrejs Kopf erhob sich ein Baldachin aus Flammen.

Delãny hatte längst aufgehört zu schreien. Seine Lungen waren versengt, seine Lippen aufgeplatzt und blutig. Trotzdem riss und zerrte er mit verzweifelter Gewalt weiter, zerschmetterte einen zweiten Dachsparren mit der bloßen Hand und zog sich mit einer letzten, verzweifelten Anstrengung auf das brennende Dach hinauf.

Ein Pfeil jagte aus dem Nichts heran. Obwohl er Andrej verfehlte, war diesem klar, dass er noch lange nicht in Sicherheit war. Die Angreifer verbargen sich in der Dunkelheit, während er selbst von Flammen eingerahmt ein deutlich sichtbares Ziel bot. Selbst wenn ihn das Feuer nicht umbrachte, würden ihm die Bogenschützen nicht die Zeit lassen, Frederic zu sich hinaufzuziehen.

Er wich einem zweiten Pfeil aus und kroch auf Händen und Knien über das brennende Dach. Seine Kleider hatten längst Feuer gefangen. Er schlug nach den Flammen, kroch schreiend vor Schmerz und ununterbrochen hustend weiter und versuchte sich durch einen Schleier von Feuer hindurch zu orientieren. Inzwischen brannte mehr als die Hälfte des Dachstuhls. Orangerote, brüllende Flammen schlugen aus den offen stehenden Fenstern unter ihm. Das Feuer vertrieb die Nacht mit zuckenden roten und gelben Lichtspeeren. Er sah hastende Gestalten, Männer und Frauen aus den benachbarten Gebäuden, die dieses Inferno aus dem Schlaf gerissen hatte, aber auch Männer mit Bögen und Schwertern, die am Rande des unregelmäßigen Lichtkreises scheinbar sinnlos hin und her hasteten wie Tausende Insekten, vom Feuer angezogen.

Wie lange noch konnte Frederic durchhalten? Die Hitze im Haus musste mittlerweile unvorstellbar sein und die Luft kaum noch zu atmen. Delãny stemmte sich hoch, taumelte über das brennende Dach und spürte einen heftigen Schlag gegen die Hüfte. Er fiel, rollte hilflos über das Dach und fiel zwei Meter tief auf steinharten Boden.

Der Aufprall raubte ihm fast das Bewusstsein. Er *hätte* es ihm geraubt, wäre da nicht der grausame Schmerz gewesen, mit dem sich die Pfeilspitze noch tiefer in seine Hüfte bohrte, bevor das Geschoss abbrach ... und wäre da nicht der Gedanke an Frederic gewesen, den einzigen Menschen auf der Welt, der ihm geblieben war, das Einzige, was seinem Leben noch Sinn gab. Wimmernd rappelte er sich auf Hände und Knie hoch, riss die Pfeilspitze aus seinem Bein und kroch durch brennendes Stroh und Flammen davon.

Irgendwoher nahm er die Kraft, sich vollends in die Höhe zu stemmen und weiterzutaumeln. Seine Schulter glitt an der Wand entlang; diese war so heiß, dass sie seine Haut verbrannt hätte, wäre sie nicht schon längst angesengt gewesen. Er konnte kaum noch etwas erkennen. Alles war verschwommen und grell, alles war ... Schmerz. Er taumelte weiter, fiel auf die Knie und kippte zur Seite, als die heiße Wand neben ihm plötzlich nicht mehr da war.

Für einen ganz kurzen Moment verlor er nun wirklich das Bewusstsein, und als er wieder erwachte, war er nicht mehr allein. Vor ihm bewegte sich etwas – jemand. Er hörte Schreie, Geräusche wie von einem Kampf, hektische Bewegung. Das gellende Schreien eines Kindes ... Frederic.

Dieser Gedanke gab ihm noch einmal neue Kraft. Er taumelte in die Höhe, wankte blind auf die schattenhafte Bewegung vor sich zu und erkannte zwei tanzende Schemen, das Schimmern von Metall. Andrej fuhr sich mit dem Handrücken über die Augen, wischte Tränen, Blut und Hautfetzen fort und konnte nun tatsächlich etwas besser sehen. Er befand sich an der Schmalseite des Hauses, unweit der Tür, durch die der Wirt unglückseligerweise zu entkommen versucht hatte. Nur wenige Schritte von ihm entfernt befanden sich zwei Männer in dunklen Mänteln, unter denen das Metall wuchtiger Schuppenpanzer schimmerte. Einer von ihnen hatte sich auf ein Knie herabgelassen, der zweite stand nur einen Schritt hinter ihm. Beide waren mit Langbögen bewaffnet und hatten eine Anzahl Pfeile griffbereit vor sich in den Boden gesteckt – bereit, auf jeden zu schießen, der versuchte, sich durch die Hintertür aus dem brennenden Gebäude zu retten.

Andrej zog sein Schwert und griff, ohne zu zögern, an ... doch keiner der beiden Männer machte auch nur einen Versuch, sich zu wehren.

Der kniende Mann hatte einen Pfeil auf der Sehne. Er hätte schießen können – Andrej war *überzeugt* davon, dass er schießen würde, und wappnete sich gegen den Schmerz und den heftigen Schlag –, aber er kniete einfach nur reglos da und starrte den brennenden Dämon an, der brüllend, in einen Mantel aus Flammen gehüllt, auf ihn zustürmte. Für die beiden Bogenschützen musste Andrej in diesem Moment wirklich wie ein Dämon aussehen, der direkt aus der Hölle emporgestiegen war, um sie zu holen.

Es war das letzte, was sie in ihrem Leben sahen. Andrej tötete sie beide – schnell, gnadenlos und ohne auch nur einen Sekundenbruchteil zu zögern.

Ein Gefühl schrecklicher Kälte breitete sich in ihm aus. Er empfand nichts, während er die beiden Männer umbrachte, weder Triumph noch Erleichterung. Es war nicht so, als hätte er Menschen getötet. Er ... *beseitigte ein Hindernis,* mehr nicht. Jede Gefühlsregung schien plötzlich von ihm abgefallen zu sein, als hätten Furcht und Schmerzen alles Menschliche aus ihm herausgebrannt. Für einen Moment wurde er zu einem ... Ding, das eine Aufgabe hatte und diese um jeden Preis erfüllen würde.

Sein Blick glitt taxierend über das brennende Haus und den Bereich dahinter, in dem sich Licht und Dunkelheit einen verbissenen Kampf lieferten. Er erkannte drei, vier, vielleicht fünf Gestalten, mindestens eine davon in die Farbe geschmolzenen Goldes gehüllt. Später.

Andrej wandte seine Aufmerksamkeit wieder ausschließlich dem Haus zu. Die linke Seite des Gebäudes stand mittlerweile vollständig in Flammen, an allen Ecken und Enden brodelte schwarzer, fettiger Qualm heraus. Aus den Fenstern, deren Läden unter der enormen Hitze längst zu Asche zerfallen waren, schossen brüllende Feuerzungen wie aus den

Klappen offen stehender Brennöfen. Die Hitze dort drinnen musste mittlerweile groß genug sein, um Eisen zu schmelzen; eigentlich konnte keiner der Gäste mehr am Leben sein. Trotzdem glaubte er unter dem Getöse der Flammen Schreie zu vernehmen, und plötzlich taumelte eine brennende Gestalt aus der Tür, stürzte und wälzte sich schreiend über den Boden.

Andrej schob das Schwert in den Gürtel, setzte über den sterbenden Mann hinweg und riss die Arme vor das Gesicht, während er in das brennende Haus hineinstürmte. Gleißendes Licht und unerträgliche Hitze schlugen ihm entgegen. Er konnte nicht mehr atmen. Seine bereits angesengte Haut riss weiter auf. Aber er hörte jetzt *wirklich* Schreie, und wenn er auch nicht sagen konnte, ob es Frederic war, gab ihm allein der Klang einer menschlichen Stimme in dieser Flammenhölle neuen Mut.

Er durchquerte die winzige, lichterloh brennende Küche, stürmte in den Schankraum und stolperte über die Leiche des Wirtes. Er fiel nicht, taumelte aber ein paar Schritte weit hilflos in den Raum hinein und verlor die Orientierung. Um ihn herum war nichts als Hitze, gleißendes Licht, Flammen und zuckende Bewegung. Unmöglich, irgendetwas zu sehen oder auch nur zu sagen, wo inmitten des brennenden Hauses er sich befand.

Aber plötzlich ... *spürte* er, wo Frederic war. Für einen kurzen Moment war es, als hätte sich ihm ein neuer, nie gekannter Sinn eröffnet: Frederic lebte. Er befand sich unmittelbar vor ihm, und er litt unsägliche Furcht und unerträgliche Schmerzen. Andrej sprang vor, spürte brennenden Stoff und griff zu. Er war mittlerweile vollkommen blind und nahm nur noch die flirrende Hitze wahr. Die Schmerzen hatten bereits die Grenze des Vorstellbaren überschritten und peinigten ihn dennoch immer weiter – und doch war es gerade diese unerträgliche Qual, die ihm die Kraft gab, Frederic an sich zu pressen und in die Richtung zu schleppen, in der er die Tür vermutete. Der Schmerz würde nicht aufhören. Die Barmherzigkeit des Todes, die der Qual ein Ende setzte, blieb ihm versagt. Er prallte gegen die Theke, streifte mit dem Fuß ein weiches, regloses Hindernis und wusste, dass er auf dem richtigen Weg war. Blind vor Schmerzen und Atemnot taumelte er weiter, stieß gegen den Türrahmen und wankte mit letzter Kraft durch die brennende Küche hindurch aus dem Haus.

Zwei Schritte jenseits der Tür versagten seine Kräfte endgültig. Er fiel auf die Knie, ließ Frederic fallen und versuchte, ihn über den Boden zu wälzen, um die Flammen zu ersticken, die aus seinen Kleidern züngelten; aber er war nicht sicher, ob ihm das gelingen würde. Hilflos kippte er auf die Seite, löschte mit bloßen Händen den Schwelbrand in seinem Haar und kämpfte mit einem winzigen Rest verbliebener Kraft darum, nicht das Bewusstsein zu verlieren. Er wusste nicht, was geschehen würde. Er war niemals zuvor so schwer verletzt worden. Vielleicht würde es Stunden dauern, bis er wieder erwachte, vielleicht sogar Tage, vielleicht würde er aber auch schon in ein paar Minuten tot sein. Aber die Männer in den goldenen Rüstungen würde das nicht davon abbringen, Frederic zu töten. Er musste durchhalten – schon um den Jungen von hier fortzubringen.

Irgendwie schaffte es Andrej, die Augen zu öffnen und sich auf Hände und Knie hochzustemmen. Er konnte immer noch nicht richtig sehen, nahm aber immerhin wahr, dass Frederic unmittelbar neben ihm lag und offensichtlich bei Bewusstsein war. Der Junge krümmte sich vor Qual und stieß abgehackte, wimmernde Schmerzenslaute aus. Andrej war fast froh, dass er sein Gesicht in diesem Moment nicht richtig erkennen konnte.

Er kroch auf Frederic zu und streckte die Hand aus, um ihn herumzudrehen, doch da traf ihn ein brutaler Fußtritt in die Rippen und schleuderte ihn auf die Seite.

»Malthus hat mir von dir berichtet, Delãny. Und davon, dass er dir ein Wiedersehen mit uns versprochen hat. Allerdings hätte ich nicht geglaubt, dass es tatsächlich dazu kommen würde – und noch dazu so schnell.«

Andrej erkannte die Stimme nicht. Doch sie hatte den gleichen merkwürdigen Akzent wie die des Hünen, der ihn mit seinem Bihänder fast in zwei Hälften geschlagen hätte. Die golden schimmernde Gestalt über ihm verschwamm wieder vor seinen Augen, und die drohende Bewusstlosigkeit, gegen die er so mühsam angekämpft hatte, meldete sich mit aller Macht zurück. Aber er durfte ihr nicht nachgeben. Wenn er es tat, würde ihn der goldene Ritter umbringen. Zuerst ihn und dann Frederic.

Seine Hand tastete zum Gürtel, um das Schwert zu ziehen. Der Goldene lachte hämisch, fegte Andrejs Hand mit einem Fußtritt zur Seite und zog sein eigenes Schwert.

»Du bist wirklich zäh, Delãny«, sagte er. »Es ist fast schade, dass du nicht lange genug leben wirst, um zu einem gleichwertigen Gegner zu werden.«

Andrejs Blick klärte sich jetzt rasch. Er konnte regelrecht spüren, wie die schrecklichen Verletzungen heilten, die die

Flammen seinem Körper zugefügt hatten, aber er fühlte auch, wie seine Kräfte immer mehr dahinschmolzen. Die unheimliche Macht, die es ihm nicht erlaubte, hier und heute zu sterben, verlangte ihren Tribut. Er würde die Besinnung verlieren, in wenigen Augenblicken, so oder so.

Die Schwertspitze des Ritters berührte seine Kehle und wanderte zu seinem Herzen hinab, aber er stieß noch nicht zu, sondern sah Andrej aus eng zusammengepressten Augen an und legte den Kopf auf die Seite.

»Du hast noch nie dem Tod ins Auge geblickt, wie?«, fragte er. »Es überrascht dich, was mit dir geschieht, und es macht dir ein bisschen Angst.« Er nickte, als hätte Andrej tatsächlich darauf geantwortet. »Es lohnt sich kaum, einen Grünschnabel wie dich zu töten.« Er lachte. »Doch leider lohnt es sich noch viel weniger, dich am Leben zu lassen.«

Er ergriff das anderthalb Meter lange Schwert mit beiden Händen, spreizte die Beine und schwang seine Waffe hoch über den Kopf ... und plötzlich stürzte aus der Dunkelheit eine Gestalt heran und riss ihn von den Füßen.

Andrej hatte nicht einmal mehr die Kraft, den Kopf zu drehen, um den Kampf zu verfolgen. Er hörte den Ritter schreien – der Laut klang eher überrascht und zornig als erschrocken –, dann taumelte eine zweite Gestalt mit versengten Kleidern und rußgeschwärztem Gesicht an ihm vorbei. Er glaubte, Sergé zu erkennen, war sich dessen aber nicht sicher.

Ein Schwert blitzte auf. Ein dumpfer, knirschender Laut, wie von Stahl, der sich durch Metall und Fleisch bohrt. Es spielte keine Rolle. Nichts spielte mehr eine Rolle.

Andrej verlor das Bewusstsein.

6

Diesmal musste er ziemlich lange ohne Bewusstsein gewesen sein. Noch bevor er die Augen aufschlug, spürte er, dass eine geraume Zeit vergangen war ... Stunden. Plötzlich war er sehr hungrig und verspürte quälenden Durst.

Er öffnete die Augen nur einen Spalt breit, konnte aber nicht mehr erkennen als einen dunklen, sternenklaren Himmel und die Silhouetten dürrer, blattloser Äste. Irgendwo neben ihm murmelte eine unverständliche Stimme etwas vor sich hin.

Andrej lauschte einen Moment konzentriert in sich hinein. Er hatte keine Schmerzen mehr, und als er vorsichtig zuerst seine Bein- und dann seine Armmuskeln anspannte, stellte er erleichtert fest, dass sie ihm gehorchten. Er war nicht gefesselt. Das – und die Erkenntnis, dass er diesen Gedanken überhaupt denken konnte und somit noch am Leben war – ließ ihn zumindest *vermuten*, dass er kein Gefangener von Domenicus und seinen drei goldenen Rittern war.

Andrej drehte vorsichtig den Kopf und erkannte zwei schattenhafte Gestalten, die neben einem fast heruntergebrannten Lagerfeuer saßen. Er konnte ihre Gesichter nicht erkennen. Einige Sekunden lang versuchte er vergeblich, dem gemurmelten Gespräch zu lauschen, dann gab er es auf und drehte den Kopf auf die andere Seite.

Frederic lag zwei Meter neben ihm auf dem Rücken und schlief, hatte vielleicht ebenfalls das Bewusstsein verloren. Aber er lebte. Andrej konnte sehen, dass sich seine Brust regelmäßig hob und senkte.

Er richtete sich auf, kroch auf Händen und Knien zu Frederic hin und schlug die angesengte Decke zurück, die jemand über den Jungen gebreitet hatte. Im ersten Moment erschrak er. Frederics Kleider waren verkohlt. Sein Haar war bis auf die Kopfhaut abgesengt, seine Augenbrauen und Wimpern verschwunden. Aber sein Gesicht und der Teil seiner Brust, den Andrej unter dem zerfetzten Wams erkennen konnte, schienen unversehrt zu sein.

Er streckte die Hand aus, berührte zögernd Frederics Schläfe und spürte, wie rasend schnell der Puls des Jungen ging. Seine Stirn glühte.

»Mach dir keine Sorgen, Delãny«, sagte eine Stimme hinter ihm. »Er hat Fieber, aber das ist auch schon alles.«

Andrej blickte auf und sah in ein vom Feuer verheertes Gesicht. Sergés linkes Auge war zugeschwollen, das Fleisch darunter bis zur Kinnspitze rot und nässend. Seine Lippen waren so aufgequollen, dass er Mühe hatte, zu sprechen.

»Der Junge muss den besten Schutzengel diesseits des Schwarzen Meeres haben«, fuhr Sergé fort. »Genau wie du übrigens.«

In seiner Stimme lag etwas, das Andrej alarmierte. Sergés verbliebenes Auge glitzerte vor unübersehbarem Misstrauen. Seine linke Hand war mit einem blutgetränkten Lappen umwickelt, aber die rechte lag griffbereit auf dem Schwert, das aus seinem Gürtel ragte.

»Dann sollten wir ihn schlafen lassen«, sagte Andrej und erhob sich. Frederic stöhnte und bewegte die Hände. Aber er wachte nicht auf.

Sergé trat einen halben Schritt zurück und machte gleichzeitig eine einladende Geste mit der verletzten Hand. Die andere blieb weiter auf dem Schwertgriff liegen. Sie blieb auch dort, während Andrej ihm die wenigen Schritte bis zum Lagerfeuer folgte.

Seine Augen hatten sich mittlerweile an das schwache Licht gewöhnt, sodass er Krusha erkannte, noch bevor er sich auf Sergés Wink hin – der genau genommen nichts anderes als ein Befehl war – zu ihm ans Lagerfeuer setzte. Auch Krusha war verletzt, wenn auch nicht annahernd so schwer wie sein Bruder. Sein Gesicht und seine Hände waren mit einer Unzahl winziger roter Brandflecken gesprenkelt, und er hatte eine üble Schnittwunde am rechten Unterarm.

»Habt ihr mich hergebracht?«, fragte Andrej.

Natürlich war das eine überflüssige Frage, aber Andrej fühlte sich auf eine sonderbare Weise befangen. Er war es nicht gewohnt, in der Schuld anderer zu stehen.

»Sie haben das Feuer gelöscht«, sagte Krusha, ohne direkt auf seine Frage zu antworten. »Bevor die Flammen auf die anderen Gebäude übergreifen konnten. Es hat eine Menge Tote gegeben. Die Leute sind sehr zornig.«

Andrej blickte aufmerksam von einem zum anderen.

Krushas Gesicht war versteinert, während es Sergé sichtlich schwerfiel, sich zu beherrschen. Sicherlich hatte er starke Schmerzen.

»Wo ... sind eure Brüder?«, fragte Andrej zögernd.

Krusha deutete hinter sich, ohne den Kopf zu wenden. »Vranjevc ist nicht rausgekommen«, sagte er tonlos.

Andrejs Blick folgte der Geste. Das schwache Licht des beinahe erloschenen Feuers reichte nur wenige Schritte weit – er hatte die reglos am Boden liegende Gestalt bisher nicht einmal bemerkt. Er stand auf, zögerte einen Moment und bewegte sich dann mit langsamen Schritten um das Feuer herum. Weder Sergé noch Krusha erhoben Einwände.

Man musste kein Heilkundiger sein, um zu erkennen, dass Ansbert die Nacht nicht überstehen würde. Gesicht und Schultern waren nahezu unversehrt, doch der Rest seines Körpers war schrecklich verbrannt. Seine Brüder hatten ihn ausgezogen, wohl um zu verhindern, dass die verbrannten Kleider auf seiner Haut scheuerten und ihm zusätzlich Schmerzen bereiteten; aber dies war – wenn überhaupt – nur eine schwache Hilfe. Andrej dachte an die schrecklichen Augenblicke in dem brennenden Haus zurück und hoffte inständig, dass sich Ansbert – obschon noch bei Bewusstsein – in einem Zustand befand, in dem er keine Schmerzen mehr spürte. Aber er glaubte nicht recht daran.

»Es wäre barmherziger, ihn von seiner Qual zu befreien«, sagte Krusha. »Aber ich kann es nicht. Er ist nicht wirklich mein Bruder, aber ich liebe ihn, als wäre er es.«

Andrej reagierte nicht auf die Bitte, die sich kaum verhohlen in diesen Worten verbarg, sondern wandte sich schaudernd ab und ging wieder zum Feuer zurück. Sergés Blick folgte seiner Bewegung voller Misstrauen – vielleicht Feindseligkeit? –, während Krusha weiter dumpf in die erlöschende Glut starrte.

»Ich danke euch«, begann er umständlich. »Ihr habt Frederic und mir wahrscheinlich das Leben gerettet.«

»Nicht wahrscheinlich«, sagte Sergé hart. »Du hattest das Schwert schon an der Kehle.«

»Du hast den Mann angegriffen?«, fragte Andrej.

»Bild dir nichts darauf ein«, antwortete Sergé. »Ich habe es nicht deinetwegen getan.« Er starrte Andrej auf eine Weise an, die man kaum anders als *hasserfüllt* nennen konnte.

»Ich danke dir trotzdem«, sagte Andrej.

»Ich habe ihn getötet«, sagte Sergé hart. »Vielleicht töte ich dich auch noch. Ich hätte es wahrscheinlich schon getan, aber Krusha war dagegen.«

Andrejs Hand glitt fast ohne sein Zutun zum Gürtel, aber das, wonach er suchte, war nicht da.

Sergé lachte leise, griff neben sich und hob Andrejs Sarazenenschwert auf. »Suchst du das, Delãny?«, fragte er. »Eine interessante Waffe. Sie muss sehr wertvoll sein. Ich habe solch ein Schwert noch nie zuvor gesehen.« Er zog das Sarazenenschwert bedächtig aus der ledernen Umhüllung und ließ seinen Blick prüfend über die rasiermesserscharfe Klinge gleiten. »Vor allem nicht bei einem Kerl aus Transsilvanien«, fügte er hinzu. Er ließ die Klinge zweimal fast spielerisch durch die Luft sausen und lauschte eine Sekunde lang auf das summende Geräusch, das dabei entstand. Dann richtete er die Waffe mit einer langsamen Bewegung auf Delãny.

Es war Andrej unangenehm, die Waffe in Sergés Hand zu

sehen. Er hatte es nie zugelassen, dass irgendjemand außer ihm selbst oder Raqi sein geheiligtes Sarazenenschwert berührte. Trotz seiner Schwäche wäre es ihm ein Leichtes gewesen, Sergé das Schwert zu entringen, aber er beherrschte sich und sagte nur sehr ruhig: »Sei vorsichtig damit. Die Klinge ist sehr scharf.«

»Nenn mir einen triftigen Grund, warum ich sie nicht an deiner Kehle ausprobieren sollte, Andrej Delãny«, sagte Sergé.

»Es wäre dumm«, antwortete Andrej. »Und du machst nicht den Eindruck eines Dummkopfes.«

»Dumm?«

Andrej deutete ein Schulterzucken an. »Ihr habt Frederic und mich mühsam hierher gebracht«, sagte er. »Wozu die Mühe, wenn ihr mich dann doch erschlagen wollt?«

Für die Dauer von zwei, drei Atemzügen starrte ihn Sergé einfach nur an. Dann verzog er die Lippen zu etwas, das vielleicht ein Lächeln sein sollte, möglicherweise aber auch das genaue Gegenteil. »Vielleicht, weil ich dir vorher noch ein paar Fragen stellen will, Delãny«, sagte er.

»Und welche?«

»Die Fremden«, sagte Sergé. »Die Männer, die das Gasthaus angezündet und meine Brüder getötet haben – wer sind sie?«

»Wieso glaubst du, dass ich das weiß?«, fragte Andrej ausweichend.

»Weil sie deinetwegen gekommen sind, Delãny«, sagte Sergé zornig. »Du wusstest es.«

Andrej wollte widersprechen, aber er konnte es nicht. Er schwieg lange, dann hob er langsam die Hand und drückte die Klinge hinunter, die Sergé noch immer auf sein Gesicht gerichtet hielt.

»Ich wusste, dass sie Frederic und mich suchen«, gestand er. »Das ist wahr. Aber ich wusste nicht, dass sie so weit gehen würden, das schwöre ich.«

»Ich glaube dir, Delãny«, sagte Sergé. »Aber ich frage mich, was an dir so gefährlich ist, dass sie lieber einen ganzen Gasthof niederbrennen und ein Dutzend Männer töten, statt dich einfach zu überwältigen, wie sie es mit Leichtigkeit hätten tun können. Was bist du, Delãny – ein Zauberer? Oder der Teufel?«

»Nichts von beidem«, antwortete Andrej. »Ich verstehe es so wenig wie du. Vielleicht macht es ihnen einfach Spaß, Menschen zu töten.« Er deutete auf Frederic. »Sie haben seine ganze Familie ausgelöscht. Vollkommen grundlos.«

»Wer sind sie?«, fragte Sergé. Er hob das Sarazenenschwert erneut, und diesmal fiel es Andrej wirklich schwer, ihm die Waffe nicht einfach zu entreißen.

»Warum willst du das wissen?«, fragte er.

»Weil ich sie töten werde«, sagte Sergé hart. »Ich habe einem von ihnen meinen Dolch ins Herz gestoßen, doch sie waren zu dritt. Ich werde sie suchen, und ich werde sie töten, ob mit oder ohne deine Hilfe. Aber mit deiner Hilfe geht es schneller.«

Krusha hob die Hand und drückte Sergés Arm herunter, der das Sarazenenschwert hielt. »Verzeiht meinem Bruder, Delãny«, sagte er leise. »Der Schmerz trübt seine Sinne.«

Sergé funkelte ihn an. »Er ist es uns schuldig!«

»Halt den Mund, Sergé«, sagte Krusha müde. Er schüttelte den Kopf, seufzte tief und nahm seinem Bruder schließlich die Waffe aus der Hand. Umständlich schob er die Klinge in ihre lederne Scheide zurück und reichte sie dann Andrej.

»Ihr seid uns nichts schuldig, Delãny«, sagte er leise. »Verzeiht meinem Bruder. Nehmt den Jungen und geht, wenn ihr wollt. Wir werden euch nicht aufhalten.«

Andrej nahm sein Schwert entgegen und warf einen sehr langen, nachdenklichen Blick zu Frederic hinüber, ehe er antwortete. »Es tut mir wirklich leid«, sagte er leise. »Ich wollte, ich könnte ungeschehen machen, was geschehen ist. Aber das kann niemand.«

»Und du kannst uns auch nicht helfen, die Männer zu finden«, sagte Sergé verächtlich.

»Vielleicht kann ich es«, antwortete Andrej. Dann verbesserte er sich und sagte: »Ich könnte es. Aber ich würde euch damit einen schlechten Dienst erweisen.«

»Einen noch schlechteren, als du uns schon erwiesen hast?«, fragte Sergé verächtlich. »Vranjevc und Ansbert sind tot. Und ich werde für den Rest meines Lebens an diese Nacht erinnert werden.« Er deutete auf sein Gesicht. »Welcher Dienst könnte wohl noch schlechter sein?«

»Ihr könntet ebenfalls sterben«, antwortete Andrej ernst. »Glaub mir, Sergé – mit diesen Männern ist nicht zu spaßen.«

»Mit mir auch nicht«, antwortete Sergé böse. »Einen von ihnen habe ich bereits getötet. Und auch die beiden anderen werden sterben – ob mit oder ohne deine Hilfe!«

Andrej antwortete nicht mehr. Sergé war nicht in der Verfassung, ein vernünftiges Gespräch zu führen. Der Schmerz und der Kummer über den Verlust seiner Brüder hatten ihn fast an den Rand des Wahnsinns getrieben. Und er war ohnehin nicht sehr beherrscht, ganz im Gegensatz zu seinem Bruder Krusha. Trotzdem war Andrej sich nicht sicher, welcher von den beiden vertrauenswürdiger war – wenn überhaupt.

»Es wird bald hell«, sagte Krusha in das immer unbehaglicher werdende Schweigen hinein. »Wir können nicht hierbleiben. Die Familie des Gastwirtes hat in die Stadt um Hilfe geschickt. Sie werden den Wald durchkämmen, um die Mörder zu finden. Vielleicht ist es besser, wenn wir den Soldaten nicht begegnen.«

»Habt ihr einen Grund, ihnen nicht begegnen zu wollen?«, fragte Andrej.

»Was interessiert das dich?«, fragte Sergé feindselig.

Andrej antwortete auch jetzt nicht sofort. Er fühlte sich schuldig. Es spielte keine Rolle, dass Frederic und er ebenfalls Opfer des heimtückischen Anschlages waren – Vranjevc und die anderen Männer waren nur gestorben, weil sie zufällig in dieses Gasthaus eingekehrt waren ... und weil Andrej so hochmütig und naiv gewesen war, anzunehmen, er könne die drei goldenen Ritter täuschen. Wie hatte er das auch nur eine Sekunde lang wirklich glauben können! Diese Männer hatten im Laufe ihres Lebens wahrscheinlich schon jede Art von Finte, Betrug und Intrige kennengelernt. Sie würden sich wohl kaum von einem Bauerntölpel aus Transsilvanien an der Nase herumführen lassen, nur weil dieser von seinem Stiefvater zu einem hervorragenden Schwertkämpfer ausgebildet worden war.

»Ihr seid wirklich entschlossen, diese Männer zu suchen«, sagte er.

»Und wenn es das Letzte ist, was ich tue«, bekräftigte Sergé.

Krusha starrte weiter in die erlöschende Glut. Nach zwei oder drei Augenblicken nickte er.

»Sagt mir noch eines«, fuhr Andrej fort. »Warum habt ihr uns wirklich an euren Tisch gebeten? Ihr seid keine Schausteller. Jedenfalls keine, die einen Mann und einen Jungen brauchen, der ihren Wagen belädt und Wein und Brot für sie holt.«

»Und wenn dem so wäre?«, fragte Sergé.

»Ihr seid Diebe«, fuhr Andrej fort. »Ihr hättet Frederic und mich mitgenommen, uns verköstigt und unser Zimmer bezahlt, und in ein oder zwei Tagen wäre in die Schatzkammer von Constãntã eingebrochen worden oder in eine Kirche oder das Haus eines reichen Kaufmanns ...«

»Und sie hätten einen Teil der Beute bei euch gefunden und den Jungen und dich aufgehängt«, führte Sergé den Satz zu Ende. Er lachte hart. »Das wolltest du doch sagen, oder?«

»So ungefähr«, sagte Andrej. »Hätte ich recht gehabt?«

»Wer weiß«, sagte Sergé. »Du bist gar nicht so dumm, Andrej Delãny – für einen Hinterwäldler jedenfalls.« Er grinste, aber Andrej entging keineswegs, dass seine Hand zum Gürtel kroch und wie durch Zufall in der Nähe des Dolches liegen blieb. »Und was hast du jetzt vor? Willst du zu den Soldaten laufen und ihnen erzählen, was du erfahren hast?«

»Nein«, antwortete Andrej. »Ich wollte nur wissen, woran ich bin.«

»Dann geht es dir genau wie mir«, sagte Sergé lauernd. »Wo wir schon einmal dabei sind, Delãny – warum erzählst du uns nicht, wer du wirklich bist und was du mit diesen Männern zu schaffen hast, die das Gasthaus niedergebrannt haben?«

Andrej warf einen langen Blick zu Frederic hinüber. Der Junge schlief, aber er hatte noch immer keine Ruhe gefunden. Seine Hände bewegten sich ununterbrochen, und manchmal stöhnte er leise. Wäre es nur um Frederic und ihn gegangen, dann wäre er wohl spätestens jetzt aufgestanden und hätte die beiden angeblichen Brüder verlassen. Aber es ging nicht nur um sie beide. So unbehaglich ihm selbst bei dem Gedanken zumute war – er brauchte Hilfe.

Er löste den Blick mit einiger Mühe von dem schlafenden Jungen, sah einen Moment lang Sergé und dann sehr viel länger Krusha an … und dann begann er schließlich mit leiser, fester Stimme zu erzählen.

7

Andrej schwamm mit ruhigen, kraftvollen Zügen durch die Brandung. Das Wasser war so kalt, dass er zitterte, und statt ihn zu erfrischen, schien die Kälte nur noch mehr an seinen Kräften zu zehren. Trotzdem schwamm er nicht zum Ufer zurück, sondern bewegte sich mit einem Dutzend wuchtiger Schwimmstöße weiter aufs offene Meer hinaus.

Er achtete streng darauf, niemals länger als eine Minute unter Wasser zu bleiben, ehe er wieder auftauchte und einen tiefen Atemzug nahm. Er traute den Brüdern nicht unbedingt und wollte auf alles gefasst sein. Außerdem wollte er Frederic nicht mit Sergé allein lassen. Der Junge planschte irgendwo weit hinter ihm am Strand in der Dünung, und Sergé wartete auf die Rückkehr seines Bruders. Andrej war sicher, dass der vorgebliche Schausteller ihn beobachtete.

Seit jenen Stunden am Lagerfeuer, in denen sie ihr zerbrechliches Bündnis geschlossen hatten, waren zwei Nächte und ein Tag vergangen. Sergé hatte zwar keine entsprechende Bemerkung gemacht, aber man musste keine außergewöhnliche Menschenkenntnis besitzen, um zu spüren, dass er misstrauisch geworden war. Zwei seiner Brüder waren tot und er selbst schwer verletzt, während Andrej vor aller Augen durch die Flammen geschritten war, ohne dabei mehr als sein Haar und die Augenbrauen einzubüßen. Die sprichwörtliche Zähigkeit der Delãnys hatte schon oft Misstrauen erregt, doch es war vielleicht noch nie so berechtigt gewesen wie jetzt. Andrej verstand selbst nicht, warum er und der Junge sich so schnell von ihren Brandverletzungen erholten – es hatte etwas geradezu Unheimliches an sich, wie schnell sich die verbrannte Haut abgestoßen hatte, um Platz zu machen für neues, zartrosa Gewebe.

Delãny tauchte auf, atmete tief durch und bewegte sich einen Moment lang wassertretend auf der Stelle. Er erschrak ein wenig, als er sah, wie weit er sich vom Ufer entfernt hatte. Es wurde Zeit, den Rückweg anzutreten.

Sein Blick suchte aufmerksam das Ufer ab, während er versuchte, seinen Rhythmus dem der Brandung anzugleichen, damit sie ihm half, schneller zum Strand zurückzugelangen, statt gegen sie ankämpfen zu müssen. Das fiel ihm alles andere als leicht; sein Körper war noch immer so geschwächt, dass er ihm keine Höchstleistungen abverlangen konnte – obwohl es mehr als erstaunlich war, dass er sich überhaupt schon wieder bewegen und schwimmen gehen konnte. Er konnte Sergés Misstrauen anlässlich seiner schnellen Genesung verstehen. Bislang hatte er die faszinierende Fähigkeit seines Körper, mit Verletzungen und Verwundungen aller Art fast spielerisch fertig zu werden, für ein Geschenk Gottes gehalten. Mittlerweile war er sich gar nicht mehr so sicher, *wer* ihm diese Gabe vermacht hatte.

Er entdeckte Frederic am Strand, ziemlich genau an der Stelle, wo er ihn zurückgelassen hatte. Der Junge hatte sich vom Meer fasziniert gezeigt, konnte aber nicht schwimmen – genau wie Andrej übrigens, als er in seinem Alter gewesen war.

Sergé hingegen war verschwunden. Andrej suchte den ganzen Strand ab, konnte ihn aber nirgends entdecken. Ein schwacher Anflug von Sorge machte sich in ihm breit. Sergés Verletzungen waren schwerer, als es im ersten Moment den Anschein gehabt hatte. Er hatte hohes Fieber, und auch wenn er zu stolz war, es zuzugeben, war doch unübersehbar, dass er unerträgliche Schmerzen litt. Andrej war klar, dass er Sergé so wenig trauen konnte wie dessen Bruder. Sie hatten ein Zweckbündnis geschlossen, das genau so lange halten würde, wie sich die beiden anderen einen Vorteil davon versprachen – und keinen Moment länger. Trotzdem fühlte er sich für die beiden angeblichen Schausteller verantwortlich, vor allem fur das, was ihnen im Gasthaus zugestoßen war. Wenn einer von ihnen an seinen Verletzungen starb, dann wäre es für Andrej beinahe so, als hätte er ihn selbst getötet.

Warum war alles so kompliziert? Michail Nadasdy hatte ihn so vieles gelehrt, und trotzdem kam Andrej mit jeder Stunde deutlicher zu Bewusstsein, wie wenig er im Grunde über das Leben wusste. Um nicht zu sagen: nichts! Die Zeit, die er in selbst auferlegter Isolation mit Raqi verbracht hatte, war sicher die glücklichste Zeit seines Lebens gewesen, und doch erwies sich diese Isolation nun mehr und mehr als Fluch. Er wusste nichts von der Welt, nichts vom Leben und vor allem nichts von den Menschen. Abgesehen von Raqi hatte er in den letzten Jahren mit keinem Menschen länger Kontakt gehabt, als nötig gewesen war, um ein Stück Fleisch zu kaufen, einen Sack Mehl oder ein Stück Stoff, aus dem sich Raqi ein neues Kleid schneiderte. Er wusste einfach nicht, wie weit er Sergé und seinem Bruder trauen konnte und ob überhaupt.

Er erreichte das Ufer, richtete sich auf und legte die letzten Schritte mit einem Wanken zurück. Sein Herz hämmerte. Das Wasser hatte ihn bis auf die Knochen ausgekühlt, und er zitterte am ganzen Leib. Wahrscheinlich würde er noch Tage brauchen, um seine ursprüngliche körperliche Verfassung zurückzuerlangen.

Tage, die er nicht hatte.

»Andrej!« Frederic kam mit weit ausgreifenden Schritten auf ihn zugerannt. Unter seinen nackten Füßen spritzte das Wasser hoch, und zum ersten Mal seit der vorletzten Nacht sah Andrej wieder ein Lachen auf seinem Gesicht. Wären sein fast kahler Kopf und seine abgesengten Augenbrauen und Wimpern nicht gewesen, man hätte fast vergessen können, dass es die schrecklichen Minuten in dem brennenden Gasthaus überhaupt gegeben hatte. Der Junge winkte aufgeregt mit beiden Armen und legte die letzten Schritte mit komischen Hüpfern zurück; ein ausgelassenes Kind, das einfach die Schönheit des Augenblickes genoss, ohne sich um den nächsten irgendeinen Gedanken zu machen. Für einen Moment verspürte Andrej einen absurden Neid auf diese kindliche Unbefangenheit, die er für immer verloren hatte.

»Ich war schon in Sorge um dich«, sagte Frederic lachend, als er heran war. »Du warst lange weg.«

»Und du hast geglaubt, ich wäre ertrunken?« Andrej ließ

sich in die Hocke sinken und bespritzte Frederic lachend mit Wasser. »Zu früh gefreut! Ich bin ein ausgezeichneter Schwimmer!«

Frederic wich kichernd zurück und hob die Hände vors Gesicht. Andrej bespritzte ihn weiter mit Wasser. Der Junge machte zwei weitere ungeschickte Schritte rückwärts, stolperte und fiel prustend in den Sand.

Für einen Moment war Andrej einfach nur glücklich. Er warf sich mit weit ausgebreiteten Armen auf Frederic, riss ihn vollends zu Boden und rollte lachend und prustend mit ihm durch die Brandung. Alle Sorgen fielen von ihm ab. Indem er Frederic umarmte und lachend und ausgelassen mit ihm durch den Sand rollte, war es, als fließe ein Teil der jugendlichen Kraft und Energie des Knaben in ihn selbst. Andrej war sich darüber im Klaren, dass dies nur Selbstbetrug war; aber es war eine süße Lüge, ein kurzer, kostbarer Augenblick des Glücks, der ihm vielleicht nicht zustand, der aber trotzdem unbeschreiblich guttat.

Schließlich hörten sie auf, sich lachend in der Gischt zu wälzen, und lagen schwer atmend und leise lachend nebeneinander im Sand. Andrej blinzelte in das grelle Licht der Morgensonne, und selbst der beißende Schmerz, den die dünnen Lichtpfeile in seine Augen sengten, erschien ihm in dieser Situation wie ein Geschenk. Schmerz bedeutete Leben. Vielleicht war Schmerz sogar das Einzige, was den Unterschied zwischen Leben und Tod *wirklich* definierte.

»Wieso kann ich nicht schwimmen wie du?«, fragte Frederic lachend.

Andrej richtete sich auf die Ellbogen auf und wischte sich mit dem Handrücken das Salzwasser aus den Augen. »Ich nehme an, weil du es nie gelernt hast«, antwortete er. »Wäre das eine passende Erklärung?«

»Wann hast du es gelernt?«, fragte Frederic.

Der Augenblick unschuldigen Glücks zerschmolz. Plötzlich war er wieder ein junger Mann, stand zitternd vor Furcht in einem Boot in der Mitte eines Sees, und Michail Nadasdy saß grinsend zwei Meter vor ihm und warf sich rhythmisch von rechts nach links und wieder zurück, um das Boot – und vor allem ihn! – aus dem Gleichgewicht zu bringen.

»Ein ... guter Freund hat es mich gelehrt«, antwortete er zögernd. Aus seinem absurden Neid auf Frederic wurde ein ebenso absurder Groll, dass der Junge den Augenblick kindlicher Unschuld mit dieser harmlosen Frage zerstört hatte. Schon in der nächsten Sekunde fühlte er sich dieses Gedankens schuldig, und sein schlechtes Gewissen meldete sich. Ein Teufelskreis – albern, dumm, aber quälend.

»Und?«, fragte Frederic. »Bringst du es mir auch bei? Ich würde gerne schwimmen können.«

»Ich fürchte, das ist nicht möglich«, antwortete Andrej. Es war wie ein kalter Wasserguss; unendlich kälter, als die eisige Brandung jemals sein konnte. Er setzte sich auf, legte die Unterarme auf die angesengten Knie und musste für einen Moment mit aller Kraft darum kämpfen, seinen unsinnigen Groll auf Frederic nicht zu vollkommen absurdem Hass werden zu lassen.

Er sah den Jungen nicht einmal an, und trotzdem konnte er spüren, wie dessen Stimmung plötzlich umschlug. Ganz wie bei ihm selber waren die jugendliche Unschuld und Fröhlichkeit mit einem Schlag verschwunden, und eine dumpfe Traurigkeit ergriff von Frederic Besitz.

»Du hast mich gerettet, Andrej«, sagte er leise. »Ich wäre verbrannt, hättest du mich nicht aus dem Haus geholt.«

»Du hättest dasselbe für mich getan, wenn du gekonnt hättest«, sagte Andrej. Es klang dumm; es *war* dumm.

»Ich ... muss dir etwas sagen, Andrej«, sagte Frederic zögernd. Die Worte kamen schleppend. Andrej spürte, wie schwer es dem Jungen fiel, sie auszusprechen. Und er wusste auch, was er als Nächstes sagen würde. Er wollte es nicht hören.

»Nein«, sagte er. »Das musst du nicht.« Es kostete ihn große Kraft, den Kopf zu drehen und Frederic ins Gesicht zu blicken. Er sah genau das, was er erwartet hatte: Frederics Gesichtsausdruck war gequält. Er hatte Angst vor dem, was er sagen wollte, und unendlich viel mehr Angst vor der Antwort, die er vielleicht erhalten mochte.

»Aber du ...«

»Ich weiß, was du sagen willst«, fiel ihm Andrej ins Wort. »Ich will es nicht hören. Wir werden deine Mutter und die anderen Dorfbewohner befreien. Darauf gebe ich dir mein Wort. Mehr kann ich nicht tun. Ich wollte, ich könnte es – aber ich kann es nicht.«

Etwas an der Art, wie Frederic ihn ansah, irritierte – ja, *erschreckte* – ihn. Aber er gestattete sich nicht, den Gedanken weiter zu verfolgen. Es zu tun hätte vielleicht bedeutet, sich endgültig einzugestehen, dass *er* das Unglück über Borsã gebracht hatte. Diesen Gedanken könnte er nicht ertragen – nicht jetzt.

Andrej stand auf, drehte sich herum und registrierte erleichtert, dass Sergé wieder da war. Er kam aus einer völlig anderen als der erwarteten Richtung auf ihn zu und schien es ziemlich eilig zu haben. Er rannte noch nicht, war aber auch nicht mehr sehr weit davon entfernt. Nur wenig später tauchte auch Krusha über den Dünen auf. Er hatte sich tief über den Hals seines Pferdes gebeugt und trieb das Tier mit aller Kraft an.

»Da stimmt etwas nicht«, murmelte Andrej.

Er registrierte Frederics Reaktion nur aus den Augenwinkeln, aber sie schockierte ihn dennoch: Frederic stand auf und drehte sich zu den beiden näher kommenden Männern herum, und auf seinem Gesicht erschien plötzlich ein Ausdruck von Ernst, der im krassen Gegensatz zu seiner Jugend stand. Nicht zum ersten Mal, seit er Frederic kennengelernt hatte, kam ihm zu Bewusstsein, wie wenig *Kind* Frederic manchmal war. Nicht oft – aber manchmal eben doch – zeigte der Junge eine Abgeklärtheit, die ihm nach Andrejs Meinung nicht zustand. Und vielleicht war das sogar der wirkliche Grund, aus dem sie jetzt hier waren. Vater Domenicus und seine Begleiter hatten mehr getan, als Borsã das Rückgrat zu brechen und die Menschen, die sie liebten, zu töten – sie hatten nicht nur Marius, sondern auch Frederics Jugend gestohlen, das kostbarste Gut eines Menschen.

Die Brüder trafen nahezu gleichzeitig bei ihnen ein. Krusha wirkte erschöpft. Vom Maul seines Pferdes troff flockiger weißer Schaum, und er selbst war am ganzen Leib in Schweiß gebadet. Er musste die ganze Strecke von Constãntã bis hier im Galopp zurückgelegt haben.

»Was ist passiert?«, fragte Frederic, noch bevor Krusha ganz aus dem Sattel gestiegen war. »Wirst du verfolgt?«

»Nein.« Krusha ließ sich schwerfällig zu Boden gleiten und wandte den Kopf in die Richtung, aus der er gekommen war. »Jedenfalls glaube ich es nicht«, fügte er etwas leiser hinzu.

»Warum bist du dann so schnell geritten?«, hakte Andrej nach. Er ergriff die Zügel von Krushas Pferd, zog den Kopf des Tieres zu sich herab und streichelte beruhigend seine Nüstern. Das Tier zitterte vor Anstrengung und war nicht fähig stillzustehen. Noch ein kurzes Stück weiter, dachte Delãny zornig, und Krusha hätte es zuschanden geritten.

»Weil ich interessante Neuigkeiten habe«, antwortete Krusha gereizt. Er machte aber keine Anstalten, diese Worte irgendwie zu erklären, sondern ging steifbeinig zwischen Andrej und Frederic hindurch, ließ sich kurz vor der Brandungslinie in die Hocke sinken und schöpfte mit beiden Händen Wasser, um sein Gesicht zu kühlen.

Andrej folgte ihm. Er beherrschte sich nur mit Mühe. Er hatte längst eingesehen, dass es ein Fehler gewesen war, sich mit Krusha und seinem Bruder einzulassen. Aber er hatte keine andere Wahl gehabt.

Krusha schüttete sich eine weitere Ladung Wasser ins Gesicht, stand auf und strich sich mit beiden Händen das nasse Haar aus der Stirn, ehe er sich wieder zu ihnen herumdrehte.

»Es war eine gute Idee, nicht nach Constãntã zu gehen«, begann er. »Die Stadt ist in Aufruhr wegen des Brandes. Sie suchen uns.«

»Uns?«, fragte Frederic erschrocken.

»Wieso uns?«, fügte Sergé verwirrt hinzu.

»Nicht direkt *uns*«, antwortete sein Bruder. »Nicht dich oder mich oder die beiden da. Ich meine: Sie wissen nicht, wer wir sind, aber sie suchen nach ein paar Männern, die nach dem Brand aus dem Gebäude gelaufen und im Wald verschwunden sind. Einer von ihnen sah aus wie ein transsilvanischer Dörfler und hatte langes Haar.«

»Aber wieso denn?«, fragte Sergé.

Sein Bruder lächelte humorlos. »Acht Tote sind kein Pappenstiel«, erklärte er. »Selbst wenn es sich nur um ein paar dumme Bauern und einen fetten Schankwirt handelt. Die Menschen zahlen Steuern. Sie verlangen dafür eine Gegenleistung.«

»Einen Moment«, sagte Sergé. »Du willst damit sagen, dass sie ... *uns* für den Brand verantwortlich machen?«

Krusha hob die Schultern. »Auf jeden Fall hat der Herzog seine persönliche Leibwache ausgeschickt, um nach den Männern zu suchen, die man ihm beschrieben hat.«

»Aber wir haben den Brand nicht gelegt!«, protestierte sein Bruder.

»Warum reitest du dann nicht in die Stadt und gehst zum Herzog, um ihm genau das zu sagen?«, fragte Andrej spöttisch.

Sergé wollte auffahren, aber Krusha brachte ihn mit einer harschen Geste zum Schweigen. »Wir sind nicht in Gefahr«, sagte er. »Jedenfalls glaube ich das nicht. Immerhin sind wir fast zehn Meilen von der Stadt entfernt.« Er wandte sich an Andrej. »Ich habe die Männer gefunden, nach denen ihr sucht.«

»Wo sind sie?«, fragte Andrej.

»Nicht so schnell, Delãny. Ich habe sie gefunden, und ich glaube, ich weiß auch, wo eure Leute sind. Aber bevor ich es dir sage, müssen wir noch etwas klären.«

Andrej bemerkte aus den Augenwinkeln, dass Frederic

auffahren wollte, und versuchte ihn mit einer Geste zu beruhigen. »Wir haben eine Abmachung«, sagte er. »Ich wüsste nicht, was es noch zu klären gibt.«

»Abmachungen sind dazu da, gegebenenfalls geändert zu werden«, entgegnete Krusha ungerührt. »Du hast uns nicht die Wahrheit gesagt, Delãny.«

»Inwiefern?«, fragte Andrej. Natürlich hatte er Krusha und Sergé nicht die *ganze* Wahrheit gesagt, als er von den Geschehnissen in Borsã und dem Wehrturm seiner Vorväter berichtet hatte. Aber er hatte auch nur wenig weggelassen und sich der Wahrheit so weit angenähert, wie es gerade noch ging.

»Du hast uns nicht gesagt, dass wir es mit der Inquisition zu tun haben«, erklärte Krusha und behielt sein Gegenüber bei diesen Worten scharf im Auge, als warte er auf eine ganz bestimmte Reaktion – oder vielleicht auch auf ihr Ausbleiben.

»Die … römische Inquisition?«, murmelte Sergé. »*Hier*? Am Schwarzen Meer? Das kann nicht sein.«

Sein Bruder starrte weiter unverwandt Delãny an. »Aber es ist so«, fuhr er fort. »Und ich habe mich umgehört. Den richtigen Leuten ein Bier ausgegeben, eine Kleinigkeit für eine Information bezahlt …« Er zuckte mit den Schultern. »Es war nicht besonders schwer. Vater Domenicus ist kein Raubritter, der sich als Geistlicher tarnt. Er ist im Auftrag der Kirche hier. Es heißt, sie seien eigens nach Transsilvanien gekommen, um einen Hexer zu suchen, der in der Abgeschiedenheit des Borsã-Tals sein Unwesen treibt.«

»Und jetzt glaubst du, ich sei dieser Hexer«, meinte Andrej lachend. Auch Krusha verzog kurz das Gesicht, aber sein Lächeln hielt nur eine Sekunde, und seine Augen blieben kalt.

»Ich könnte mich schon fragen, wie es kommt, dass du vor unseren Augen in ein brennendes Haus gerannt und wieder herausgekommen bist, ohne größeren Schaden genommen zu haben«, sagte er. »Aber das wäre ziemlich undankbar von mir, nicht wahr? Immerhin hast du Sergé und mir das Leben gerettet. Hättest du die beiden Bogenschützen nicht erschlagen, hätten sie uns getötet.«

»Und es wäre auch nicht besonders klug«, fügte Frederic hinzu. »Wenn wir wirklich Hexer wären, wäre es sogar ziemlich dumm, uns herauszufordern.«

»Nein, das wäre wirklich nicht klug«, gab Krusha zu. Aber er betonte diese Worte auf eine Weise, die Delãny nicht zu deuten vermochte.

»Was willst du, Krusha?«, fragte er. »Uns erklären, dass dir die Sache zu gefährlich wird? Erzähl mir nicht, dass du Angst vor der Kirche hast.«

»Nein«, antwortete Krusha. »Ich frage mich nur, was du uns noch alles verschwiegen hast.«

»Ich habe nichts von der Inquisition gewusst; es hätte ohnehin nichts geändert!«

»Für uns einiges«, sagte Krusha. »Du verstehst anscheinend immer noch nicht, Delãny. Es ist nicht damit getan, deine Leute zu finden und zu befreien. Vater Domenicus und seine Männer sind in offizieller Mission hier. Sie sind Gäste auf dem Schloss.«

»Jetzt verstehe ich«, murmelte Sergé. »Deshalb fragt auch niemand, wer das Feuer im Gasthaus wirklich gelegt hat.«

»Und unsere Leute?«, fragte Andrej.

Krusha machte eine schwer zu deutende Handbewegung. »Ich weiß es nicht genau. Aber ich nehme an, dass sie im Kerker des Schlosses sitzen. Ich habe mich für heute Abend mit einem Mann verabredet, der mir Nachrichten darüber verkaufen will.«

»Und was willst du nun von mir?«, fragte Andrej. Er ahnte die Antwort auf seine Frage, und Krusha enttäuschte ihn nicht.

»Es ist eine Sache, es mit einer Bande von Straßenräubern aufzunehmen«, sagte er. »Aber jetzt haben wir es mit dem Herzog zu tun. Und seiner ganzen Armee.«

»Es wird ihnen nichts nutzen«, grollte Sergé. »Ich werde sie töten, und wenn sie sich im Vatikan selbst verstecken sollten!«

»Sei kein Narr, Sergé«, versuchte Andrej den Aufbrausenden zu beruhigen. »Dein Bruder hat recht. Solange sich die Männer im Schloss aufhalten ...«

»... sind sie auch nicht sicherer als anderswo«, fiel ihm Krusha ins Wort. »Sie werden die Nacht nicht überleben. Aber ich fürchte, wir können nichts für eure Leute tun.«

»Ihr seid Feiglinge!«, begehrte Frederic auf.

»Es hat nichts mit Mut zu tun, in ein Verlies einzudringen, das von zwanzig Soldaten bewacht wird, mein Junge«, entgegnete Krusha ruhig. »Sondern allerhöchstens mit Dummheit.«

»Ihr seid feige!«, beharrte Frederic. Er setzte ein grimmiges Gesicht auf. »Aber geht ruhig! Andrej und ich werden sie allein befreien!«

»Natürlich«, sagte Krusha. »Und dann bringt ihr sie aus der Stadt, besorgt Lebensmittel und Wasser für fünfzig

Personen und marschiert in aller Ruhe in euer Dorf zurück, und der Herzog steht wahrscheinlich am Straßenrand und winkt euch wohlgefällig zu.« Er lachte abfällig. »Vielleicht weiß ich ja einen anderen Weg.«

»Und welchen?«, fragte Andrej.

Krusha lächelte dünn. »Das kommt ganz darauf an, was dir meine Ratschläge wert sind, Delãny.«

8

Constãntã war die mit Abstand größte Stadt, die Delãny jemals gesehen hatte. Michail Nadasdy hatte ihm von Städten erzählt, die hundertmal größer und tausendmal prachtvoller seien, deren Straßen angeblich mit Gold gepflastert seien und deren Türme so hoch seien, dass ihre Spitzen den Himmel zu berühren schienen. Aber er hatte niemals eine Stadt *gesehen*, die nennenswert größer als Rotthurn gewesen wäre, und die größte Menschenmenge, in der er sich jemals aufgehalten hatte, mochte gerade einmal fünfhundert Köpfe gezählt haben.

Constãntã erschlug ihn regelrecht. Die Stadtmauer erschien ihm höher als die himmelstürmenden Pyramiden, die er ebenfalls aus Michail Nadasdys Erzählungen kannte, und der Marktplatz, auf den sie gelangten, nachdem sie das gigantische Tor passiert hatten, war tatsächlich groß genug, um ganz Borsã und auch noch einen Teil des Schlosses aufzunehmen.

Er war schwarz vor Menschen.

Andrej versuchte erst gar nicht, sie zu zählen oder ihre Zahl auch nur zu schätzen. Dutzende von Marktständen und Karren waren zu einem engen, aber sinnreichen System schmaler Gassen aufgereiht, zwischen denen sich die Menschen in so dichten Trauben drängten, dass Andrej sich fragte, wieso sie nicht zerquetscht wurden. Der Lärm war unbeschreiblich, und das Durcheinander von angenehmen, fremdartigen, aber zum Teil auch unangenehmen Gerüchen marterte seine Nase ebenso, wie die grellen Farben und das Chaos aus Bewegung seine Augen überwältigten.

»Ich wusste nicht, dass es so viele Menschen auf der Welt gibt!«, sagte Frederic. Seine Stimme zitterte vor Staunen und Furcht. Auch Andrej flößte der Anblick der überfüllten Straßen Angst ein.

Schon als sie sich der Stadt genähert hatten, musste sich Andrej eingestehen, dass es ein gewaltiger Fehler gewesen war, jahrelang das Leben eines Einsiedlers zu führen. Lange Zeit hatte er geglaubt, das zurückgezogene Leben allein mit Raqi würde ihm alles geben, was er jemals im Leben benötigte, aber das stimmte nicht, so glücklich diese Jahre auch gewesen sein mochten. Raqi war stets an seiner Seite gewesen und schließlich gestorben, als gerade ein neuer Lebensabschnitt beginnen sollte – nach der Geburt ihres zweiten Kindes hatten sie vorgehabt, die Berge zu verlassen und woanders ihr Glück zu versuchen, um später vielleicht sogar Marius zu holen und wieder bei sich aufzunehmen. Aber wenn er ehrlich war: Er wusste nichts von einem Leben ohne seine Frau und ohne seine Kinder. Vielleicht war es das gewesen, was Michail Nadasdy gemeint hatte, als er ihn warnte, sich zu ernsthaft mit einer Frau einzulassen.

Delãny schob diesen Gedanken beiseite. Diese Stadt machte ihm Angst. Diese unvorstellbare Anzahl von Menschen war ihm nicht geheuer, aber im Moment hatten sie ein viel dringenderes Problem zu lösen. Eine ganze Menge davon, um genau zu sein …

»Ich wusste schon, dass es so viele Menschen gibt«, antwortete Andrej mit einiger Verspätung auf Frederics Frage. »Ich wusste nur nicht, dass sie alle heute Abend hierherkommen würden.«

Er lachte, doch Frederic hatte seine Antwort in all dem Lärm und Stimmengewirr entweder nicht verstanden, oder er begriff den Scherz nicht, denn er sah Andrej nur irritiert an und drängte sich gleichzeitig enger an ihn.

Nur den Bruchteil einer Sekunde war Andrej abgelenkt, da wurde er von jemandem so unerwartet angerempelt, dass er fast das Gleichgewicht verloren hätte. Gleichermaßen überrascht wie verärgert drehte er sich um, darauf gefasst, es mit einem unangenehmen Zeitgenossen zu tun zu bekommen, der ihn absichtlich aus dem Weg hatte stoßen wollen. Doch zu seiner Überraschung sah er sich einem jungen, hübschen Mädchen gegenüber, mit dunklen, über die Schultern wallenden Haaren, braunen Augen und vollen Lippen, die ihrem Gesicht etwas Verheißungsvolles verliehen.

»Ja?«, fragte das Mädchen und zog in gespieltem Erstaunen die Augenbrauen hoch.

»Ich, ich …«, stammelte Andrej. Das, was er gerade noch hatte sagen wollen, war ihm komplett entfallen; dafür kamen ihm tausend Dinge in den Sinn, die er hätte sagen können – wenn er nur in der Lage gewesen wäre, ein weiteres Wort hervorzubringen.

Auch sie verharrte einen kurzen Moment lang, und ihre Blicke trafen sich und verfingen sich in vollkommen unsinniger Weise ineinander. Es waren vielleicht nur ein, zwei Sekunden, aber sie kamen Andrej wie eine Ewigkeit vor. Er begriff nicht, was in ihm vorging, und schon gar nicht verstand er, warum ihm der Anblick dieser jungen Frau geradezu den Atem raubte – beinahe so, als hätte er noch nie ein attraktives weibliches Wesen gesehen.

Sie lächelte ihn scheu an und warf ihm ein kurzes »Entschuldigt bitte« zu, bevor sie von der Menschenmenge mitgerissen wurde und in ihr verschwand.

Frederic, der ein paar Schritte weitergeeilt war, bevor ihm klar wurde, dass Andrej nicht mehr an seiner Seite war, drehte sich mit panisch suchenden Augen um und sah ihn erstaunt, ja fast vorwurfsvoll an.

»Wo bleibst du? Du siehst aus, als wäre dir ein Geist begegnet«, sagte er zu Andrej.

Andrej sah dem Mädchen kopfschüttelnd nach, wurde abermals angerempelt und entschloss sich nun, Frederic an die Hand zu nehmen und an den Straßenrand zurückzuweichen.

Die beiden waren staunend stehen geblieben, nachdem sie das Tor durchschritten hatten, während auf der Straße ein emsiges Kommen und Gehen herrschte. Trotz der gewaltigen Zahl von Menschen, die unentwegt durch das Stadttor hinausgingen oder hereinkamen, erregten sie womöglich Aufsehen. In den ersten Minuten, die sie in der Stadt zugebracht hatten, war ihm Krushas Warnung, dass nach ihnen gesucht werde, geradezu lächerlich vorgekommen. Wer wollte in diesem Gedränge einen einzelnen Menschen ausfindig machen? Aber möglicherweise galt das nur so lange, wie sie sich nicht anders als der Rest dieser gewaltigen Menschenmenge verhielten.

»Glaubst du, dass wir das Gasthaus finden?«, fragte Frederic. Er musste fast schreien, um sich über das Stimmengewirr hinweg mit seinem Begleiter zu verständigen. Andrej zuckte zur Antwort nur mit den Schultern.

Das Gasthaus war eindeutig die falsche Formulierung. Andrejs Blick flog über das bunte Durcheinander von Marktständen, aufgespannten Schirmen und Stoffdächern und über die Fassaden der Häuser, die den Marktplatz umgaben. Keines von ihnen hatte weniger als drei Stockwerke. Viele Fassaden waren mit aufwendigen Schnitzereien oder Steinmetzarbeiten verziert, die Dächer mit gleichmäßig gearbeiteten Holzschindeln gedeckt, manche auch mit Schiefer- oder Tonziegeln. Constãntã musste eine unvorstellbar reiche Stadt sein – und sie war vor allem unvorstellbar *groß*. Es musste hier mindestens ein Dutzend Gasthäuser geben.

»Versuchen wir es«, sagte er.

»Und wie?«

Andrej hob hilflos die Schultern. Sie würden sich durchfragen müssen, aber er war nicht einmal sicher, ob es auf diesem mit Menschen überfüllten Platz überhaupt ein Durchkommen gab. Und sie hatten nicht alle Zeit der Welt. Krushas Vorschlag, getrennt in die Stadt zu gehen und sich erst dort zu treffen, war ihm am Morgen vernünftig erschienen. Jetzt aber fragte er sich, ob es nicht doch ein Fehler gewesen war. Wenn sie zu spät zu der Verabredung kamen oder das fragliche Gasthaus gar nicht fanden, waren die Überlebenden aus Borsã praktisch verloren. Krusha hatte mit seinen Informationen gegeizt, ihm aber glaubhaft versichert, dass die Gefangenen noch in dieser Nacht weggebracht werden sollten.

Er drehte sich hilflos einmal im Kreis, bedeutete Frederic mit einer Geste, sich nicht von der Stelle zu rühren, und ging zum Tor zurück. Vorhin, als sie die Stadt betreten hatten, waren sie von dem Posten am Tor kaum eines Blickes gewürdigt worden. Bestimmt machte der Mann sich nicht die Mühe, sich auch nur eines der zahllosen Gesichter einzuprägen, die tagtäglich an ihm vorbeizogen.

Außerdem schien er seine Aufgabe nicht sonderlich ernst zu nehmen. Er hatte sich gelangweilt auf seinen Speer gestützt und fühlte sich ganz offensichtlich gestört, als Delãny auf ihn zukam. In seinem orangerot und weiß gestreiften Waffenrock wirkte er überdies eher lächerlich als Respekt einflößend, zumindest in Andrejs Augen.

»Bitte verzeiht die Störung«, begann Andrej.

Der Posten richtete sich ein wenig auf, machte sich aber nicht einmal die Mühe zu antworten, sondern bedachte den Fremden nur mit einem abschätzend-verächtlichen Blick.

»Mein Neffe und ich sind zum ersten Mal in der Stadt«, begann Andrej. »Wir waren hier mit meinen Brüdern verabredet, aber ich fürchte ...«

Er sprach bewusst nicht weiter, sondern ließ den Satz mit einem hilflosen Achselzucken und einem dazu passenden Gesichtsausdruck unbeendet ausklingen. Die Reaktion seines Gegenübers fiel so aus, wie Andrej gehofft hatte: Die Verachtung in den Augen des Uniformierten wurde noch größer, und er antwortete mit einer Art von Häme in der Stimme, die oft mit erstaunlichem Großmut einhergeht.

»Und jetzt siehst du zum ersten Mal in deinem Leben eine

Stadt mit einer Mauer drumherum und mehr als zehn Häusern und würdest dir vor Angst am liebsten in die Hosen pinkeln, wie?«, fragte er spöttisch.

Andrej zuckte mit den Schultern und setzte ein verlegenes Gesicht auf. »Sie ist ... sehr groß«, gestand er. »Ich habe nicht mit so vielen Menschen gerechnet. Und wir haben nur noch eine Stunde Zeit, um das Gasthaus zu finden.«

»So, so.« Der Mann stemmte sich an seinem Speer in die Höhe und warf einen vollkommen überflüssigen, nachdenklichen Blick an Andrej vorbei in die Stadt hinein. Vielleicht suchte er nach dem *Neffen*, von dem Andrej gesprochen hatte; möglicherweise war dessen Erwähnung ein Fehler gewesen.

»Weißt du wenigstens den Namen des Gasthauses, in dem ihr euch verabredet habt, mein Freund?«

»›Zum Einäugigen Bären‹«, antwortete Andrej.

»Eine Spelunke«, meinte der Torwächter. »Selbst für einen Mann wie dich kaum der richtige Ort, wie mir scheint. Hast du Geld?«

»Nicht viel«, antwortete Andrej. »Warum?«

»Oh, keine Angst, ich will nichts davon«, sagte der Wächter. »Ich wollte dir nur raten, gut darauf achtzugeben. Dort, wo du hinwillst, treibt sich eine Menge Gesindel herum. Wenn deine Brüder dort verkehren, solltest du über deine Familie nachdenken.« Er seufzte. »Aber was geht mich das an ...? Es ist leicht zu finden. Ihr müsst den Markt überqueren, und dann folgt ihr der Straße bis zum Schloss. Dort biegt ihr rechts ab, bis ihr zum Hafen kommt. Jeder dort kennt den ›Einäugigen Bären‹. Aber seht zu, dass ihr bis zum Einbruch der Dämmerung wieder aus dieser Gegend verschwunden seid.«

Andrej war verwirrt. Trotz des unüberhörbaren Spotts

registrierte er auch eine Gutmütigkeit, die er von einem Soldaten im Dienste des Herzogs zuallerletzt erwartet hatte. Er wollte sich bedanken, doch in diesem Moment ging eine erstaunliche Veränderung mit dem Posten vonstatten: Er richtete sich kerzengerade auf und wirkte plötzlich kein bisschen gelangweilt mehr, sondern angespannt, fast schon sprungbereit. Seine Augen wurden schmal, und auf seinem Gesicht erschien ein Ausdruck, der zwischen Erschrecken und unterdrücktem Zorn schwankte. Im allerersten Moment dachte Andrej, der Uniformierte hätte erkannt, wer vor ihm stand, aber dann wurde ihm klar, dass er gar nicht ihn anstarrte, sondern einen Punkt irgendwo hinter seinem Rücken. Andrej drehte erschrocken den Kopf – und fuhr heftig zusammen.

Hinter ihnen war plötzlich eine Gruppe von zehn, zwölf Reitern aufgetaucht. Die Männer sprengten in scharfem Tempo heran, ohne auch nur die mindeste Rücksicht darauf zu nehmen, dass die Straße voller Menschen war. Die meisten trugen die gleichen orange und gelb gestreiften Waffenröcke wie der Mann vor ihm, aber einer von ihnen war in einen dunkelroten Samtumhang gehüllt, zu dem er einen übergroßen Hut mit breiter Krempe trug. Die beiden Reiter zu seiner Rechten und Linken trugen schwarze Mäntel, unter denen es mitunter goldfarben aufblitzte.

Andrej musste nicht einmal in ihre Gesichter sehen, um zu wissen, mit wem er es zu tun hatte. Nachdem Sergé einen der drei goldenen Ritter nach dem Wirtshausbrand erstochen hatte und drei minus eins zwei ergab, war wahrscheinlich auch der hünenhafte Mann unter ihnen, mit dem er seinen ersten wirklichen Kampf auf Leben und Tod ausgefochten hatte. Es konnte natürlich auch sein, dass in Constântă noch weitere goldene Ritter stationiert waren und dass die heutige Leibwache des Inquisitors aus ihm gänzlich unbekannten Männern bestand – wenn das so war, dann musste er sich warm anziehen.

Ohne zu zögern drehte er sich wieder herum und starrte zu Boden. Das war eine ebenso hilflose wie unsinnige Reaktion: In einer solchen Masse von Menschen würde dem Inquisitor und seinen Schergen ein einzelner Mann wohl kaum auffallen. Im Gegenteil, erst durch sein Verhalten brachte er sich in Gefahr, die Aufmerksamkeit der Stadtwache auf sich zu lenken. Hastig korrigierte er seinen Fehler – zu hastig, wie eine ärgerliche Stimme in seinem Inneren bemerkte – und hob den Kopf, nicht viel, sondern so, dass es der demütigen Haltung eines Mannes gleichkam, der sich auf keinen Fall mit den falschen Leuten anlegen wollte.

Und tatsächlich – das Wunder geschah. Der Reitertrupp jagte vorbei, ohne auch nur sein Tempo zu mindern, und das bedrohliche Gefühl in seinem Inneren schwand mit jedem Meter, den er sich von ihm entfernte. Andrej widerstand der Versuchung, den Reitern nachzublicken, als sie dicht hinter ihm durch das Tor sprengten, aber er registrierte trotzdem aus den Augenwinkeln, wie einer der beiden goldenen Ritter den Kopf hob und einen suchenden Blick in die Runde warf. Vielleicht hoffte er, ihn hier irgendwo zu entdecken. Vielleicht hatten ihn die jahrelangen Kämpfe auch nur vorsichtig werden lassen; aber möglicherweise hatte Andrej sein Entkommen auch einem viel banaleren Umstand zu verdanken – nämlich dem, dass ihn der Brand im Gasthaus seiner langen Haare und eines Großteils seiner Kleidung beraubt hatte. Mit seinem fast kahlen Schädel und gehüllt in das beinahe orientalisch anmutende Gewand, das Krusha ihm geliehen hatte, hätte vermutlich selbst Frederic Schwierigkeiten gehabt, ihn aus einiger Entfernung zu erkennen; noch dazu von hinten und inmitten einer größeren Menschenmenge.

Er bemühte sich, nicht hörbar aufzuatmen, als der Reitertross durch das Tor verschwunden war und in der Menschenmenge untertauchte – zwar in langsamerem Tempo als zuvor, aber angesichts der überfüllten Straße noch immer viel zu schnell. Bis die Reiter ihr Ziel erreicht hatten, würde es eine Menge blauer Flecke und Rippenbrüche geben, wenn nicht Schlimmeres.

»Wer ... war das?«, fragte er zögernd.

Der Posten starrte noch einige Sekunden lang aus eng zusammengekniffenen Augen in die Richtung, in die die Reiter entschwunden waren, ehe er Andrejs Frage beantwortete.

»Die Leibgarde des Herzogs«, sagte er, »zusammen mit diesem verdammten Pfaffen!«

Andrej blickte den Mann fragend und gleichzeitig überrascht an. Der Reiter im roten Samt war Vater Domenicus gewesen? Er hatte ihn sich sehr viel älter und von vollkommen anderem Habitus vorgestellt – insbesondere aufgrund von Frederics Bericht über die Vorfälle im Borsã-Tal. Er hatte einen alten, grausamen Kirchenfürsten erwartet, aber der Begleiter der beiden goldenen Ritter war keinen Tag älter als fünfunddreißig und von sportlicher, schlanker Statur. Und er hatte das Gesicht eines Kriegers – hart, aber auf eine eigentümliche Weise gut aussehend.

»Mögt Ihr ... die Kirche nicht?«, fragte er zögernd – ein Fehler, wie er im gleichen Moment begriff, in dem er die

Worte aussprach; denn als ihn der Posten jetzt ansah, lag ein misstrauischer Ausdruck in seinen Augen.

Aber nur für einen Moment, dann schüttelte er den Kopf und sagte: »Doch. Aber ich schlage drei Kreuze, wenn dieser verdammte Inquisitor wieder dort ist, wo er hingehört. Seit er und seine drei seltsamen Begleiter in der Stadt sind ...« Er sprach den Satz nicht zu Ende, so, als wäre ihm erst jetzt bewusst geworden, mit wem er sich unterhielt – einem vollkommen Fremden nämlich, von dem er nicht wissen konnte, ob er wirklich das war, wonach er aussah, und wohin er sich als Nächstes wenden und mit wem er reden würde.

»Verschwinde jetzt«, sagte er. »Ich habe zu tun. Und du solltest dich sputen, wenn du rechtzeitig im ›Einäugigen Bären‹ sein willst.«

Andrej bedankte sich mit einem Kopfnicken und eilte zu Frederic zurück. Er fand den Jungen nicht dort, wo er ihn zurückgelassen hatte. Die Reiter hatten Spuren auf der Straße hinterlassen: Andrej sah mehrere Männer und Frauen, die schreckensbleich geworden waren und die Hände gegen ihre Arme und Rippen pressten, und genau dort, wo er Frederic erwartete, hockte ein Greis auf dem Boden und hielt mit schmerzverzerrtem Gesicht seinen Knöchel, der offensichtlich gebrochen war.

Andrejs Gesicht verdüsterte sich vor Zorn. Für ihn selbst war ein gebrochener Knöchel schon hinderlich genug, aber dennoch eine Verletzung, die irgendwann wieder verheilen würde. Für den Alten aber konnte dies das Ende bedeuten. Selbst wenn der Knochen wieder zusammenwuchs, ohne dass er zum Krüppel wurde, war es durchaus denkbar, dass er im nächsten Winter verhungerte oder erfror, weil er seiner Arbeit nicht hatte nachgehen können. Was waren das für Menschen, die so rücksichtslos mit dem Leben anderer umgingen?

Andrej beantwortete sich diese Frage selbst: Die gleichen Menschen, die ein Haus mit einem Dutzend Unbeteiligter in Brand setzten, um einen einzelnen Mann und einen Jungen zu töten oder in ihre Gewalt zu bringen.

Andrej sah sich suchend nach Frederic um. Er hatte dem Jungen eingeschärft, sich nicht von der Stelle zu rühren, doch genau das hatte er offensichtlich getan. Gerade als Andrej zornig zu werden drohte, tauchte Frederic aus einer wenige Schritte entfernten Gasse auf. Er war leichenblass und kam heftig gestikulierend auf ihn zu.

»Andrej!«, sprudelte er los. »Ich habe sie gesehen! Sie waren hier, und ...«

»Ich weiß«, unterbrach ihn Delãny und warf ihm einen fast beschwörenden Blick zu. »Nicht so laut!«

»Nein, du verstehst nicht!« Frederic senkte die Stimme, sprach aber nicht weniger aufgeregt weiter. »Ich meine nicht die beiden goldenen Reiter! Der Mann bei ihnen! Das war ...«

»Vater Domenicus«, fiel ihm Andrej ins Wort. »Der Mann, der Barak und deinen Bruder Toras gefoltert hat.«

Frederic war verwirrt. »Woher weißt du das?«

»Der Mann am Tor hat es mir gesagt«, antwortete Andrej. »Aber ich glaube, ich hätte mir das auch selbst zusammenreimen können.« Er brachte Frederic, der etwas erwidern wollte, mit einer Handbewegung zum Schweigen. »Er hat mir auch den Weg zum ›Einäugigen Bären‹ erklärt. Es ist ziemlich weit. Wir sollten uns lieber beeilen. Krusha wird nicht erfreut sein, wenn wir zu spät kommen.«

Frederics Reaktion erschreckte ihn. In den Augen des Jungen blitzte es trotzig auf, und für einen ganz kurzen, aber unglaublich intensiven Moment wurde dieser Trotz zu purem Hass, der sich gegen niemand anderen als gegen Andrej richtete – wenn auch wahrscheinlich aus keinem anderen Grund als dem, dass er das erste Ziel war, das sich Frederic bot.

»Ist das alles, was dich interessiert?«, zischte er. »Diese beiden dahergelaufenen Diebe? Ich habe dir gesagt, dass ich den Mann gesehen habe, der meinen Vater und die anderen umgebracht hat! Er kann noch nicht weit sein! Wir können ihn einholen!«

Andrej warf einen raschen Blick in die Runde, ehe er antwortete. Frederic hatte laut genug gesprochen, um noch in etlichen Schritten Entfernung verstanden zu werden. Gottlob schien aber niemand seinen Worten besondere Bedeutung beizumessen. Er erwiderte nichts, sondern ergriff Frederic plötzlich hart bei den Schultern, drehte ihn herum und stieß ihn grob vor sich her.

»Ja, das *ist* alles, was mich interessiert«, zischte er, leise, aber so scharf, dass es einem Schreien gleichkam. »Diese beiden dahergelaufenen Diebe stellen nämlich im Moment die einzige Möglichkeit dar zu erfahren, wo deine Mutter und die anderen gefangen gehalten werden! Was zum Teufel willst du? Rache – oder das Leben deiner Familie retten?«

Frederic riss sich los und funkelte ihn an. »Ich wollte, ich hätte ein Schwert!«, erwiderte er. »Ich wollte, ich wäre erwachsen und müsste mich nicht herumkommandieren lassen!«

Andrej riss endgültig der Geduldsfaden. Er packte Frederic

erneut bei den Schultern, riss ihn herum und schüttelte ihn so heftig, dass die Zähne des Jungen aufeinanderschlugen.

»Jetzt hör mir mal zu!«, sagte er wütend. Er schrie fast. »Wenn du glaubst, es sei so leicht, ein Leben zu nehmen, dann täuschst du dich! Du willst ein Schwert? Bitte! Du kannst meines haben. Meinetwegen geh hin und versuche, diesen Mann umzubringen! Vielleicht gelingt es dir ja sogar! Er wird kaum damit rechnen, von einem Kind angegriffen zu werden! Und dann?«

»Wie … meinst du das?«, fragte Frederic irritiert.

»Selbst wenn es dir gelingt«, fuhr Andrej fort, »und selbst wenn du in all der Aufregung und dem Durcheinander entkommen solltest – was dann? Glaubst du, es wäre damit getan, einem Mann ein Schwert ins Herz zu stoßen? Das ist es nicht! Er stirbt nämlich nicht einfach, weißt du? Er wird weiterleben, in dir!« Er hob die Hand und stieß Frederic so hart mit Mittel- und Zeigefinger vor die Stirn, dass es den Jungen schmerzen musste. »Du wirst sein Gesicht sehen, jedes Mal, wenn du die Augen schließt. Er wird dir im Schlaf erscheinen. Er wird dich in deinen Träumen heimsuchen, und er wird dich fragen, warum du ihm das Leben genommen hast! Für lange, sehr lange Zeit. Vielleicht für den Rest deines Lebens!«

Frederic starrte ihn an, und Andrej las etwas in seinen Augen, das ihn noch mehr schockierte als der aus Schmerz geborene Hass, der kurz zuvor in ihnen gewesen war. Frederic verstand nicht, was er ihm zu sagen versuchte. Schlimmer noch: Es war ihm vollkommen gleichgültig. Möglicherweise tat Andrej ihm unrecht. Vielleicht war Frederic einfach zu jung, um zu begreifen, welch himmelweiter Unterschied darin lag, einen Mann in Selbstverteidigung zu töten oder ihn kaltblütig umzubringen. Dennoch wusste Andrej einen Augenblick lang selbst nicht, ob er nun Angst *um* oder *vor* Frederic haben sollte. Vielleicht kamen alle Worte, die er sagen konnte, längst zu spät; vielleicht hatte das Grauenvolle, das Frederic mit anzusehen gezwungen worden war, seine Seele schon zerstört; vielleicht konnte der Junge gar nicht mehr anders, als ebenso hart und gnadenlos zu fühlen und zu handeln wie seine Peiniger.

Und vielleicht war das allein schon Grund genug, Vater Domenicus und die zwei noch verbliebenen goldenen Ritter zu töten, die mit ihm im Borsã-Tal gewesen waren – und jeden weiteren goldenen Ritter, sofern ihm noch mehr von ihrer Sorte über den Weg liefen.

»Das ist eine wirklich eigenartige Methode, einem Kind Respekt vor dem Leben beizubringen«, bemerkte eine Stimme hinter ihm.

Andrej richtete sich zornig auf und fuhr herum. »Was mischt Ihr Euch ...«

Er sprach nicht weiter. Er wusste nicht, was oder wen genau er erwartet hatte – aber hinter ihm stand die junge dunkelhaarige Frau, mit der er vorhin im Menschengewirr bereits zusammengestoßen war. Inmitten der dicht gedrängten Menge hätte sie eigentlich wie verloren wirken müssen, aber das genaue Gegenteil war der Fall. Sie war kaum größer als Frederic und trug ein dunkelgrünes Samtkleid, das ihre schlanke Statur betonte, aber sie wirkte nicht verwundbar. Es war schwer in Worte zu fassen ... irgendetwas *Kraftvolles* ging von ihr aus. Möglicherweise lag es an ihren Augen, die ihn fröhlich und ohne jegliche Scheu – wie die eines Kindes

– anblickten und die dennoch viel zu alt und viel zu wissend waren für das geradezu kindliche Gesicht, in das sie eingebettet waren. Oder war es die Selbstsicherheit, mit der sie ihr dunkles Haar trug, das in offenen Locken bis weit über die Schultern hinabfiel? Oder gar der zierliche, juwelenbesetzte Dolch an ihrem Gürtel?

Andrej wurde sich des Umstandes bewusst, dass er die junge Frau auf eine Art und Weise anstarrte, die leicht als unziemlich, zumindest aber als *unhöflich* angesehen werden konnte. Er flüchtete sich in ein verlegenes Lächeln. »Verzeiht«, sagte er. »Ich wollte nicht …«

»*Ich* sollte um Verzeihung bitten«, unterbrach ihn die Dunkelhaarige. »Ich habe eigentlich kein Recht, mich einzumischen … aber Ihr versteht nicht viel von Kindern, oder? Ist das Euer Sohn?«

»Nein«, antwortete Andrej verwirrt.

»Nein, es ist nicht Euer Sohn, oder nein, Ihr versteht nichts von Kindern?«, fragte die Fremde lachend.

Andrejs Verwirrung wuchs mit jedem Augenblick. Es waren nicht so sehr ihre Worte, es war vielmehr die bloße Anwesenheit der jungen Frau, die ihn zunehmend verlegener machte. Dass er wie vorhin keinen vernünftigen Satz zustande brachte, lag nicht nur an ihrem ungewöhnlichen Aussehen oder an ihrem noch ungewöhnlicheren Auftreten. Seine Augen konnten sich von ihrer fast zerbrechlich zu nennenden Statur nicht losreißen, und er spürte ein vollkommen unverständliches Verlangen, sie nicht gehen zu lassen, nicht noch einmal. Das Begehren, sie einfach in die Arme zu nehmen und nie wieder loszulassen, erschreckte ihn selbst über alle Maßen, schien es ihm doch nicht nur vollkommen deplatziert, sondern auch wie ein Verrat an Raqi.

Ihre Brust hob und senkte sich, ihr Atem ging schneller und unregelmäßig und eine zarte Röte auf ihren Wangen zeigte Andrej, dass es ihr womöglich ähnlich erging wie ihm – oder dass sie sich über alle Maßen über den Burschen ärgerte, der sie so unverhohlen anstarrte. Dennoch: Sie erwiderte seinen Blick so offen und frei, dass er nicht anders konnte, als sich in ihren dunklen Augen zu verlieren, die ihm wie zwei abgrundtiefe Bergseen vorkamen, gleichermaßen tief wie rein.

»Beides«, brachte Andrej schließlich mit belegter Stimme hervor und durchbrach damit die knisternde, kaum noch zu ertragene Pause. »Aber ...«

»Dann lasst Euch gesagt sein, dass man ein Kind nicht mittels Angst erziehen sollte«, fuhr sie befangen fort. »Furcht ist ein schlechter Lehrmeister.« Die letzten Worte flüsterte sie fast.

»Ich habe keine Angst«, sagte Frederic mit Trotz in der Stimme.

»Natürlich nicht.« Sie lachte leise. »Kein richtiger Junge hat vor irgendetwas Angst. Wie ist dein Name, kleiner Held?«

»Frederic«, antwortete Frederic misstrauisch. »Aber ich bin schon lange nicht mehr *klein.*« Seine Augen verengten sich. »Warum wollt Ihr das überhaupt wissen?«

»Oh, entschuldige, ich wollte dich nicht beleidigen. Ich weiß nur gerne, mit wem ich rede. Mein Name ist Maria. Und wie heißt Ihr?«, fragte sie an Delãny gewandt.

»Andrej«, antwortete Delãny. »Frederic ist mein ... mein

Neffe.« Die Worte klangen nicht einmal in seinen eigenen Ohren überzeugend. Was war nur mit ihm los? Das letzte Mal, dass er so auf einen Menschen reagiert hatte, war, als er Raqi kennengelernt hatte.

Allein dieser Gedanke versetzte ihm einen tiefen Stich. Irgendeinen Menschen – ganz gleich, wen – mit seiner geliebten Raqi zu vergleichen, bedeutete einen Verrat an ihrer Liebe.

»Ich ... es tut mir leid«, sagte er unbehaglich. »Aber wir sind ein wenig in Eile. Wir haben eine Verabredung und ... und noch einen weiten Weg vor uns.«

»Und zweifellos hat Euch Eure Mutter den guten Rat gegeben, Euch nicht von fremden Frauen ansprechen zu lassen«, fügte Maria mit übertrieben gespieltem Ernst hinzu. Dann lachte sie – ihre Stimme war so hell und klar wie der Klang einer gläsernen Glocke – und streckte Frederic die Hand entgegen. »Hast du vielleicht noch genug Zeit, dir von mir eine Zuckerstange schenken zu lassen, Frederic?«

Der Junge war nun vollends verwirrt – und Andrej kaum weniger. Sie lebten nicht in einer Zeit, in der eine Frau einen fremden Mann einfach auf offener Straße ansprach, nicht einmal, wenn es sich um eine so ungewöhnliche Frau wie diese Maria handelte. Aber das allein war es nicht. Irgendetwas an ihrer bloßen Anwesenheit erschreckte ihn so sehr, dass er am liebsten auf der Stelle davongerannt wäre.

Und wahrscheinlich hätte er das auch getan, wäre da nicht dieser sonderbare Ausdruck auf Frederics Gesicht gewesen. Der Junge wirkte immer noch erschrocken und verunsichert, aber da war auch noch etwas anderes.

»Es tut mit leid«, wollte Andrej die Unterhaltung beenden, »aber wir ...«

Doch Frederic sagte: »Gerne«, als hätte er Delãnys Worte überhaupt nicht gehört.

Maria ließ erneut dieses helle, glockenhafte Lachen ertönen, in dem eine deutliche Spur von – wenn auch gutmütigem – Spott mitschwang. Ihre Augen funkelten.

»Frederic!«, sagte Andrej streng.

»So herzlos könnt Ihr nicht sein, Andrej«, versuchte Maria ihn umzustimmen, »einem Kind eine Zuckerstange zu verweigern, das zum ersten Mal in seinem Leben in der Stadt ist und noch nie einen richtigen Markt gesehen hat.«

»Woher wisst Ihr das?«, fragte Andrej misstrauisch.

Maria lachte erneut. »Es steht euch in den Gesichtern geschrieben.« Sie streckte wieder die Hand nach Frederic aus und machte mit der anderen eine auffordernde Geste.

Frederic hob den Arm, um ihre Bewegung zu erwidern, drehte sich dann aber halb zu Andrej herum und warf ihm einen flehenden Blick zu. Seine Gesichtszüge entgleisten schlagartig, als er in Andrejs Richtung sah.

Wie erstarrt stand er da und sah über die Köpfe der vielen Menschen hinweg. Im ersten Moment glaubte Andrej, Domenicus sei mit seinem Gefolge zurückgekehrt, und der Junge sei im Begriff, eine Dummheit zu begehen, würde sich vielleicht mit einem Aufschrei auf den Mörder seiner Familie stürzen, ohne die unausweichlichen Konsequenzen zu bedenken. Dennoch zwang sich Delãny dazu, nicht panisch herumzufahren, sondern nur leicht den Kopf zu drehen, sodass er aus den Augenwinkeln in dieselbe Richtung blicken konnte, in die Frederic so entsetzt starrte.

Es waren nur zwei Reiter, die ihre Tiere im leichten Schritttempo durch die Menge lenkten, und im ersten Moment wollte Andrej schon aufatmen – bis er sie erkannte. Sein Herz schien einen Moment auszusetzen und dann mit schmerzhafter Wucht weiterzuhämmern, als er die zwei Silhouetten gewahrte. Es waren die beiden goldenen Ritter, die ihn in dem Wirtshaus aufgespürt hatten, und er konnte sich nur zu lebhaft vorstellen, was sie mit ihm anfangen würden, wenn sie auf ihn aufmerksam wurden. Sie ritten sehr langsam, fast gemächlich, so, als suchten sie jemanden – er wusste nur zu gut, wen –, und er spürte fast körperlich die Bedrohung, die von ihnen ausging.

Während Andrej die zwei aus den Augenwinkeln weiter zu beobachten versuchte, wandte er sich wieder Maria zu. »Ich will ja kein Spielverderber sein«, sagte er hastig und ohne das Entsetzen vollständig aus seinem Gesicht drängen zu können. »Aber heute haben wir wirklich keine Zeit dafür. Vielleicht ein anderes Mal?«

Marias Gesicht war anzusehen, dass sie die unerwartete Wendung des Gespräches enttäuschte und dass sie nicht begriff, was plötzlich mit ihm los war. Doch darauf konnte er nun wirklich keine Rücksicht mehr nehmen. Das Gespräch mit der jungen Frau hatte für ihn plötzlich und unerwartet eine ganz andere Bedeutung bekommen: Die Ritter ließen ihre Blicke ganz unverhohlen über die Menge schweifen, aber sie würden auf der Suche nach einem Mann und einem Jungen sein und nicht damit rechnen, dass sich die beiden Gesuchten in ein Gespräch mit einer jungen Schönheit vertieft hatten.

»Oh nein, das könnt Ihr mir doch nicht antun«, sagte Maria hilflos. Sie machte nicht den Eindruck, als würde sie Andrej und Frederic vollkommen kampflos davonziehen lassen. »Wollt Ihr wirklich so herzlos sein, mich hier einfach stehen zu lassen?«

Andrej versuchte zu lächeln, aber es wurde nur eine Grimasse daraus. Es fehlte noch, dass er die junge Frau in Gefahr brachte, weil sie zusammen mit ihm gesehen wurde. »Es tut mir leid«, stieß er hervor, »aber wir müssen leider weiter. Vielleicht will es das Schicksal, dass wir uns unter günstigeren Umständen wiedersehen?«

Er wartete keine Antwort ab, packte Frederic am Arm und zog ihn hinter sich her. Maria blieb nun ihrerseits nichts anderes übrig, als den Jungen loszulassen, den sie bis zu diesem Zeitpunkt immer noch am Arm ergriffen hatte. Ihrem Gesicht war deutlich anzusehen, dass sie darüber nicht sehr glücklich war und dass sie nicht begriff, was plötzlich in Andrej gefahren war. Sie rief ihnen noch etwas hinterher, doch Delãny konnte ihre Worte nicht verstehen; sie wurden von den auf- und abschwellenden Marktgeräuschen verschluckt.

Es wurde höchste Zeit. Aus den Augenwinkeln heraus bemerkte Andrej das Aufblitzen eines goldenen Brustpanzers. Er beschleunigte sein Tempo, ohne auf Frederic Rücksicht zu nehmen, und zog ihn regelrecht hinter sich her. Ein weiterer Blick bestätigte seine Befürchtung. Die goldenen Ritter lenkten nun ihre Pferde quer über den Marktplatz und strebten, ohne auf die Marktbesucher Rücksicht zu nehmen, in ihre Richtung.

»Sie sind auf uns aufmerksam geworden«, zischte er Frederic zu. »Beeil dich, sonst haben sie uns gleich.« Nach diesen Worten musste Andrej nicht mehr gegen den Widerstand des Jungen ankämpfen, ganz im Gegenteil hatte er nun

Mühe, mit ihm mitzuhalten. Frederic schlängelte sich wie ein Aal durch die Menschenmenge.

So erreichten sie unbehelligt das andere Ende des Marktplatzes und liefen nun in eine schmale, mit Unrat und Abfällen übersäte Gasse hinein. Hier kamen sie endlich etwas schneller voran, obwohl sie immer noch von fliegenden Händlern und zum Markt strebenden Menschen behindert wurden. Andrej legte seine Hand auf den Griff seines Schwerts und schlug eine noch raschere Laufgeschwindigkeit an. Als sie das Ende der Gasse erreichten, hielten sie kurz inne, bogen dann aber, ohne weiter zu zögern, nach links ab und strebten mit schnellen Schritten auf eine weitere Gasse zu. Auf diese Weise wechselten sie noch zweioder dreimal die Richtung, wahllos und Stück für Stück langsamer werdend. Schließlich bewegten sie sich nur mehr genauso schnell wie alle anderen in ihrer Umgebung.

Das Pferdegetrappel ihrer Verfolger war jetzt schon eine ganze Zeit lang nicht mehr zu hören. Trotzdem war sich Andrej darüber im Klaren, dass sich die Ritter nicht so schnell geschlagen geben würden. Vermutlich ritten sie jetzt nach und nach alle Gassen ab, um seiner doch noch habhaft zu werden. Er konnte nur hoffen, dass sie sich ihrer Sache nicht sicher waren und die Verfolgung nur pro forma aufgenommen hatten; andernfalls würde es in der Stadt gleich von Soldaten wimmeln, die ganz gezielt jedes Haus und jede Gasse nach ihnen absuchten – bis sie sie früher oder später aufgestöbert hatten. So weit wollte es Andrej nicht kommen lassen. Nur ein knappes Dutzend Schritte entfernt gewahrte er eine schmale, aber einladend offen stehende Toreinfahrt, sah sich verstohlen um und steuerte darauf los.

Sie erreichten unbehelligt den Durchgang. Andrej stellte mit einem kurzen Blick fest, dass er zu einem kleinen, auf allen Seiten von mannshohen Mauern umschlossenen Hof führte, auf dem sich Berge von Unrat und kniehohe Stapel modernden Holzes auftürmten. Er trat rasch durch den gemauerten Bogen, blickte nach links und rechts und sah seinen ersten Eindruck bestätigt: Nicht nur der schmuddelige Hinterhof, sondern auch das dazugehörige Haus machten einen ebenso heruntergekommenen wie verlassenen Eindruck. Es gab nur eine einzige, aus morschen Brettern grob zusammengezimmerte Tür, die ins Haus hineinführte. Die fünf, höchstens sechs Fenster, die er von hier aus sehen konnte, waren ebenfalls mit Brettern vernagelt.

Andrej trat rasch auf die Tür zu, schloss für einen Moment die Augen und lauschte. Er konnte den Lärm vom Marktplatz und die Geräusche der Straße noch immer deutlich hören, aber aus dem Haus selbst drang nicht der mindeste Laut. Es musste leerstehen.

Kurz entschlossen schob er die Hand durch einen Spalt in der Brettertür, packte zu und hätte fast das Gleichgewicht verloren, als das morsche Holz unter seinem Griff zerfiel. Ohne zu zögern brach er die Tür vollends auf und zog Frederic mit sich ins Innere des Hauses.

Staubiges Zwielicht umfing sie, eine schon fast gespenstische Leere und unangenehme, modrige Gerüche, die beherrscht waren von einem scharfen, süßlichen Gestank, welcher verriet, dass in diesem Haus vor nicht allzu langer Zeit jemand gestorben war, den man nicht rechtzeitig beerdigt hatte. Vielleicht war das ja auch der Grund, weshalb das Gebäude ungenutzt blieb.

Andrej zog die halb verfallene Tür hinter sich zu, trat zu einem Fenster an der gegenüberliegenden Wand und spähte durch die fingerbreiten Lücken zwischen den Brettern, mit denen es vernagelt war. Er sah die Straße, auf der sie vor wenigen Augenblicken zu diesem Gebäude gekommen waren. Sie war noch immer voller Menschen, aber niemand schien das Verschwinden der beiden seltsamen Fremden in der Toreinfahrt bemerkt zu haben. Vielleicht war Constãntã einfach zu groß, als dass die Menschen zwei einsamen Passanten noch irgendwelche Beachtung schenkten, mochten diese auch noch so merkwürdig aussehen.

Frederic, der vollkommen erschöpft wirkte, sah sich kurz um und ließ sich erst dann im Schneidersitz auf den Fußboden nieder. Andrej folgte seinem Beispiel, jedoch nicht, ohne zuvor sein Schwert zu ziehen und es griffbereit neben sich zu legen. »Ruh dich ein wenig aus«, sagte er dann, »wir werden bis zum Einbruch der Dunkelheit hierbleiben.«

Dabei war er sich nicht einmal sicher, ob ihr Versteck wirklich klug gewählt war. Wenn man sie hier aufspürte, würde es keine schnelle Fluchtmöglichkeit geben. Seine einzige Chance würde in einem solchen Fall dann darin bestehen, sich freizukämpfen – doch selbst, wenn ihm das gelänge: Wohin sollten sie sich anschließend wenden in dieser verfluchten Stadt, wenn erst einmal die Tore geschlossen waren und ihnen Dutzende, vielleicht sogar Hunderte von Soldaten auf den Fersen waren?

Schon nach ein paar Minuten fühlte er seine schlimmsten Befürchtungen bestätigt. Es war ganz eindeutig das Getrappel einiger weniger Pferde, das laut und bedrohlich von den Hauswänden widerhallte und von Reitern kündete, die sich dem Haus näherten. Andrej sprang geradezu auf. Öliger Schweiß stand auf seiner Stirn, und seine Hand, die das Sarazenenschwert hielt, zitterte leicht. Er spähte durch eine Lücke zwischen den Brettern in die Gasse, konnte aber nichts erkennen.

»Siehst du jemanden?«, fragte Frederic mit zitternder Stimme.

»Still jetzt«, zischte Andrej. »Da sind sie.«

In dem schmalen Ausschnitt, den die Lücke zwischen den Brettern in die Wirklichkeit schnitt, sah er das Stück einer Pferdemähne, einen Sattelknauf, das gepanzerte Bein eines Ritters, eine Schwertscheide, die durch das Auf und Ab des Rittes leicht schwankte ... Seine Hand klammerte sich automatisch fester um den Griff seiner eigenen Klinge. Die zwei Männer in den goldenen Rüstungen ritten sehr langsam und schienen sich gründlich umzusehen. Andrej erwartete jeden Moment, einen Halteruf zu hören oder das Scharren eines Pferdehufes, das davon kündete, dass einer der Reiter sein Tier gezügelt hatte.

Aber nichts dergleichen geschah. Nach Sekunden, die ihm wie eine Ewigkeit vorkamen, waren sie endlich – endlich! – vorbei. Andrej blieb noch eine ganze Weile in gespannter Haltung stehen, jederzeit darauf gefasst, dass die beiden Reiter anhielten, um zurückzukehren und sich das verlassene Haus noch einmal genauer anzusehen. Doch dann verklang das Pferdegetrappel und ließ sie zurück in einem Versteck, das sie für den Moment gerettet hatte – und sich doch jederzeit als Todesfalle entpuppen konnte.

9

Der »Einäugige Bär« entsprach so genau der Beschreibung, die Andrej von dem Wachposten bekommen hatte, dass er ihn auch ohne das unbeholfen gemalte Schild über der Tür gefunden und erkannt hätte. Die beiden Delãnys hatten weit über eine Stunde gebraucht, um den Hafen und damit die Straße zu erreichen, in der das Gasthaus lag, denn Andrej war sorgsam darauf bedacht gewesen, den Patrouillen auszuweichen, die in immer größerer Zahl aus dem Schloss strömten und die Straßen durchstreiften.

Trotzdem blieb Andrej in einigen Schritten Abstand zu dem niedrigen Fachwerkgebäude noch einmal stehen und sah sich aufmerksam um. Die Straße wirkte so heruntergekommen und ungastlich, wie er es nach der Beschreibung des Postens erwartet hatte. Die Häuser am Hafen waren allesamt kleiner, älter und vor allem schäbiger als die im westlichen Teil der Stadt; und die Menschen, die hier lebten, wirkten auf Andrej ärmlich und wenig vertrauenerweckend.

Andrej warf einen neuerlichen sichernden Blick in die

Runde, schob das unheimliche Gefühl, aus den Schatten heraus belauert zu werden, endgültig auf seine unerklärliche Unsicherheit und betrat schließlich die Schenke.

Das Innere des »Einäugigen Bären« erinnerte auf beinahe unheimliche Weise an das Gasthaus, in dem sie vor zwei Tagen gewesen und in dem Ansbert und Vranjevc ums Leben gekommen waren: Es gab einen großen rechteckigen Raum mit nur wenigen Fenstern und einem Boden aus festgestampftem Stroh und Lehm. Die Theke bestand aus einer Anzahl leerer Fässer, auf die jemand mit entschieden mehr Begeisterung als Zimmermannskunst ein paar grobe Bohlen genagelt hatte, und auch die wenigen Stühle und Tische hätten ohne weiteres aus dem niedergebrannten Gasthaus stammen können.

Vielleicht sahen ja alle Spelunken in diesem Teil des Landes so aus, überlegte Andrej: einfach, aber massiv genug, um auch die eine oder andere freundschaftliche Prügelei zu überstehen. Zumindest solange sie nicht mit Brandpfeilen und ölgefüllten Tonkrügen ausgetragen wurde.

Obwohl der »Einäugige Bär« fast bis auf den letzten Platz gefüllt war, entdeckte er die Brüder auf Anhieb – zumindest Krusha. Das Gesicht der zusammengekauerten Gestalt neben ihm verbarg sich hinter einem Tuch, das aus einer Art ungeschickt gewickeltem Turban hing und ihn fast wie einen Muselmanen aussehen ließ. Angesichts der augenblicklichen Expansionsgelüste der Türken und des damit wachsenden Widerstands gegen alle Muslime war es in Constãntã nicht ganz ungefährlich, mit einem Turban auf dem Kopf durch die Stadt zu laufen. Doch immerhin entsprachen sein einfacher Überwurf und die bunte Schärpe, mit der dieser zusammengehalten wurde, der hier üblichen Kleidung.

Beim Näherkommen erkannte Andrej, dass sich seine geheime Befürchtung bewahrheitete. Es war nicht der Informant, der hier wie verabredet mit Krusha auf ihn warten sollte, sondern Sergé. Obwohl ihm die Verkleidung des Mannes etwas übertrieben vorkam, musste er zugeben, dass er sie zu Recht trug: Die Stadtwache suchte nach dreisten Bandstiftern und würde sich deshalb Männer mit frischen Brandwunden nicht durch die Lappen gehen lassen.

Frederic und er steuerten auf den bis auf zwei Bierkrüge leeren Tisch zu, an dem die beiden angeblichen Gaukler saßen. Krusha blickte ihnen vollkommen ausdruckslos entgegen, während es in Sergés einzigem noch intakten Auge – hinter dem groben Schleierersatz war das so ziemlich alles, was man von seinem Gesicht erkennen konnte – erst ungläubig und einen Moment später voller Zorn aufblitzte.

Die Delãnys ließen sich grußlos auf den beiden einzigen noch freien Stühlen nieder. »Da sind wir!« sagte Andrej herausfordernd. »Ich dachte, wir wären hier mit einem Informanten verabredet. Wo ist er?«

Die Brüder sahen ihn finster an. »Wir dachten schon, ihr kommt gar nicht mehr, man hätte euch verhaftet, oder ihr hättet es euch anders überlegt. Wieso kommt ihr so spät?« Sergé, dem bei seinen Worten das Tuch im Gesicht verrutschte, sah sie beide vorwurfsvoll an. Mit einer theatralischen Bewegung richtete er seinen Schleier wieder so her, dass außer einem Augenschlitz sein Gesicht verhüllt wurde.

»Weil wir den Wachen des Herzogs aus dem Weg gehen mussten. Wir sind heute Morgen den goldenen Rittern über den Weg gelaufen, und dummerweise haben sie Verdacht geschöpft. Aber ich glaube nicht, dass sie uns wirklich erkannt haben«, fügte er schnell hinzu, als er Sergés entsetzten Gesichtsausdruck bemerkte, »sonst hätten sie ganz anders reagiert. Sie haben mich mit langen Haaren und transsilvanischer Kleidung in Erinnerung – das ist mein Vorteil.«

»Ein schöner Vorteil«, schimpfte Sergé, »wenn sie dann dennoch Jagd auf dich machen!«

»Vielleicht haben sie uns auch nur für Diebe gehalten – was weiß ich.«

»Das wird ja immer schöner«, knurrte Sergé. »Was habt ihr bloß angestellt?«

»Nichts«, sagte Andrej rasch, aber aus irgendeinem Grund sah er plötzlich Marias Gesicht vor seinem inneren Auge. Er wollte Sergé schon von ihr berichten – doch dann verwarf er den Gedanken wieder. Schließlich ging das die beiden Brüder nun wirklich nichts an.

»Es kann auch sein, dass die Aufregung in der Stadt weniger mit uns zu tun hat«, fuhr er fort.

»Weniger? Hat sie es denn nun – oder nicht?«

Andrej zuckte mit den Schultern. »Ich habe heute auf dem Markt ein paar Gesprächsfetzen aufgeschnappt. Die Menschen hier befürchten, die Türken könnten Constãntã auf die Liste ihrer nächsten Eroberungsfeldzüge gesetzt haben. Vielleicht hat der Herzog ja auch deshalb die Patrouillen verstärken lassen.«

Sergé griff sich automatisch an den Kopf und rückte seinen Turban zurecht. Er sah alles andere als glücklich dabei aus. »Hoffentlich halten sie mich nicht für einen dieser verdammten Muselmanen.«

Andrej warf ihm einen abschätzigen Blick zu. »Ich glaube kaum«, sagte er dann. »Sie werden dich eher für einen ganz gewöhnlichen Dieb halten.«

Sergé funkelte ihn mit seinem einen Auge wütend an, verkniff sich aber eine Antwort.

»Mein Informant hat mir ganz Ähnliches berichtet«, mischte sich nun Krusha ein. »Es heißt, die Türken sammeln sich ein paar Tagesritte weiter südlich von hier. Das ist auch der Grund, warum er die ganze Aktion auf Morgen verschieben musste.«

»Was heißt das?«, fragte Andrej überrascht. »Ich denke, wir wollten die Sache schnell hinter uns bringen?«

»Ja«, sagte Krusha ruhig. »Nur ist im Leben leider nichts gewiss. Aber keine Sorge«, fügte er schnell hinzu, als Delãny aufbegehren wollte, »im Prinzip bleibt alles beim Alten. Ich habe immerhin in Erfahrung bringen können, dass die Gefangenen morgen Nacht weggeschafft werden sollen.«

»Ja und?«, sagte Frederic aufgebracht. »Wir können sie doch trotzdem schon heute befreien!«

»Du hast keine Ahnung, Grünschnabel«, sagte Sergé abfällig. »Glaubst du etwa, das sei ein Spaziergang? So etwas muss genauestens geplant werden. Was nutzt es uns, wenn wir zwar die Gefangenen finden, sie aber nicht aus der Stadt herausbekommen? Also halte dich raus, Kleiner, wenn Erwachsene miteinander reden.«

»Das heißt also, wir könnten auch noch in einem Türkenkrieg zwischen die Fronten geraten«, sagte Delãny betroffen.

Krusha schüttelte den Kopf. »Nein«, sagte er bestimmt. »Wir wollen ja schließlich hier nicht Wurzeln schlagen. Wir erledigen, was zu tun ist, und sind verschwunden, noch ehe die ersten Krummsäbel vor den Stadttoren aufmarschieren.«

»Können wir denn heute Nacht nicht wenigstens mit meinen Angehörigen Kontakt aufnehmen?«, bohrte Frederic nochmals nach. »Dann wissen wir immerhin schon mal, wie es ihnen geht und ob ...«

»Nein!«, zischte Krusha. »Wir müssen bis morgen warten. Ohne meinen Informanten läuft gar nichts.«

»Auch das noch«, fluchte Andrej, dem es gar nicht gefiel, von einem Unbekannten abhängig zu sein. »Am besten, man sieht uns bis dahin nicht mehr zusammen. Frederic und ich werden uns irgendein Rattenloch suchen, in dem wir solange unterschlüpfen können. Wann treffen wir uns morgen?«

»Zur gleichen Zeit wie heute«, flüsterte Krusha den beiden über den Tisch hinweg zu. »Verspätet euch aber nicht wieder!«

In diesem Moment kam der Wirt, um ihre Bestellung aufzunehmen. Sergé winkte ab und sagte ihm, dass seine Freunde nicht länger bleiben könnten. Andrej und Frederic warteten seine Erwiderung erst gar nicht ab, sondern standen unverzüglich auf und verließen ohne jede weitere Verzögerung das Gasthaus. Auf dem gleichen umständlichen Weg, der sie durch Dutzende kleiner Gassen zum Treffpunkt geführt hatte, kehrten sie wieder in ihr Versteck zurück. Delãny sah sich währenddessen immer wieder verstohlen um; es kam ihm so vor, als würden ihn in der Dunkelheit tausend Augen beobachten und genau ausspähen, was er vorhatte. Ob er es wollte oder nicht: In dieser Stadt fühlte er sich wesentlich befangener und unsicherer als unter freiem Himmel.

Und dazu hatte er auch allen Grund. Ganz Constãntã

schien von einer merkwürdigen Unruhe ergriffen zu sein. Es waren nur noch wenige Menschen unterwegs, und die meisten Männer und Frauen, denen sie begegneten, wirkten nervös und angespannt – sie hetzten an ihnen vorbei, ohne ihnen auch nur einen Blick zu schenken. Andrej war das natürlich ganz recht. Und doch zuckte er jedes Mal zusammen, wenn er Schritte vernahm oder eine Bewegung in dem Halbdunkel zu erkennen glaubte. Seine Sinne waren aufs Äußerste gespannt und darauf ausgerichtet, ihnen eine unangenehme Begegnung zu ersparen. Und tatsächlich mussten sie zweimal in eine Seitengasse ausweichen, um Männern aus dem Weg zu gehen, die das herzogliche Wappen auf ihren orange-weißen Uniformen trugen. Jedes Mal schob seine Hand dabei die Schärpe zurück, die er so über den Griff des Sarazenenschwertes platziert hatte, dass die Waffe damit halb verdeckt war – und keine neugierigen Blicke auf sich ziehen konnte –, sich aber dennoch blitzschnell ziehen ließ.

Andrej atmete erst auf, als sie das verlassene Haus wieder erreicht hatten, ohne einer Stadtwache in die Arme gelaufen zu sein. »Das wirft unsere Pläne erst einmal über den Haufen«, sagte er, nachdem sie in das Haus eingestiegen waren, »aber immerhin dürften wir für heute Nacht hier sicher sein. Mach es dir bequem. Ich werde noch mal losziehen, um mich ein bisschen umzuhören. Vielleicht erfahre ich ja noch etwas Wichtiges. Außerdem werde ich versuchen, etwas Essbares aufzutreiben.« Er fuchtelte mit dem alten, bereits gesprungenen Tongefäß vor Frederics Nase herum, das er unter der schmalen Stiege gefunden hatte. »Und damit werde ich dir Wasser holen – damit du mir nicht noch verdurstest!«

»Ich warte doch nicht, bis du die Gnade hast, mir etwas zu trinken zu bringen«, sagte Frederic empört. »Ich bleibe auf keinen Fall allein hier.«

Als Andrej etwas erwidern wollte, fuhr der Junge noch lauter fort: »Ich komme natürlich mit. Ausgeruht habe ich mich vorhin schon. Du tust ja gerade so, als wäre ich ein kleiner Junge!«

Andrej seufzte. Es war Frederic anzuhören, dass es ihm überhaupt nicht behagte, hier allein in dem alten Gemäuer zurückzubleiben. Das war kein Wunder; in dieser für einen transsilvanischen Bauernjungen nicht nur fremden, sondern auch bedrohlichen Umgebung im Dunkeln allein zu sein, mochte für Frederic schon furchterregend genug sein, aber dann auch noch zu wissen, dass die gesamte herzogliche Wache einschließlich ein paar geheimnisvoller goldener Reiter hinter einem her war: das war zuviel.

»Wir müssen jedes unnötige Risiko vermeiden«, sagte er dennoch. »Wenn wir um diese Zeit zu zweit losziehen, fallen wir viel mehr auf, als wenn ich alleine gehe.«

Frederic wollte sich auch damit nicht zufrieden geben, aber schließlich wurde es Andrej zu bunt, und er unterbrach seine weiteren Einwände mit einer ärgerlichen Handbewegung. »Du wirst hier die Stellung halten und damit basta«, entschied er. »Und ich rate dir gut: Komm mir nicht in die Quere! Es könnte sonst sein, dass du damit die Befreiung deiner Verwandten von vornherein zunichte machst.«

»Du willst mir drohen?«, fragte Frederic gleichermaßen entsetzt wie halsstarrig.

»Ja, ich will dir drohen«, bestätigte Andrej. »Und ich will dir klarmachen, dass nicht du es bist, der hier die Spielregeln bestimmt: Es sind der Herzog, die goldenen Ritter, Vater Domenicus und auch die beiden Spießgesellen, denen wir uns anvertraut haben. Erst ganz zum Schluss kommen wir beide.«

Er drehte sich ohne ein weiteres Wort um und verließ das baufällige Haus auf demselben Weg, auf dem sie es betreten hatten. Während er die schmale Gasse entlangschritt, die ihn über mehrere Abzweigungen zu den größeren Straßen bringen würde, versuchte er sich wieder zu beruhigen. Frederic hatte eine Art an sich, die ihm zunehmend auf die Nerven ging. Es gab keine Entscheidung, keine Handlung, die er nicht irgendwie kommentierte oder kritisierte. Dabei war es nicht ungefährlich, zu streiten, solange sie sich in Constântã befanden. Ein unbedachtes Wort, eine zu laut erhobene Stimme – das konnte nicht nur die Stadtwache auf ihre Spur bringen, sondern sogar über Leben und Tod der gesamten noch lebenden Bevölkerung von Borsã entscheiden.

Wie von selbst war er in Richtung Marktplatz gegangen. Warum er ausgerechnet diesen Weg wählte, hätte er nicht einmal genau zu sagen vermocht. Er genoss es jedenfalls, dass er einmal allein sein konnte, ohne die Begleitung des aufsässigen Jungen, der keine Gelegenheit ausließ, um ihn in Rage zu bringen. Sobald er das alte Tongefäß, das er in der Hand trug, an einem der öffentlichen Brunnen mit Wasser gefüllt hatte, würde er es zurückbringen – um ihm seinen Inhalt bei der nächsten frechen Antwort über den Kopf zu schütten.

Er schlenderte durch die mäßig belebten Gassen – immer auf der Hut vor Uniformen und dem Geklirr von Waffen – und fand sich plötzlich an dem Ort wieder, wo er heute Nachmittag dem Mädchen begegnet war. Der Marktplatz bot ihm um diese Zeit ein vollkommen anderes Bild als am hellichten Tag. Der Geruch, der über dem Platz lag, war eine übelriechende Mischung aus Abfällen, Kot, aber auch Obst- und Gemüseresten, wobei letztere durchaus noch essbar sein konnten – bei ihm führte die Gesamtmischung jedoch erst einmal dazu, dass sich ihm der Magen umdrehte.

Obwohl die Sonne schon fast untergegangen war, herrschte noch reges Treiben auf dem Platz. Einige Marktschreier waren damit beschäftigt, die restlichen Waren für den nächsten Tag in Sicherheit zu bringen, andere machten sich auf den Weg zu ihrer Schlafstatt. Doch nicht wenige hatten es sich neben ihrer Ware auf dem gepflasterten Boden so bequem wie möglich gemacht, wohl um sich gleich früh morgens nicht das erste Geschäft entgehen zu lassen. Andrej vermutete allerdings, dass etliche unter ihnen eine schmale Pritsche in einer Herberge vorgezogen hätten, wenn sie sich diesen Luxus hätten leisten können.

Ob er nun wollte oder nicht: Angesichts der leeren Marktstände fing sein Magen laut zu knurren an. Möglichst unauffällig sah er sich nach etwas Essbarem um. Wenn er noch etwas hätte kaufen können, hätte er den Großteil der wenigen Geldstücke, die in seiner Tasche klimperten, für ein Stück Brot und etwas Käse geopfert. Doch so blieb ihm nichts anderes übrig, als sich nach einem kostenlosen Nachtmahl umzusehen – etwas, was er unterwegs im Wald oder auf Feldern durchaus gewohnt war, was aber in den Städten wohl nicht ganz so üblich war; schließlich sprossen hier keine Pilze, Beeren oder essbare Kräuter aus dem Boden.

Dennoch hatte er Glück. Inmitten einer schmalen Gasse aus nun leeren Holzwagen stolperte er geradezu über ein paar gelbe Rüben und Kohlrabi, die mit ein paar Holzspänen zusammen weggekehrt worden waren. Sie sahen zwar nicht mehr sehr appetitlich aus, aber zumindest noch genießbar. Er wickelte seine Schätze in einen alten Leinenfetzen, den jemand achtlos fortgeschmissen hatte, und machte sich auf den Weg zu einem kleinen Rondell in der Nähe des Platzes, das ihm durch seine abgeschiedene Lage bereits heute Morgen als ein halbwegs brauchbares Versteck aufgefallen war – außerdem befand sich in seiner Mitte ein Brunnen.

Das Bedürfnis, seinen brennenden Durst zu stillen, wurde übermächtig. Ohne seiner Umgebung noch die nötige Aufmerksamkeit zu schenken, hastete er zu dem vollkommen menschenleeren Rondell und trat an den Brunnen heran, um den an einer Kette befestigten Eimer hinabzulassen und Wasser zu schöpfen. Nachdem er seinen ersten Durst gestillt hatte, füllte er das Tongefäß, um noch einmal in Ruhe zu trinken – bevor er mit seinen gesammelten Schätzen wieder zu Frederic zurückkehren und sich seine ewigen Litaneien anhören musste. *Kein schlechtes Nachtmal,* dachte er, *vielleicht stimmt das den Jungen etwas friedlicher.* In diesen Gedanken hinein legte sich fast sanft eine Hand auf seine Schulter.

In einer blitzschnellen Drehung wirbelte Andrej herum und zog zeitgleich sein Sarazenenschwert. Kampfbereit stand er da, auf alles vorbereitet – oder zumindest auf fast alles. Doch als er seinem *Gegner* in die Augen sah, kam er sich nur noch lächerlich vor.

Es war Maria, eingehüllt in ein weites Cape, die Kapuze so tief ins Gesicht gezogen, dass er sie nur an ihren fröhlich sprühenden Augen erkannte. »Ich ergebe mich«, rief sie gespielt ängstlich. »Glaube mir bitte, ich habe nichts bei mir, womit ich kämpfen könnte.«

Andrej war die Situation unendlich peinlich. Umständlich ließ er das Sarazenenschwert wieder in die Scheide gleiten. Eine leichte Röte machte sich auf seinem Gesicht breit, was nicht gerade dazu führte, dass er sich besser fühlte.

»Wo kommt Ihr denn her?«, fragte er unsicher.

»Das hört sich aber nicht so an, als ob Ihr Euch freuen würdet, mich wiederzusehen«, erwiderte Maria. Mit einer raschen Bewegung zog sie sich die Kapuze vom Kopf, und ihr dunkelbrauner Haarschopf fiel ihr über die Schultern. In ihren Augen funkelte der Schalk. »Heute Morgen habt Ihr ja richtig Reißaus vor mir genommen.«

»Das ... das hatte nichts mit Euch zu tun«, stammelte Andrej.

»Soso«, machte Maria. »Ihr habt also Geheimnisse. Lasst mich raten: Es geht um eine Frau, habe ich recht?«

»Nein.« Delãny schüttelte so schnell den Kopf, als ob er sie nachhaltig überzeugen wollte. »Es hatte nichts mit einer Frau zu tun. Jedenfalls nicht in dem Sinne, den Ihr meint.«

»Aha«, spottete Maria und zog die Stirn kraus, was den schalkhaften Ausdruck in ihrem Gesicht verstärkte. »Wie habe ich es denn gemeint?«

»Eh ... ich weiß nicht«, stotterte Andrej unglücklich, während er spürte, dass sein Gesicht langsam die Farbe einer reifen Tomate annahm. »Heute Morgen ging es jedenfalls um Frederics Verwandte.«

»Seine Verwandten müssten doch eigentlich auch die Ihren sein, wenn ich mich nicht täusche«, lächelte Maria zuckersüß.

»Äh ... ja. Natürlich.« Andrej spürte, wie ihm immer heißer wurde. »Aber ich habe sie lange nicht mehr gesehen.«

»Soso. Und was seht Ihr jetzt?« Maria trat einen halben Schritt näher heran und stellte sich auf die Zehenspitzen.

»Ich«, krächzte Andrej. Sein Herz schlug ihm bis zum Halse. »Ich sehe ...«

»Ja?«, forderte ihn Maria mit heiserer Stimme auf. »Was seht Ihr?«

Andrejs Gedanken – oder was davon noch übrig war – überschlugen sich. »Seid Ihr«, brachte er schließlich mühsam hervor, »seid Ihr um diese Zeit etwa alleine unterwegs?«

Maria legte den Kopf schief, und ihr erwartungsvolles Lächeln wurde um eine Nuance kühler. »Ihr sprecht wie mein Bruder. Den habe ich aber zu Hause gelassen. Sonst hätte ich mich Euch so nicht nähern und Euch nicht überraschen dürfen. Ich habe mir gedacht, nein, ich wusste, dass ich Euch hier wiedersehen würde. Wo habt Ihr Euren kleinen Neffen gelassen?«

»Der ist in unserer Unterkunft«, antwortete Andrej, während er spürte, wie ihm ein Schweißtropfen die Stirn herunterrann. »Bei unseren Freunden.«

Maria öffnete nun auch noch die Knöpfe ihres Capes und setzte sich auf den Rand des Brunnens. Sie stützte sich rechts und links mit den Armen auf dem Brunnen ab und beugte sich leicht nach vorne, was ihr Dekolleté noch mehr betonte. Der Ansatz ihres Busen hob und senkte sich bei jedem Atemzug. Andrej konnte ihr Verhalten nun beim besten Willen nicht mehr als zufällig deuten. Es hatte schon vor Raqi zwei, drei Gelegenheiten gegeben, bei denen er mit einem drallen Bauernmädchen im Heu verschwunden war, nachdem sie ihm schöne Augen gemacht hatte. Aber das hier – das war anders.

Das war der komplette Wahnsinn.

Wie hypnotisiert kam Andrej immer näher und sagte mit leicht belegter Stimme: »Das solltet Ihr lieber nicht machen.«

»Was sollte ich lieber nicht machen, Fremder?«, fragte Maria und sah ihm treuherzig entgegen. »Ist es etwa verkehrt, dem tiefsten, innersten Gefühl zu folgen? Ist es etwa verkehrt, dem Schicksal etwas auf die Sprünge zu helfen?«

»Ich … nein.« Andrej dachte an die Stadtwachen, die hier irgendwo in der Gegend herumlungern mochten. Er dachte an die Gefahr, in der er schwebte, wenn man ihn entdeckte … ihn, den *Hexer*, der doch im Moment selbst das Gefühl hatte, geradewegs verhext zu werden.

»Es ist nur so«, begann er hilflos, »ich bin doch nur ein einfacher Mann aus einem abgelegenen transsilvanischen Dorf.«

»Und was hat das damit zu tun?«, fragte Maria lächelnd, während sie sich noch ein Stück weiter vorbeugte. »Sind transsilvanische Männer keine richtigen Männer – oder was wollt Ihr mir damit sagen?«

»Doch … natürlich«, antwortete Andrej hilflos – und einen Herzschlag lang war er nahe dran, aufzuspringen und vor dieser jungen, fordernden und verheißungsvollen Frau wegzulaufen wie vor einem überlegenen Feind. Doch dann brach die Wahrheit aus ihm heraus, ohne dass er sie aufzuhalten vermochte: »Es könnte sein … dass ich im Begriff bin, mich … mich in Euch zu verlieben.«

»Und was ist dabei, wenn zwei Menschen sich lieben oder

im Begriff sind, sich ineinander zu verlieben? Ist das nicht das Normalste der Welt? Du ... Ihr gefallt mir nun einmal besonders gut – als ob Ihr das noch nicht gemerkt hättet.« Maria ließ ihr glockenhelles Lachen erklingen.

Andrejs spürte eine Art der Erregung in sich, die ihm gleichzeitig wie ein Verrat an Raqi vorkam, auf der anderen Seite aber alles in ihm hinwegschwemmte, was an Verstand, Zurückhaltung und Vorsicht in ihm war. Er wusste, dass es verkehrt war, sich auf das gleichzeitig verführerische und teuflische Spiel Marias einzulassen, er wusste, dass er für sie nicht mehr als ein Zeitvertreib sein konnte, ein Nervenkitzel, den sie auszukosten gedachte in einem ansonsten wahrscheinlich sehr bequemen, aber ereignislosen Leben.

Aber es war ihm egal.

Mit einem letzten Schritt war er bei ihr. Seine Hände fanden wie eigenständige Wesen ihren Weg, glitten über ihren Rücken, während er sie gleichzeitig an sich zog. Jeden Moment erwartete er, dass sie ihn zurückwies, dass sie um Hilfe schrie, so lange und so laut, bis die Stadtwache kam und ihn als lüsternen Frauenverführer festnahm, nur um kurz darauf zu entdecken, dass ihr Fang noch viel fetter war als erwartet und dass es Vater Domenicus anstehen würde, über ihn zu richten. Während er schon ihren bebenden und gleichermaßen fordernden Körper in den Händen hielt, schoss ihm der Gedanke durch den Kopf, dass sie nur ein hinterhältiges böses Spiel mit ihm spielte, das letztlich nur darauf abzielte, ihn in die Falle der goldenen Ritter zu locken.

Aber dem war nicht so.

Wie ausgehungert presste er sie an sich, überschüttete ihre Wangen mit seinen unbeholfenen und doch fordernden

Küssen. Zu seiner Verblüffung erwiderte sie seine Begierde: Sie nahm sein Gesicht in die Hände und zog ihn sanft zu sich, und ihre Lippen trafen sich in einem nicht enden wollenden Kuss. Es ging alles viel schneller, als es eigentlich sollte, es war eine Selbstverständlichkeit in der Art, wie sie sich berührten, die all seine Hemmungen mit sich fortriss und es ihm unmöglich machte, sich gegen diesen plötzlichen Ausbruch der Leidenschaft zu wehren.

Ihre Körper wurden eins, schienen miteinander zu verschmelzen. Seine Hand streichelte ihre Schulter, wanderte langsam, aber sehr zielstrebig zu ihren Brüsten. *Zu schnell, zu schnell, zu schnell …* Unter seiner Berührung schien ihr gesamter Körper zu beben, und es war diese Resonanz, die es ihm unmöglich machte, mit dem aufzuhören, was er begonnen hatte. Er hatte mittlerweile längst vergessen, wo er sich befand, hatte vergessen, dass jederzeit jemand vorbeikommen konnte, um Zeuge dieses leidenschaftlichen Schauspiels zu werden.

Sein Mund wanderte ihren Hals entlang, während sie und er gleichzeitig den Ausschnitt ihres kostbaren Kleides weiter nach unten schoben, wie in geheimem Einverständnis. Schließlich fanden seine fordernden Lippen wie von selbst zu ihren Brüsten, strichen sanft über die Rundungen, bevor sie zu ihren Brustwarzen vorstießen, die sich jetzt keck aus dem Kleiderausschnitt hervorschoben. Seine Zunge stieß weiter vor und liebkoste die rosafarbenen Spitzen ihrer Brust, die sich ihm steil und hart entgegenreckten. Ihre Hände streichelten ihm sanft über den Kopf, den Hals entlang und ließen sich auf seinem Rücken nieder. In einer innigen Umarmung rutschten sie langsam vom Brunnenrand hinab auf den harten Boden. Die Welt um sie herum geriet vollkommen in Vergessenheit. Was war schon die Welt, im Gegensatz zu dem, was ihnen gerade widerfuhr?

»Ich habe dich gesucht«, flüsterte Maria Andrej zärtlich ins Ohr. »Vom ersten Moment an, als ich dich sah, wusste ich, dass ich dich haben wollte. Ich weiß ja, es ist nicht schicklich, dass ich dir das sage, aber ...«

Weiter kam sie nicht. Andrej verschloss ihre Lippen mit einem Kuss und flüsterte ihr zu: »Mir geht es genauso. Irgendetwas ist mit uns geschehen ... Mir ist, als hättest du mich verzaubert.«

Das Geräusch leiser Schritte war zu vernehmen, und ein siedendheißer Schrecken durchfuhr ihn. Plötzlich wurde er sich wieder bewusst, wo er sich befand. Mit einem entsetzten Ruck stieß er Maria zurück und sprang auf; seine Hand fuhr wie von selbst zum Griff seines Schwertes, und er war auf alles gefasst: Auf einen Hinterhalt, in den ihn Maria gelockt hatte, auf eine Patrouille der Stadtwache, die durch ihre lustvollen Laute auf sie aufmerksam geworden war, oder auf ein paar grobe Kerle, die zufällig vorbeigekommen waren und sich das Schauspiel zweier Liebender nicht entgehen lassen wollten, die alles um sich herum vergessen hatten.

Es war nichts von alledem.

»Frederic«, stöhnte Andrej gleichermaßen überrascht wie entsetzt, während seine Augen wachsam die Umgebung absuchten nach einem Hinweis, dass der Junge nicht allein wie ein Spukgespenst in der Nacht aufgetaucht war. »Was, um Gottes willen, machst du denn hier?«

»Ich hatte ... ein Geräusch gehört«, stammelte Frederic.

»Hat dich jemand verfolgt?«, fragte Andrej scharf.

»Nein.« Der Junge schüttelte unglücklich den Kopf. »Ich glaube nicht.«

»Hat dich jemand aus unserem Versteck vertrieben?«

Wieder schüttelte der Junge den Kopf. »Ich hatte nur … *Angst.*«

Andrej atmete tief ein. Am liebsten hätte er diesen missratenen Delãny an den Ohren gepackt und sie ihm mit einem kräftigen Ruck vom Kopf gerissen. »Warte dort, im Schatten des Hauses, an der Ecke auf mich«, herrschte er ihn an. »Ich komme gleich nach. Und wehe, du tust dieses eine Mal nicht das, was ich von dir verlange!«

Frederic brachte keinen Ton mehr hervor; offenbar hatte er begriffen, dass er zu weit gegangen war. Mit einem stummen Nicken gab er Andrej zu verstehen, dass er ihn verstanden hatte und tun würde, was von ihm verlangt worden war, wandte sich um und rannte mit schnellen, aber leisen Schritten davon.

Delãny drehte sich wieder zum Brunnen, um Maria die Situation so gut wie möglich zu erklären. Doch dort, wo sie sich gerade noch aneinandergeklammert hatten, lag jetzt nur noch der Leinenbeutel und sein umgekippter Wasserkrug: Sie selbst war verschwunden.

»Verflucht«, murmelte Andrej. Seine Gefühle waren ein einziges Durcheinander. Die sinnesverwirrende Erregung, die ihn noch gerade gepackt gehalten hatte, war einem Gefühl von Verlust und Sehnsucht gewichen. Gerade hatte er ihren lockenden Körper noch unter seinen Händen gespürt, und nun würde er sie vielleicht nie mehr wiedersehen. Zudem war er sich nicht darüber im Klaren, wie viel sie noch von dem Gespräch mit Frederic mitbekommen hatte. Wenn er an ihrer Stelle gewesen wäre, würde er sich jetzt eine Menge Fragen stellen – beispielsweise, von welchem Versteck Andrej gesprochen hatte und warum er Angst hatte, dass sein Neffe verfolgt worden sein konnte.

Vielleicht war sie nach Frederics überraschendem Auftauchen aber auch so schnell und erschrocken verschwunden, dass ihr der Sinn von Andrejs schroffen Worten entgangen war. Er konnte es nur hoffen. Andernfalls konnte ihm die junge Frau, die ihn so nachhaltig verwirrt hatte, durchaus gefährlich werden. Ein kleiner Hinweis, den sie ihrem Bruder gab und der das Misstrauen dieser gewiss hochgestellten Persönlichkeit erregte, mochte schon ausreichen, um eine Hetzjagd auf sie zu veranstalten – sei es, weil man ihn für den Brandstifter hielt oder für einen Auskundschafter der Türken.

10

Andrej konnte lange nicht einschlafen. Immer wieder war er in Gedanken bei Maria, er konnte förmlich den Geruch ihrer Haut riechen und auf dem Rücken überlief ihn ein wohliges Schaudern bei der Vorstellung, ihre Hände würden ihn streicheln und ihre Fingernägel würden sich sanft in seine Haut graben. Aber da waren auch andere Bilder, die sich dazwischenschoben. Bilder von Leid und Gewalt, von dem brennenden Wirtshaus, in dem sechs unschuldige Menschen den Tod gefunden hatten – nur weil die goldenen Ritter ihn hatten töten wollen. Beide Erinnerungen schoben sich ineinander, so als würden sie zusammengehören, und auf der zerbrechlichen Grenze zwischen Schlaf und Wachen überkam ihn das abstruse Gefühl, dass beides in Zusammenhang stand.

Aber wie sollte das möglich sein?

Erst im Morgengrauen fiel er in einen erlösenden Schlaf. Schon wenig später erwachte er wieder, schweißgebadet und erschöpft. Er benötige ein, zwei Sekunden, bevor ihm bewusst wurde, wo er sich befand. Leise stand er auf, ging zum Fenster hinüber und starrte durch den schmalen Bretterspalt auf die Gasse hinaus. Es herrschte ein für die Tageszeit erstaunlich reges Treiben. Ein paar Seeleute gingen mit ihren geschulterten Seesäcken in die Richtung, die er noch nicht erkundet hatte; wahrscheinlich befand sich dort irgendwo hinter den angrenzenden Häusern eine Abkürzung zum Hafen. Andrej wusste, dass Constãntã seinen Reichtum ausschließlich seiner günstigen Lage am Schwarzen Meer verdankte. Als Venedig des Ostens hatte es eine zentrale Bedeutung – und enge Beziehungen sowohl zu anderen Hafenstädten am Schwarzen Meer als auch am nicht weit entfernten Mittelmeer.

Aber es waren nicht nur Seeleute unterwegs. Ein Händler, der auf einem hölzernen Karren Gemüse vor sich herschob und sich dabei durch ärmlich gekleidete und aufgeregt schnatternde Frauen drängen musste, transportierte wahrscheinlich gerade frische Ware zum Markt. Nicht weit hinter ihm jagte eine johlende Kinderschar die Gasse entlang. Bei ihrem Anblick fühlte Andrej einen schmerzhaften Stich im Herzen. Auch sein Sohn Marius hätte unter diesen Kindern sein können – oder Frederic, dessen Jugend in dem Moment geendet hatte, als Vater Domenicus und die goldenen Ritter in Borsã eingeritten waren. Sein Blick wanderte zu dem schlafenden Jungen. Wenigstens im Schlaf – er lag zusammengekauert, die Beine fast bis zum Kinn herangezogen, auf der Seite, sein Gesicht ruhte auf den wie zum Beten gefalteten Händen – durfte er Kind sein.

Plötzlich öffnete Frederic seine Augen, sah Andrej überrascht an und fuhr erschrocken hoch. »Oje! Habe ich verschlafen?«

»Nein«, antwortete Andrej. »Kein Grund zur Aufregung. Wir müssen den Tag sowieso irgendwie herumkriegen. Vor den Abendstunden brauchen wir nicht im ›Einäugigen Bären‹ zu sein.«

»Und was tun wir bis dahin?«

»Wir werden uns etwas in der Stadt umsehen«, sagte Delãny. »Aber vorsichtig – und ohne aufzufallen.«

»Und warum bleiben wir nicht hier?«, fragte Frederic.

Andrej schüttelte den Kopf. Er hatte über diese Frage lange Zeit nachgedacht. »Wir sollten dieses Quartier nur im Notfall benutzen«, sagte er. »Es könnte sein, dass die Soldaten jedes Haus in der Stadt auf den Kopf stellen. Wenn sie hierherkommen, will ich jedenfalls nicht mehr da sein.«

Sie brachen zügig, aber ohne Hast auf und warteten auf einen günstigen Moment, um unbemerkt aus dem Haus zu schleichen. Andrejs Sinne waren zum Zerreißen gespannt. Er musterte verstohlen jeden Menschen, der ihnen begegnete, und war jederzeit darauf gefasst, sich zusammen mit Frederic beim Auftauchen einer orange-weißen Uniform schnell und unauffällig zu verdrücken. Und dennoch: Er beschloss, den Stier bei den Hörnern zu packen. Die goldenen Ritter und die Stadtwache würden wohl kaum damit rechnen, dass er offen durch die großen Straßen Constãntãs schritt. Wenn sie ihn tatsächlich suchten, würden sie eher jede verborgene Ecke der Stadt durchkämmen und jedes Schlupfloch auszuräuchern versuchen. Deswegen hatte er auch das verfallene Haus wieder so hergerichtet, wie er es vorgefunden hatte: Wenn die Soldaten es in ihrer Abwesenheit durchsuchten, sollten sie keinen Hinweis auf ihn oder Frederic vorfinden. Nur so war gewährleistet, dass ihnen das Versteck für einen

Notfall – oder eine weitere Nacht – noch einmal zur Verfügung stand.

Es war kein Zufall, dass er den Weg in Richtung Schloss wählte. Wie auch immer die Befreiungsaktion ablaufen würde: Das Schloss spielte dabei eine zentrale Rolle, und es konnte sich durchaus als lebenswichtig erweisen, sich in dem verwinkelten System der zu ihm führenden Gassen und Straßen auszukennen. Also war es nur konsequent, die gesamte Umgebung zu erkunden. Er prägte sich Straßenverläufe und Besonderheiten der Bebauung möglichst genau ein und versuchte selbst dann, vollkommen unbefangen zu wirken, wenn sie an herzoglichen Wachen vorbeikamen.

Immerhin bekamen sie weder goldene Ritter noch die Schergen des Inquisitors zu Gesicht.

»Ich bin sehr gespannt, wie mich unser Informant da hineinschleusen will«, flüsterte Andrej Frederic zu, bevor sie wieder den Weg Richtung Hafen einschlugen.

Es war gar nicht so einfach, in diesem geschäftigen Trubel einer Stadt so zu tun, als würde man dazugehören. »Lass uns lieber wieder zum Marktplatz gehen, da sind mehr Leute, und im Gedränge fallen wir weniger auf«, sagte er, als ihm der Sonnenstand und seine lichtempfindlichen, brennenden Augen verrieten, dass es Mittagszeit sein musste.

Wie schon am Vortag hatten sie große Mühe, sich durch die Menge zu schieben, ohne sich dabei aus den Augen zu verlieren. Immer wieder wurden sie angerempelt und herumgeschubst. Ein Menschenpulk hatte sich gebildet, als einer der Gemüsestände ins Wackeln kam, den Halt verlor, um schließlich mit einem lauten Krachen umzukippen. Alle wollten etwas von den Köstlichkeiten haben, die nun zu ihren Füßen lagen. Auch Andrej und Frederic bückten sich, doch als sie sahen, dass die Wachen des Herzogs angeritten kamen, um für Ordnung zu sorgen, strebten sie in die andere Richtung davon. Aus sicherer Entfernung beobachteten sie das Geschehen, das in einem ausgewachsenen Streit zwischen dem Gemüsehändler auf der einen Seite und einigen besonders vorwitzigen Marktbesuchern auf der anderen Seite gipfelte – auf welche Seite sich die Wachen schlagen würden, die bereits drohend ihre Schwerter gezogen hatten, war noch nicht abzusehen.

»Wir verschwinden besser«, zischte Andrej. »Bevor wir da auch noch mit reingezogen werden.« Er drehte sich um, um den Marktplatz so schnell wie möglich zu verlassen – und erstarrte mitten in der Bewegung.

Direkt vor ihnen stand Maria.

»Was ... wie kommt Ihr denn hierher?«, stotterte er. Tausend Dinge schossen ihm durch den Kopf. Die Ereignisse der letzten Nacht kamen ihm wie ein ferner Traum vor, der sich durch keinen noch so großen Zauber mehr zurückholen lassen würde. Was auch immer geschehen war: Für diese junge Dame aus besserem Haus war er wahrscheinlich nicht viel mehr als ein Spielzeug. Er konnte sich nur zu gut vorstellen, was sie zu ihrer Verführungsszene getrieben hatte: Nachdem sie sich mit ihrem Stallburschen und Kammerdiener vergnügt hatte, machte sie jetzt Jagd auf fremde, naive Männer, denen sie den Kopf verdrehen konnte.

»Ich habe Euch dort hinten gesehen.« Sie deutete hinter sich auf die zum Schloss führende Straße. »Das heißt, ich hatte gehofft, dass Ihr es seid. Schließlich habe ich doch noch Schulden bei dem jungen Mann hier, und ich bleibe ungern jemandem etwas schuldig – vor allem, wenn es sich um eine Zuckerstange handelt!«

Verwirrt sah Frederic von einem zum anderen.

»Also gut«, sagte Andrej. »Aber wir haben wirklich ...«

»... nicht viel Zeit, ich weiß«, führte Maria seinen Satz zu Ende. »Ich übrigens auch nicht. Mein Bruder wartet sicher schon auf mich. Also kommt.«

Sie ergriff Frederics Hand und lief so schnell los, dass sie den Jungen im ersten Moment beinahe hinter sich her zerrte, ehe er den gleichen Rhythmus fand wie sie. Andrej schloss sich den beiden an und ließ seinen Blick aufmerksam von rechts nach links und wieder zurück schweifen. Mit Ausnahme der immer noch beunruhigend großen Menschenmenge, die sie nun von allen Richtungen umgab, bemerkte er jedoch nichts Außergewöhnliches. Trotzdem fragte er sich einen Moment lang ernsthaft, ob er eigentlich den Verstand verloren hatte. Wahrscheinlich bestand kein Grund, Maria gegenüber misstrauisch zu sein – aber andererseits konnte er sich des merkwürdigen Gefühls nicht erwehren, dass sie ihm etwas äußerst Wichtiges verschwieg. Konnte es sein, dass jemand sie auf ihn angesetzt hatte mit dem Ziel, sein Vertrauen zu gewinnen und seine geheimen Pläne zu erforschen?

Er wusste selber, dass er Unsinn dachte, aber er konnte nicht dagegen an. Seine Gefühle dieser jungen Frau gegenüber waren äußerst zwiespältig. Auf der einen Seite fühlte er sich auf eine Art und Weise von ihr angezogen, die ihn geradezu hilflos machte und seine Hände allein schon bei dem Gedanken erzittern ließen, sie wieder zu berühren. Auf der anderen Seite konnte er ihrem allzu forschen und selbstsicheren Auftreten nichts abgewinnen. Sie war ... äußerst ungewöhnlich und von einer geradezu erschreckenden Offenheit, wie er sie zuvor bei noch keiner Frau kennengelernt hatte – nicht einmal im entferntesten. Vielleicht war sie die Tochter eines reichen Adligen oder die Frau eines Ritters, der als Gast auf dem Schloss weilte. Aber so, wie die Dinge lagen, durften sie einfach *niemandem* trauen – ganz abgesehen davon, dass sie kaum noch genug Zeit hatten, pünktlich zu ihrer Verabredung zu kommen. Aber wenn er es schon nicht für sich selbst tat: Vielleicht war er Frederic diese wenigen kostbaren Minuten einfach schuldig.

Sie überquerten den Marktplatz, wobei Maria trotz des Gedränges ein so scharfes Tempo vorlegte, dass Andrej Mühe hatte, mit Frederic und ihr Schritt zu halten. Schließlich erreichten sie einen Stand, an dem außer Obst und frischem Gemüse auch Zuckerstangen und andere Leckereien feilgeboten wurden. Maria bedeutete Frederic, sich etwas auszusuchen, und der Junge traf sorgsam und mit großem Bedacht seine Wahl.

Andrej konnte ein Lächeln nicht unterdrücken, als er den seligen Ausdruck auf dem Gesicht seines Schützlings sah. Frederics Hände zitterten ganz leicht, und er wirkte so angespannt wie ein Goldschmied, der Edelsteine für ein besonders kostbares Geschmeide auswählt. Schließlich nahm er aber genau das, was die junge Frau ihm von Anfang an in Aussicht gestellt hatte: eine Zuckerstange.

Maria drehte sich zu Andrej um und lächelte. Sie war unglaublich schön und wirkte plötzlich nicht nur viel jünger als wenige Augenblicke zuvor, sondern so verheißungsvoll, dass Andrej keinen klaren Gedanken mehr fassen konnte.

Und sie schien an diesem schmutzigen, lauten Ort so fehl am Platze zu sein, wie man sich das nur vorstellen konnte. Obwohl Andrej nicht anders konnte, als sie hingerissen anzustarren, fiel ihm auf, dass sie keine Anstalten machte, die Zuckerstange zu bezahlen. Der Verkäufer schien das ganz selbstverständlich zu finden. Andrej nicht. Aber er weigerte sich in diesem Moment, darüber nachzudenken.

»Nun, Andrej«, fragte sie sanft, »ist dieses Lächeln nicht ein paar Augenblicke wert?«

Anfangs kamen Delãny diese Worte fast lächerlich vor. Wie Maria so dastand mit ihrem fröhlichen Lächeln, beschienen vom hellen Sonnenlicht, das Funken in ihr dunkles Haar zauberte, erschien sie ihm selbst kaum älter als der Junge. Allein ihr unbeschwertes Lachen ließ sein Herz höher schlagen, und ihre Fröhlichkeit konnte dem Jungen nur guttun – und doch war etwas an ihr, dass ihn beinahe ängstigte. Das Gefühl, dass sie ein dunkles Geheimnis umgab, wurde übermächtig.

»Ja«, gab er dennoch achselzuckend zu und wich ihrem Blick aus. Andrej fühlte sich befangen, fast verlegen, und dass er aus dem Zwiespalt seiner Gefühle nicht herausfand, verschlimmerte diesen Zustand noch.

Maria gab jedoch nicht so leicht auf. »Wo kommt Ihr her, Andrej?«, fragte sie. »Aus dem Westen?«

»Sieht man das so deutlich?«, fragte Andrej, während ihm bewusst wurde, wie viel sie voneinander trennte.

»Ich weiß es nicht. Ich selbst bin noch nie durch Transsilvanien gereist – so etwas überlasse ich meinem Bruder –, aber man hat mir erzählt, dass in den Bergen noch barbarische Stämme leben sollen, die heidnische Götter anbeten.«

Sie stutzte, und plötzlich huschte ein betroffener Ausdruck über ihr Gesicht.

»Das ... das war jetzt nicht so gemeint«, sagte sie stockend. »Ich wollte damit nicht sagen, dass Ihr ausseht wie ein heidnischer Barbar, sondern nur, dass ...« Sie verhaspelte sich, brach endgültig ab und rettete sich in ein Kopfschütteln und ein verlegenes Lachen. »Mein Bruder hat recht«, schloss sie. »Ich rede manchmal einen ziemlichen Unsinn, fürchte ich.«

»Nur gibst du es normalerweise nicht zu«, ließ sich plötzlich eine Stimme hinter Delãny vernehmen. »Jedenfalls nicht, wenn ich in der Nähe bin.«

Andrej wollte sich umdrehen, um Marias Bruder zu begrüßen, stockte aber, als er Frederics Reaktion bemerkte. Aus dem Gesicht des Jungen war jegliche Farbe gewichen. Seine Augen waren so groß, dass sie fast aus den Höhlen zu quellen schienen ... und schwarz vor Furcht. Er zitterte am ganzen Leib.

Andrej drehte sich mit einem Ruck herum – und hatte plötzlich selbst Mühe, einen überraschten Schrei zu unterdrücken. Hinter ihm stand ein sehr großer, breitschultriger Mann mit dunklen Augen und kurz geschnittenem schwarzen Haar. Der rote Umhang wirkte jetzt, da er nicht mehr im Sattel saß, eher protzig als Ehrfurcht gebietend, und den merkwürdigen Hut mit dem breiten Rand hatte er abgesetzt und hielt ihn in der linken Hand. Vor seiner Brust hing ein goldenes Kreuz, das mindestens ein Pfund wiegen musste und mit kostbaren Juwelen besetzt war.

Vater Domenicus streifte Andrej mit einem raschen, aber sehr aufmerksamen Blick, bevor er sich mit einem übertriebenen Kopfschütteln wieder an Maria wandte. »Es ist schon so, wie ich immer sage«, seufzte er. »Man kann dich keinen Moment aus den Augen lassen. Ich hoffe, meine Schwester hat Euch nicht belästigt. Sie ist manchmal ziemlich keck, müsst Ihr wissen.«

Andrej entgegnete nichts auf diese Bemerkung, und er war sich ziemlich sicher, dass Domenicus eine Antwort nicht einmal zur Kenntnis genommen hätte. Der Inquisitor war kein Geistlicher von der Art, wie Andrej sie kannte – kein Mann des Volkes, sondern einer, der über dem Volk stand und das Wissen darum wie einen unsichtbaren Schild vor sich her trug.

Und er war vor allem der Mörder seines Sohnes, Baraks und der anderen aus dem Borsã-Tal.

Diese Erkenntnis traf Andrej mit einigen Sekunden Verzögerung, dafür aber mit umso heftigerer Wucht. Plötzlich begannen auch *seine* Hände zu zittern, und für einen Moment verschwamm die Gestalt des Geistlichen vor seinen Augen. Sein Herz raste, er musste sich mit aller Macht beherrschen, nicht sein Schwert zu ziehen und den Mann auf der Stelle zu töten. Hätte Domenicus ihn in diesem Moment angeblickt, hätte er in Andrejs Augen zweifellos dessen Gedanken gelesen.

Der Inquisitor sah aber nicht ihn, sondern Frederic an, und er tat dies auf eine sehr sonderbare Art; nicht einmal unfreundlich, aber doch in gewisser Weise misstrauisch und zugleich auch verwirrt.

»Warum bist du so erschrocken, Kleiner?«, fragte er. »Kennen wir uns?«

»Ihr ... Ihr seid ...«, stammelte Frederic.

Domenicus seufzte. »Ich verstehe«, sagte er. »Ja, du hast recht, mein Junge. Ich bin Vater Domenicus, und bevor du fragst: Ja, ich *bin* der Inquisitor, der zu Gast im Schloss ist. Aber was immer man dir auch erzählt haben mag, du hast keinen Grund, mich zu fürchten.«

»Aber Ihr ...«

»Sei still, Frederic«, sagte Andrej. Auch seine Stimme zitterte. Er räusperte sich, zwang sich, einen möglichst gleichmütigen Gesichtsausdruck aufzusetzen, und wandte sich mit einer steifen Bewegung wieder Domenicus zu.

»Bitte, verzeiht meinem Neffen, Hochwürden. Er ist ein dummes Kind, das jeden Unsinn glaubt, den es aufschnappt.«

»Welchen Unsinn *hat* er denn aufgeschnappt?«, fragte Domenicus kühl. Er lächelte, aber es war das kälteste Lächeln, das Andrej jemals auf den Lippen eines Menschen gesehen hatte. Seine linke Hand spielte gedankenverloren mit dem goldenen Kreuz, das vor seiner Brust hing.

»Ich weiß es nicht«, antwortete Andrej. »Bitte, verzeiht noch einmal, dass wir Euch belästigt haben. Wir müssen nun wirklich gehen. Frederic – Komm!«

Frederic schien seine Worte gar nicht wahrzunehmen, sondern starrte weiterhin den Inquisitor an. Schließlich packte Andrej ihn an der Schulter und zog ihn zu sich heran. Mit einem kurzen Nicken in Marias Richtung drehte er sich um und wollte gehen, doch da sagte Vater Domenicus völlig unerwartet: »Aber warum habt Ihr es denn so eilig? Ich würde gerne noch ein wenig mit Euch plaudern, Andrej Delãny.«

Andrej erstarrte mitten in der Bewegung. Seine Hände schlossen sich fest um Frederics Schulter, und sein Herzschlag verlangsamte sich und wurde so schwer, dass er ihn bis in die Fingerspitzen fühlen konnte.

Nach und nach löste er die Hand von Frederics Schulter, schob den Jungen unauffällig ein Stück von sich fort und drehte sich wieder zu Domenicus herum. Seine rechte Hand schlug den zerrissenen Mantel zurück und legte sich auf den Griff des Sarazenenschwertes.

Der Inquisitor war nicht mehr allein. Hinter ihm standen zwei Männer in schwarzen Lederrüstungen und knöchellangen, schweren Wollmänteln; Andrej musste sich nicht umschauen, um zu wissen, dass auch hinter *ihm* Bewaffnete aufgetaucht waren. Von den goldenen Rittern war nichts zu sehen, aber er konnte sich gut vorstellen, dass sie sich hier in der Nähe aufhielten.

Sein Blick suchte den Marias. Die junge Frau sah vollkommen verwirrt von ihrem Bruder zu ihm und wieder zurück. Entweder verstand sie nicht, was vor sich ging, oder sie war die beste Schauspielerin, die er je kennengelernt hatte.

»Domenicus, was ...«

»Du solltest jetzt besser gehen, Maria«, sagte der Geistliche. »Es könnte gefährlich werden.«

»Was soll das heißen?!« Marias Stimme klang scharf, fast aggressiv. »Ich verlange eine Erklärung! Du kennst diesen Mann?«

»Das soll heißen, dass Ihr mich in eine Falle gelockt habt«, sagte Andrej. »Wie ich vermute, hat Euch Euer Bruder gestern auf uns aufmerksam gemacht – auch wenn er es vermutlich sehr geschickt angestellt hat.«

Maria erbleichte. »Ist das wahr?«, fragte sie. »Domenicus?!«

Ihr Bruder sah sie kurz an, zog die linke Augenbraue hoch und wandte sich wieder an Andrej, ohne ihre Frage zu beantworten. »Gebt auf, Delãny!«, sagte er. »Ihr habt keine Chance.«

»Wir werden sehen«, entgegnete Andrej.

Er wirkte äußerlich vollkommen gefasst, in seinem Innersten jedoch tobte das reinste Chaos. Die beiden Soldaten rechts und links des Geistlichen hatten die Hände auf ihre Schwerter gesenkt, die Waffen aber noch nicht gezogen. Trotzdem war die Anspannung, unter der sie standen, deutlich zu spüren. Die Männer hatten Angst, was sie unberechenbar und damit umso bedrohlicher wirken ließ.

»Ich weiß, wie gefährlich Ihr seid, Andrej Delãny«, antwortete Domenicus ernst. »Zweifellos könntet Ihr einen oder zwei meiner Männer töten, bevor wir Euch überwältigen. Aber ich bitte Euch zu bedenken, wo wir sind. Es könnten Unschuldige zu Schaden kommen. Wollt Ihr das wirklich?«

Andrej spürte förmlich, dass sich ihm auch von hinten mindestens zwei Männer näherten, vermutlich mehr, und höchstwahrscheinlich war auch mindestens einer der goldenen Ritter in der Nähe.

»Ergebt Euch ohne Widerstand, und ich sichere Euch einen fairen Prozess zu«, fuhr Domenicus fort, als Andrej immer noch nicht reagierte. Er lächelte, wirkte zugleich aber auch ein wenig nervös.

»So wie Barak?«, fragte Delãny nach einer endlos erscheinenden Pause.

»Barak?« Domenicus schien einen Moment lang über die Bedeutung dieses Namens nachdenken zu müssen. Dann nickte er. »Der halsstarrige alte Mann im Borsã-Tal.«

»Ihr vergesst rasch die Namen von Männern, die Ihr zu Tode gefoltert habt«, sagte Andrej. »Oder sind es schon so viele, dass Ihr sie Euch nicht mehr merken könnt?«

»Barak Delãny war ein Hexer«, erwiderte Domenicus kalt. »Er hat zugegeben, seine Seele dem Teufel verkauft zu haben. Seid Ihr auch ein Anhänger Satans?«

»Wenn ich es wäre, dann müsstet Ihr es wissen«, sagte Andrej. »*Frederic! Lauf!*«

Er wirbelte herum, versetzte Frederic einen Stoß, der den Jungen haltlos zurücktaumeln ließ und registrierte aus den Augenwinkeln eine hektische Bewegung. Er hatte sich getäuscht. Hinter ihm waren nicht zwei, sondern sehr viel mehr Soldaten aufgetaucht, unter ihnen auch ein goldener Ritter: Es war der Hüne, gegen den Delãny schon einmal gekämpft und um ein Haar verloren hätte! Er hatte ihm versprochen, dass sie sich wiedersehen würden – aber Andrej hätte sich nie träumen lassen, dass das mitten in Constãntã und im Beisein des Inquisitors sein würde.

Zwei der Männer attackierten Delãny mit gezogenen Schwertern. Mit einer geschickten Körperbewegung wich er einem beidhändig geführten, wuchtigen Schwerthieb aus, der kräftig genug gewesen wäre, ihn auf der Stelle zu enthaupten; er glitt aus und fiel auf die Seite. Eine zweite Klinge schlug unmittelbar neben seiner linken Schulter Funken aus dem Stein.

Er rollte herum, trat dem Angreifer, der sich zu weit vorgewagt hatte, die Beine unter dem Leib weg und sprang aus der gleichen Bewegung heraus hoch. Der Mann, der ihn zu enthaupten versucht hatte, attackierte ihn erneut. Andrej duckte sich unter der heranzischenden Klinge weg, schlug die

Arme des Mannes zur Seite und schlug ihm mit der Handkante gegen die Kehle. Der Hieb hätte tödlich sein können, war aber zu schlecht gezielt und mit zu geringer Kraft ausgeführt worden; der Soldat ließ sein Schwert fallen, taumelte zurück und presste würgend die Hände gegen den Hals, hielt sich aber mühsam auf den Beinen.

Delãny täuschte gegen den dritten Angreifer einen Fußtritt an, sprang blitzschnell zurück und hatte so für einige wenige Sekunden Luft. Rasch drehte er sich einmal um die eigene Achse und versuchte, sich schnell eine Übersicht über die Lage zu verschaffen.

Seit dem kurzen Handgemenge waren nur wenige Sekunden verstrichen, aber die Situation hatte sich trotzdem total verändert: Nur drei der vier Männer beteiligten sich direkt an dem Angriff auf ihn. Der vierte hatte offensichtlich versucht, Frederic zu packen, den Jungen aber verfehlt und war schwer auf die Knie gefallen. Sein Gesicht war schmerzverzerrt, und er war sichtlich nicht in der Lage, aus eigener Kraft aufzustehen. Der goldene Ritter – es war der Mann, gegen den Andrej im Wald gekämpft hatte – stand in einiger Entfernung reglos da und beobachtete Andrej mit einer Mischung aus Neugier und heiterer Gelassenheit. Er hatte sich bisher nicht einmal die Mühe gemacht, seine Waffe zu ziehen, und wahrscheinlich hatte er das auch nicht vor. Andrej begriff instinktiv, dass er von diesem Gegner keinen fairen Kampf erwarten durfte. Er würde einfach abwarten, bis seine Kumpane Andrej überwältigt oder zumindest weit genug in die Enge getrieben hatten, ehe er dann im entscheidenden Moment zuschlug.

»Gebt auf, Delãny!«, forderte Domenicus ihn in scharfem Tonfall auf. »Oder wollt Ihr unbedingt sterben, Ihr Narr?«

Die beiden Männer zur Rechten und Linken des Inquisitors machten keine Anstalten, Andrej anzugreifen. Einer von ihnen hatte Maria ergriffen und hielt sie mit deutlich mehr als sanfter Gewalt fest. Der andere hatte sein Schwert gezogen und sich schützend zwischen Andrej und seinem Herrn postiert. Aus irgendeinem unerfindlichen Grund versuchten die Söldner, einen Kampf mit Andrej zu vermeiden.

Und plötzlich begriff Delãny schlagartig, warum.

Sie waren nicht allein. Die Menschen in ihrer unmittelbaren Umgebung hatten sich panikartig in Sicherheit gebracht, als die Soldaten ihre Waffen zogen, und bildeten nun eine lebende, mehr als zehn Schritte messende Arena, in deren Zentrum sich Andrej und seine Gegner befanden. Aber es gab Dutzende von Zeugen, wahrscheinlich sogar Hunderte. Weder dem goldenen Ritter noch dem angeblichen Inquisitor konnte daran gelegen sein, dass Andrej hier und jetzt sein Leben aushauchte – sie wollten ihn unter der Folter und dann auf dem Scheiterhaufen sehen.

Auch Delãny hatte sein Schwert bisher nicht gezogen. Er benötigte keine Waffe, um mit einem oder zwei gewöhnlichen Angreifern fertig zu werden.

Hinter ihm erscholl in dieser Sekunde ein keuchender Schrei. Andrej warf einen raschen Blick über die Schulter zurück und erkannte mit schierem Entsetzen, dass sich der vierte Soldat wieder erhoben und Frederic nun doch gepackt hatte. Der Junge wehrte sich nach Kräften, aber er hatte gegen den Erwachsenen natürlich keine Chance. Der hünenhafte Ritter war schräg hinter die beiden getreten und hatte die Hand auf sein Schwert gelegt. Er lächelte kalt. Andrej wägte blitzschnell seine Aussichten ab, den Mann mit einem Schritt zu erreichen und Frederic zu befreien, verwarf diesen Gedanken aber augenblicklich wieder. Der Soldat wäre tot, ehe er richtig begriff, was überhaupt geschah, aber Andrej zweifelte nicht daran, dass der Goldene Frederic ohne zu zögern töten würde.

»Gebt auf, Andrej Delãny!«, sagte Vater Domenicus noch einmal. »Es ist schon zu viel unschuldiges Blut vergossen worden. Ihr habt mein Wort, dass Euch Gerechtigkeit widerfahren wird.«

Andrej erwog für die Dauer eines Atemzugs, sich statt auf Frederic auf den Geistlichen zu stürzen und *ihn* als Geisel zu nehmen, um ihn am eigenen Leibe spüren zu lassen, was Gerechtigkeit bedeutete. Aber er verwarf auch diesen Gedanken, allein schon deshalb, weil er auf dem Gesicht des Inquisitors las, dass dieser mit solch einem Versuch rechnete und darauf vorbereitet war. Domenicus war keiner von den Geistlichen, die ihre Tage ausschließlich mit Beten und frommen Exerzitien zubrachten. Andrej erkannte einen Krieger, wenn er ihm in die Augen blickte.

Er sah, aber mehr noch spürte er, wie die drei Männer sich ihm aus verschiedenen Richtungen näherten. Sie wirkten angespannt – sie hatten Angst.

»*Jetzt*!«, befahl der hünenhafte goldene Ritter.

Die drei Soldaten sprangen in einer fast perfekt aufeinander abgestimmten Bewegung nach vorne. Andrej wurde klar, dass sie diese Art des koordinierten Angriffs lange geübt hatten; eine Technik, die alles andere als ritterlich, aber dafür umso wirkungsvoller war. Selbst der beste Schwertkämpfer war kaum in der Lage, drei Attacken abzuwehren, die gleichzeitig aus drei verschiedenen Richtungen ausgeführt wurden.

Andrej versuchte es gar nicht erst. Sein Sarazenenschwert sirrte mit einer Bewegung aus der Scheide, die zugleich ein Ziehen und ein Angriff war, und verharrte eine halbe Sekunde reglos an seinem weit vorgestreckten Arm. Die Klinge war so schnell durch Leder und Fleisch geglitten, dass an dem rasiermesserscharfen Stahl nicht einmal ein Tropfen Blut zurückgeblieben war. Der Soldat war bereits tot, nur sein Körper schien das noch nicht bemerkt zu haben: Er torkelte mit vorgestrecktem Schwert weiter auf Andrej zu, und auf seinem Gesicht erschien ein Ausdruck, der zwischen Überraschung und resignierendem Erkennen angesiedelt war, während seine Lederrüstung auseinanderklaffte und den Blick auf seine Brust freigab, auf der eine dünne, wie mit einer feinen roten Feder gezogene Linie zu sehen war.

Delãny trat dem Mann mit ruhigem Schritt entgegen und vollführte gleichzeitig eine blitzartige halbkreisförmige Bewegung mit dem Sarazenenschwert. Wie beabsichtigt traf er keinen der beiden anderen Angreifer, zwang die Soldaten aber auf diese Weise, ihre Attacken aufzugeben und sich hastig in Sicherheit zu bringen. In dem Moment, in dem der Sterbende an ihm vorbeitorkelte und langsam in die Knie ging, führte Andrej seine Drehbewegung zu Ende und ließ sie in einen grätschbeinigen Sprung übergehen, der ihn mit wehendem Mantel auf Domenicus und seinen Leibwächter zukatapultierte.

Rings um ihn herum gellten Schreie auf. Die Arena, in deren Zentrum sie sich befanden, explodierte förmlich, und aus unbeteiligten Zuschauern wurden Menschen, die sich unvermittelt mit einer ganz konkreten Gefahr für ihr eigenes Leben konfrontiert sahen.

Irgendwo am Rande von Andrejs Gesichtsfeld blitzte es goldfarben auf. Er hörte Frederic schreien. Nichts davon war wichtig. Andrej verschmolz mit seinem Schwert; er bemühte sich nicht, seinen Körper zu bewegen, sondern *wurde selbst* zu einer einzigen rasend schnellen fließenden Bewegung, die ihn vor den Augen der entsetzten Zuschauer zu einem huschenden Schatten machte – so schnell, dass er kaum noch zu erkennen war. Das Sarazenenschwert zerteilte die Luft mit dem Geräusch von zerreißender Seide.

Auch Domenicus' Beschützer reagierte. Andrej registrierte mit leiser Verblüffung, dass der Mann tatsächlich bereit war, sein Leben für den Inquisitor zu geben – und er war schnell; erstaunlich schnell für einen Mann, der nicht von einem Michail Nadasdy jahrelang in geheimen Kampfkünsten trainiert worden war.

Doch im Vergleich zu Andrej war seine Reaktion geradezu lächerlich langsam; und vollkommen sinnlos dazu. Das Sarazenenschwert war scharf genug, den Mann zu enthaupten und selbst den hinter ihm stehenden Inquisitor noch tödlich zu treffen.

Andrej hatte jedoch nicht vor, Vater Domenicus zu töten. Sein Tod hätte unweigerlich auch Frederics Tod zur Folge gehabt – und vermutlich auch den der gefangenen Menschen aus Borsã.

11

Der Hieb war sanft im Vergleich zu dem, was er hätte anrichten können, aber trotzdem wuchtig genug, um dem Soldaten auf der Stelle das Bewusstsein zu rauben und ihn gegen den Geistlichen zu schleudern.

Andrej gönnte sich keine Atempause. Das Sarazenenschwert eilte wie von selbst seiner Bewegung voraus; die Waffe vollführte eine tänzelnde Welle und zischte plötzlich von unten nach oben durch die Luft. Doch plötzlich traf sie auf Widerstand.

Der Soldat, der auf Domenicus Wink hin Maria gepackt hatte, starrte verständnislos an sich herab und sank langsam in die Knie. Noch bevor er vollends am Boden lag, war Andrej schon bei der Schwester des Inquisitors, hatte sie an sich gerissen und ihr den Arm auf den Rücken gedreht. Das Sarazenenschwert verharrte reglos einen halben Zoll vor ihrer Kehle. Seit er seine Waffe gezogen hatte, waren weniger als drei Herzschläge vergangen.

»Nicht bewegen«, sagte Andrej. Er sprach schnell und

sehr leise. Die Worte waren nur für Maria bestimmt. »Ich tue dir nichts. Keine Angst.« Dann schrie er laut: »Niemand rührt sich, oder sie stirbt!«

Die junge Frau erstarrte in seinen Armen, und die beiden Soldaten, die sich langsam und unbeholfen – wie Marionetten in der Hand eines ungeschickten Spielers – herumgedreht hatten, um sich auf ihn zu stürzen, verharrten unschlüssig mitten in der Bewegung. Einzig der goldene Ritter reagierte schnell genug. Mit einem raschen Schritt in Andrejs Richtung eilte er heran und riss Frederic an sich; in seiner linken Hand blitzte ein Dolch.

»*Malthus! Nein*!«

Domenicus erhob hastig mit einer abwehrenden Geste den linken Arm in Richtung des Ritters, den anderen richtete er mit einer fast identischen, zugleich aber auch flehenden Bewegung auf Andrej. Er blutete aus einer kleinen Platzwunde an der Stirn, die er sich zugezogen haben musste, als der Soldat ihn mit zu Boden gerissen hatte.

Malthus ging einen weiteren Schritt auf Andrej zu und bog Frederics Kopf in den Nacken zurück. Delãny sah, dass der Junge schreien wollte, aber nicht genug Luft bekam. In den Augen des goldenen Ritters erschien ein kaltes, boshaftes Glitzern. Er schenkte weder Domenicus' Geste noch seinen Worten auch nur die geringste Beachtung.

»Malthus, bleibt stehen!«, sagte der Inquisitor scharf. »Ich befehle es Euch!«

Der Ritter machte noch einen Schritt, ehe er endlich innehielt und auch Frederics Kopf wenigstens so weit freigab, dass der Junge wieder richtig atmen konnte.

»Lasst meine Schwester los!«, sagte Dominicus im Befehlston zu Andrej. Er war ein Mann, der mit Macht umzugehen wusste, das war deutlich zu spüren. Und wenngleich auch der gequälte Ausdruck in seinem Blick seine Worte Lügen zu strafen schien, klang seine Stimme doch hart und unnachgiebig.

»Ich fürchte, das kann ich nicht tun, ehrwürdiger Vater«, entgegnete Andrej spöttisch. »Das wäre nämlich äußerst dumm. Und ich hasse es, etwas Dummes zu tun.«

»Lass sie los, oder der Junge stirbt!«, rief Malthus.

»Und wenn ich sie freigebe, lasst Ihr uns gehen?«

Malthus wollte antworten, aber Domenicus unterbrach ihn mit einer herrischen Geste.

»Ihr wisst, dass wir das nicht tun werden, Delãny«, sagte er. »Macht es nicht noch schlimmer. Ich gebe Euch mein Wort, dass wir diesen Zwischenfall hier vergessen werden, wenn Ihr Maria freigebt. Er wird keinerlei Einfluss auf Euren Prozess haben.«

Es war beinahe grotesk – aber Andrej glaubte ihm. Er hatte gerade vor Domenicus' Augen zwei seiner Männer getötet, und trotzdem war der Inquisitor bereit, diesen *Zwischenfall* einfach zu vergessen. Entweder liebte er seine Schwester abgöttisch, oder ein Menschenleben war ihm so gleichgültig wie der Schmutz unter seinen Schuhsohlen. Vielleicht beides.

Andrejs Gedanken rasten wie wild. Die Situation entsprach dem, was Michail Nadasdy ein klassisches Patt genannt hätte – aber das würde nicht mehr lange so bleiben. Das Kräfteverhältnis verschob sich mit jedem Moment weiter zu seinen Ungunsten. Die meisten Zuschauer waren mittlerweile verstummt. Sie sahen dem Geschehen mit morbider Neugier zu; die Nervosität setzte sich wie die Wellen eines ins Wasser geworfenen Steines in der Menschenmenge fort. Wie lange würde es noch dauern, bis die Soldaten des Herzogs auftauchten, denen das Wohl Marias vermutlich weniger am Herzen lag als ihrem Bruder?

»Ich meine es ernst, Domenicus«, sagte Andrej. »Gebt den Jungen frei und lasst uns gehen, dann passiert Eurer Schwester nichts. Ich habe nichts mehr zu verlieren.«

Er hasste sich selbst für das, was er jetzt tat, aber um seinen Worten den gehörigen Nachdruck zu verleihen, ritzte er mit einer winzigen Bewegung des Sarazenenschwerts Marias Haut. Wahrscheinlich spürte sie den Kratzer kaum; trotzdem sog sie scharf die Luft ein und versteifte sich in seinen Armen. Ein einzelner roter Blutstropfen lief an ihrem Hals herab.

Domenicus Augen weiteten sich, und seine Linke schloss sich impulsiv um das schwere Goldkreuz vor seiner Brust.

Andrej bemerkte aus den Augenwinkeln heraus, dass nun genau das geschah, was er befürchtet hatte: Auf dem Marktplatz war eine Art stiller Panik ausgebrochen; die Menschen versuchten, schnell vom Ort des Geschehens zu flüchten – wenn auch nur die wenigsten wissen konnten, *was* überhaupt vorgefallen war. Doch aus der Richtung des Schlosses näherte sich ein halbes Dutzend Lanzenspitzen, die über den Köpfen der Flüchtenden zu pendeln schienen; und unter diesen Spitzen schimmerte es orangerot und weiß. Frederic und ihm würde eine Minute bleiben, schätzte Andrej; im besten Fall zwei, wenn die Menge die Soldaten lange genug aufhielt.

Auch Domenicus hatte die Soldaten bemerkt, aber Andrej

las in seinen Augen, dass er keineswegs triumphierte. Vielmehr schien er sich der Gefahr, die das Erscheinen der Uniformierten für seine Schwester bedeutete, bewusst zu sein. Hinter seiner Stirn arbeitete es. Er ballte die rechte Hand zur Faust, schloss für einen Moment die Augen und nickte dann.

»Lasst den Jungen los!«, befahl er.

Malthus schnaubte vor Wut. Statt Frederic freizugeben, zog er seinen Dolch langsam über die Kehle des Jungen. Der Schnitt war kaum tiefer als der, den Andrej Maria zugefügt hatte, aber viel länger. Ein schneller und abrupt wieder endender Schwall Blutes schoss aus Frederics Hals und versickerte in seiner Kleidung.

»*Malthus*!« Domenicus' Stimme war nur noch einen Deut davon entfernt, zu einem Schrei zu werden. »Lasst ihn los! *Sofort*!«

Für einen entsetzlich langen Moment reagierte der goldene Ritter nicht, sondern starrte Andrej nur mit einem Hass an, den dieser nicht verstand. Der blutige Dolch in seiner Hand bewegte sich, seine Spitze bohrte sich in das weiche Fleisch unter Frederics Kinn, sodass der Junge nun von sich aus den Kopf so weit in den Nacken bog, wie er nur konnte.

Domenicus rief noch einmal: »*Malthus*!«, und endlich ließ der Ritter den Dolch sinken. Gleichzeitig versetzte er Frederic einen Stoß, der diesen nach vorne taumeln und unmittelbar vor Andrej auf die Knie fallen ließ.

»Ich freue mich schon auf unser nächstes Zusammentreffen, Delãny«, höhnte er. »Ich hoffe für dich, dass du dann auch wieder eine junge Frau bei dir hast, hinter der du dich verstecken kannst.«

Die Verachtung, die er in seine Stimme legen wollte, war jedoch nicht echt. Andrej verstand zwar nicht, warum, aber er spürte ganz deutlich, dass sich hinter dem aufgesetzten Spott im Tonfall seines Feindes nichts anderes als Furcht verbarg. Vielleicht lag das daran, dass bei Delãnys letztem Zusammentreffen mit den Goldenen einer von ihnen tot zurückgeblieben war – zwar durch Sergés und nicht durch seine eigene Waffe gefällt, aber das konnte Malthus ja nicht wissen; wahrscheinlich ging er davon aus, dass Andrej den Ritter in einem Handgemenge nach dem Wirtshausbrand getötet hatte.

»Gilt Euer Wort, Andrej Delãny?« fragte Domenicus.

Andrejs Schwert blieb weiterhin einen halben Fingerbreit vor Marias Kehle liegen, aber er ließ mit der anderen Hand ihren Arm los und half Frederic auf die Füße. Der Schnitt am Hals des Jungen blutete nicht mehr, aber zwischen seinen Fingern quollen einige zähe Tropfen hervor, die die gleiche Farbe hatten wie Domenicus' Mantel.

»Delãny!«

Andrej wandte sich wieder dem Inquisitor zu. »Eurer Schwester wird nichts geschehen«, sagte er. »Ich lasse sie frei, sobald wir in Sicherheit sind.«

Er trat einen Schritt zurück. Domenicus versuchte nicht, ihn aufzuhalten. Der Geistliche war klug genug, die Situation richtig einzuschätzen. Aber er sagte: »Ihr kommt niemals aus der Stadt heraus, das ist Euch doch klar?«

»Wir werden sehen«, antwortete Andrej und machte einen weiteren, vorsichtigen Schritt zurück. In dieser Sekunde trat Frederic neben ihn, zog den schmalen Dolch aus Marias Gürtel und schleuderte die Waffe nach Vater Domenicus.

Der Junge handelte so schnell, dass Andrej nicht den Hauch einer Chance hatte, ihn noch aufzuhalten.

Der Dolch drang bis ans Heft in die Kehle des Inquisitors und fuhr im Nacken wieder heraus. Domenicus presste beide Hände gegen den Hals, stieß einen gurgelnden Schrei aus und spie Blut. Maria kreischte schrill und wie unter Schmerzen und stürzte so ungestüm vor, dass Andrej gerade noch Zeit fand, das Sarazenenschwert zur Seite zu ziehen, damit sich die junge Frau nicht selbst enthauptete. Malthus riss mit einem zornigen Knurren das Schwert aus dem Gürtel, prallte aber in seiner Hast gegen einen der Soldaten und fiel mit einem gellenden Wutschrei zu Boden.

Endlich überwand Andrej sein Entsetzen, drehte sich auf der Stelle herum und schleifte Frederic mit sich fort. Er sah noch, dass Maria von ihrem Bruder mit zu Boden gerissen wurde, als dieser zusammenbrach – dann tauchten die beiden Fliehenden in die auseinanderstiebende Menge ein. Rings um sie herum gellte erneut ein Chor entsetzter Schreie auf.

Andrej verschwendete keine Zeit darauf, sich nach möglichen Verfolgern umzublicken, sondern bahnte sich rücksichtslos einen Weg durch die Menge. Als sie auf eine schmale Gasse zwischen zwei weiß getünchten Häusern zustürmten, blickte er schließlich doch über die Schulter zurück. Sie wurden tatsächlich verfolgt, wenn auch nicht von Malthus oder einem der Gefolgsmänner des Inquisitors, sondern von einem halben Dutzend Soldaten des Herzogs von Constãntã. Die Männer in den orange-weißen Uniformen drängten weit skrupelloser durch die Menge als Frederic und er und machten notfalls auch von ihren Waffen Gebrauch, um schneller voranzukommen. Tatsächlich verringerte sich der Abstand zwischen ihnen von Sekunde zu Sekunde.

Andrej schwenkte nach links, rannte mit weit ausgreifenden Schritten auf einen Marktstand mit Gemüse zu und führte drei blitzartige Hiebe mit dem Sarazenenschwert aus. Der Marktstand brach augenblicklich zusammen und löste sich in eine Lawine aus rollenden Kohlköpfen, Lauchstangen und Rüben auf, über die Andrej und Frederic mit einem gewaltigen Sprung hinwegsetzten. Nachdem er dieses Manöver an einem weiteren Marktstand durchgeführt hatte, sah Andrej beim Blick über die Schulter, wie die Hälfte ihrer Verfolger auf einem Sturzbach zerbrechender Tontöpfe und Trinkbecher ausglitt und die andere Hälfte unter einem flatternden Tuch von der Größe eines kleinen Segels begraben wurde. Er versuchte sein Tempo noch einmal zu beschleunigen, aber es gelang ihm nicht. Die Menschenmenge durch die sie sich kämpfen mussten, bremste ihren Schritt.

Schließlich erreichten sie das andere Ende des Marktplatzes und liefen in eine schmale Straße hinein. Nach ein paar Metern erkannte Andrej diese Gasse; es war die gleiche, durch die sie schon am Vortag geflüchtet waren.

Nun hatten sie wenigstens eine Chance, ihren Verfolgern zu entkommen. Sie kamen rasch voran, niemand machte auch nur den Versuch, sie aufzuhalten. Obwohl sie immer wieder die Richtung wechselten, wusste Andrej genau, wo er hinwollte. Es musste ihnen nur gelingen, ihre Verfolger in eine falsche Richtung zu locken, und sie würden frei sein – zumindest für den Moment. Um nicht unnötig aufzufallen und um wieder ein wenig zu Atem zu kommen verlangsamten sie ihre Schritte.

»Wo willst du hin?«, fragte Frederic.

»Was glaubt du denn?«, zischte Andrej. »Meinst du, nach deiner Glanzleistung können wir uns noch irgendwo blicken lassen?«

Obwohl ihnen die Menschen, an denen sie vorbeihasteten, aus dem Weg gingen oder sich zumindest bemühten, sie nicht zu auffällig zu mustern, spürte er ihr Misstrauen. Es war kein Wunder, dass sie auffielen: Er trug das außergewöhnliche Sarazenenschwert deutlich sichtbar am Gürtel, und auch Frederics blutverschmierte Kehle war nicht gerade ein alltäglicher Anblick. Andrej war sich darüber im Klaren, dass sie nur ein ungewöhnliches Versteck retten konnte, wenn sie nicht schon innerhalb kürzester Zeit denunziert werden wollten. Zumindest aber mussten sie unverzüglich die auffälligsten Spuren beseitigen, die die Ereignisse der letzten Minuten auf ihrer Kleidung und Frederics Körper hinterlassen hatten.

Wenn sie Glück hatten, konnten sie ihren alten Unterschlupf noch einmal nutzen.

Vom Marktplatz her drang noch immer Lärm und ein Durcheinander aufgeregter Stimmen und Schreie zu ihnen herüber, und Andrej zweifelte nicht daran, dass die Jagd auf Frederic und ihn sich längst ausgeweitet hatte. Ein fast kahlköpfiger, in ein auffälliges Gewand gehüllter Fremder mit einem kostbaren Schwert und ein ebenfalls seiner Haare beraubter Junge mit einer frischen Schnittwunde am Hals ... Sie würden nicht schwer aufzuspüren sein, nicht einmal in einer Stadt dieser Größe.

Fast wäre Andrej an der Toreinfahrt vorbeigelaufen, die zu dem baufälligen Haus führte, doch dann entschied er sich anders; sie waren heute nacht hier nicht entdeckt worden und würden vielleicht nochmals für ein paar Stunden Schutz in dem alten Gemäuer finden. Der Lärm und die Schreie aus der Richtung des Marktes wurden lauter, aber zumindest hier schien im Moment niemand von ihnen Notiz zu nehmen. Er blieb stehen, sah sich noch einmal nach allen Seiten um. Als er sich sicher war, nicht beobachtet zu werden, packte er Frederic am Arm und zog ihn mit sich.

Raschen Schrittes eilte er zusammen mit dem Jungen durch den gemauerten Torbogen und dann zielstrebig auf die morsche Tür des verfallenden Hauses zu. Ein letzter sichernder Blick bestätigte ihm, dass sich hier tatsächlich niemand für sie interessierte. Er konnte den Lärm vom Marktplatz und die Geräusche der Straße noch immer deutlich hören, aber aus dem Haus selbst drang nicht der mindeste Laut; es hätte ihn auch gewundert, wenn sich hier in der Zwischenzeit jemand eingenistet hätte.

Nachdem er die morschen Türbretter beiseite gezogen hatte, schob er Frederic unsanft hindurch und gab ihm einen Stoß, der ihn regelrecht in den Raum purzeln ließ. Wie auch beim letzten Mal empfing sie staubiges Zwielicht und ein süßlicher Gestank, der ihn fast zum Würgen brachte. Doch das war ihm im Moment vollkommen egal. Die Ruine erschien ihm ganz im Gegenteil wie ein altvertrauter, guter Freund, der ihnen in einer verzweifelten Situation uneigennützig zur Seite stand.

Er zog die morsche Tür hinter sich zu, eilte durch den Raum zu dem grob zugenagelten Fenster an der gegenüberliegenden Wand, von dem er wusste, dass es ihm einen Überblick über die Straße gestatten würde, und spähte durch die

Lücke zwischen zwei Brettern hindurch. Es waren hier nur wenige Menschen unterwegs, und sie schienen so mit sich selbst beschäftigt zu sein, dass sie ihrer Umgebung kaum Aufmerksamkeit schenkten. Andrej konnte nur hoffen, dass sich keiner von ihnen Gedanken über zwei auffällige Fremde machte, die sich hier heimlich Zugang verschafft hatten.

Langsam drehte er sich zu Frederic um. Der Junge hatte einen Streifen aus dem Saum seines Gewands gerissen und versuchte ungeschickt, sich selbst einen Verband anzulegen. Soweit Andrej erkennen konnte, blutete die harmlose Schnittwunde schon längst nicht mehr, aber vielleicht dachte Frederic ja ebenso wie er – dass diese eigentümliche Verletzung nämlich ein unverwechselbares Stigma war, anhand dessen man sie leicht identifizieren konnte. Er sah seinem Schützling eine geraume Weile dabei zu, wie er ungeschickt und erfolglos versuchte, den viel zu steifen Stoff hinter seinem Nacken zu verknoten; dann streckte er die Hand aus.

Als Frederic näherkam, um sich helfen zu lassen, versetzte Andrej ihm eine Ohrfeige, die den Jungen zu Boden schleuderte. Frederic gab keinen Laut von sich, sondern blieb zwei oder drei Sekunden lang reglos liegen, ehe er sich benommen aufrichtete. Der improvisierte Verband war seinen Fingern entglitten. Stattdessen presste er die Rechte gegen seine Wange, auf der Andrej trotz des Zwielichts in diesem düsteren Raum einen deutlichen roten Abdruck erkennen konnte. Ihm wurde klar, dass er viel fester als beabsichtigt zugeschlagen haben musste.

Streng genommen hatte er den Jungen überhaupt nicht schlagen wollen – es war einfach so geschehen. Aber so sehr er auch danach suchte, es fand sich keine Spur von Bedauern in ihm. Ganz im Gegenteil: Er musste sich plötzlich beherrschen, nicht über Frederic herzufallen und ihn windelweich zu prügeln.

»Warum ... hast du das getan?«, murmelte Frederic. Seine Augen schimmerten plötzlich feucht, aber seine Stimme klang nicht im entferntesten weinerlich. Ihr leichtes Zittern und die Tränen in den Augen des Jungen hatten nur einen Grund: *Wut*.

»Danke Gott, dass du nicht zehn Jahre älter bist«, sagte Andrej kalt. »Sonst würde ich dich jetzt vielleicht töten.«

Er erschrak, als er den Klang seiner eigenen Stimme hörte. Nicht nur die Kälte darin erschreckte ihn, sondern noch mehr die Erkenntnis, dass er diese Worte vollkommen ernst meinte.

Frederic starrte ihn fassungslos an. Das feuchte Schimmern in seinen Augen versiegte so rasch, wie es gekommen war. Nach einer Weile nahm er die Hand herunter, tastete ohne hinzusehen nach seinem Stoffstreifen und stand vom Boden auf, als er ihn gefunden hatte.

»Verrätst du mir auch, warum?«, fragte er in einem Ton, als interessiere ihn die Antwort nicht im Geringsten.

»Das fragst du wirklich?« Andrej musste sich zusammennehmen, ihn nicht erneut zu schlagen oder anzubrüllen. »Hast du denn gar nichts von alldem verstanden, was ich dir beigebracht habe?«

»Nein.« Frederic verknotete den Stoffstreifen auf eine Art in seinem Nacken, die ihm eigentlich den Atem abschnüren musste. Er funkelte Andrej an. »Ich habe es nicht verstanden. Und ich glaube, ich will es auch nicht verstehen. Weißt du, es fällt mir nämlich schwer, Worte von Frieden und Sanftmut aus dem Mund eines Mannes zu hören, der so zu kämpfen versteht wie du – und auch noch an ihre Ernsthaftigkeit zu glauben!«

»Du *hast* nichts verstanden«, sagte Andrej traurig.

»Wie auch?!« Andrej registrierte mit einiger Verblüffung, dass es plötzlich Frederic war, der ihn anschrie. »Wie kann ich Worte von Frieden und Vergebung aus deinem Munde glauben, wenn du wie der Teufel selbst kämpft? Du hättest sie alle sechs töten können, nicht wahr? Ohne dich auch nur anzustrengen!«

»Nein«, sagte Andrej ruhig. »Am Ende hätten sie mich erwischt. Aber ich hätte einige von ihnen mitgenommen.«

»Wie lange hast du gebraucht, bis du so mit dem Schwert umgehen konntest?«, gab Frederic herausfordernd zurück. »Zehn Jahre? Zwanzig? Die Hälfte deines Lebens? Oder mehr? Du hast den größten Teil deiner Lebenszeit damit zugebracht, das Töten zu lernen!«

»Ich habe das *Kämpfen* gelernt«, antwortete Andrej, »nicht das Töten.«

Verwirrt stellte er plötzlich fest, dass er nicht mehr *antwortete*, sondern sich *verteidigte*. Das war so ziemlich das Letzte, womit er gerechnet hatte, aber plötzlich sah er sich in die Defensive gedrängt – von einem *Halbwüchsigen*!

»Das ist natürlich ein gewaltiger Unterschied«, bemerkte Frederic hämisch. »Wie viele Männer hast du in deinem Leben schon getötet, Andrej? Hundert? Zweihundert?«

»Sechs ... Und den ersten, um *dein* Leben zu retten.« *So wie alle anderen auch*, fügte Andrej in Gedanken hinzu. Aber es hätte nichts genutzt, es laut auszusprechen. Frederic hätte mit Sicherheit auch den Sinn dieser Worte nicht verstanden. Aber wenn er sie ausgesprochen hätte, hätten womöglich Andrejs eigene Gedanken einen Weg eingeschlagen, den er nicht beschreiten wollte.

»Ich glaube dir nicht.« Frederic schien doch ein wenig verunsichert zu sein. »Ich ... ich habe *gesehen*, wozu du fähig bist!«

Andrej schloss die Augen und atmete tief durch, ehe er antwortete. Seine Gefühle waren in Aufruhr. Er musste achtgeben, nicht Dinge zu sagen oder auch nur zu denken, die er vielleicht später bereuen würde.

»Ich habe nie einen Menschen getötet, und ich werde nie einen Menschen töten, außer um mein Leben oder das eines anderen zu retten«, sagte er ruhig. »Du hast in einem Punkt recht, Frederic: Ich habe viele Jahre meines Lebens damit verbracht, den Schwertkampf zu erlernen. Und ich hatte den besten Lehrer, den es jemals auf dieser Welt gegeben hat. Doch er hat mich nicht nur gelehrt, mit dem Schwert umzugehen; er hat mich noch etwas anderes gelehrt ... etwas viel Wichtigeres: *Ehrfurcht*.«

»Vor wem?«

»Vor dem Leben, Frederic. Dem einzigen Gut, das auf dieser Welt überhaupt irgendeinen Wert hat. Niemand hat das Recht, ein Menschenleben einfach so auszulöschen. Ich nicht, und du auch nicht.«

»Aber Vater Domenicus«, erwiderte Frederic spöttisch. »Wie konnte ich das nur vergessen! Er handelt ja in Gottes Namen! Warum hast du Barak das nicht gesagt? Ich bin sicher, er hätte die zwei Tage genossen, die dieses ... *Vieh* ihn hat foltern lassen!«

Der Hass, der in Frederics Stimme zitterte, ließ Andrej

erschauern. Es war nicht richtig, dass ein Kind einen solchen Hass empfand.

»Ich weiß nicht, ob es einen Gott gibt«, fuhr der Junge leise fort. »Aber wenn, dann handeln Männer wie Domenicus nicht in seinem Namen. Sie behaupten es, aber es ist nicht wahr ... Er hatte den Tod verdient!«

»Er hatte mein Wort«, antwortete Andrej. »Du hast mich entehrt, indem du es gebrochen hast.«

Frederic verdrehte die Augen, aber Andrej schnitt ihm mit einer herrischen Geste das Wort ab. Er hatte endgültig begriffen, dass Frederic nicht verstehen *wollte*, was er ihm zu sagen versuchte. Und vielleicht hatte der Junge ja sogar recht. Vielleicht war er, Andrej, derjenige, der sich irrte, vielleicht war die alttestamentarische Vorstellung von Rache und blutiger Vergeltung, die Frederics Handeln und Denken bestimmte, die richtige Reaktion auf das, was im Tal und im Wehrturm von Borsã geschehen war. So oder so: Andrej wollte nicht darüber nachdenken und änderte seine Taktik.

»Dir ist anscheinend nicht klar, was du getan hast«, fuhr er fort.

»Ich habe einen Mann getötet, der es verdient hat«, antwortete Frederic trotzig. »Du warst ja zu feige dazu!«

»Du hast mehr als das getan«, sagte Andrej ernst. »Wir haben jetzt praktisch keine Chance mehr, die Menschen aus deinem Dorf zu befreien. Falls sie überhaupt noch am Leben sind.«

Diesmal erschrak Frederic wirklich. »Was ... soll das heißen?«, fragte er stockend.

Andrej lachte bitter. »Du weißt es nicht besser«, bemerkte

er leise. »Woher auch? Aber das alles ist nicht so leicht zu erklären, wie du denkst. Du hast mich gefragt, wie lange ich gebraucht habe, um das Kämpfen zu lernen. Lange. Viel länger, als selbst Ritter mit ihren Waffen trainieren. Aber es ist nicht damit getan, ein Schwert führen zu können.«

Er zog das Sarazenenschwert, drehte die Waffe herum und hielt Frederic den geschliffenen Elfenbeingriff hin. »Du willst es lernen?«, fragte er. »Nimm es. Es dauert ein Jahr, bis du gut bist, und zwei, bis du mich fordern kannst. Aber das ist längst nicht alles. Es ist nicht einmal das Wichtigste. Es gibt Regeln, Frederic: Man bricht sein Wort nicht; nicht einmal seinem Todfeind gegenüber. Ja, gerade einem Feind gegenüber bricht man es nicht.«

Frederic betrachtete die Waffe auf eine Art, die Andrej schaudern ließ. Nicht zum ersten Mal fragte er sich, ob die Saat der Gewalt in dem Jungen nicht schon längst aufgegangen war. Und schlimmer noch: Was, wenn die Ereignisse der letzten Tage nur Beschleuniger einer gefährlichen Veranlagung gewesen waren? Wenn dieser Junge einfach böse war; noch ein Kind zwar, das jedoch schon den Keim in sich trug, zu einem Menschen heranzuwachsen, der vielleicht auf andere Weise ebenso grausam und gnadenlos wie Domenicus oder der goldene Ritter in dessen Gefolge war?

Andrej wusste buchstäblich *nichts* über Frederic, kaum mehr als seinen Namen. In seinem Bemühen, möglichst wenig von seiner eigenen Geschichte und vor allem von seinen Familienbanden preiszugeben, war er jedem Gespräch ausgewichen, das über allgemeine Fragen hinausging.

Frederic zog die Hand zurück, und Andrej steckte das Sarazenenschwert mit einem erleichterten Seufzen wieder ein. Er wusste nicht, was er getan hätte, hätte der Junge nach der Waffe gegriffen.

»Es ist im Grunde nichts anderes als ein Spiel«, knüpfte er an das unterbrochene Gespräch an, leiser und in ruhigem, fast resigniertem Ton. »Es gibt Regeln, Frederic. Man gibt sein Wort, und man hält es, ganz gleich, was geschieht. Indem du Domenicus getötet hast, hast du Malthus und den anderen einen Freibrief gegeben, zu tun und zu lassen, was immer sie wollen.«

»Das tun sie doch ohnehin!«, entgegnete Frederic zornig.

»Nicht so«, beharrte Andrej. Aber er spürte selbst, dass er nicht in der Lage war, dem Jungen zu erklären, was er wirklich meinte. Trotzdem fuhr er fort: »Sie werden Rache nehmen, Frederic. Vielleicht werden sie einige von deinen Leuten töten. Vielleicht alle. Und wenn wir ihnen das nächste Mal gegenüberstehen, dann wird es kein Verhandeln mehr geben.«

»Dann töte ich sie ebenfalls!«

Andrej resignierte. Es war sinnlos. Frederic konnte oder wollte nicht verstehen, was er ihm zu vermitteln versuchte. Für einen Moment hatte Andrej fast Angst vor diesem Kind.

Da er nicht wollte, dass Frederic dieses Gefühl in seinen Augen las, drehte er sich mit einem Ruck herum und trat wieder ans Fenster. Seine Gefühle waren in Aufruhr. Er hatte die Wahrheit gesagt, als er behauptete, niemals zuvor einen Menschen getötet zu haben, und er hatte *mehr* als die Wahrheit gesagt, als er behauptete, dass es ein schreckliches Erlebnis gewesen war. Er hatte sein Leben, beziehungsweise das Frederics, verteidigt, und das konnte er verantworten. Aber trotzdem wusch es nicht das Blut von seinen Händen.

Das Treiben draußen auf der Straße hatte sich inzwischen verändert. Die Menschen hasteten nicht mehr herum, sondern standen in kleinen Gruppen beieinander und redeten erregt über das, was sie gehört oder vielleicht sogar gesehen hatten. Der Lärm vom Marktplatz her hatte sich gelegt, aber über der ganzen Stadt schien nun eine Atmosphäre beinahe greifbarer Spannung zu liegen.

Frederic hatte viel mehr getan, als einen Mann zu töten. Er hatte einen Inquisitor umgebracht, einen Kirchenfürsten, der noch dazu Gast des Herzogs gewesen war. Andrej wusste nicht viel über die Macht und den Einfluss, die die Kirche in diesem Teil des Landes besaß, aber sie konnten nicht gering sein, sonst hätte Domenicus niemals so auftreten können, wie er es Andrej gegenüber getan hatte. Der Herzog musste nun auf diese Herausforderung reagieren, ob er wollte oder nicht – gerade auch angesichts der Türken, die womöglich schon für einen Angriff auf Constãntã rüsteten. In solch einer prekären Lage konnte sich der Herzog nicht die geringste Schwäche leisten.

Andrej hörte, wie sich Frederic von ihm entfernte und die morsche Treppe ins obere Geschoss hinaufstieg, aber er sah ihm nicht nach. Einen Augenblick lang wünschte er sich, alles ungeschehen machen zu können, die Zeit zurückzudrehen bis zu jenem Punkt, als er – Jahre nach seiner Vertreibung – ins Borsã-Tal zurückgekehrt war. Im Nachhinein betrachtet schien ihm jeder Schritt, den er seither getan hatte, jedes Wort, das er seither gesprochen hatte, falsch gewesen zu sein.

Kurz darauf erregte eine Bewegung auf der Straße seine Aufmerksamkeit. Zwei Soldaten in den Farben des Herzogs näherten sich mit schnellen Schritten dem Haus. Zwischen ihnen bewegte sich eine Gestalt in dunkelgrünem Samt. Die drei schritten in scharfem Tempo auf der gegenüberliegenden Straßenseite dahin, und die Menschen traten hastig zur Seite, um ihnen Platz zu machen.

Als sie genau gegenüber seinem Versteck waren, drehte Maria den Kopf und sah ihn an.

Andrejs Herz raste wie wild.

Natürlich sah die junge Frau nicht direkt *ihn* an – es war völlig unmöglich, dass sie ihn wirklich sah oder auch nur ahnte, dass er hier war.

Tatsächlich verlangsamte sie nicht einmal ihren Schritt, sondern eilte, ohne zu zögern, weiter, und doch glaubte Andrej für einen Moment den Blick ihrer dunklen Augen wie die Berührung einer unsichtbaren Hand auf seinem Gesicht gespürt zu haben.

Selbst über die große Entfernung hinweg konnte er sehen, wie bleich Maria war. Ihr Gesicht war ein einziger weißer Fleck, der selbst vor der gekalkten Wand dahinter noch hell wirkte. Sie presste ein weißes, blutgetränktes Taschentuch gegen den Hals, und in der anderen Hand hielt sie etwas, von dem Andrej glaubte, dass es Domenicus' goldenes Kreuz war. Ihr kostbares Kleid war mit hässlichen, eingetrockneten Flecken übersät ... dem Blut ihres toten Bruders.

Maria blickte weiterhin nachdenklich zum Haus hinüber – Andrej war *sicher*, dass sie das Fenster ansah, hinter dem er stand – und wandte ihre Aufmerksamkeit erst wieder nach vorne, als sie das Gebäude schon längst passiert hatten. Andrej schaute ihr nach, bis sie aus seinem Gesichtsfeld verschwunden war, und selbst danach stand er noch lange reglos da und starrte ins Leere.

Es verging fast eine halbe Stunde, ehe Frederic die Treppe wieder heruntergepoltert kam. Andrej hatte sich an der Wand unter dem Fenster zu Boden sinken lassen und den Kopf gegen den mürben Stein gelehnt.

Als Frederic nun die schmale Stiege herunterkam, ächzte die altersschwache Konstruktion unter seinem Gewicht. Eine der morschen Stufen löste sich, und eine gewaltige Staubwolke wirbelte hoch, als sie auf den Boden fiel und zerbrach. Andrej blickte auf und sah, dass der Junge nicht mit leeren Händen zurückkam, sondern mehrere unordentlich zusammengeknüllte Kleidungsstücke über dem Arm trug. Es fiel ihm sichtlich schwer, auf den morschen Stufen das Gleichgewicht zu halten.

Andrej erhob sich und ging ihm ein Stück entgegen, machte aber keine Anstalten, ihm zu helfen. »Was hast du da?«, fragte er überflüssigerweise.

»Andere Kleider«, antwortete Frederic. »In unseren alten Sachen fallen wir überall auf. Sie suchen doch bestimmt schon nach uns.«

»Woher hast du das?«

»Oben im Haus gefunden«, behauptete Frederic. »In einer alten Kiste.«

Andrej griff wortlos nach einem langen Leinenhemd und roch daran. »Du lügst. Die Sachen sind frisch gewaschen.«

Frederic presste trotzig die Lippen aufeinander, zuckte aber schließlich mit den Schultern und fügte mit einer Bewegung, die wohl ein Kopfnicken darstellen sollte, hinzu: »Man kann von oben in den benachbarten Hof hinuntersteigen. Die Sachen hingen auf der Leine. Niemand hat mich gesehen. Bestimmt nicht!«

Andrej verschluckte die ärgerliche Bemerkung, die ihm auf der Zunge lag, und sichtete stattdessen die Kleidungsstücke. Es handelte sich um einfache Hosen, bunte Schärpen und steife Gewänder, die Andrej wohl knapp, dem Jungen dagegen überhaupt nicht passen würden. Trotzdem würden sie in diesen Sachen natürlich viel weniger auffallen als in der blutbesudelten und ihren Häschern nur allzu gut bekannten Kleidung, die sie momentan trugen.

Nachdem sie sich umgezogen hatten, meinte Andrej: »Wir können nicht hierbleiben.«

Frederic krempelte die Ärmel des viel zu großen Gewandes auf und schlang sich die Schärpe um die Hüften, wodurch der zu üppig bemessene Stoff noch mehr als zuvor auftrug. Er wirkte ziemlich lächerlich in dieser Aufmachung. »Wäre es nicht besser, wenn wir hierbleiben, bis es dunkel ist?«, fragte er.

»Wahrscheinlich. Aber ich fürchte, unsere Nachbarin wird nicht sehr erbaut sein, wenn sie feststellt, dass ihr jemand die Wäsche von der Leine gestohlen hat. Außerdem müssen wir Krusha und seinen Bruder treffen – jetzt dringender denn je.«

12

Es war ein merkwürdiges Gefühl, zu wissen, dass es nun gleich ernst werden würde. Dabei konnte Delãny nur hoffen, dass der Informant heute im »Einäugigen Bären« auf sie wartete und die Sache tatsächlich ohne weitere Verzögerung über die Bühne ging. Jede Stunde, die sie länger als unbedingt nötig in Constãntã blieben, brachte sie dem Kerker ein Stück näher – aber auf dem direkten Wege und nicht bei dem Versuch, die verbliebenen Dorfbewohner aus Borsã zu retten.

Andrej riss einen gut armlangen Streifen aus dem Gewand, das ihm Krusha geliehen hatte, und wickelte das Sarazenenschwert darin ein. Dann wandte er sich an Frederic.

»Lass mich nach deinem Hals sehen.«

Frederic legte die linke Hand auf den schmutzigen Verband an seinem Hals und wich kopfschüttelnd einen halben Schritt zurück. »Das ist nur ein Kratzer«, wiegelte er ab.

»Aber er muss wehtun.«

»Nicht sehr. Und ich bin nicht aus Zucker.«

Andrej seufzte, beließ es aber dabei. Frederic war viel zu stolz, um zuzugeben, dass er Schmerzen hatte. Nicht sehr vernünftig, aber in Anbetracht seines Alters verständlich. Außerdem war jetzt nicht der richtige Zeitpunkt, um darüber zu diskutieren.

Andrej deutete mit einer müden Kopfbewegung zur Tür: »Gehen wir.«

Um den Patrouillen des Herzogs und den Schergen des Inquisitors nicht in die Arme zu laufen, nahmen sie einen größeren Umweg in Kauf. Zwar gewährte ihnen die Kleidung, die Frederic gestohlen hatte, einen gewissen Schutz – aber jetzt waren die Männer in Weiß und Orange direkt hinter ihnen her und würden nicht eine Sekunde zögern, sie anzugreifen, wenn sie sie als Mörder von Vater Domenicus erkannten. Hinzu kam, dass Andrej sich zunehmend unsicherer fühlte, je mehr sie sich dem Schloss näherten. Mit großer Wahrscheinlichkeit waren die beiden goldenen Ritter dort, sofern sie sich nicht an der Suche nach den *Mördern* des Inquisitors beteiligten – was Andrej allerdings bezweifelte –, und vor allem würde Maria auf dem Schloss weilen. Andrej wusste natürlich, wie unsinnig diese Vorstellung war, trotzdem musste er sich plötzlich mit aller Macht des Gedankens erwehren, dass die junge Frau nur einen zufälligen Blick aus dem Fenster werfen musste, um ihn zu erkennen und sein Auftauchen unverzüglich den Wachen zu melden.

Natürlich geschah das nicht, dennoch atmete Andrej erleichtert auf, als sie das Schloss – das eigentlich eher einer Trutzburg glich – endlich passiert hatten und in Richtung Hafen abbogen. Er schalt sich in Gedanken einen Narren, der sich benahm, als sei er das allererste Mal in einer gefährlichen Situation; aber tief in seinem Inneren fühlte er den wahren Grund seiner Verunsicherung.

Es war das Mädchen. Er hätte sie niemals so nahe an sich heranlassen dürfen. Maria hatte irgendetwas in ihm geweckt, das er lieber in sich begraben gelassen hätte.

Die Zahl der Patrouillen nahm zu, als sich Andrej und Frederic dem Hafengebiet näherten. Mehrmals mussten sie hastig die Richtung wechseln und in einer schmalen Gasse oder einem Hinterhof Schutz suchen, bis die unmittelbare Gefahr vorüber war. So kam es, dass sie erst zwei Stunden nach dem verabredeten Zeitpunkt den »Einäugigen Bären« erreichten und den einfachen Schankraum betraten.

In ihren zerschlissenen, schlecht sitzenden Kleidern fielen sie in dieser Umgebung kaum auf; und das Schwert, das Andrej unter dem Hemd verborgen trug, war beileibe nicht die einzige Waffe, die in diesem Raum von ihrem Träger griffbereit gehalten wurde. Die Warnung des Torwächters hatte durchaus ihren Sinn gehabt, aber das war nicht der einzige Grund, warum heute die Spannung in der Gaststube fast körperlich spürbar war: Durch den Mord an Vater Domenicus, der wohl von einigen mit der Türkengefahr in Zusammenhang gebracht wurde, drohte das explosive Gemisch aus Alkohol, wilden Spekulationen und Aggressivität jeden Moment hochzugehen. Wenn die Männer hier auch nur eine Sekunde in Erwägung gezogen hätten, dass die gesuchten Täter sich unter sie mischen könnten, wäre ihr Leben wohl keinen Pfifferling mehr wert gewesen. Andrej konnte sich nur zu gut vorstellen, dass der Herzog oder Maria ein beträchtliches Kopfgeld auf sie ausgesetzt hatten, das sich so mancher hier gerne verdienen würde.

Fast widerstrebend bahnten sich Andrej und Frederic einen Weg durch die eng stehenden Tische und Bänke. Die Spelunke war zum Bersten voll. Die Gespräche an den Tischen wurden laut und hitzig geführt, und immer wieder tauchten darin die Worte *Mörder* und *Türken* auf. Der Trubel hatte immerhin den Vorteil, dass die zwei Neuankömmlinge kaum eines Blickes gewürdigt wurden.

Wie Andrej vermutet hatte, saßen die beiden Brüder wieder an dem kleinen Tisch in der hintersten Ecke. Sergé verbarg sein Gesicht noch immer hinter seinem auffällig ungeschickt gewickelten Turban, und Krusha unterhielt sich aufgeregt mit einem fremden, wesentlich älteren Mann mit einem verwitterten Gesicht und grauem Haar, dessen schlichte, aber nicht ganz billige Kleidung nicht so recht hierher passen wollte.

Als sich Andrej und Frederic dem Tisch näherten, wurde das Gespräch schlagartig unterbrochen, und alle drei starrten ihnen mit zornigen Augen entgegen. Schweigend sahen sie zu, wie sich die beiden Delãnys auf die freien Stühle setzten.

»Du hast Nerven, Delãny«, zischte Sergé unter seinem Tuch hervor. »Wer bist du, dass du es wagst, hierherzukommen, nach allem, was du angerichtet hast? Bist du dumm oder einfach nur dreist?«

»Vor allem durstig«, antwortete Andrej. »Aus welch anderem Grund sollte ich wohl sonst in ein Gasthaus gehen?«

Krusha lachte leise, winkte dem Wirt und hob zwei Finger. Der grauhaarige Fremde schwieg währenddessen, als ginge ihn das Ganze nichts an. Doch seine Augen waren die ganze Zeit auf Andrej gerichtet.

»Außerdem waren wir verabredet, wenn ich mich richtig erinnere«, fügte Andrej nach einer kurzen Weile hinzu.

»Das war, bevor du den Pfaffen umgebracht und dem Herzog damit einen Vorwand geliefert hast, die ganze Stadt auf den Kopf zu stellen!«, sagte Sergé noch immer erregt. »Du musst völlig verrückt sein, jetzt noch herzukommen!«

Andrej blickte ihn nachdenklich an. »Neuigkeiten scheinen sich schnell herumzusprechen«, sagte er.

»Und umso schneller, je schlechter sie sind«, bestätigte Krusha. »Der Herzog hat einen Preis auf deinen Kopf ausgesetzt, Delãny. Und zwar *nur* auf deinen Kopf, wenn du verstehst, was ich meine.« Er seufzte. »Fünfzig Pfund in Gold. Und keine Fragen.«

»Das ... ist eine Menge Geld«, murmelte Andrej.

»Ein Vermögen«, bestätigte Krusha. »Genug, um sogar mich in Versuchung zu führen ... Aber nicht genug, um mich meine beiden toten Brüder vergessen zu lassen.«

Andrej war nicht sicher, was er von der letzten Aussage halten sollte. Krusha war sicher der intelligentere der beiden überlebenden Brüder, aber das bedeutete natürlich nicht, dass er auch vertrauenswürdig war.

»Soll ich wieder gehen?«, fragte er.

»Nein«, antwortete Krusha. Der Wirt kam und stellte zwei nur halb gefüllte Krüge mit dünnem Bier auf den Tisch, die Krusha sofort bezahlte. Sie warteten, bis sich der Mann wieder entfernt hatte, dann fuhr Krusha fort: »Ich gebe zu, wir haben nicht mehr damit gerechnet, dass du kommst. Andererseits haben wir eine Abmachung. Du willst doch sicher immer noch deine Leute befreien?«

»Wäre ich sonst hier?« Andrej warf einen fragenden Blick auf den Grauhaarigen, aber Krusha versuchte ihn mit einer raschen Geste zu beruhigen.

»Ják ist vertrauenswürdig«, sagte er. »Keine Angst. Du kannst offen reden.«

Andrej trank einen Schluck Bier. Es schmeckte noch dünner, als es aussah, aber das machte nichts. Was er jetzt vor allem brauchte, war ein klarer Kopf.

»Es tut mit leid, dass ...« Er zögerte einen winzigen Augenblick, gerade lange genug, um zu dem Schluss zu kommen, dass Krusha nicht alle Einzelheiten zu wissen brauchte. »... der Zwischenfall auf dem Marktplatz passiert ist.«

»Du nennst es einen *Zwischenfall*, einen persönlichen Gast des Herzogs und hohen Abgesandten der Kirche umzubringen?«, krächzte Sergé.

»Bedauerst du seinen Tod?«, erkundigte sich Andrej in fast freundlichem Tonfall.

»Nein, überhaupt nicht«, antwortete Krusha an Stelle seines Bruders. »Aber er macht alles schwieriger. Eure Tat bringt den Herzog in eine unangenehme Lage – und das gerade jetzt, wo er unter Umständen schon bald auf Verbündete angewiesen ist, falls die Türken wirklich angreifen. Er wird alles in seiner Macht Stehende tun, um eurer habhaft zu werden. Das Risiko, mit euch gesehen zu werden, ist gestiegen.«

»Und damit auch der Preis, den ihr für eure Hilfe verlangt«, vermutete Frederic.

»Er hat sich verdoppelt, fürchte ich«, bestätigte Krusha die Vermutung des Jungen.

Andrej hatte Mühe, den Gedanken des angeblichen Schaustellers zu folgen. »Verbessere mich, wenn ich etwas Falsches sage«, sagte er. »Aber wenn ich mich richtig erinnere, dann haben wir noch gar nicht über die Summe gesprochen, die du für deine Hilfe verlangst.«

Krusha grinste. »Du erinnerst dich richtig, Delãny.«

»Wie also kannst du sie verdoppeln?«

Krusha trank einen gewaltigen Schluck von seinem Bier, ehe er antwortete. »Streiten wir nicht über Kleinigkeiten«, bemerkte er lächelnd und deutete auf den Grauhaarigen. »Ják hat zuverlässige Informationen, was den Aufenthaltsort eurer Leute angeht – und auch ihr weiteres Schicksal.«

»Und was verlangt er dafür?«, fragte Andrej.

»Nur einen Anteil von dem, was *wir* verlangen«, sagte Krusha.

Andrej musste sich beherrschen, um nach außen hin wenigstens noch halbwegs ruhig zu bleiben. Krusha genoss es in vollen Zügen, ihn auf die Folter zu spannen. »Und was verlangt *ihr*?«, fragte Andrej mit erzwungener Ruhe nach.

»Nicht viel, wenn man bedenkt, was du dafür bekommst und welches Risiko wir dafür eingehen. Nur das, was sich in der Schatztruhe des Herzogs befindet.«

Andrej blinzelte ungläubig. »Was?«

»Die persönliche Schatztruhe des Herzogs«, wiederholte Krusha. »Es heißt, sie sei gut gefüllt. Und noch um etliches besser, seit sich der Inquisitor als Gast auf dem Schloss aufhält. Aber keine Sorge«, fügte er mit einem humorlosen Lächeln hinzu, »es dürfte wiederum nicht so viel sein, dass ein kräftiger Bursche wie du nicht in der Lage wäre, es zu tragen.«

»Ihr seid ja wahnsinnig«, sagte Andrej leise, aber aus tiefster Überzeugung.

»Keineswegs«, entgegnete Krusha gelassen. »Wie ich schon sagte: Wir gehen ein gewaltiges Risiko ein, indem wir dir helfen. Unser Leben ist verwirkt, wenn man uns zusammen mit euch aufgreift. Hohes Risiko, hoher Preis.« Er zuckte mit den Schultern. »Aber es ist natürlich deine Entscheidung.«

»Aber lasst Euch nicht zu viel Zeit damit«, fügte Ják hinzu. Es waren die ersten Worte, die er sprach, seit sich Andrej an den Tisch gesetzt hatte. Er hatte eine leise, aber sehr klare Stimme, die so gar nicht zu seinem verwitterten Gesicht passte. »Eure Leute sollen noch in dieser Nacht fortgebracht werden.«

»Wohin?«, fragte Andrej.

Ják lächelte und schwieg.

»Also?«, fragte Krusha. »Hast du dich entschieden?«

»Habe ich denn eine Wahl?«, antwortete Andrej dumpf.

»Nein«, sagte Krusha unumwunden. »Du wirst alles Nötige erfahren, sobald wir im Besitz der Schatztruhe sind. Wir verlangen nichts Unmögliches. Ják arbeitet im Schloss, er wird dich hineinschmuggeln, sobald die Sonne untergegangen ist. Und er wird dir auch den Weg zu den Gemächern des Herzogs zeigen. Alles, was du zu tun hast, ist, die Wachen auszuschalten und den Inhalt der Schatztruhe in zwei oder drei Lederbeutel umzufüllen, die du dann aus dem Fenster wirfst. Sergé und ich werden zur verabredeten Stunde draußen stehen, um sie aufzufangen.«

»Wir sind keine Diebe!«, begehrte Frederic auf, aber Andrej brachte ihn mit einer unwilligen Geste zum Schweigen.

»Wenn es so einfach ist, warum tut ihr es dann nicht selbst?«, fragte er.

»Niemand hat behauptet, dass es *einfach* wäre«, antwortete Krusha gelassen. »Außerdem: Warum ein unnötiges Risiko eingehen, wenn man die Arbeit anderen überlassen kann?«

Andrejs Gedanken rasten, schienen sich zugleich aber wie durch zähen Morast zu bewegen. Krushas Vorschlag gefiel ihm überhaupt nicht, und er roch zudem geradezu nach einer Falle. Aber wenn der Grauhaarige tatsächlich die Wahrheit gesagt hatte, blieb ihm gar keine andere Wahl.

»Und wer sagt mir, dass ich euch trauen kann?«, fragte er, wobei er abwechselnd Krusha und Sergé anblickte.

»Niemand«, antwortete Krusha gelassen. »Aber wenn wir dich hätten verraten wollen, um in den Besitz des Kopfgeldes zu kommen, hätten wir das leichter haben können. Wie gesagt: Es ist deine Entscheidung. Die Gefangenen sollen eine Stunde nach Mitternacht weggebracht werden. Du hast also noch ein wenig Zeit, über unser Angebot nachzudenken.«

»Sagen wir, bis ich mein Bier ausgetrunken habe«, fügte Sergé hämisch hinzu. Krusha verdrehte unwillig die Augen, schwieg aber.

»Ihr habt den Schmerz über den Tod eurer Brüder anscheinend schnell überwunden«, bemerkte Andrej bitter.

»Keineswegs.« Krushas Blick wurde hart. »Einer der drei Mörder ist bereits tot, und auch die beiden anderen werden diese Stadt nicht lebend verlassen. Aber das eine hat mit dem anderen nichts zu tun.«

»Und hättest du den Pfaffen nicht getötet, dann hätte ich es getan«, fügte Sergé hinzu. Er hob seinen Bierkrug, leerte ihn in einem einzigen Zug und knallte ihn so wuchtig auf die Tischplatte, dass ihnen einige der anderen Gäste stirnrunzelnde Blicke zuwarfen. »Also?«

Andrej sah den Grauhaarigen an. »Wie komme ich ins Schloss hinein?«

13

Nach Einbruch der Dunkelheit sah das Schloss noch weniger wie ein Schloss aus, ja, es wirkte nicht einmal mehr wie eine Burg oder Festung; der gewaltige Umriss erinnerte Andrej eher an einen düsteren, von Dämonen bewohnten Berg, dessen Grate und Gipfel in unbestimmbarer Entfernung mit der Schwärze des Himmels verschmolzen und aus dessen Flanken ihn winzige, boshafte Teufelsaugen anstarrten.

Nichts davon war mehr als eine optische Täuschung oder das, was seine überreizten Nerven in dieses Durcheinander aus Schatten und kantiger Dunkelheit hineininterpretierten; aber diese Erkenntnis änderte nichts daran, dass dem riesigen Bauwerk etwas Unheimliches und Drohendes anhaftete.

Krushas Stimme unterbrach den morbiden Fluss seiner Gedanken und holte Andrej jäh in eine Wirklichkeit zurück, die allerdings auch nicht wesentlich angenehmer war. »Das Fenster dort oben.«

Sein Begleiter deutete auf eines der erleuchteten Fenster in den Mauern der Türme.

»Das Schlafzimmer des Herzogs. Die Wachen patrouillieren in unregelmäßigen Abständen auf dem Wehrgang darunter. Du musst also achtgeben, dass dich niemand sieht.«

»Und wo werdet ihr sein?«, fragte Andrej.

»Mach dir keine Sorgen um uns.« Krusha griff unter sein Gewand und förderte drei Lederbeutel zutage, die größer waren, als Andrej angenommen hatte. Als er danach griff und sie flüchtig untersuchte, stellte er fest, dass sie gut zur Hälfte mit kleinen Korkstücken gefüllt waren.

»Wasser?«

»Wir warten in einem Boot unterhalb der Mauer«, bestätigte Krusha. »Sobald du die Beutel aus dem Fenster geworfen hast, verschwindest du. Wir treffen uns im »Einäugigen Bären«. Sergé und ich werden dort bis Mitternacht auf dich warten.«

Das war in gut drei Stunden – nicht viel Zeit, wenn er bedachte, was vor ihm lag; zugleich konnten drei Stunden aber auch eine Ewigkeit sein. Ihr Vorhaben würde entweder schnell oder gar nicht gelingen.

Er schob die Lederbeutel unter den weiß und orange gestreiften Waffenrock, den Ják ihm vor einer halben Stunde gebracht hatte, und betrachtete das Ergebnis einen Moment lang kritisch; dann schob, drückte und quetschte er so lange, bis sich die Beutel zumindest nicht mehr überdeutlich unter dem groben Stoff abzeichneten. Der ausgestopfte Waffenrock sah trotzdem lächerlich aus – und genauso fühlte er sich auch: lächerlich und vollkommen hilflos. Dieses ganze Unternehmen war Wahnsinn. Seine Verkleidung würde nicht einmal einer flüchtigen Musterung standhalten, geschweige denn einem argwöhnischen Blick.

Andrej mochte vielleicht wie ein Mann der herzoglichen Garde aussehen, aber er wusste weder, wie er sich zu bewegen, noch, wie er sich zu verhalten hatte; und spätestens, wenn er angesprochen wurde, musste der Schwindel auffliegen.

»Geh jetzt«, sagte Krusha. »Ják wartet am Tor auf dich.«

Andrej starrte ihn wortlos an, dann drehte er sich zu Sergé und Frederic herum und reichte dem Jungen schweren Herzens das in die Fetzen seines Gewandes gewickelte Sarazenenschwert.

»Pass gut darauf auf«, sagte er. Allein diese Worte auszusprechen kostete ihn Kraft. Andrej war selbst ein wenig überrascht, *wie* schwer es ihm fiel, sich von der Waffe zu trennen. Das Sarazenenschwert war viel mehr als ein Schwert für ihn. Seit Michail Nadasdys Tod hatte er die Waffe fast ununterbrochen getragen, und sie war *niemals* außerhalb seiner Reichweite gewesen. Aber es war unmöglich, sie mit ins Schloss zu nehmen. In seinem Gürtel steckte stattdessen ein plumpes, schlecht gearbeitetes Schwert, wie es zur normalen Bewaffnung der herzoglichen Garde gehörte – Andrejs Meinung nach kaum mehr als ein Stück Altmetall, nicht das Eisen wert, aus dem es geschmiedet war.

»Das werde ich tun«, versprach Frederic feierlich.

»Und wenn ich nicht zurückkomme, dann denk daran, was ich dir über diese Waffe erzählt habe.«

»Wie rührend«, bemerkte Sergé spöttisch. »Mach dir keine Sorgen, Delãny. Sollte dir etwas zustoßen, dann geben wir schon auf deinen *Bruder* acht. Und auch auf dein Schwert.«

Welchen Sinn hatte es schon, dieses Gespräch fortzusetzen? Andrej ersparte sich jede Antwort, drehte sich auf dem Absatz herum und setzte den lächerlichen, an eine Barbierschüssel erinnernden Helm auf, bevor er mit schnellen Schritten losging.

Er verlangsamte nicht sein Tempo, aber seine Unsicherheit wuchs mit jedem Schritt, den er sich dem Schloss näherte. Er hatte jetzt nicht mehr das *Gefühl*, einen schrecklichen Fehler zu begehen, er *wusste*, dass es ein Fehler war. Er war kein Dieb, und doch wurde er nun schon wieder unschuldig in einen Diebstahl verwickelt – als ob der Kirchenraub in Rotthurn sein Leben nicht schon genug in Unordnung gebracht hätte. Einen Moment lang fragte er sich, warum er nicht das Nächstliegende getan und die Antworten, die er haben wollte, einfach aus Ják und den beiden angeblichen Brüdern herausgeprügelt hatte.

Wenig später näherte er sich dem Tor, das zwar weit offen stand, aber von gleich vier Bewaffneten flankiert wurde, denen man schon von Weitem ansah, dass sie ihre Aufgabe weit ernster nahmen als der Mann, mit dem er am Stadttor gesprochen hatte. Von Ják war nichts zu sehen.

Andrej senkte den Blick – nicht so sehr, dass es auffiel, aber doch tief genug, dass der größte Teil seines Gesichts unter dem Rand seines breitkrempigen Helmes verborgen war –, beschleunigte seine Schritte ein wenig und ließ die Schultern zugleich leicht nach vorne sinken; so hoffte er, den Eindruck eines Mannes zu erwecken, der nach einem langen Tag erfolgloser Suche erschöpft zurückkehrte und nicht mehr in der Stimmung war, zu reden oder auch nur einen freundlichen Blick mit seinen Kameraden zu tauschen. Von Ják wusste er, dass wegen der Türkengefahr im Schloss an die hundertfünfzig Soldaten stationiert waren – das waren zwar viele, aber bei Weitem nicht genug, um ein unbekanntes Gesicht als etwas Selbstverständliches hinzunehmen.

Drei der vier Männer ignorierten ihn tatsächlich oder warfen ihm lediglich einen flüchtigen Blick zu. Die Atmosphäre äußerster Anspannung, die den ganzen Tag über der Stadt gelegen hatte, war auch hier deutlich zu spüren. Vielleicht herrschte im Schloss ja ein solches Kommen und Gehen, dass es die Männer am Tor einfach müde waren, jede Gestalt in Weiß und Orange einer genaueren Prüfung zu unterziehen.

Auf drei dieser Männer traf dies zweifelsfrei zu. Der vierte aber sah zu Andrejs Erschrecken genauer hin, straffte sich plötzlich und trat ihm mit einem schnellen Schritt in den Weg. Andrej konnte im letzten Moment den Impuls unterdrücken, nach seiner Waffe zu greifen. Stattdessen blieb er stehen und sah dem Posten fest in die Augen.

Bevor er oder der andere jedoch etwas sagen konnten, erscholl im Inneren des Torhauses ein halblauter Ruf, und als Andrej aufsah, erblickte er Ják, der eilig auf sie zukam. Er trug jetzt einen schlichten, aber geschmackvoll geschneiderten Mantel und dazu eine Mütze aus dunkelrotem Samt. Allein aus der Reaktion der Wachtposten konnte Andrej schließen, dass Ják mehr als ein untergeordneter Höfling oder nur irgendein Dienstbote im Sold des Herzogs war.

»Andrej!«, rief er. »Wo bleibt Ihr? Glaubt Ihr vielleicht, dass es einen guten Eindruck macht, wenn Ihr an Eurem ersten Tag gleich zu spät kommt?« Er gab dem Soldaten einen Wink. »Lasst den Mann passieren!«

Er sagte nicht *bitte*. Sein *Tonfall* sagte nicht *bitte*. Er befahl, und er war es gewohnt, zu befehlen. Der Posten trat diensteifrig zurück und senkte hastig den Blick; Ják wedelte erneut unwillig mit der Hand.

Andrej beeilte sich, dieser Aufforderung zu folgen. Rasch und mit demütig gesenktem Blick trat er an dem Wachtposten vorbei in das eigentliche Torhaus hinein, das größer war, als er erwartet hatte – und wesentlich älter.

Der Geruch von feuchtem Stein und Schimmel lag in der Luft, und die wuchtigen Balken, die gut fünf Meter über seinem Kopf die Decke trugen, waren vom Alter sowie dem Ruß und Staub der Jahrzehnte, wenn nicht Jahrhunderte, pechschwarz geworden. Das Holz des gewaltigen zweiflügeligen Tores, das sie passierten, schien längst zu Stein geworden zu sein, aber Andrej entging nicht, dass die Scharniere gut geölt waren. Er glaubte das Rätsel, weshalb sich diese Trutzburg mitten *innerhalb* der Stadtmauern befand, inzwischen gelöst zu haben: Sie war, von den Hafenanlagen einmal abgesehen, der älteste Teil der Stadt. Constãntã war erst im Laufe der Zeit um diese Burg herum gewachsen, wie kleine Schößlinge, die rings um die Wurzeln eines uralten, mächtigen Baumes aus dem Boden sprießen.

Was Andrej jedoch weniger denn je verstand, war die Frage, warum dieses Bauwerk den Eindruck erweckte, als befände es sich schon jetzt im Belagerungszustand. Der Herzog von Constãntã schien sich bei den Einwohnern der Stadt keiner allzu großen Beliebtheit zu erfreuen – oder er schien schon sehr bald mit dem Auftauchen einer türkischen Streitmacht zu rechnen.

»Ihr kommt spät«, murmelte Ják, als Andrej ihn eingeholt hatte. Sie liefen schnellen Schrittes auf das zweite, innere Tor zu.

»Wir müssen uns jetzt beeilen.«

»Wieso?« Andrej sah seinen Begleiter nicht an. Er wusste zwar weniger denn je, wer der Grauhaarige war, hatte aber aus den Reaktionen der Männer am Tor geschlossen, dass es den einfachen Soldaten des Herzogs nicht erlaubt war, den direkten Blickkontakt mit Adligen zu suchen. Vielleicht jedoch fürchteten sich die Untergebenen des Herzogs auch nur.

»Weil ich gewisse Vorbereitungen getroffen habe«, antwortete Ják. Obwohl er jetzt sehr leise sprach, war seine Stimme noch immer so klar und durchdringend, dass Andrej fast fürchtete, man könne sie überall im Schloss hören. Das Reden gehörte sicherlich zu Jáks Aufgaben hier am Hof. »Das ganze Schloss ist in Aufruhr! Hätte ich vorhin auch nur geahnt, was Ihr mit Eurem feigen Mordanschlag auf Vater Domenicus angerichtet habt, hätte ich den Teufel getan, mich auf dieses Unternehmen einzulassen!«

»Warum habt Ihr es überhaupt getan?«, fragte Andrej. Als Ják nicht direkt antwortete, sondern ihm nur einen spöttisch-fragenden Blick zuwarf, fügte er hinzu: »Ich meine: Ihr seid ein Edelmann, habe ich recht? Kein einfacher Bediensteter, wie Ihr Krusha und seinen Bruder glauben machen wollt, sondern ein Mitglied des Hofstaates. Vielleicht sogar ein enger Vertrauter des Herzogs selbst.«

»Ihr habt ein scharfes Auge, Delãny«, sagte Ják.

»Wieso bestehlt Ihr Euren Herrn? Wenn Ihr gefasst werdet, wird man Euch hängen.«

»Hängen? Oh nein, so gnädig ist unser Herr nicht.« Ják

lachte leise. »Um Eure Frage zu beantworten: Auch Edelleute müssen essen, ihre Ländereien unterhalten und ihre Bediensteten bezahlen. Es gibt manche, die die Ehre, für den Herzog arbeiten zu dürfen, als hinreichende Belohnung ansehen. Leider aber füllt Ehre keine leeren Bäuche. Und unser Herr ist nicht besonders großzügig.« Er deutete ein Achselzucken an. »Darüber hinaus haben etliche der Goldstücke, die jetzt in seiner Schatztruhe sind, ihren Weg aus meinem Geldbeutel dorthin gefunden. Und jetzt schweigt. Hier haben die Wände Ohren.«

Sie hatten den Hof mittlerweile zur Hälfte überquert, und Andrej sah sich verstohlen um. Die Anlage der Festung war einfach, aber sehr zweckmäßig konzipiert: Links vom Torhaus erhob sich ein halb aus Stein, halb aus einfachem Fachwerk erbautes Gebäude, das wahrscheinlich die Stallungen sowie die Waffen- und Vorratskammer beherbergte. Daneben befand sich eine Anzahl kleinerer Häuser – Gesinde- und Wirtschaftsgebäude, wie Andrej annahm –, die aussahen, als stammten sie aus verschiedenen Jahrhunderten; und dem Tor gegenüber lag schließlich der Palas, ein beinahe freundlich wirkendes, dreigeschossiges Haus mit großen Fenstern, einer einladenden Freitreppe und einer Anzahl kleiner, offensichtlich nur der Zierde dienender Türmchen und Erker.

Beherrscht wurde die gesamte Anlage jedoch von einem gewaltigen, mindestens hundert Fuß hohen Donjon, dessen Architekturstil und Baumaterial sichtlich älter waren als der gesamte Rest der Festung. Der Eingang befand sich auf zwanzig Fuß Höhe am Ende einer schmalen, leicht zu verteidigenden Treppe, und es gab nur wenige, an Schießscharten erinnernde Gucklöcher. Dieser Turm war für sich genommen schon eine Festung, eine Burg innerhalb der Burg, die zu stürmen so gut wie unmöglich sein musste.

»Beeindruckend, nicht wahr?«, fragte Ják. Andrejs prüfender Blick war ihm nicht entgangen. »Er wurde im Laufe seiner Geschichte ein dutzendmal belagert, aber niemals eingenommen.«

Andrej blickte nach oben, zu dem einzigen trüb erleuchteten Fenster unterhalb der zinnengesäumten Spitze des Turmes. »Ich frage mich, was das für ein Mensch sein mag, der es vorzieht, in einem so düsteren Gemäuer zu leben statt in einem Haus.« Er deutete auf den Palas.

»Vielleicht ein Mensch, der Sicherheit dem Luxus und der Verweichlichung vorzieht«, antwortete Ják und lachte spöttisch. »Die Welt ist schlecht, Andrej. Constãntã hat viele Neider.« Er machte eine knappe Geste. »Still jetzt!«

Sie hatten den Hof überquert und näherten sich dem Turm. Um ihn zu erreichen, mussten sie entweder einen ebenso überflüssigen wie auffälligen Bogen schlagen oder nahe an der Freitreppe vorbeigehen, die zum Palas hinaufführte ... Und selbstverständlich öffnete sich genau in dem Moment, in dem Andrej und Ják darunter vorbeiliefen, die Tür am oberen Ende der Treppe.

Ein halbes Dutzend Bewaffnete sowie einer der beiden Goldenen, dessen Namen er nicht kannte, und die Schwester des Inquisitors traten heraus. Andrej senkte sofort den Blick, unterdrückte aber den Impuls, seinen Schritt zu beschleunigen. Für einen kurzen, ihm dennoch unendlich lang erscheinenden Augenblick glaubte er, dass ihn der Ritter erkannt hatte, ja erkennen müsste, wenn er nur für einen Moment den Kopf zu ihm wandte. Doch der Goldene lief mit schnellen Schritten die Treppe hinab, ohne auch nur einmal aufzusehen. Maria und die Männer des Herzogs folgten ihm etwas langsamer. Domenicus' Schwester trug das Haar nun zu einem strengen Knoten hochgesteckt. Ihr blutbesudeltes Kleid hatte sie gegen ein schlichtes schwarzes Gewand getauscht, und ihr Gesicht verbarg sich hinter einem halbtransparenten, durchbrochenen Schleier. Sie sah noch schöner aus als bei ihrer Begegnung am Morgen auf dem Marktplatz.

»Macht Euch keine Hoffnungen, Andrej«, sagte Ják spöttisch. »Eine solche Frau ist nichts für Euch. Sie wäre es nicht einmal, wenn Ihr ihrem Bruder keinen Dolch in den Hals gerammt hättet.«

Andrej war irritiert. Sah man ihm seine Gefühle so deutlich an? Ein einziger Blick in Jáks Gesicht genügte, um diese Frage mit einem klaren Ja zu beantworten. Andrejs Verwirrung verwandelte sich in Schrecken. Was war mit ihm los? Er war auf dem Weg in die Höhle des Löwen, er brauchte jedes Quentchen Konzentration, um die nächste halbe Stunde zu überstehen – und er hatte nichts Besseres zu tun, als über eine *Frau* nachzudenken!

Sie betraten den Turm nicht über die Treppe, wie Andrej erwartet hatte, sondern Ják führte ihn zu einem kleinen, offenbar nachträglich an die Seite des Donjon angebauten Gebäude aus klobigen Felssteinen, öffnete eine niedrige Tür und winkte ungeduldig mit der Hand. Andrej bückte sich unter dem niedrigen Sturz, drehte sich dann aber noch einmal um und sah über den Hof. Maria und ihre Begleiter befanden sich auf halbem Wege zum Tor. Trotz der vorgerückten Stunde wollte die junge Frau das Schloss offensichtlich noch einmal verlassen – deshalb auch die Eskorte, die der Herzog ihr mitgegeben hatte. Der goldene Ritter hingegen steuerte mit schnellen Schritten auf den Pferdestall zu. Andrej sah ihm nach, bis er darin verschwunden war.

»Ein unheimlicher Bursche, nicht wahr?«, fragte Ják. »Genau wie die beiden anderen. Ich bin froh, wenn sie wieder weg sind.«

»Wer sind sie?«, fragte Andrej, während er nun vollends durch die Tür trat, sich aufrichtete und sich in dem düsteren Raum zu orientieren suchte – und sich dabei verzweifelt fragte, warum Ják von insgesamt *drei* goldenen Rittern gesprochen hatte, wo doch Sergé einen von ihnen bereits getötet hatte. Irgendwie ging die Rechnung nicht auf.

»Sie stehen im Dienste des Inquisitors, aber viel mehr weiß niemand über sie. Ich glaube, nicht einmal der Herzog selbst.« Ják deutete auf eine Tür in der gegenüberliegenden Wand. »Von hier aus müsst Ihr allein weitergehen. Aber Ihr könnt den Weg im Grunde nicht verfehlen. Die Treppe hinauf, bis ins letzte Stockwerk. Das Schlafzimmer des Her zogs liegt ganz am Ende des Ganges.« Er lächelte flüchtig. »Ihr werdet es leicht erkennen. Vor der Tür steht ein bewaffneter Posten. Normalerweise sind es zwei, aber der Herzog hat fast alle seine Männer losgeschickt, um nach Domenicus' Mördern zu suchen.«

»Wie komme ich an ihm vorbei?«, fragte Andrej.

Jáks Lächeln wurde noch kälter. »Er darf keine Zeit finden, um Hilfe zu rufen«, sagte er. »Draußen auf dem Wehrgang patrouillieren Männer. Nicht so viele wie sonst, aber ein Mann hört einen Schrei so gut wie fünf, nicht wahr?«

»Ihr verlangt also, dass ich ihn töte«, sagte Andrej grimmig. »Einen Eurer eigenen Männer.«

»Einen Soldaten«, erwiderte Ják achselzuckend. »Wozu sind Soldaten da, wenn nicht zum Sterben? Und wenn Euch Euer Gewissen plagt, Andrej, seht es von diesem Standpunkt aus: Ihr nehmt ein Leben und rettet dafür fünfzig.«

»Was sollte mich daran hindern, diese Rechnung mit Euch auszumachen?«, fragte Andrej leise. »Ihr wisst, wo die Gefangenen sind.« Er legte die Hand auf den Gürtel.

Ják lächelte zynisch. »Lasst Eure Waffe stecken, Delãny«, sagte er. »Ihr wollt wissen, wo die Gefangenen sind? Ich sage es Euch. Wir sind ganz in ihrer Nähe. Der Kerker befindet sich unmittelbar unter unseren Füßen. Ihr müsst nur der Treppe nach unten folgen statt nach oben, um sie zu finden. Ihr könnt den Gestank so wenig ignorieren, wie Ihr das Gejammer überhören werdet. Es sind nicht einmal viele Wachen da. Zwei, vielleicht drei ...« Er zuckte mit den Achseln. »Für einen Mann wie Euch kein Hindernis, nehme ich an. Aber wie wollt Ihr fünfzig Menschen aus dem Schloss bringen, von denen die Hälfte krank oder verletzt ist?«

Andrej starrte Ják an, ohne zu antworten. Aber plötzlich spürte er eine Regung in sich, die neu war: Er hatte das Bedürfnis, diesen Mann zu schlagen – nicht um ihn für etwas zu bestrafen oder um eine Information aus ihm herauszupressen, sondern einfach, weil er ihm *wehtun* wollte.

»Wisst Ihr, Ják«, sagte er nach einer kurzen Pause, in der er versuchte, seine Fassung wiederzugewinnen, »ich kenne Euren Herrn nicht – aber ich bin ziemlich sicher, dass Ihr und er hervorragend zusammenpasst.«

»Besser, als Ihr ahnt, Delãny. Falls Ihr Mitternacht überlebt, treffen wir uns im ›Einäugigen Bären‹. Dann habt Ihr Zeit genug, mich nach Herzenslust zu beschimpfen.«

Er deutete noch einmal auf die Tür hinter sich, nickte Andrej zu und trat dann wortlos an ihm vorbei auf den Hof hinaus. Einen Augenblick später fiel die Tür zu, und Andrej fand sich in fast vollständiger Dunkelheit wieder. Für einen kurzen Moment war er felsenfest davon überzeugt, dass er in der nächsten Sekunde das Geräusch des Riegels hören würde, mit dem Ják ihn einschloss; dann aber erinnerte er sich, dass der Riegel auf der Innenseite der Tür war. Er war auf dem besten Wege, Gespenster zu sehen. Wenn sein Helfer ihn in eine Falle locken wollte, dann hätte er das schon längst getan.

Andrej streckte den linken Arm aus, ging mit vorsichtigen kleinen Schritten los und erreichte die Tür, die Ják ihm gezeigt hatte. Sie war nicht verschlossen. Als Andrej sie behutsam einen Spaltbreit öffnete, fiel ihm flackerndes, düsteres rotes Licht entgegen. Auf der anderen Seite befand sich die Treppe, von der Ják gesprochen hatte. Sie war viel schmaler, als Andrej angenommen hatte, vermutlich aber nur eine von mehreren, die im Inneren des Donjons in die Höhe führten.

Andrej lauschte. Die mehr als meterdicken Wände des Turmes verschluckten jeden Laut von außen, aber das bedeutete keineswegs, dass es hier drinnen still gewesen wäre. Aus der Tiefe des Treppenschachtes drangen dumpfe, im Einzelnen kaum zu identifizierende Laute zu ihm empor. Er gestattete seiner Phantasie nicht, sie mit dem in Verbindung zu bringen, was Ják ihm vor wenigen Minuten berichtet hatte; das hätte ihn womöglich stärker von seiner Aufgabe abgelenkt, als er es sich erlauben durfte.

Schnell, aber ohne zu rennen, bewegte er sich die Treppe hinauf. Auch von oben drangen ihm Geräusche entgegen, die aber eindeutig natürlichen Ursprungs waren: Das an- und abschwellende Heulen, mit dem der Wind durch die steinernen Zinnen des Turmes fuhr, manchmal ein Knistern und Ächzen, das die uralten Balken und mächtigen Steinquader des gewaltigen Gebäudes von sich gaben. Diese Art von Geräuschen erschreckte Andrej nicht, denn er kannte sie. In seiner Kindheit hatte er oft unerlaubt im Wehrturm von Borsã gespielt, einem vielleicht nicht ganz so großen, aber mindestens ebenso alten und kaum weniger wuchtigen Bauwerk.

Er kam nur dann und wann an einer der Fackeln vorbei, die flackerndes, aber nur schwaches Licht sowie Ruß verbreiteten; dazwischen gab es immer wieder große, vollkommen lichtlose Bereiche – und der Weg nach oben schien einfach kein Ende nehmen zu wollen.

Die Treppe endete nach gut zweihundert Stufen vor einer aus massiven Bohlen gefertigten Tür, die zusätzlich mit schweren Eisenbändern verstärkt war. Das Holz war so alt, dass es sich wie Stein anfühlte, und obwohl die Tür nicht verschlossen war, kostete es Andrej enorme Anstrengung, sie weit genug aufzuschieben, um durch den Spalt hindurchschlüpfen zu können. Der Riegel auf der anderen Seite war so massiv, dass er wahrscheinlich dem Ansturm von hundert tobenden Stieren standgehalten hätte. Ják hatte mit seiner Bemerkung, der Herzog lege großen Wert auf Sicherheit, nicht übertrieben.

Nachdem er sich durch den Spalt gequetscht hatte, schob Andrej die Tür wieder sorgfältig zu und sah sich aufmerksam um. Er befand sich in einer schmalen Nische, die auf einen weitaus breiteren und besser beleuchteten Gang hinausführte. Die Treppe, über die er heraufgekommen war, stellte vermutlich nicht den offiziellen Aufgang dar, sondern war möglicherweise ein geheimer Fluchtweg für den – unwahrscheinlichen – Fall, dass der Turm doch einmal gestürmt wurde. Der Herzog hatte wirklich an alles gedacht.

Andrej schob sich behutsam vor und lugte um die Ecke. Wie Ják gesagt hatte, endete der Gang nach zehn oder fünfzehn Schritten vor einer geschlossenen Tür, die von einem Soldaten in den Farben des Herzogs bewacht wurde. Es wäre geschmeichelt gewesen zu sagen, dass der Mann seine Aufgabe nicht ernst nahm. Er stand, halb auf seinen Speer gestützt, halb gegen die Wand gelehnt, da und schnarchte so laut, dass Andrej dies selbst von seinem Versteck aus deutlich hören konnte. Andrej warf einen raschen, sichernden Blick in die andere Richtung, um sich zu vergewissern, dass Jáks Behauptung, es gebe zurzeit nur diesen einen Wachtposten, zutraf; dann trat er aus der Nische heraus und bewegte sich schnell und nahezu lautlos auf die Tür am Ende des Korridors zu.

Er war vollkommen sicher, keine unvorsichtige oder gar falsche Bewegung gemacht zu haben – trotzdem musste der Posten etwas gehört haben oder vielleicht auch nur die Nähe eines anderen Menschen gespürt haben. Denn plötzlich fuhr der Mann zusammen und blinzelte erschrocken in Andrejs Richtung. Erschrocken, aber kein bisschen benommen oder müde.

Andrej änderte blitzschnell seine Taktik. Er schritt rascher und mit energischen Bewegungen aus, begann mit der rechten Hand zu gestikulieren und sagte in scharfem Ton: »Was fällt dir ein, auf deinem Posten zu schlafen, Kerl? Wenn der Herzog davon erfährt, lässt er dich auspeitschen, ist dir das klar?«

Der Mann starrte ihn verwirrt an. Er war natürlich erschrocken, weil man ihn bei seiner kleinen Verfehlung ertappt hatte, aber Andrej las ebenso deutlich in seinen Augen, dass er sich fragte, wer zum Teufel der Kerl überhaupt war, der da auf ihn zukam; und sein Misstrauen gewann schnell Oberhand über seine Verlegenheit.

»Wer ...?«, begann er.

»Ich habe eine Nachricht vom Herzog an dich«, fiel ihm Andrej ins Wort. Noch zwei Schritte, und er hatte ihn erreicht.

»Was für eine Nachricht?«, fragte der Posten misstrauisch. »Der Herzog war ...«

Andrej stand jetzt dicht vor dem Posten und machte eine wedelnde, zornige Geste mit der rechten Hand, die dem einzigen Zweck diente, den Mann noch einmal abzulenken; mit der anderen riss er das Schwert aus dem Gürtel. Die Waffe fuhr in einer geraden, ungemein wuchtigen Bewegung nach oben. Der Kopf des Soldaten wurde mit einem dumpfen Knall gegen den Türrahmen geschmettert, als ihn der Schwertknauf mit der Wucht eines Hammerschlages unter dem Kinn traf.

Andrej stieß die Waffe in die Scheide zurück und fing den Soldaten auf, der auf der Stelle zusammenbrach. Er versuchte, den Speer des Überwältigten aufzufangen, verfehlte ihn aber, sodass die Waffe mit einem lauten Scheppern und Klirren zu Boden fiel.

Andrej hielt für einen Moment den Atem an. Das metallische Klirren hallte so lange und durchdringend in seinen Ohren wider, dass er felsenfest davon überzeugt war, es müsse im gesamten Schloss zu hören sein. Aber es geschah nichts. Draussen auf dem Wehrgang wurden keine Schreie laut, und er hörte auch keine Schritte, die hastig die Treppe heraufpolterten. Es waren nur seine Nerven. Dieb, dachte er bitter, war eindeutig *nicht* der richtige Beruf für ihn.

Er rückte das Gewicht des bewusstlosen Soldaten in seinen Armen zurecht, stieß die Tür zum Gemach des Herzogs mit dem Knie auf und bugsierte den Mann ächzend in den dahinterliegenden Raum. Andrej sah sich aufmerksam um und prüfte, ob er tatsächlich allein war, dann ließ er den Mann zu Boden sinken, trat noch einmal aus dem Zimmer auf den Gang und hob die Hellebarde auf. Nachdem er die Tür sorgsam hinter sich geschlossen hatte, ließ er sich neben dem Soldaten auf die Knie sinken und untersuchte ihn flüchtig. Der Mann war bewusstlos, und das so tief, dass er vermutlich erst nach Stunden wieder erwachen würde – aber er lebte. Ják würde sich wohl oder übel damit abfinden müssen, dass er in diesem Punkt von ihrem ursprünglichen Plan abgewichen war.

Andrej stand wieder auf, ging zur Tür und legte den Riegel vor. Erst danach unterzog er das Zimmer einer zweiten, sehr viel eingehenderen Untersuchung.

Und was er sah, entsprach im Großen und Ganzen dem Bild, das er sich von dem Bewohner dieser Gemächer gemacht hatte, ohne ihn zu kennen: Die Einrichtung war einfach und nach Gesichtspunkten der Zweckmäßigkeit ausgewählt, nicht nach denen der Schönheit. Trotzdem lag ein Hauch von Luxus über dem Raum, was vermutlich einfach an seiner Größe lag. Das Schlafgemach des Herzogs musste einen Großteil des gesamten Stockwerkes einnehmen. Die Möbel, obwohl für sich betrachtet wuchtig und schwer, wirkten in der Weite des rechteckigen Raumes geradezu winzig, sodass sich jeder Besucher – Andrej eingeschlossen – hier einfach verloren vorkommen musste: Ein Effekt, der vermutlich beabsichtigt war.

Innerhalb weniger Sekunden hatte sich Andrej alles eingeprägt, was er wissen musste. Die Schatztruhe stand genau dort, wo Ják es ihm beschrieben hatte: auf einer kleinen Kommode neben dem Bett. Doch bevor er dorthin ging, trat er ans Fenster und blickte hinaus. Wäre es heller gewesen, hätte Andrej die ganze Stadt überblicken können. So hingegen sah er nur eine scheinbar endlose Fläche kantiger Schatten, in der überraschend wenige schwache Lichter glommen. Das Fenster lag allerdings auch in Richtung auf den Hafen und das Meer; vermutlich hätte sich ihm zum Marktplatz hin ein anderer Anblick geboten.

Andrej beugte sich weiter vor und begriff erst jetzt den Sinn von Krushas Warnung, er solle vorsichtig sein, in seiner vollen Tragweite. Der Turm, der zugleich Teil der äußeren Verteidigungsanlage war, überragte die Mauer mit den aufgesetzten hölzernen Hurden um ein gutes Stück – mindestens zwanzig Fuß, wenn nicht mehr. Trotzdem mochte ein zufälliger Blick von jemandem, der dort unten vorbeiging, durchaus genügen, um ihn zu entdecken.

Im Augenblick war allerdings nichts von einer Patrouille zu sehen, sodass Andrej es wagte, sich noch ein Stück weiter vorzubeugen und nach unten zu schauen. Der rückwärtige Teil des Schlosses endete in einem Wassergraben, vielleicht auch einem kleinen, künstlich angelegten See, auf dem er die Umrisse eines Bootes ausmachen konnte. Krusha und sein Bruder waren bereits dort unten.

Obwohl Andrej fast sicher war, dass sie es nicht sehen konnten, winkte er ihnen zu und trat dann vom Fenster zurück. Es wurde Zeit, dass er seine Beute einsammelte und von hier verschwand. Also begab er sich, ohne weiter zu zögern, zu der Truhe und wollte deren eisenbeschlagenen Deckel öffnen, stellte aber ohne sonderliche Überraschung fest, dass er verschlossen war.

Er zog seinen Dolch aus dem Gürtel und versuchte das Schloss zu öffnen; doch es erwies sich als erstaunlich widerstandsfähig, sodass er schließlich das Schwert zu Hilfe nahm. Wenn die Stabilität der Truhe Rückschlüsse auf den Wert ihres Inhaltes zuließ, musste sich ein Vermögen darin verbergen. Andrej schlug drei- oder viermal mit aller Kraft den Schwertknauf auf das Schloss, ehe der Mechanismus endlich mit einem leisen Knirschen kapitulierte und er die Truhe öffnen konnte.

Sie war gut zur Hälfte mit kleinen, runden Goldmünzen unterschiedlicher Größe gefüllt; hinzu kamen zwei kleine Säckchen aus Samt, die Edelsteine der verschiedensten Art und Farbe enthielten. Für einen kurzen Augenblick drohte Andrej der Versuchung zu erliegen, einige der Münzen einzustecken. Wenn Ják Wort hielt und es ihm gelang, Frederics Angehörige zu befreien, würden sie nicht nur Glück brauchen, um den Rückweg zu bewältigen, sondern auch Geld. Doch er entschied sich dagegen. Angesichts seiner Situation war das vielleicht ein Fehler, aber er war nun einmal kein Dieb.

Hastig steckte er das Schwert wieder ein, zog die drei mit Kork gefüllten Lederbeutel unter seiner Uniform hervor und verteilte den Inhalt der Schatztruhe auf sie. Als er fertig war und die Säckchen sorgsam verknotete, stellte er fest, dass sie ziemlich schwer waren. Er war nicht sicher, ob sie tatsächlich auf dem Wasser schwimmen würden, hoffte aber, dass Krusha – und vor allem Ják – wussten, was sie taten.

Andrej überprüfte die Knoten noch einmal auf ihre Festigkeit, ehe er ans Fenster trat und vorsichtig hinausspähte. Nur wenige Armeslängen unter ihm schritten zwei Soldaten des Herzogs über den Wehrgang. Die Männer hatten es nicht besonders eilig; sie schlenderten gemächlich dahin und blieben von Zeit zu Zeit sogar stehen, um einen Blick auf die Stadt hinabzuwerfen. Es dauerte eine geraume Weile, bis sie endlich außer Sichtweite waren – und noch erheblich länger, bis Andrej sicher war, dass sie ihn mit Bestimmtheit nicht mehr sehen konnten.

Dann holte er entschlossen aus und warf den ersten Beutel so weit aus dem Fenster, wie er nur konnte. Das Boot mit Krusha und seinem Bruder war nicht zu sehen, aber Andrej zweifelte nicht daran, dass ihre Blicke gebannt auf das erleuchtete Fenster unter der Turmspitze gerichtet waren.

Als er den zweiten Beutel aus dem Fenster werfen wollte, raschelte es hinter ihm, und eine leise, aber sehr klare Stimme sagte: »Das reicht jetzt, Delãny.«

Andrej fuhr erschrocken herum, ließ den Beutel fallen und griff nach seinem Schwert, zog die Waffe jedoch nicht, als er bemerkte, dass Ják hinter einem roten Samtvorhang hervortrat; offenbar musste sich hinter diesem Vorhang eine Geheimtür verbergen.

»Ják?«, murmelte er. Dann verfinsterte sich sein Gesicht. »Seid Ihr verrückt? Was tut Ihr hier? Und wieso … habt Ihr mir nichts von dieser Geheimtür gesagt?«

Doch sein vermeintlicher Verbündeter reagierte nicht, sondern ging mit raschen Schritten zu dem bewusstlosen Posten und kniete neben ihm nieder. Als er sah, dass der Mann noch am Leben war, runzelte er die Stirn und sagte: »Ihr habt ein zu weiches Herz, Delãny.«

»Ich habe Euch etwas gefragt, Ják«, bemerkte Andrej scharf. »Was tut Ihr hier?« Irgendetwas stimmte nicht.

»Wir müssen unsere Pläne ändern.« Ják deutete mit einer Kopfbewegung auf die beiden Lederbeutel, die zu Andrejs Füßen lagen. »Werft sie bitte nicht auch noch hinaus! Es wäre doch zu schade, wenn ihr Inhalt irgendwie zu Schaden käme, oder?«

»Ják, verdammt!«, schnappte Andrej. Er trat einen Schritt auf den Grauhaarigen zu, blieb dann aber wieder stehen. Seine Gedanken überschlugen sich. Was ging hier vor? Was um alles in der Welt hatte das zu bedeuten?

»Wie gesagt: Wir müssen unsere Pläne ändern – geringfügig.« Ják seufzte und zog einen schmalen Dolch unter seinem Gewand hervor, mit dem er dem bewusstlosen Soldaten die Kehle durchschnitt.

Andrejs Augen weiteten sich. »Was ...?!«

Ják erhob sich, war mit zwei Schritten bei der Tür und zog deren Riegel zurück. Im selben Atemzug fügte er sich mit der Mordwaffe eine fingerlange, heftig blutende Schnittwunde auf dem Rücken seiner linken Hand zu. Dann stieß er die Tür auf und schrie mit lauter Stimme: »Wachen!«

Andrej zog sein Schwert und wollte sich auf ihn stürzen, aber es war schon zu spät. Ják ließ den Dolch fallen, sprang zur Seite und fuchtelte mit seiner verletzten Hand wild in der Luft herum. Der Raum füllte sich so schnell mit Männern in Orange und Weiß, als hätten die Soldaten des Herzogs auf dem Gang nur auf ihren Einsatz gewartet. Und so war es wohl auch! Andrej wich hastig zur Wand zurück und führte einen weit ausholenden, kraftvollen Hieb aus, der zwar keinen seiner Gegner traf, ihm aber wenigstens für einen kurzen Augenblick Luft verschaffte.

Verzweifelt hielt er Ausschau nach einem Fluchtweg – aber es gab keinen. Vom Gang stürmten immer mehr Bewaffnete herein, und Andrej stand jetzt schon annähernd einem Dutzend Männern gegenüber, die ihre Schwerter und Speere auf ihn gerichtet hatten. Er hatte zwar keine Angst davor, gegen mehrere Gegner gleichzeitig zu kämpfen, aber diese Übermacht war selbst für ihn zu groß. Für Bruchteile von Sekunden zögerte er, doch dann legte er das Schwert vor sich auf den Boden und hob die Arme. Einer der Soldaten trat auf ihn zu und setzte ihm das Schwert an die Kehle.

»Halt!«, rief Ják scharf. »Rührt ihn nicht an! Ich will ihn lebend!«

Der Soldat senkte sein Schwert und trat hastig einen Schritt zurück. »Sehr wohl, Herr«, sagte er.

Andrej blinzelte, starrte Ják an und wiederholte in fragendem Tonfall: »Herr?«

»Herr«, bestätigte der Herzog von Constãntã.

14

Draußen musste längst der nächste Tag angebrochen sein, aber vielleicht war es auch schon wieder Nacht. Andrej hatte keine Möglichkeit, das Verstreichen der Zeit nachzuvollziehen, denn sein Verlies hatte keine Fenster. Seit dieses Gebäude errichtet worden war, hatte die von Menschen willkürlich geschaffene Unterteilung des Tages in Stunden und Minuten in diesem Raum ebenso ihre Gültigkeit verloren wie der ewige Wechsel zwischen Tag und Nacht.

Das einzige Licht, das in unregelmäßigen Abständen Andrejs Kerker ein wenig erhellte, war ein rußiges rotes Flackern, das durch das vergitterte Fenster in der Tür zu ihm hereindrang. Es war aber nur manchmal da, mal für kurze Augenblicke, mal für Minuten. Andrej hatte es längst aufgegeben, irgendeine Regelmäßigkeit in diesem Aufflackern und Erlöschen erkennen zu wollen; und er hatte es auch aufgegeben, die Zeitspanne zu schätzen, die er schon in diesem Loch verbracht hatte. Sie bewegte sich zwischen vielen Stunden und wenigen Tagen – aber die genaue Zahl dieser

Stunden und Tage war ihm inzwischen gleichgültig geworden. Solange er keine Möglichkeit zur Flucht sah, brauchte er sich auch keine Gedanken darüber zu machen, wie lange er schon in seinem Gefängnis saß.

Und er sah keine Möglichkeit. Andrej bezweifelte, dass Ják Demagyar wusste, wen er hier eingekerkert hatte; doch der Herzog schien auf jeden Fall der Meinung zu sein, dass es sich bei seinem Gefangenen um einen äußerst gefährlichen Mann handelte. Andrej war nicht nur in das tiefste und sicherste Verlies des Schlosses gebracht worden, sondern man hatte ihn zusätzlich noch mit schweren Ketten an Händen und Füßen gefesselt und ihm einen eisernen Kragen angelegt, der durch eine kurze Kette mit einem eisernen Ring in der Wand verbunden war; diese Kette war so kurz, dass Andrej sich weder richtig setzen, geschweige denn aufrecht an die Wand gelehnt stehen konnte. Seine Glieder schmerzten angesichts der unbequemen Lage, und zusätzlich rumorte sein Magen; denn seit er hier unten war, hatte er weder etwas zu essen noch einen Schluck Wasser bekommen.

Plötzlich tauchte in dem rechteckigen, kaum handtellergroßen Fenster in der Tür wieder dieses flackernde rote Licht auf. Diesmal jedoch erlosch es nicht nach wenigen Sekunden, sondern wurde heller; gleichzeitig hörte er Schritte und Geräusche von Menschen, die eindeutig näherkamen. Womöglich ein Scharfrichter, der schon einmal Maß nehmen wollte. Andrej hatte sich schon mehrmals gefragt, auf welche Weise man ihn wohl hinrichten wollte. Das Enthaupten war eine beliebte Methode, aber wenn Vater Domenicus den Herzog vor seinem Tod noch davon überzeugt hatte, dass dieser Delãny ein Hexenmeister war, würde Herzog Demagyar sich gewiss eine langwierigere und schmerzvollere Todesart einfallen lassen. Andrej hatte gehört, dass man Hexen gerne verbrannte – auch eine hübsche Methode, doch bei Weitem nicht einmal die grausamste, die er sich vorstellen konnte …

Andrej verscheuchte diese unangenehmen Gedanken, richtete sich auf, so gut er konnte, und wandte seine Aufmerksamkeit ganz der Tür zu – auch wenn er das Gefühl nicht los wurde, dass die Besucher, die gleich zu ihm hereinkommen würden, wahrscheinlich nicht sehr viel angenehmer als seine Schreckensvisionen waren.

Und Andrej täuschte sich nicht. Ein Schlüssel knarzte im Schloss, und kurz darauf öffnete sich die Tür. Er blinzelte und verzog das Gesicht, denn seine an tagelange Dunkelheit gewöhnten Augen wurden von dem grellen Licht einer Fackel gemartert. Zwei, vielleicht drei Gestalten traten in seine Zelle. Im Zwielicht konnte er sie im ersten Moment nur als verschwommene Schemen erkennen. Dann vernahm er eine sehr klare – und sehr zornige – Stimme: »Wer hat das getan?«

Andrej blinzelte die Tränen weg, die das Licht in seine Augen getrieben hatte, und blickte in das Gesicht Ják Demagyars. Die Augen des Herzogs funkelten vor Zorn, aber dieser Zorn galt nicht ihm.

»Ich hatte befohlen, den Gefangenen gut zu behandeln!«, rief Demagyar in scharfem Ton. »Jetzt seht ihn euch an! Er ist mehr tot als lebendig! Und er stinkt zum Himmel!«

»Es … es tut uns leid, Herr«, stammelte einer der beiden Soldaten in seiner Begleitung. »Aber wir dachten …«

»Wenn ich will, dass ihr *denkt*, dann sage ich es euch!«, unterbrach ihn Demagyar. »Jetzt geh, und hol etwas zu essen für diesen Mann! Und Wasser und Seife! Ich will nicht, dass er wie ein Ziegenbock stinkt!«

Der Mann beeilte sich, rückwärtsgehend die Zelle zu verlassen, und Andrej hörte, dass er zu rennen begann, kaum dass er draußen war.

Demagyar wandte sich an den zweiten Mann. »Laß uns allein!«, befahl er.

Der Soldat zögerte. »Seid Ihr sicher, Herr? Er ... er ist gefährlich.«

Der Herzog schnitt eine verächtliche Grimasse. »Glaubst du, dass er seine Ketten aus der Wand reißt oder sich in einen Raben verwandelt, der mir die Augen auskratzt?«, fragte er höhnisch. »Verschwinde!« Er streckte fordernd die Hand aus und ließ sich die Fackel geben. Auch dieser Soldat hatte es plötzlich sehr eilig, aus dem Verlies zu verschwinden. Herzog Ják Demagyar schien bei seinen Leuten nicht unbedingt für seine Langmut bekannt zu sein.

Demagyar kam näher, blieb jedoch in respektvollem Abstand stehen, als traue er Andrejs Ketten doch nicht in solchem Maße, wie er gerade noch behauptet hatte. Er schwenkte die Fackel hin und her, wechselte sie von der rechten in die mit einem sauberen weißen Verband umwickelte linke Hand und hielt sie etwas höher, als die Hitze der Flammen auf seinem Gesicht zu brennen begann.

»Es tut mir wirklich leid«, bemerkte er. »Ich wollte nicht, dass man Euch so behandelt, Delãny. Aber Ihr wisst ja, wie man sagt: Wenn du sicher sein willst, dass etwas in deinem Sinne erledigt wird, dann tu es selbst.«

»Eure Sorge um mich rührt mich zu Tränen«, entgegnete Andrej bitter. »Ich würde Euch umarmen, wenn ich könnte.«

Demagyar lachte. »Versteht mich nicht falsch, Andrej. Es bereitet nur wenig Vergnügen, einen bereits halbtoten Mann hinrichten zu lassen, das ist alles.«

Andrej schwieg. Was er *wissen* wollte, würde der Herzog ihm ohnehin nicht sagen.

»Für einen Mann, der ohne einen Schluck Wasser seit zwei Tagen an eine Wand gekettet ist, seht Ihr erstaunlich gut aus«, fuhr Demagyar nach einer Weile fort. Er sagte das nicht ohne Hintergedanken, das spürte Andrej. Demagyar wusste mit ziemlicher Sicherheit nicht, wer sein Gefangener wirklich war – welchen Grund die drei goldenen Ritter und Vater Domenicus wirklich gehabt hatten, das Borsã-Tal heimzusuchen: Ihm würden sie es wohl kaum auf die Nase gebunden haben. Aber der Herzog hegte offenbar den Verdacht, dass Andrej irgendein Geheimnis zu verbergen hatte. Zumindest musste er spüren, dass er es nicht nur mit einem einfachen transsilvanischen Barbaren zu tun hatte.

»Wir Delãnys sind zäh«, antwortete Andrej. »Es ist nicht leicht, uns umzubringen.«

»Ja, das habe ich auch gehört.« Der Herzog zuckte mit den Schultern. Die Fackel in seiner Hand zitterte und ließ eine Armee winziger roter Lichtreflexe über die Wände ausschwärmen. »Aber ich werde mein Möglichstes tun.«

»Warum?«, fragte Andrej ruhig.

»Warum ich Euch hinrichten lasse?« Demagyar blinzelte, als überrasche ihn diese Frage wirklich, lachte aber zugleich leise. »Immerhin habt Ihr versucht, mich zu bestehlen, Delãny. Und Ihr habt einen meiner Soldaten getötet.« Er blickte auf seine bandagierte Hand und fügte in aufrichtig klingendem Bedauern hinzu: »Er war ein guter Mann. Es wird nicht leicht sein, ihn zu ersetzen. Zuverlässige Männer sind heutzutage schwer zu finden.«

»Liebt Ihr solche grausamen Spiele einfach nur, oder gibt es einen tieferen Grund, weshalb Ihr Euch selbst bestehlt und Eure eigenen Soldaten umbringt?«

Demagyar versuchte seine Überraschung zu verbergen, aber Andrej entging keineswegs der rasche, fast erschrockene Blick, den er zur Tür hin warf, ehe er antwortete. »Wenn es einen Grund gäbe«, sagte er dann, »so wäre es nicht sehr klug von mir, ihn Euch zu verraten, nicht wahr?«

Also *gibt* es einen Grund, dachte Andrej; und er hatte sogar eine ungefähre Vorstellung, wie dieser Grund beschaffen sein mochte, auch wenn er diese Gedanken nicht präzise zu formulieren vermochte.

»Warum seid Ihr dann gekommen, Herzog?«, erkundigte er sich spöttisch. »Nur um Euch zu überzeugen, dass es mir schlecht geht?«

»Eigentlich könnt Ihr Euch doch gar nicht beklagen, Delãny«, antwortete Demagyar. Dann schüttelte er den Kopf. »Ich bin gekommen, um Euch davon in Kenntnis zu setzen, dass Euer Prozess in zwei Stunden beginnen wird.«

»Mein ... Prozess?«

»Ihr scheint wirklich eine schlechte Meinung von mir zu haben«, seufzte Demagyar. »Natürlich bekommt Ihr einen fairen Prozess.«

»Unter Eurem Vorsitz, vermute ich. Und das Urteil steht gewiss schon fest.«

»Selbstverständlich«, antwortete Demagyar trocken und deutete auf seine verletzte Hand. »Allein für den Angriff auf den Herzog von Constãntã ist Euch der Tod gewiss, Delãny. Ich könnte Euch nicht einmal retten, wenn ich es wollte. Es gibt Gesetze, an die auch ich mich halten muss.«

»Wie bedauerlich.«

Demagyar ließ sich von Andrejs sarkastischer Bemerkung nicht aus der Ruhe bringen. »Trotzdem bin ich hier, um Euch ein Angebot zu unterbreiten«, fuhr er fort. »Ihr werdet sterben, aber es liegt an Euch, ob es ein schneller und schmerzloser Tod sein wird oder ob Euer Sterben Stunden dauert oder vielleicht sogar Tage.«

»Ich nehme die Tage«, versuchte Andrej abermals sein Gegenüber zu provozieren. »Ich bin genusssüchtig, wißt Ihr?«

»Ihr wißt nicht, wovon Ihr sprecht«, erwiderte der Herzog ernst. »Mein Scharfrichter ist ein Meister seines Fachs. Und er genießt, was er tut.«

»Was wollt Ihr?«, fragte Andrej. Er war kein Feigling, aber er war auch nicht verrückt.

»Nur eine Auskunft. Vater Domenicus ... der Inquisitor. Wer ist er?«

»Ich fürchte, ich ... verstehe nicht«, sagte Andrej stockend.

»Spielt nicht den Dummkopf.« Demagyar schien in der Tat verärgert. »Ihr wisst genau, was ich meine. Domenicus ist ... war kein gewöhnlicher Inquisitor. Der lange Arm Roms reicht für gewöhnlich nicht bis hier; wir halten es eher mit den Kirchenvätern von Byzanz und dem Patriarchen von Konstantinopel, dessen Verhältnis zum Vatikan – sagen wir einmal – etwas gespannt ist. Es muss für unseren allseits geschätzten König also einen triftigen Grund geben, der Inquisition zu gestatten, hierher zu kommen und nach Belieben Leute abzuschlachten.«

»Vater Domenicus hat er es offensichtlich erlaubt«, sagte Andrej.

»Ja, und ich frage mich, warum. Was ist an einem Tal in Transsilvanien so Besonderes, dass der König es zulässt, dass Soldaten aus einem fremden Land ein ganzes Dorf auslöschen?«

»Ich weiß es nicht«, antwortete Andrej wahrheitsgemäß. Nach einer kurzen Pause fügte er hinzu: »Vielleicht hat er es ja gar nicht gewusst.«

Der Herzog schüttelte nachdenklich den Kopf. »Daran habe ich auch schon gedacht, aber die Papiere des Inquisitors sind in Ordnung. Mehr als das. Ich kann es nicht beweisen, aber es hat den Anschein, als wären Domenicus und seine unheimlichen Begleiter im direkten Auftrag des Vatikans hier. Und dass sie nicht längst abgereist waren, ehe Ihr hier eintraft, spricht dafür, dass sie auf Euch gewartet haben. Ein etwas übertriebener Aufwand, um einen einzelnen Mann und einen Jungen umzubringen, meint Ihr nicht auch, Delãny?«

»Diese Arbeit werdet Ihr ihnen ja nun abnehmen, nicht wahr?«, fragte Andrej. Seine Ketten klirrten leise. »Aber warum sollte ich Euch helfen, selbst wenn ich es könnte? Ich habe keine Angst vor dem Tod. Und Schmerz vergeht.«

»Und wenn ich Euch mein Wort gebe, den Jungen am Leben zu lassen?«

»Frederic?« Es gelang Andrej nicht ganz, das Entsetzen in seiner Stimme zu verbergen. »Ihr habt ihn?«

»Was habt Ihr erwartet?«, fragte Demagyar in einem Ton ehrlicher Verblüffung. »Ihn und auch diese beiden Narren, die geglaubt haben, mich berauben zu können. Sagt mir, warum der Inquisitor wirklich nach Transsilvanien gekommen ist, und der Junge bleibt am Leben.«

»Er hat Domenicus getötet«, erinnerte Andrej den Herzog.

»Und?« Demagyar machte eine wegwerfende Geste mit der freien Hand. »Er hat mir damit einen Dienst erwiesen. Also? Was ist das große Geheimnis des Borsã-Tals?«

»Ich weiß es nicht«, antwortete Andrej wahrheitsgemäß.

Demagyars Gesicht verfinsterte sich. »Dann tut es mir leid. In diesem Fall kann ich nichts mehr für Euch tun.«

Er starrte Andrej noch einen Moment lang an und machte keinen Hehl daraus, dass er fast verzweifelt darauf wartete, dass Andrej es sich doch noch überlegen und antworteten würde; und ebensowenig verhehlte er seine Enttäuschung, als das nicht geschah. Schließlich drehte er sich mit einem angedeuteten Achselzucken zur Tür und verließ ohne ein weiteres Wort die Zelle.

Andrej blieb allein in der Dunkelheit zurück. Vielleicht hatte er gerade seinen letzten Fehler begangen.

15

Kurze Zeit darauf erschienen vier Männer in Andrejs Zelle, die ihn von den Ketten befreiten und ihm Wasser und saubere Kleider brachten, sodass er sich waschen und umziehen konnte. Die Soldaten hatten ständig die Hände griffbereit auf dem Schwertknauf, und Andrej konnte hören, dass auf dem Gang noch weitere Männer warteten. Ein Fluchtversuch wäre zum jetzigen Zeitpunkt nicht nur vollkommen aussichtslos gewesen, sondern zudem äußerst dumm. Er musste abwarten, bis sich eine Gelegenheit ergab, die seine Bewacher ablenkte und ihm einen Vorteil verschaffte. Vielleicht würde sie nie kommen ... vielleicht war sie aber auch nur Minuten entfernt. Es galt einfach, die Nerven zu behalten und den richtigen Moment abzuwarten. Andrej hatte nicht vor, sich widerstandslos abschlachten zu lassen – weder schnell noch langsam.

Als er erneut in Ketten gelegt und aus der Zelle geführt wurde, ließ er alles bereitwillig mit sich geschehen. Wie erwartet befand sich seine Zelle im tiefsten Kerker des Schlosses. Sie gingen einen schmalen, finsteren Gang entlang, der so niedrig war, dass sich die Männer nur gebückt darin bewegen konnten, und an dessen Ende sich eine schmale, steil nach oben führende, endlos lange Treppe befand. Nachdem sie eine Tür aus massiven Eichenbohlen passiert hatten, gelangten sie in das eigentliche Gefängnis, das weit oberhalb seiner Zelle lag.

Als sie den Gefängnistrakt betraten, konnte Andrej das Leid, das in der Luft lag, fast körperlich spüren. Nicht nur er, sondern sogar seine Bewacher hatten im ersten Augenblick Mühe, überhaupt zu atmen. Die beiden großräumigen Zellen hinter riesigen Eisengittern, die den Gang flankierten, waren hoffnungslos überfüllt. Der Gestank menschlicher Exkremente vermischte sich mit dem von Krankheit und Tod; außerdem drang von beiden Seiten ein unentwegtes gedämpftes Stöhnen und Wehklagen auf sie ein. Angesichts der gut fünfzig Männer, Frauen und Kinder, die in den beiden Zellen zusammengepfercht waren, erschienen Andrej diese Geräusche erstaunlich leise. Viele der Gefangenen hatten wohl nicht einmal mehr die Kraft, ihrem Leid Ausdruck zu verleihen.

Der Anblick zog Andrejs Herz zu einem harten, eisigen Klumpen zusammen, sodass er mehrmals hastig die Augen niederschlug, um ihn nicht länger ertragen zu müssen. Als man ihn in seinen Kerker gebracht hatte, war er ohne Bewusstsein gewesen, da einer der Soldaten ihn niedergeschlagen hatte; er war erst wieder zu sich gekommen, als man ihn bereits in seiner Zelle angekettet hatte. Jetzt begriff er, dass dies eine Gnade gewesen war. Die Tage, die er allein mit sich und seinen Gedanken dort unten verbracht hatte, waren schlimm genug gewesen; aber mit den Bildern dessen vor Augen, was Demagyar den gefangenen Dorfbewohnern angetan hatte, wären sie zur Hölle geworden. Zwar hatte er gewusst, dass sich Frederics Familie und Freunde hier unten befanden, aber *diese* Wirklichkeit hier war um etliches schlimmer als alles, was er sich in seiner Fantasie ausgemalt hatte.

Andrej zwang sich, sich noch einmal nach beiden Seiten umzusehen. Er sah graue, von Leid und Schmerz und vor allem *Furcht* gezeichnete Gesichter, aber dasjenige Frederics war nicht unter ihnen. Wenn Demagyar die Wahrheit gesagt hatte und sich der Junge in seiner Gewalt befand, wurde er an einem anderen Ort gefangen gehalten.

Sie gingen weiter nach oben und traten schließlich auf den Hof hinaus. Andrej schloss geblendet die Augen und hob ganz instinktiv die Hand, um sich vor dem grellen Sonnenlicht zu schützen. Sofort hob einer seiner Begleiter sein Schwert und setzte die Klinge an Andrejs Kehle, und ein zweiter drückte ihm die Spitze seiner Hellebarde in den Magen. Andrej erstarrte für einen Moment zur Reglosigkeit. Was immer Demagyar oder Domenicus über ihn erzählt haben mochte – die Soldaten des Herzogs hatten einen höllischen Respekt vor ihm. Diesen Umstand würde er zu seinen Gunsten ausnutzen können. Aber nicht jetzt. Neben allem anderen, was dagegen sprach, machte es ihm allein schon die Tatsache, dass der Herzog auch Frederic in seiner Gewalt hatte, vollkommen unmöglich, jetzt zu fliehen.

Vorsichtig senkte er die Hand wieder, wartete ab, bis die Soldaten ihre Waffen zurückgezogen hatten, und zwang sich zu einem leicht verunglückten Grinsen. War das Angst, was er auf den Gesichtern dieser Männer las, oder war es Hass? Immerhin glaubten sie, dass er einen ihrer Kameraden getötet hatte.

Während sie weitergingen, sah sich Andrej ein zweites Mal aufmerksam auf dem Innenhof der Burganlage um. Seine Augen gewöhnten sich rasch an das grelle Tageslicht, aber der Anblick, der sich ihm bot, wurde dadurch nicht angenehmer. Die Festung wirkte auch am Tage so düster und abweisend wie in der Nacht, nur konnte man diesen Eindruck jetzt nicht mehr auf die Dunkelheit und die gespenstischen Schatten schieben. Andrej sah einen abweisenden, kalten Ort, an dem ihm jede menschliche Regung und jedes Lachen fehl am Platze schienen.

Die Soldaten führten ihn in einen großen, spärlich möblierten Saal in der ersten Etage des Palas – Ják Demagyars Thronsaal, wie Andrej vermutete. Der Raum wurde von einem großen, zurzeit allerdings erloschenen Kamin beherrscht, über dem das Wappenschild der Demagyars hing, darunter ein mit einem Morgenstern gekreuztes Schwert. Beide Waffen dienten nicht nur der Dekoration, sondern zeigten ebenso wie der Schild deutliche Spuren früherer Kämpfe.

Vor dem Kamin war eine lange Tafel aufgestellt worden, an der Demagyar und drei Andrej unbekannte Männer Platz genommen hatten. Nur einer von ihnen trug die Farben des Herzogs, die beiden anderen waren in zivile, allerdings sehr kostbare Gewänder gekleidet. Vermutlich handelte es sich um Würdenträger der Stadt. Zwei weitere Plätze an der Tafel waren noch frei, einer davon direkt neben dem Herzog.

»Ihr wisst, warum Ihr hier seid«, begann Demagyar unmittelbar.

»Um Eure Gastfreundschaft zu genießen?«, fragte Andrej. »Wenn dem so ist, dann hätte ich eine Beschwerde, was mein Zimmer anbe …«

Einer der Soldaten schlug ihm mit solcher Wucht in den Nacken, dass er taumelte. Andrej tat ihnen nicht den Gefallen, zu stöhnen, sondern biss die Zähne zusammen und blinzelte ein paarmal.

»Ihr scheint Euch immer noch nicht über den Ernst der Lage im Klaren zu sein, Delãny«, sagte Demagyar stirnrunzelnd.

»Die Freundlichkeit der Bedienung lässt auch zu wünschen übrig«, murmelte Andrej. Er spürte, wie der Mann hinter ihm erneut ausholte, und spannte sich, aber der Herzog hob abwehrend die Hand, und der erwartete Hieb blieb aus.

Dann wandte sich Demagyar mit einem angedeuteten Kopfschütteln an den Mann zu seiner Linken. »Wie ich Euch gesagt habe, Graf Bathory – er ist ein transsilvanischer Barbar. Anscheinend ist ihm nicht einmal bewusst, in welcher Situation er sich befindet.«

Der Angesprochene hob die Hand, um den Herzog zum Schweigen zu bringen, und wandte sich direkt an Andrej. »Ist das so, Delãny?«, fragte er. »Wisst Ihr überhaupt, warum Ihr hier seid? Was man Euch vorwirft?«

Andrej verstand immer weniger, was hier vorging. Dass dieser ganze sogenannte Prozess nichts anderes als eine Farce sein würde, war ihm vollkommen klar; Demagyar hatte ihm ja offen gesagt, dass das Urteil bereits feststand. Nach Graf Bathorys Worten wäre der fast beschwörende Blick, den der Herzog ihm zuwarf, kaum mehr nötig gewesen, um klarzumachen, dass seine Richter ihm eine goldene Brücke bauen wollten. Aber was sollte das alles?

»Ich sage Euch doch, Graf Bathory«, beharrte Demagyar, als Andrej immer noch nicht antwortete, »er ist ein Narr.

Seine Komplizen haben ihn vorausgeschickt, weil er dumm genug ist, sich auf ein solch aussichtsloses Unternehmen einzulassen.«

»Das mag sein«, mischte sich jetzt der zweite Fremde ein. »Ich bin trotzdem dafür, ihn einer peinlichen Befragung zu unterziehen. Vielleicht spielt er ja nur den Dummkopf.«

»Was sollte ihm das nutzen, Florescu?«, fragte der Herzog. »Er weiß, dass er keine Gnade zu erwarten hat.« Er räusperte sich, sah Andrej einen Moment lang ausdruckslos an und erhob sich.

»Also gut, Andrej Delãny vom Borsã-Tal, ich beschuldige Euch offiziell folgender schwerer Verbrechen: Da wäre zum Ersten der versuchte Diebstahl des herzoglichen Schatzes sowie der Einbruch in unser Schloss und insbesondere in unsere Schlafgemächer. Ferner der tätliche Angriff auf Ják Demagyar, den Herzog von Constãntã und Stellvertreter des Königs.« Er wedelte mit seiner verletzten Hand. »Du weißt es vielleicht nicht, Wilder, aber nach unserer Rechtsprechung muss jeder tätliche Angriff auf den Herzog unverzüglich mit dem Tode geahndet werden. Gibst du diese Verbrechen zu?«

Den toten Soldaten erwähnte er nicht einmal. Aber schließlich hatte der Mann ja auch nur das getan, wozu Soldaten in Demagyars Augen da waren: Er war gestorben.

»Habe ich denn eine andere Wahl?«, fragte Andrej.

Diesmal hielt Demagyar den Soldaten nicht davon ab, ihn zu schlagen. Andrej gab aber auch jetzt keinen Laut von sich, wenngleich es ihm schwerfiel, sich auf den Beinen zu halten.

»Es ist sinnlos«, seufzte der Herzog. »Trotzdem will ich Euch noch eine Chance geben.«

Er stand auf, ging zu einem kleinen Tischchen, das neben

dem Kamin aufgestellt war, und kam mit zwei bauchigen Lederbeuteln zurück.

»Ihr wurdet mit drei von diesen Beuteln überrascht, Andrej Delãny«, sagte er, während er die zwei angeblichen Beweisstücke vor sich auf den Tisch stellte, »in denen Ihr Euer Diebesgut fortbringen wolltet. Zwei konnten Euch entrissen werden, aber mit dem dritten sind Eure Komplizen entkommen – und das heißt: unglücklicherweise auch mit einem Drittel unseres Vermögens.« Er lächelte gezwungen. »Wir hätten dieses Drittel gerne zurück, Andrej Delãny.«

Andrej verstand nun gar nichts mehr. Ják Demagyar wusste vermutlich als Einziger hier im Raum, wo sich Krusha und Sergé und mit ihnen auch der Rest der Beute befanden. Warum wollte der Herzog sich selbst bestehlen?

»Ich weiß nicht, wovon Ihr redet«, sagte Andrej.

Florescu schlug wütend mit der flachen Hand auf den Tisch. »Werde nicht unverschämt, Kerl! Du solltest besser antworten. Wenn nicht, so verfugen wir durchaus über gewisse Methoden, deine Zunge zu lösen!«

»Wer sind deine Komplizen?«, fragte Graf Bathory. »Wo habt ihr euch verabredet? Und wer hat euch von der Schatztruhe des Herzogs erzählt?«

»Oder wart Ihr am Ende gar nicht hinter dem Geld her?«, fügte Demagyar hinzu und hob mit einer dramatischen Bewegung seine verletzte Hand. »Sollte Euer Messer am Ende meine Kehle treffen, nicht nur meine Hand?«

»Wenn ich Euren Tod gewollt hätte, dann könntet Ihr diese Frage jetzt nicht mehr stellen«, entgegnete Andrej ruhig. Er spannte sich, aber der erwartete Schlag in den Nacken blieb aus.

Der Herzog seufzte, blickte erst zu Andrej, dann zu dem Soldaten hinter dem Angeklagten und bewegte fast unmerklich den kleinen Finger der rechten Hand; praktisch im selben Moment explodierte ein so grässlicher Schmerz in Andrejs Nieren, dass er mit einem Stöhnen auf die Knie sank und sekundenlang gegen eine drohende Bewusstlosigkeit ankämpfte.

»Unsere Geduld ist bald erschöpft, Delãny«, sagte Demagyar kalt. »Ich hasse es, einen Mann foltern zu lassen, aber ich werde nicht zögern, das zu tun, wenn Ihr weiter so verstockt seid! Nennt uns die Namen Eurer Komplizen, und sagt uns, wo sie sich versteckt halten, dann werde ich vielleicht noch einmal Gnade vor Recht ergehen lassen!«

Andrej kämpfte sich mühsam auf die Beine hoch. Ihm war übel, und sein Rücken schmerzte unerträglich. Er hatte Mühe, Demagyars Worten zu folgen. Allerdings hätte er das vermutlich selbst dann gehabt, wenn er von dem Soldaten nicht an den Rand der Bewusstlosigkeit geprügelt worden wäre. Immerhin begriff er allmählich, dass dieser sogenannte Prozeß ein sorgsam vorbereitetes Theaterstück war, das vermutlich Florescu und Bathory galt. Was aber versuchte Demagyar ihnen vorzugaukeln?

»Ich weiß nicht, wo sie sind«, sagte er stockend. »Ich weiß nicht einmal genau, *wer* sie sind. Ich habe sie erst vor ein paar Tagen kennengelernt.«

»Wo?«, fragte Bathory.

Andrej starrte ihn trotzig an. Graf Bathory hielt seinem Blick einige Sekunden lang stand, ehe er einem der Soldaten hinter ihm zunickte. Der Mann ging mit schnellen Schritten an Andrej vorbei, legte ein in Leinen eingeschlagenes Bündel vor Graf Bathory auf den Tisch und nahm rückwärtsgehend wieder seine vorherige Position ein.

Graf Bathory wickelte das Päckchen rasch aus, und Andrej erkannte, dass es die zerrissenen Kleider enthielt, die Frederic und er in dem leerstehenden Haus zurückgelassen hatten.

»Gehören diese Kleider dir?«, fragte Graf Bathory. »Wenn ja, dann erkläre mir, warum sie zerrissen wurden.«

»Was spielt das für eine Rolle?«, fragte Andrej. »Ich habe doch schon zugegeben, dass ich versucht habe, den Herzog zu bestehlen.«

»Was deinen sicheren Tod bedeutet«, bemerkte Florescu. »Ich frage mich nur, warum ein Mann zusätzlich noch schwere Qualen in Kauf nimmt, nur um zwei Komplizen zu schützen, die er angeblich erst seit ein paar Tagen kennt.«

»Bedenke deine nächsten Worte genau, Delãny«, fügte Graf Bathory hinzu. »Dein offensichtlich verbranntes Haupthaar ist Beweis genug dafür, dass du und deine Freunde auch für den Brand in dem Gasthaus vor zwei Tagen verantwortlich seid, was ein weiteres schweres Verbrechen darstellt.«

»Ihr könnt mich nur einmal töten, oder?«, fragte Andrej kühl. Er sah Demagyar an. Der Herzog gab sich alle Mühe, ein finsteres Gesicht zu machen, aber es gelang ihm dennoch nicht völlig, das triumphierende Glitzern in seinen Augen zu unterdrücken. Andrej wusste noch immer nicht genau, worauf Demagyar hinauswollte, aber diese Vernehmung schien sich ganz in seinem Sinne zu entwickeln.

»Du irrst dich, Andrej Delãny«, entgegnete Florescu. »Dein Tod wird keine kurze Angelegenheit sein. Mir widerstrebt es ebenso wie Ják Demagyar, einen Mann der Folter zu unterziehen, aber deine Verbrechen wiegen zu schwer. Das Volk schreit nach Gerechtigkeit. Wenn du weiter so verstockt bist, wird sich dein Tod über einen ganzen Tag hinziehen.«

»Es sei denn«, fügte Graf Bathory hinzu, »du gibst die Namen deiner Komplizen preis. Und den eures Auftraggebers.«

»Ich verstehe nicht, was Ihr meint«, sagte Andrej – und das entsprach in diesem Moment sogar der Wahrheit.

»Dann will ich es dir ein wenig leichter machen«, sagte Florescu. »Du bist nicht so einfältig, wie du uns glauben machen willst. Niemand ist so dumm zu glauben, er könnte ungesehen in das Schlafgemach des Herzogs eindringen, seine Schatztruhe ausrauben und dann auch noch entkommen. Ich will dir sagen, was deine wirkliche Absicht war: Du wolltest den Herzog ermorden.«

»Was zweifellos sehr viel leichter ist, als nur sein Geld zu stehlen«, bemerkte Andrej sarkastisch.

»Vielleicht hast du ja gehofft, in dem Durcheinander nach dem Tode des Herzogs entkommen zu können«, beharrte Florescu.

Graf Bathory wirkte äußerst nachdenklich, auch ein wenig erschrocken. Demagyar hingegen konnte seine Zufriedenheit nicht verbergen.

»Sag uns den Namen eures Auftraggebers und das Versteck deiner Komplizen, und …« Florescu hielt für einen ganz kurzen Moment inne; gerade lange genug, um sich mit einem fragenden Blick an Demagyar zu wenden, den dieser mit einem angedeuteten Nicken beantwortete. »… du bleibst am Leben«, schloss Florescu.

Graf Bathory runzelte die Stirn. »Verzeiht, Florescu, aber dieser Mann …«

»*Dieser Mann*«, fiel ihm der Angesprochene ins Wort, »ist nicht mehr als ein Werkzeug. Es nutzt wenig, den Dolch zu zerbrechen, wenn man nicht weiß, wessen Hand ihn geworfen hat.«

Graf Bathory setzte zu einer Erwiderung an, doch er kam nicht zu Wort. Draußen wurden wütende Stimmen laut, dann wurde die Tür aufgestoßen, und zwei hilflos mit den Armen fuchtelnde Wachtposten stolperten rückwärts in den Gerichtssaal, gefolgt von einem dunkelhaarigen Racheengel, aus deren Augen Blitze schossen; begleitet wurde die aufs Höchste erregte Frau von zwei Männern in polierten Brustharnischen aus Messing, die Andrej nur zu gut kannte: Einer von ihnen war der hünenhafte Malthus, der ihn bereits einmal fast getötet hatte, den zweiten hatte er zum ersten Mal in dem anschließend verbrannten Gasthaus gesehen.

Herzog Demagyar erhob sich halb aus seinem Stuhl. »Komtess!«, begann er. »Was ...?«

»Was geht hier vor!«, unterbrach ihn die Schwester des Inquisitors scharf. Sie war nahe daran, zu schreien.

»Bitte, verzeiht, Komtess«, sagte Demagyar unbehaglich, »aber ich muss Euch bitten, wieder zu gehen. Wir sitzen zu Gericht, und ...«

»Über einen Mann, den wir beanspruchen!«, unterbrach ihn Maria zornig.

»Wie bitte?« Demagyar blickte die Frau fragend an.

Maria ignorierte die beiden Männer, die unbeholfen versuchten, ihr den Weg zu versperren, ohne dabei in die peinliche Situation zu geraten, die junge Frau berühren zu müssen; sie stürmte entschlossen auf Demagyar zu und blieb herausfordernd vor dem Tisch stehen.

»Spart Euch Euer vornehmes Getue, Demagyar«, fuhr sie ihn scharf an. »Ihr habt kein Recht, diesen Mann zu verurteilen! Das Recht, Gericht über den Mörder meines Bruders zu halten, steht allein mir zu! Und ich nehme dieses Recht in Anspruch!«

Der Herzog antwortete nicht sofort auf diese Forderung, sondern blickte Maria nur auf eine schwer zu deutende Art an. Auch Florescu wirkte ebenso verwirrt wie betroffen, während Graf Bathory wenigstens den Versuch unternahm, die Situation ein wenig zu entspannen. Andrej sah aus den Augenwinkeln, wie die beiden goldenen Ritter näherkamen und wie zufällig rechts und links hinter ihm stehen blieben. Er glaubte jedoch nicht, dass sie ihn angreifen würden. Sie konnten es sich so wenig leisten, ihn vor den Augen Demagyars und der anderen zu töten, wie sie das bei ihrem letzten Zusammentreffen auf dem Marktplatz in Anwesenheit all der unliebsamen Zeugen gekonnt hatten.

»Komtess, Ihr könnt versichert sein, dass wir Euren Schmerz verstehen und teilen«, sagte Graf Bathory. »Dennoch …«

»Dennoch habe ich Demagyars Wort«, unterbrach ihn Maria. »Oder habt Ihr bereits vergessen, dass Ihr mir versichert habt, ihn und den Jungen an mich auszuliefern, Herzog?«

Demagyar deutete ein Kopfschütteln an. »Keineswegs«, antwortete er mit steinernem Gesicht. »Aber das war, bevor Delãny ins Schloss eingedrungen ist und versucht hat, mich zu ermorden.«

Maria warf Andrej einen fast erschrockenen Blick zu. »Ist … das wahr?«

»Nein«, antwortete Andrej ruhig.

Der Herzog lachte. »Natürlich leugnet er. Was habt Ihr erwartet?«

»Dass Ihr Euer Wort haltet, Herzog.«

»Aber so versteht doch, Komtess«, seufzte Demagyar. »Ich *kann* Delãny nicht an Euch ausliefern, nicht einmal, wenn ich es wollte.«

»Er sagt die Wahrheit.« Graf Bathory deutete auf Andrej. »Delãny hat sich mehrerer schwerer Verbrechen schuldig gemacht. Es ist uns gar nicht möglich, ihn an Euch – oder irgendjemand anderen – auszuliefern. Nicht bevor der Gerechtigkeit hier Genüge getan ist.«

Maria ballte die Fäuste. Für Sekundenbruchteile zitterte sie am ganzen Leib. Andrej konnte sich vorstellen, was in der jungen Frau vorging. Aber sie beherrschte sich. Nach einem weiteren Augenblick öffnete sie die Fäuste, entspannte sich sichtbar und trat zwei Schritte zurück.

»Das werden wir sehen«, sagte sie gepresst. »Ich würde Euch jedenfalls nicht raten, ihn anzurühren.«

»Bitte beruhigt Euch, Komtess«, sagte Demagyar sanft. »Ich verstehe Euren Schmerz, aber ich kann leider nichts für Euch tun.«

»Ihr versteht anscheinend nicht, worum es geht«, entgegnete Maria kühl. »Wenn mein Bruder stirbt, dann werdet Ihr Euch fragen lassen müssen, weshalb Ihr Euch weigert, den Mörder eines Inquisitors auszuliefern. Wollt Ihr wirklich den Zorn der römischen Kirche herausfordern?«

Wenn mein Bruder stirbt?, dachte Andrej verblüfft. »Euer Bruder … lebt?«, fragte er.

»Schweigt!« donnerte Demagyar. »Ihr habt nur zu reden, wenn man Euch dazu auffordert.«

Maria antwortete trotzdem: »Er lebt. Aber ich weiß nicht, wie lange noch. Wenn er stirbt, dann Gnade Euch Gott, Andrej Delãny. Von mir jedenfalls habt Ihr keine Gnade zu erwarten.« Sie wandte sich wieder an den Herzog. »Und für Euch gilt dasselbe, Ják Demagyar. Ich weiß, dass ihr hier nicht allzuviel von der römischen Kirche haltet, aber mein Bruder ist kein gewöhnlicher Geistlicher. Er hat mächtige Freunde, die sich fragen werden, wie er zu Schaden kommen konnte, während er sich im Schutze Eurer Gastfreundschaft befand. Und bedenkt: Wenn die Türken wirklich zum Schlag gegen Constãntã ausholen, werdet auch Ihr Freunde brauchen!«

Demagyar erwiderte nichts auf diese Drohung, aber man sah ihm deutlich an, wie wenig sie ihn beeindruckte. Die junge Frau hatte wohl unbeabsichtigt die Wahrheit gesagt: Das Wort des Vatikans galt in diesem Teil des Landes nicht besonders viel. Rom war zwar mächtig, aber Rom war auch sehr weit entfernt. Und wenn die Türken wirklich versuchen sollten, Constãntã einzunehmen, würde der Papst sie nicht daran hindern können – selbst wenn er wollte.

»Wenn ich Euch nun bitten dürfte zu gehen«, sagte er nach einer Weile, freundlich, aber in wesentlich kühlerem Ton. »Ich werde mich später gerne mit Euch unterhalten.«

»Vergesst nicht, was ich Euch gesagt habe«, sagte Maria. Sie drehte sich herum, streifte Andrej mit einem eisigen Blick und verließ in Begleitung der beiden Goldenen den Raum.

16

Das absurde Verhör dauerte noch annähernd zwei Stunden und endete damit, dass Demagyar Andrej einschärfte, bis zum nächsten Morgen noch einmal in sich zu gehen. Anschließend wurde der Gefangene nicht wieder in seine Zelle im tiefsten Kerker des Turmes gebracht, sondern in ein winziges Zimmer im Palast, das zwar kaum größer als das Turmverlies war und eine ebenso massive Tür hatte wie dieses, aber über ein Fenster und eine spärliche Möblierung verfügte. Es gab auch hier einen eisernen Ring an der Wand, an den er gekettet wurde; allerdings schränkte die Kette ihn hier in seiner Bewegungsfreiheit weit weniger ein. Offensichtlich wurde Demagyars Gerichtssaal oft genug benutzt, dass sich ein solches *Zwischenlager* für Gefangene lohnte.

Außerdem bekam er etwas zu essen und eine Schale mit Wasser. Kaum eine halbe Stunde, nachdem man ihn wieder eingesperrt hatte, wurde die Tür plötzlich aufgerissen, und Maria sowie einer der beiden goldenen Ritter betrat den Raum.

Andrej war überrascht. Nach ihrem Auftritt im Gerichtssaal hatte er nicht damit gerechnet, die junge Frau so schnell wiederzusehen; und wenn überhaupt, dann mit einem Messer in der Hand, um ihm die Kehle durchzuschneiden.

Zorn und Hass waren jedoch vollkommen aus ihrem Gesicht gewichen. Sie wirkte traurig, vielleicht ein bisschen verbittert, aber nicht mehr zornig.

Andrej erhob sich von seiner Liege, so weit seine Kette das zuließ. »Komtess.«

»Lasst den Unsinn, Delãny«, sagte Maria müde. »Ich bin keine Adlige.« Sie schloss die Augen, schwieg einige Sekunden, die Andrej wie eine Ewigkeit erschienen, und fragte dann ganz leise: »Warum?«

Er verstand sofort, was sie meinte, aber er antwortete nicht gleich, sondern starrte den Goldenen an. Der Mann hielt seinem Blick mit scheinbar ungerührter Miene stand, aber in seinen Augen stand ein düsteres Versprechen geschrieben, und die Kälte, die Andrejs Seele berührte, schien für einen Moment noch an Intensität zuzunehmen.

»Ich möchte allein mit Euch reden«, sagte er schließlich.

Der Ritter lachte hart auf und sagte etwas in einer Sprache, die Andrej fremd war.

»Sprecht so, dass er uns versteht«, antwortete Maria ohne sich zu ihrem Begleiter umzudrehen. »Lasst uns allein.«

»Ich bitte Euch, Maria!«, widersprach der Goldene. »Dieser Mann ist …«

»An Händen und Füßen gefesselt und zusätzlich an die Wand gekettet, Kerber! Was soll er mir schon tun?«

Kerber schürzte wütend die Lippen. »Er ist ein Mörder!«, sagte er. »Und er ist gefährlich, in Ketten oder nicht.«

»Was soll er mir schon tun?«, wiederholte Maria scharf. »Seine Ketten zerreißen? Oder sich in einen Wolf verwandeln, um mir die Kehle durchzubeißen? Geht, Kerber! Ich befehle es Euch!«

Der Blick des Ritters machte zumindest Andrej klar, dass sie ihm eigentlich nichts zu befehlen hatte. Dennoch zuckte er mit den Schultern, drehte sich auf dem Absatz herum und schlug mit der geballten Faust gegen die Tür. Als sie geöffnet wurde, sah Andrej, dass draußen auf dem Gang mehrere Soldaten warteten. Sie trugen nicht das Weiß und Orange der herzoglichen Truppen, sondern die schmucklosen schwarzen Lederrüstungen der Soldaten, die in Domenicus' Begleitung gekommen waren.

»Also?«, sagte Maria. »Jetzt *sind* wir allein.«

»Was Eurem Bruder widerfahren ist, tut mir aufrichtig leid, Maria, und es hat nichts mit uns zu tun«, begann Andrej. »Ich wollte nicht, dass das geschieht, bitte, glaubt mir.«

Marias Gesicht verhärtete sich. »Ich bin nicht gekommen, um zu erfahren, was Ihr wolltet, Delãny. Warum hat er es getan? Ein ... ein Kind, großer Gott! Wie kann ein Kind einen Menschen so hassen, dass es versucht, ihn umzubringen?«

»Vielleicht, weil er seine ganze Familie ermordet hat«, antwortete Andrej.

»Domenicus?« Maria schüttelte mit einem ungläubigen Ausdruck auf ihrem hübschen Gesicht den Kopf. »Niemals. Ihr lügt!«

»Ich war dort«, sagte Andrej. »Ich habe gesehen, was die Soldaten Eures Bruders getan haben. Ich sage nicht, dass ich Frederics Verhalten billige, aber ich kann ihn verstehen.«

Irgendetwas in Marias Blick erlosch, noch bevor er diesen Satz zu Ende gesprochen hatte. Sie war gekommen, um … Nein, Andrej wusste nicht, warum sie gekommen war. Aber keineswegs nur, um ihm Vorwürfe zu machen oder ihm zu drohen, sondern noch aus einem weiteren, vollkommen anders gearteten Grund. Doch was immer es gewesen war, es war fort – und nun machten sich wieder Zorn und Verbitterung in ihrem Blick bemerkbar.

Bevor sie etwas sagen konnte, fuhr Andrej fort: »Was wisst Ihr über die goldenen Ritter?«

»Nicht viel«, gestand Maria. »Sie sind die Leibwächter meines Bruders. Und die treuesten, die Ihr Euch vorstellen könnt. Sie würden ihr Leben geben, um ihn zu beschützen.«

Andrej lächelte. »Ja – aber im entscheidenden Moment haben sie es nicht getan.«

Marias Gesicht verfinsterte sich weiter. Sie hatte seine Worte – natürlich – als pure Häme verstanden, aber so hatte sie Andrej nicht gemeint. Rasch hob er die Hand und sagte über das Klirren der Ketten hinweg: »Bitte verzeiht! Das war dumm. Aber beantwortet mir eine Frage: Ihr wart nicht dabei, habe ich recht? Ihr seid hier in Constãntã geblieben, während Euer Bruder nach Borsã gereist ist.«

»Mein Bruder nimmt mich niemals auf seine Missionen mit«, antwortete Maria. Sie starrte Andrej noch immer mit einem Zorn an, der an Hass grenzte – ohne diese Grenze bereits überschritten zu haben –, doch ihre Stimme klang ein wenig verunsichert.

»Mit gutem Grund«, erklärte Andrej. »Ich weiß nicht viel vom Geschäft Eures Bruders, Maria, und ich weiß auch nicht genau, was ein Inquisitor tut und warum. Aber ich weiß, was ich gesehen habe. Borsã ist mein Geburtsort. Als ich ihn verließ, lebten dort weit über hundert Menschen. Als ich vor einer Woche zurückkam, fand ich nur noch einen sterbenden alten Mann vor, den man auf grausamste Weise gefoltert hatte, und einen Jungen, der mit angesehen hatte, wie sein Vater und sein Bruder abgeschlachtet wurden.«

Maria starrte ihn an. Sie schwieg, aber Andrej konnte regelrecht sehen, wie es hinter ihrer Stirn arbeitete. Sie glaubte ihm nicht – und wie sollte sie auch?

»Die Männer Eures Bruders«, fuhr er erbarmungslos fort, »haben auch meinen Sohn und die Hälfte der Einwohner Borsãs getötet und die andere Hälfte verschleppt. Ich weiß nicht, warum sie das getan haben – und es interessiert mich auch nicht. Es gibt keine Rechtfertigung dafür, so etwas zu tun, weder im Namen der Kirche, noch in dem eines weltlichen Herrn.«

»Domenicus ist in Gottes Auftrag unterwegs«, antwortete Maria. Diese Erklärung klang … wie auswendig gelernt. Vermutlich hatte sie diese Worte so oft gehört, dass sie sie einfach wiederholte, ohne darüber nachzudenken. Vielleicht hatte sie das noch nie getan.

»In Gottes Auftrag?« Andrej schüttelte den Kopf. »Bestimmt nicht, Maria. Und wenn es wirklich Gottes Wille ist, dass so etwas geschieht, dann kann mir euer Gott gestohlen bleiben.«

»Allein dafür würde Domenicus Euch auf den Scheiterhaufen bringen«, sagte Maria. Aber es klang nicht wie eine Drohung, sondern eher erschrocken. Dann schüttelte sie so heftig den Kopf, dass ihre Haare flogen.

»Ich hätte nicht kommen sollen«, sagte sie. »Ich dachte,

ich könnte verstehen, warum Ihr das getan habt, aber das war ein Fehler. Ich war dumm.«

Sie seufzte traurig, senkte den Blick und machte Anstalten, zu gehen. Andrej streckte instinktiv den Arm aus, als wollte er sie zurückhalten, aber die Kette stoppte seine Bewegung, noch bevor er sie zu Ende führen konnte. Dennoch blieb Maria so abrupt stehen, als hätte er sie zurückgerissen.

»Wartet«, sagte er. »Ich bitte Euch!«

»Wozu?«, fragte Maria traurig. »Um mir noch mehr Lügen anzuhören?« Ihre Augen füllten sich mit Tränen. »Genügt es Euch nicht, dass mein Bruder sterben wird? Müsst Ihr auch noch sein Ansehen besudeln? Ihr seid nicht besser als Demagyar.«

Andrej verstand den letzten Satz nicht, aber das spielte in diesem Augenblick auch keine Rolle. »Ihr glaubt mir nicht«, sagte er, »und das kann ich verstehen. Aber ich bitte Euch um eines: Geht ins Verlies.«

»Wie bitte?«

»Geht in Demagyars Kerker«, wiederholte Andrej. »Seht Euch die Menschen an, die dort gefangen gehalten werden. Redet mit ihnen. Fragt sie, wer sie sind und woher sie kommen.«

»Das ... Verlies?« Maria schien wirklich nicht zu wissen, wovon er sprach. Konnte es sein, dass sie überhaupt keine Vorstellung hatte, was ihr Bruder und seine drei Leibwächter getan hatten? Oder hatte sie es vielleicht bislang einfach nicht wissen wollen?

»Geht dort hinunter – falls Demagyar es Euch erlaubt«, bat Andrej noch einmal. »Und falls ich dann noch am Leben bin, kommt zurück, und wir reden weiter. Und … redet bitte nicht mit Kerber und Malthus darüber.«

Maria blickte ihn aus tränenverschleierten Augen an. Sie kämpfte jetzt nicht mehr gegen das Weinen an, unterdrückte aber jeden Laut. Andrej konnte nicht mit letzter Bestimmtheit sagen, *warum* die Tränen über ihr Gesicht liefen. Ohne ein weiteres Wort wandte sie sich schließlich um und klopfte leise gegen die Tür, die so schnell geöffnet wurde, als hätte der Mann draußen mit der Hand am Riegel gewartet, und Maria verließ die Zelle.

Andrej blieb in einem Zustand tiefster Verwirrung zurück. Es war wie bei den anderen Zusammentreffen mit ihr gewesen: Marias bloße Gegenwart machte es ihm nahezu unmöglich, auch nur einen klaren Gedanken zu fassen. Selbst die wenigen Worte, die er gesprochen hatte, hatten ihn unglaublich viel Kraft gekostet.

Was war das? Verwirrte Maria ihn nur so sehr, weil sie so vollkommen anders war als ihr Bruder? Oder sprach sie etwas in ihm an, das tiefer ging? Nicht zum ersten Mal fragte er sich, ob er sich in diese junge Frau … nicht wirklich verliebt hatte. Ob sein Gefühl nicht mehr war als nur die Reflexion des Spiels, das sie in einer Nacht voller Zauber und Spontaneität an einem einsamen Brunnen in Constântã getrieben hatten. Und auch der Gedanke, wie aussichtslos eine solche Liebe wäre, half ihm nicht über seine Verwirrung hinweg.

17

Als es dunkel wurde, brachten ihm seine Bewacher eine weitere Mahlzeit. Andrej verschlang sie mit dem gleichen Heißhunger wie die vorige, ohne jedoch das Gefühl zu haben, auch nur annähernd gesättigt zu sein. Während der letzten Tage hatte er wenig und nur unregelmäßig gegessen, seinem Körper dafür aber umso mehr zugemutet. Zum ersten Mal fragte er sich, wie es wäre, schlichtweg zu verhungern. Aber so wie die Dinge lagen, würde er jetzt wohl nicht mehr in die Verlegenheit kommen, die Antwort auf diese Frage herauszufinden.

Etwas mehr als eine weitere Stunde verging, dann wurden draußen auf dem Gang wieder Schritte laut, und die Tür seiner Zelle wurde abermals geöffnet; drei Männer betraten den Raum, von denen ihn zwei mit ihren Hellebarden bedrohten, während der dritte seine Ketten löste und stattdessen seine Handgelenke mit einem groben Strick zusammenband.

Andrej wurde aus seinem Verlies geführt. Vor der Tür

warteten zwei weitere Männer mit grimmigen Gesichtern und gezogenen Waffen auf ihn – Demagyars Soldaten schienen wirklich eine unvorstellbare Furcht vor ihrem Gefangenen zu haben.

Andrej erwartete, dass man ihn wieder in den Gerichtssaal bringen würde, aber stattdessen führten ihn die Männer auf den Hof, wo bereits ein halbes Dutzend aufgezäumter Pferde, der Herzog und ein weiterer Mann, den Andrej erst auf den zweiten Blick als Graf Bathory identifizierte, auf sie warteten. Als Andrej und seine Begleiter die Treppe herunterkamen, schwang sich Demagyar in den Sattel und machte eine winkende Armbewegung zum Tor hin. Andrej hörte, wie das Fallgitter hochgezogen und mindestens einer der großen Torflügel geöffnet wurden.

»Machen wir einen Ausritt?«, fragte er.

Einer der Soldaten holte aus, um ihn zu schlagen, aber Graf Bathory hielt ihn mit einer Handbewegung zurück.

»Spart Euch Euren Spott, Delãny«, sagte er. »Genießt den Ritt lieber. Es könnte nämlich gut Euer letzter sein ... Es sei denn, Ihr nehmt endlich Vernunft an und sagt uns, in wessen Auftrag Ihr gekommen seid.«

Andrej blickte ihn fragend an. Er verstand wirklich nicht, was Graf Bathory meinte, aber er hatte kein gutes Gefühl bei der Sache.

»Wir werden Euch mit einigen Eurer Opfer konfrontieren, Delãny«, fügte Demagyar hinzu. »Es ist leicht, einen Mann aus dem Hinterhalt zu töten, aber nun werden wir sehen, wie Ihr Euch fühlt, wenn Ihr einem Eurer Opfer in die Augen sehen müsst.«

»Ich halte es immer noch für einen Fehler«, sagte Graf

Bathory, während er sich zu seinem Pferd herumdrehte und aufsaß. »Wir hätten ihn besser herbringen sollen.«

»Ihr habt gehört, was der Arzt gesagt hat«, entgegnete Demagyar. »Der Mann würde den Weg in die Stadt nicht überleben. Es ist ein Wunder, dass er überhaupt so lange durchgehalten hat.« Er warf Andrej einen vorwurfsvollen Blick zu. »Ein weiteres unschuldiges Opfer, das diese Nacht womöglich nicht überleben wird, Delãny.«

»Ich verstehe nicht, wovon Ihr redet«, sagte Andrej.

»Wir reden davon, dass Ihr nicht gründlich genug wart, Delãny«, erwiderte der Herzog. »Eines Eurer Opfer hat überlebt. Vor einer Stunde erreichte uns eine Nachricht aus dem Gasthaus, das Ihr niedergebrannt habt. Ihr hättet Euch überzeugen sollen, dass auch wirklich alle tot sind, Delãny.«

»Von wem ... redet Ihr?«, fragte Andrej verwirrt.

»Von einem der anderen Gäste, Delãny«, sagte Graf Bathory ernst. »Er hat Euch und Eure Komplizen belauscht. Ihr wart etwas zu leichtsinnig, scheint mir.« Er sah Andrej einige Sekunden lang durchdringend an, ehe er leiser und in verändertem Tonfall hinzufügte: »Es ist ein weiter Weg dort hinaus, Delãny. Warum erspart Ihr uns und Euch nicht die Unbequemlichkeit und sagt uns endlich die Wahrheit?«

»Ihr meint, ich soll Euch verraten, wer mich wirklich zu dem Einbruch ins Schloss angestiftet hat?«

Während er diese Frage stellte, blickte Andrej den Herzog scharf an, und diesmal hatte sich Demagyar nicht so vollständig in der Gewalt wie noch am Nachmittag. Er schrak ein wenig zusammen, nicht sehr und auch nicht für lange, aber vielleicht doch lange genug, um Graf Bathorys Argwohn zu erwecken.

Und tatsächlich runzelte der Edelmann die Stirn und musterte den Herzog auf eine sonderbar nachdenkliche Art. Demagyar lächelte gequält. Andrej wusste von Graf Bathory wenig mehr als seinen Namen und dass Demagyar ihn offenbar nicht so einfach übergehen konnte. Der Eindruck, den Andrej schon am Nachmittag gehabt hatte, verstärkte sich: Graf Bathory war offensichtlich jemand, der dem Herzog an Rang und Einfluss kaum nachstand. Und er gehörte nicht unbedingt zu Demagyars Freunden.

»Spart Euch die Mühe, Graf Bathory«, sagte Demagyar schließlich. »Er versucht doch nur, seinen Kopf aus der Schlinge zu ziehen, das ist alles.«

Bathory antwortete nicht auf diese Bemerkung, aber sein Schweigen war auf eine Weise vielsagend, die Demagyar noch mehr zu beunruhigen schien. Der Herzog riss sein Pferd mit einer auffallend schnellen Bewegung herum und befahl in scharfem Ton: »Aufsitzen!«

Hinter Andrej stiegen vier Soldaten in die Sättel. Sie ritten los. Als sie das Tor erreichten, gesellten sich zwei weitere Männer in den Farben des Herzogs zu ihnen, und Sekunden später hatten sie die Schlossmauern hinter sich gelassen. Graf Bathory und Demagyar ritten an der Spitze der kleinen Kolonne, nebeneinander, aber in so großem Abstand, dass eine Unterhaltung praktisch ausgeschlossen war. Andrej fragte sich, welche Absichten Demagyar verfolgte. Irgend etwas hatte er vor, das stand außer Zweifel. Andrej war sicher, dass es bei dem Brand im Gasthof keine Überlebenden gegeben hatte; und selbst wenn: Er hatte mit niemandem etwas besprochen, was irgendjemand hätte belauschen können. Und Demagyar musste das wissen. Wozu also dieser stundenlange, vollkommen überflüssige Ritt?

Er bekam die Antwort auf diese Frage, als sie ungefähr die halbe Strecke vom Schloss zur Stadtmauer zurückgelegt hatten. In Constãntã herrschte gespenstische Stille. Schon in der vergangenen Nacht war Andrej aufgefallen, wie wenig Lichter die Stadt nach Einbruch der Dunkelheit erhellten. Doch heute schienen die Straßen, durch die sie ritten, geradezu wie ausgestorben. Und die wenigen Menschen, auf die sie trafen, zogen sich so hastig in ihre Häuser zurück, dass es schon fast einer Flucht gleichkam. War es die Türkengefahr, oder sollte das wirklich nur darauf zurückzuführen sein, dass sich Ják Demagyar bei seinen Untertanen keiner sonderlich großen Beliebtheit erfreute?

Plötzlich spürte Andrej, dass irgendetwas nicht stimmte. Es war einfach zu still. In den Häusern rechts und links der schmalen Straße, über die sie nun ritten, brannte nicht ein einziges Licht. Die Hufschläge der Pferde ließen metallische, lang nachhallende Echos von den Wänden zurückprallen. Ein fast körperlich spürbares Gefühl von Gefahr lag in der Luft.

Und Andrej schien nicht der Einzige zu sein, der dies fühlte. Die beiden Männer rechts und links von ihm wirkten plötzlich ebenfalls äußerst angespannt. Vor allem Demagyar sah immer wieder nervös nach rechts und links, als würde ihn etwas beunruhigen ... oder als würde er auf etwas warten.

Dann hörte Andrej ein Sirren. Der Mann links von ihm schrak plötzlich zusammen, hob die Hände und erstarrte mitten in der Bewegung. Aus seiner Brust ragte ein handlanger, gefiederter Bolzen. Für die Dauer eines letzten, qualvollen Atemzuges saß der Soldat noch stocksteif im Sattel, dann kippte er mit einem kaum hörbaren Seufzen zur Seite und fiel vom Pferd.

In der gleichen Sekunde brach die Hölle los. Weitere Armbrustbolzen zischten heran, und gleichzeitig flogen überall entlang der Straße Türen auf, aus denen Männer in schwarzen Mänteln und mit gezogenen Schwertern ins Freie stürmten.

Andrejs Pferd bäumte sich auf, als ein Armbrustbolzen seinen Hals streifte und einen langen blutigen Kratzer darauf hinterließ. Er versuchte sich festzuhalten, aber seine gefesselten Hände rutschten am Sattelknauf ab, sodass er rücklings aus dem Sattel kippte. Mit letzter Anstrengung schaffte er es noch, sich im Sturz so zu drehen, dass er, statt auf die Schulter oder gar auf den Schädel zu fallen, nur wie bei einem ungeschickten Sprung schmerzhaft mit dem linken Knie aufschlug.

Einen Sekundenbruchteil später rollte er sich mit einer verzweifelten Bewegung auf dem nassen Kopfsteinpflaster zur Seite, um den wirbelnden Hufen seines Pferdes zu entgehen, und sprang aus der gleichen Bewegung heraus auf die Füße.

Eine Gestalt in einem wehenden schwarzen Mantel drang auf ihn ein. Andrej riss instinktiv die Hände vors Gesicht, aber der Mann zögerte aus einem unerfindlichen Grund, zuzuschlagen, obwohl er das von seiner Position aus ohne Schwierigkeiten hätte tun können. Andrej konnte sich Hemmungen dieser Art in seiner augenblicklichen Lage nicht leisten. Er schleuderte den Angreifer mit einem Fußtritt zu Boden, spürte eine Bewegung hinter sich und warf sich instinktiv zur Seite. Eine Schwertklinge zischte an seinem Gesicht vorbei und prallte funkensprühend gegen die Wand.

Andrej beendete seine begonnene Drehung und registrierte überrascht, dass ihn einer der Männer des Herzogs attackiert hatte; und seine Verblüffung nahm noch zu, als ihm klar wurde, dass der Mann offenbar absichtlich danebengezielt hatte. Er verschob die Auseinandersetzung mit diesem neuerlichen Rätsel auf später, tänzelte einen Schritt zur Seite und fegte auch diesen Soldaten mit einem Fußtritt zu Boden. Der Mann fiel, ließ sein Schwert fallen und schloss die Augen.

Der Uniformierte war kein besonders guter Schauspieler. Er war weder bewusstlos noch nennenswert verletzt oder gar tot, sondern *spielte* nur den Bewusstlosen. Andrej verstand nicht, was er damit bezweckte. Der Kampf in der Gasse war so gut wie entschieden. Die Angreifer waren in der Überzahl, und sie hatten im ersten Ansturm fast die Hälfte der herzoglichen Garde ausgeschaltet. Selbst wenn dieser Soldat der größte Feigling unter den Männern des Herzogs war, konnte er durch sein Schauspiel nur verlieren; denn die maskierten Angreifer würden sich zweifellos davon überzeugen, dass ihre Opfer auch wirklich alle tot waren. Die einzige Chance, dieses Gemetzel zu überleben, bestand in einer schnellen Flucht.

Wie es aussah, gab es diese Chance allerdings für Andrej selbst nicht mehr. Ják Demagyar und Graf Bathory verteidigten sich Rücken an Rücken und mit erstaunlichem Erfolg, aber außer ihnen standen nur noch ein einziger Soldat und

Andrej selbst auf den Füßen. Die Zahl ihrer Gegner musste indessen mindestens ein Dutzend betragen. Andrej verstand nicht, weshalb dieser Kampf nicht schon längst vorüber war.

Als hätte dieser Gedanke dem Schicksal ein Stichwort gegeben, fiel in eben dieser Sekunde der letzte von Demagyars Männern, von gleich zwei Schwertern durchbohrt; praktisch im selben Augenblick wurde auch der Herzog getroffen. Funken stoben aus seiner Schulter, als eine Klinge gegen das Kettenhemd prallte. Demagyar schrie auf, ließ sein Schwert fallen und ging in die Knie, wodurch plötzlich Graf Bathorys Rücken ungeschützt war. Nur einen halben Herzschlag darauf prallte ein Schwert mit der flachen Seite gegen dessen Hinterkopf. Graf Bathory stöhnte auf, ließ seine Waffe fallen und kippte stocksteif nach vorne.

Andrej sah verwirrt nach beiden Seiten. Links von ihm standen drei der maskierten Angreifer, auf der anderen Seite vier, und dabei hatte er nicht einmal diejenigen mitgezählt, die Demagyar und Graf Bathory ausgeschaltet hatten. Diese Männer verstanden mit ihren Waffen umzugehen, während er selbst gefesselt war. Er hatte keine Chance. Selbst wenn er sein Sarazenenschwert zur Hand gehabt hätte, wäre er kaum in der Lage gewesen, sich einer solchen Übermacht zu erwehren.

Trotzdem hob er die gefesselten Hände und suchte mit leicht gespreizten Beinen nach festem Stand. Er atmete tief ein, versuchte sich zu entspannen und lockerte gleichzeitig seine Muskeln auf jene schnelle, äußerlich kaum bemerkbare Art, die Michail Nadasdy ihn gelehrt hatte. Fast augenblicklich spürte er, wie sich seine gewohnte Gelassenheit und innere Stärke wieder einstellten. Er war zuversichtlich, mindestens zwei oder drei der Angreifer ausschalten zu können, bevor sie ihn überwältigten.

Nur – die Männer griffen ihn nicht an. Stattdessen hörte er, wie sich hinter ihm eine Tür öffnete. Delãny wollte herumfahren, aber seine Reaktion kam zu spät. Ein harter Schlag in den Nacken löschte sein Bewusstsein aus.

18

Nicht zum ersten Mal in den letzten Tagen erwachte Andrej mit schmerzendem Kopf, einem widerwärtigen Geschmack im Mund und gefesselten Händen und Füßen. Doch eines war neu: Diesmal hatte man ihm auch die Augen verbunden, sodass er keine Möglichkeit hatte, seine Umgebung zu untersuchen. Aber er spürte, dass er nicht allein war, und er spürte auch, dass er sich nicht unter freiem Himmel befand, sondern in einem geschlossenen und offensichtlich sehr großen Raum – wahrscheinlich einem Lagerhaus. Ein wildes Durcheinander von verschiedensten Gerüchen stürmte auf ihn ein: nasses Stroh, Mehl, Getreide und längst verfaultes Gemüse, Holz und Gewürze; alles durchdrungen von einem sachten, aber penetranten Salzwassergeruch. Sein neues Gefängnis lag am Hafen.

Und er vernahm auch Geräusche: Männer hasteten hin und her, Metall klirrte, etwas offensichtlich sehr Schweres wurde getragen. Niemand sprach.

Andrej war in aufrechter Haltung an einen Pfeiler oder

Balken gebunden worden. Zusätzliche Stricke um seine Beine und die Stirn verhinderten, dass er auch nur die geringste Bewegung ausführen konnte; ja, er konnte nicht einmal den Kopf drehen. Wer auch immer ihn in seine Gewalt gebracht hatte – dieser Jemand wusste offensichtlich nur zu gut, wozu er *fähig* war. Delãny spannte dennoch unauffällig die Muskeln an und prüfte die Festigkeit seiner Fesseln, kam aber zu demselben Ergebnis wie zuvor: Die Stricke waren fest genug, um einen tobenden Bullen zu halten – und mindestens zwei Dutzend Männer, mochten diese auch noch so wütend sein.

Andrej beschloss, seine Kräfte nicht länger sinnlos zu vergeuden, sondern sich auf das zu konzentrieren, was ihm seine Sinne verrieten. Rings um ihn herum herrschte hektische Betriebsamkeit. Andrej schätzte, dass sich mindestens ein Dutzend Männer in diesem Raum aufhielten, die damit beschäftigt waren, eine große Menge an Waren herein- oder hinauszuschaffen. Etliche Gegenstände, mit denen sie sich abmühten, schienen sehr schwer zu sein, wie man aus den schnaubenden Atemzügen sowie gelegentlichem Ächzen und Stöhnen schließen konnte. Seltsam war nur, dass niemand ein Wort sprach.

Andrej versuchte die Geräusche der Arbeitenden zu ignorieren, um die anderen, darunter verborgenen Laute herauszufiltern. Das gelang ihm auch, aber er erfuhr dadurch nichts wesentlich Neues. Befremdlich klang nur ein gelegentliches Ächzen und Knarren, das von etwas sehr Großem, das sich bewegte, herrühren musste. Aber er konnte diesen Laut nicht genau einordnen.

Zeit verging. Andrej hatte keine Möglichkeit festzustellen, wie viel, aber es war lange, mindestens eine Stunde, vielleicht sogar zwei oder drei. Schließlich hörte er Schritte, die schnell und zielstrebig auf ihn zukamen; und noch bevor die Binde von seinen Augen gerissen wurde, spürte er, dass sich mehrere Männer in seiner Nähe aufhalten mussten. Andrej blinzelte ein paarmal und öffnete vorsichtig die Lider, um nicht geblendet zu werden. Trotzdem dauerte es einige Sekunden, bis der verschwommene Fleck vor seinen Augen schließlich die Konturen eines Gesichts annahm.

Eines Gesichts, das er gut kannte.

»Seid Ihr wach, Delãny?«, fragte Ják Demagyar. »Ich hoffe doch, der Schlag war nicht zu fest.«

»Nur keine Sorge, Herzog. Der Bursche ist zäher, als er aussieht.« Malthus, der seitlich versetzt hinter dem Herzog stand, schlug seinen Mantel zurück, sodass der schimmernde Brustharnisch darunter zum Vorschein kam, und lachte leise. »Sogar viel zäher.«

»Bindet mich los, und ich zeige Euch, wie zäh«, antwortete Andrej. Diese Worte waren lächerlich, geradezu kindisch. Aber es war das Einzige, was er im Moment überhaupt sagen konnte. Er war verwirrt. Wieso stand Demagyar unverletzt und als freier Mann vor ihm? Gleichzeitig aber hatte er ein nicht weniger verwirrendes, gegenteiliges Gefühl: nämlich, dass dieser Umstand genau ins Bild passte – auch wenn er dieses Bild in seiner Vorstellungskraft noch nicht vollständig zusammenzusetzen vermochte.

»Nur Geduld, Delãny«, antwortete Malthus. Sein Lächeln erlosch, und seine Augen blitzten plötzlich wie Stahl. »Dein Wunsch wird in Erfüllung gehen, aber es dauert noch eine Weile. Nicht sehr lange.«

Demagyar blickte stirnrunzelnd von ihm zu Andrej und wieder zurück.

»Für zwei Männer, die sich erst vor Kurzem zum ersten Mal begegnet sind, hasst ihr euch ziemlich inbrünstig«, bemerkte er nachdenklich. Dann zuckte er mit den Schultern. »Aber das soll nicht meine Sorge sein. Tötet ihn, Malthus, und dann lasst uns unser Geschäft zu Ende bringen.«

»Noch nicht«, entgegnete der goldene Ritter.

Der Herzog schaute ihn verwirrt an. »Aber ich dachte ...«

»Dass ich ihm die Kehle durchschneide, wenn er hier gefesselt und wehrlos vor mir steht?«, fiel ihm Malthus ins Wort. Er schüttelte zornig den Kopf. »Ich bin kein Meuchelmörder, Herzog. Delãny wird sterben, aber in einem fairen Kampf.«

»Ganz wie Ihr meint«, bemerkte Demagyar abfällig, sogar leicht verächtlich.

Andrej fragte sich, ob der Herzog, als er diese Worte sprach, wusste, dass er einem Mann gegenüberstand, der schon für weniger getötet hatte. Der wahrscheinlich nicht einmal einen Grund zum Töten brauchte. Vermutlich aber wusste er das nicht; und er war sich auch nicht der Gefahr bewusst, die es bedeutete, Malthus zu reizen. Denn Ják Demagyar gehörte zu jenen Menschen, die mit der gleichen Überheblichkeit über das Leben anderer entschieden, mit der sie sich selbst für unantastbar hielten.

»Wo bleibt denn nur dieser Heide?« Demagyar sah sich fragend um.

Malthus lächelte ebenso flüchtig wie kalt. »Wenn ich Euch einen Rat geben darf, Herzog«, sagte er spöttisch, »dann solltet Ihr nicht so reden, wenn er es hören kann ... oder einer seiner Leute. Viele von ihnen sprechen Eure Sprache.« Er streckte die Hand aus: »Das Schwert.«

Demagyar wirkte für einen Moment verärgert, zuckte aber dann erneut mit den Schultern und griff unter seinen Mantel. Er förderte ein längliches, gut meterlanges Paket zutage, das in schmutzige Lumpen eingehüllt war. Allerdings machte er keine Anstalten, es dem Ritter zu überreichen, sondern ignorierte Malthus' ausgestreckte Hand und entfernte mit schnellen Bewegungen die verrotteten Lumpen. Darunter kam Andrejs Sarazenenschwert zum Vorschein.

»Eine phantastische Waffe«, sagte er mit aufrichtiger Bewunderung. »Ein Schwert wie dieses habe ich noch nie zuvor gesehen. Ich frage mich, was eine solche Klinge wohl wert ist.«

»Mehr als ein Menschenleben, Herzog.« Die Drohung in Malthus Worten war beim besten Willen nicht mehr zu überhören, aber Demagyar ignorierte sie trotzdem und fuhr an Delãny gewandt fort: »Wem habt Ihr sie gestohlen, Delãny?«

Andrej starrte das Sarazenenschwert an. Sein Herz raste wie wild. Der Anblick dieser Waffe in den Händen des goldenen Ritters war ein Schock für ihn, mit dem er nur schwer fertig wurde. Zumal er nicht wusste, worauf der Mann abzielte.

»Woher ... habt Ihr dieses Schwert?«, fragte er stockend.

»Seine bisherigen Besitzer hatten keine Verwendung mehr dafür«, antwortete Demagyar lächelnd. »Was sollen tote Männer auch mit einer Waffe?«

»Ihr habt sie ...?«

»Jetzt erzählt mir nicht, Ihr hättet Mitleid mit diesen beiden Strauchdieben«, sagte Demagyar. »Ein Mann mit verbranntem Gesicht und ein berufsmäßiger Dieb und Mörder. Beide hätten früher oder später ohnehin am Galgen geendet. Darüber hinaus hätten sie Euch ohne zu zögern geopfert, Delãny, glaubt mir.«

»Und Frederic?«, fragte Andrej.

»Der Junge?« Der Herzog zögerte einen ganz kurzen Moment. Dann sagte er: »Es war besser so für ihn.«

»Ihr habt auch ihn ... getötet?«

»Unser Freund hier ...«, Demagyar deutete mit einer Kopfbewegung auf Malthus. »... sowie eine gewisse, sehr zornige junge Dame haben mit Nachdruck auf seiner Auslieferung bestanden. Ihr könnt Euch sicher vorstellen, warum. Gegen das, was ihn erwartet hätte, war ein schneller Stich ins Herz eine Gnade, glaubt mir.«

»Ihr ... Ihr habt Frederic getötet?«, murmelte Andrej noch einmal. Und dann, urplötzlich, brach es mit solcher Wucht aus ihm heraus, dass er fast vor sich selbst erschrak.

»Du Mörder!«, brüllte er. »Du verdammtes, blutrünstiges Ungeheuer! Warum hast du das getan?!«

Er tobte. Er schrie, er brüllte, warf sich mit aller Macht gegen seine Fesseln und schrie seinen Schmerz und seine Wut hinaus, bis seine Kräfte versagten und er erschöpft und atemlos in sich zusammensank.

Der Herzog schüttelte den Kopf und sah ihn mit einem Ausdruck an, der echtes Bedauern hätte sein können, wäre Ják Demagyar nicht der gewesen, der er nun einmal war. »Ihr müsst diesen Jungen sehr geliebt haben, Delãny«, sagte er. »Glaubt mir: Ich habe ihm großes Leid erspart.«

Frederic geliebt? Oh ja, das hatte er. Und zwar viel intensiver, als ihm das bisher auch nur annähernd bewusst gewesen war. Andrej schwieg, starrte zu Boden und kämpfte mit aller Macht gegen die Tränen an. Sein Schmerz war unbeschreiblich. Dieser Junge war alles gewesen, was ihm noch geblieben war – die einzige Erinnerung an seine Familie, das einzige Verbindungsglied zu seinem früheren Leben. All das hatte Demagyar ihm genommen, nicht aus Grausamkeit oder Berechnung, sondern aus einem viel banaleren und schlimmeren Antrieb: aus reiner Bedenkenlosigkeit.

»Ich werde dich töten«, sagte Andrej leise, ausdruckslos und so kalt, dass ihm vor seiner eigenen Stimme schauderte. »Ich weiß noch nicht, wie oder wann, aber ich verspreche dir: Ich werde dich töten! Und wenn ich von den Toten zurückkehren müsste, um dich in die Hölle zu schicken.«

Ják Demagyar starrte ihn fassungslos an. Er versuchte zu lachen, aber der Laut, der über seine Lippen kam, geriet allenfalls zur Andeutung eines Lachens, das ihm jäh auf den Lippen erstarb.

Malthus streckte wortlos den Arm aus, nahm Demagyar das Sarazenenschwert aus den Händen und lehnte es an den Balken, an den Andrej gefesselt war.

»Was für eine Verschwendung«, seufzte Demagyar. »Aber wie Ihr meint ... Wo bleibt denn nur dieser ...«

»Mohr?«, fiel ihm eine Stimme von der Tür her ins Wort. Eine hochgewachsene, vollständig in schwarze Tücher gehüllte Gestalt betrat die Lagerhalle. Der Mann war mindestens zwei Meter groß und dabei mindestens so breitschultrig wie Malthus, sein Gesicht war dunkelbraun, fast schwarz. Der Fremde trug einen ebenfalls schwarzen Turban, so dass einzig die schweren Ringe an seinen Fingern und der juwelenbesetzte Griff des Krummsäbels, den er an der Seite trug, dieser düsteren Erscheinung etwas Farbe verliehen. Während er mit langsamen Schritten näherkam, fuhr er fort: »Pirat? Heide? Sprecht es getrost aus, Herzog. Nichts davon wäre falsch.«

»Abu Dun.« Malthus senkte andeutungsweise den Kopf. »Pünktlich wie immer.«

»Was man von Eurem Geschäftspartner nicht behaupten kann«, entgegnete der Muselman, ohne seinen Blick von dem Herzog abzuwenden. Abu Dun hatte sonderbare Augen, tiefblau und durchdringend, wobei die Farbe des einen leicht von der des anderen abwich.

»Die Männer sind unterwegs«, sagte der Herzog. Seine Stimme klang ein wenig verunsichert. »Es ist nicht leicht, fünfzig Männer und Frauen durch die halbe Stadt an diesen Ort zu bringen, ohne dass es auffällt. Aber sie werden pünktlich hier sein.«

»Das hoffe ich«, sagte Abu Dun. »Wir müssen mit der Flut auslaufen. Das Schiff kann nicht bis Tagesanbruch im Hafen bleiben.«

»Sie werden pünktlich hier sein«, versicherte Demagyar noch einmal. »Vorausgesetzt, wir haben unseren Handel bis dahin abgeschlossen.«

Abu Dun warf Malthus einen fragenden Blick zu, aber der Ritter zuckte nur gleichmütig mit den Achseln. »Er bekommt ein Drittel der vereinbarten Summe«, sagte er. »Im Voraus.«

»Ich habe die Sklaven noch nicht einmal gesehen«, bemerkte Abu Dun. »Was, wenn sie nichts wert sind?«

»Ich bitte Euch, mein Freund«, erwiderte Malthus, »wir

machen seit Jahren gute Geschäfte miteinander, und wir haben Euch niemals übervorteilt. Also fangt jetzt nicht an zu feilschen.«

»Ich gehe ein großes Risiko ein«, fügte Demagyar hinzu. »Allein das Einlaufen eines muslimischen Piratenschiffes im Hafen von Constãntã zuzulassen – und das zum jetzigen Zeitpunkt, wo sich die Türken zum Angriff sammeln! – ist schon die Summe wert, die Malthus mir genannt hat.«

»Piratenschiff?« Abu Dun lachte kurz, dann wurde er umso ernster und sah Demagyar auf eine Art an, die den Herzog erbleichen ließ. »Bringt mich nicht auf neue Gedanken, Herzog!«

Abu Dun und Demagyar entfernten sich ein paar Schritte von Andrej, redeten aber im Gehen weiter und gerieten allmählich in ein heftiges Gestikulieren. Offensichtlich schien sich der Fremde nicht an Malthus' Rat zu halten, auf das Feilschen und Schachern zu verzichten.

»Ein Pirat«, murmelte Andrej.

»Sklavenhändler«, verbesserte ihn der Ritter. »Das Wort Pirat hört er nicht so gerne – obwohl er zweifellos auch das ist.«

»Warum?«, fragte Andrej. »Ich ... verstehe das nicht, Malthus. Ich begreife, dass Ihr mich töten wollt; und ich kann zumindest nachvollziehen, warum Ihr Barak getötet habt – auch wenn ich Euch verachte für die Art, wie Ihr es getan habt. Aber all die anderen? Ihr überfallt ein Dorf und nehmt seine Einwohner gefangen, um sie als *Sklaven* zu verkaufen? Selbst ein Mann wie Ihr sollte sich doch einen Rest von Ehre bewahrt haben!«

Für einen kurzen Moment flammten Malthus' Augen in purem Hass auf, aber er beherrschte sich und unterdrückte einen Wutausbruch. »Es war nicht meine Idee«, sagte er. »Außerdem: Man muss leben. Es ist nicht billig, im Namen des Herrn zu reisen und die Welt von den Dienern des Teufels zu befreien.«

Der Spott in seiner Stimme war nicht zu überhören. Und Andrej war nicht einmal sonderlich erstaunt über diese zynische Bemerkung. Er hatte Vater Domenicus nur ein einziges Mal gesehen, aber er wusste, wie gnadenlos dieser Inquisitor war; auch wenn Domenicus unter dem Banner und im Namen der Kirche seine *Missionen* erfüllte, war er doch ein Ungeheuer.

»Wissen Eure Freunde in Rom, auf welche Weise Ihr die Botschaft des Herrn verbreitet?«, fragte er.

Malthus schnitt eine Grimasse. »Ihr stellt zu viele Fragen, Andrej Delãny«, erklärte er. »Zumal Ihr ja mit den Antworten doch nichts mehr anfangen könntet. Das Schiff läuft in einer Stunde aus. Sobald der letzte Mann an Bord gegangen ist, werde ich Euch töten.«

Andrej deutete mit den Augen auf sein Sarazenenschwert. »Damit?«

»Mit Eurem Schwert?« Malthus schüttelte den Kopf. »Das ist für Euch, Delãny. Ich habe Euch einen fairen Kampf versprochen, und Ihr werdet ihn auch bekommen.«

»Wie großzügig.« Andrej lachte höhnisch.

Malthus seufzte. »Ihr seid noch sehr jung, zumindest für einen von uns. Wie viele habt Ihr schon getötet?« Er sah Andrej fragend an, aber als der keine Antwort gab, erschien ein Ausdruck ehrlicher Verwunderung auf seinem Gesicht. »Noch ... keinen? Ihr habt tatsächlich noch keinen von uns getötet? Ihr habt niemals die *Transformation* erlebt?«

»Ich habe nicht einmal die blasseste Ahnung, wovon Ihr überhaupt sprecht«, erwiderte Andrej verächtlich. »Ich verspüre keinen Drang danach, Männer zu töten, nur weil sie so sind wie Ihr oder ich.«

Malthus sah ihn mit einem Gesichtsausdruck an, den ein Vater aufsetzen mochte, wenn sein Sprössling eine besonders dumme Antwort gegeben hatte. »Wisst Ihr denn gar nichts über Euch selbst?«, fragte er fast enttäuscht.

»Genug, um zu wissen, dass ich nicht werden will wie Ihr«, antwortete Andrej.

»Keine Angst, Delãny, das werdet Ihr auch nicht. Mein Schwert wird Euch aus dieser Zwangslage befreien. Aber keine Sorge: Ich ziehe es vor, Euch im fairen Zweikampf zu schlagen, statt Euch einfach hier und jetzt niederzustechen.«

»Und danach werdet Ihr Euch das nächste Dorf aussuchen, dessen Bewohner Ihr einfach zu Tode quälen könnt?«, fragte Delãny. »Ich frage mich dabei nur, was für ein Genuss es für Euch sein muss, einem Jungen wie meinem Sohn Marius einen Holzpflock durchs Herz zu stoßen. Oder habt Ihr Euch am ihm etwa gar nicht die Hände schmutzig gemacht? Habt Ihr das einem Eurer Lakaien überlassen?«

Malthus wirkte einen Herzschlag lang verwirrt. »Dieser Junge war Euer Sohn?«, fragte er ungläubig, aber in einem Ton, der erkennen ließ, dass er ganz genau wusste, wen Delãny gemeint hatte.

»Ja. Er war mein Sohn.« Delãny kämpfte nicht gegen die aufsteigenden Tränen an. »Und ich werde nicht eher ruhen, bis ich mich an seinen Mördern gerächt habe.«

Malthus schien seine Antwort gar nicht gehört zu haben.

Er starrte Andrej nur mit einer Mischung aus Staunen und Unglauben an; aber Andrej glaubte in den Augen seines Feindes auch einen Hauch von Betroffenheit zu erkennen.

»Wenn Ihr mit diesem feigen Mord etwas zu tun habt, dann sagt es mir besser gleich«, stieß er wütend hervor. »Und falls das so ist, dann seid versichert: Ich werde Euch töten, was immer Ihr auch unternehmt!«

Der Ritter wirkte jetzt eher verwirrt als betroffen. »Ihr habt tatsächlich überhaupt keine Ahnung«, sagte er kopfschüttelnd und seufzte tief. »Ich hätte doch auf Kerber oder Biehler hören sollen. Sie haben mich von Anfang an vor Euch gewarnt. Aber nun ist es zu spät ...«

»Kerber und Biehler?«, fragte Andrej voller Abscheu. »Eure beiden Kumpane?«

»*Kumpane*?«, ächzte Malthus. »Das ist wohl kaum das richtige Wort ...«

»Aber es sind doch die Männer, die gleich Euch in goldenen Rüstungen nach Borsã gekommen sind, um die Dorfbevölkerung auszulöschen und meinen Sohn umzubringen?«, fragte Andrej scharf. »Oder wollt Ihr mir etwa weismachen, ich hätte mir die ganzen Toten im Wehrturm nur eingebildet?«

Der Hüne starrte ihn nur schweigend und mit einem Gesichtsausdruck an, der Andrej mehr als deutlich zeigte, dass ihm die Wendung des Gesprächs überhaupt nicht behagte.

»Redet!«, schrie er. »Ich will wissen, ob Ihr etwas mit diesem feigen Hinterhalt zu tun habt, in den Vater Domenicus die Dorfbevölkerung gelockt hat, um sie Euch als Fraß vorzuwerfen!«

Malthus nickte, ganz langsam und fast bedächtig. »Wenn Ihr es von diesem Blickwinkel aus sehen wollt ... ja.«

»Wenn Ihr selber es schon zugebt«, flüsterte Delãny voller Entsetzen. »Dann seid Ihr der Mörder meines Sohnes!«

Malthus versuchte, seinem Blick standzuhalten. Aber es gelang ihm nicht; schon nach wenigen Augenblicken starrte er an Delãny vorbei ins Nichts. »Ich bin *nicht* der Mörder Eures Sohnes«, sagte er dann.

So wie er es sagte, schien er Andrej auf vollkommen unbegreifliche Art und Weise gleichzeitig die Wahrheit und die Unwahrheit zu sagen.

Ein paar Sekunden herrschte ein fast unerträgliches Schweigen. Delãny fühlte ein so abgrundtiefes Grauen in sich, dass er dem goldenen Ritter das Herz aus dem lebendigen Leib gerissen hätte, wenn er die Hände freigehabt hätte. Er hatte die letzten Tage versucht, jeden Gedanken an Rache zu vermeiden und sich ganz auf die Aufgabe zu konzentrieren, die überlebende Dorfbevölkerung von Borsã zu retten. Aber jetzt dem Mann gegenüberzustehen, der indirekt zugegeben hatte, seinen Sohn eigenhändig ermordet zu haben – das war zuviel.

»Bindet mich los«, sagte er. »Damit ich es gleich hier und jetzt zu Ende bringen kann.«

»Nicht ganz so hastig«, widersprach Malthus. »Ihr sollt Eure Chance haben. Aber erst, wenn der letzte Mann von Bord gegangen ist.« Er stieß ein hartes Lachen aus. »Und glaubt mir: Ihr könnt von Glück sagen, wenn ich Euch nicht noch in letzter Sekunde Kerber oder Biehler überlasse!«

Es dauerte einen Moment, bevor die Wortes des Ritters in Andrejs aufgewühlten Verstand einsickerten. Sergé hatte einen der goldenen Ritter getötet; in dem Moment, als der Mann ihn nach dem Wirtshausbrand hatte töten wollen. Es konnten also nicht mehr alle drei am Leben sein!

»Wieso Kerber *oder* Biehler«, stammelte er, als er die Tragweite von Malthus' Worten begriff. »Das kann doch nicht sein ... Einer von euch muss tot sein!«

»Ihr habt doch in Constãntã selber noch mit Kerber gesprochen«, sagte Malthus höhnisch. »Sah er etwa tot aus?«

»Er sah weder tot aus, noch war er der Mann, den ich meine«, stellte Andrej fest, während er spürte, wie ihm der Schweiß ausbrach. »Es war der Mann, den Ihr Biehler nennt: Er wollte mich umbringen, nachdem ich mich aus dem brennenden Gasthaus gerettet habe. Aber Sergé hat ihn erschlagen.«

Malthus reagierte auf eine sehr überraschende Art und Weise: Er legte den Kopf in den Nacken und lachte. »Das ist gut«, sagte er, als er sich wieder halbwegs beruhigt hatte. Er schüttelte den Kopf. »Ich habe nicht gewusst, *wie* naiv Ihr seid.«

»Was hat das mit Naivität zu tun?«, fragte Andrej, während er die Panik in sich niederzukämpfen versuchte, die sich mit der Ahnung einer unglaublichen Wahrheit vermischte. »Sergé wird sich überzeugt haben, dass Euer Freund tot ist. Er war in diesen Dingen sehr gründlich.«

»Das kann ich mir vorstellen«, spottete Malthus. »Allerdings hat ihm das nicht viel Glück gebracht. Mittlerweile dient er nur noch als Fischfutter.«

Andrej starrte den Ritter mit einer Mischung aus Entsetzen und Abscheu an. »Und genau dieses Schicksal habt Ihr mir jetzt auch zugedacht«, vermutete er. »Nachdem Ihr meinen Sohn mit einem Holzpflock zu Tode gefoltert habt, wollt Ihr mich jetzt erschlagen und ins Meer werfen.«

»Aber nein.« Malthus schüttelte verwundert den Kopf. »Wie kommt Ihr nur auf diesen Gedanken?« Sein Gesicht hatte wieder den gewohnt überheblichen Ausdruck angenommen. »Wisst Ihr, was Ihr für ein Problem habt? Ihr wisst nichts über Euch selbst und über Eure geheimste Natur. Natürlich hat dieser Sergé Biehler getötet. Aber das bedeutet nicht, dass Biehler tot liegen geblieben ist. Denn im Gegensatz zu Euch hat Biehler schon mehrere *Transformationen* hinter sich.«

Andrej öffnete und schloss mehrmals hintereinander den Mund, wie ein Fisch, der nach Luft schnappt. »Er hat *was*?«

»Mehrere *Transformationen* hinter sich«, wiederholte Malthus und runzelte in einer Geste gespielter Überraschung die Stirn. »Wie sonst, glaubt Ihr, erlangt man ein Stück Unsterblichkeit?«

19

Nachdem er sich offenkundig mit Abu Dun geeinigt hatte, war Ják Demagyar aufgebrochen, um seinen Gefangenen und deren Wächtern entgegenzugehen. Der Zeitpunkt, für den er seine Rückkehr zugesichert hatte, war längst verstrichen, aber noch war weder von ihm noch von den Verschleppten auch nur eine Spur zu sehen. Malthus und der schwarze Sklavenhändler zeigten mittlerweile deutliche Anzeichen von Nervosität, auch wenn sich zumindest der Goldene alle Mühe gab, seine wahren Gefühle zu unterdrücken.

Die beiden standen weit genug von Andrej entfernt, um ihn ihre Gespräche nicht mithören zu lassen, aber man musste ihre Worte gar nicht verstehen, um zu erkennen, dass sie alles andere als Freundlichkeiten austauschten. Abu Dun gestikulierte wild, während sich Malthus auf kurze, wütende Gesten beschränkte.

Lange nach Ablauf der verabredeten Frist drangen endlich Geräusche von draußen herein: Hufgeklapper, Schritte und ein Rumoren, das auf die Ankunft einer größeren Menschenmenge schließen ließ. Einen Augenblick später wurde die Tür geöffnet, aber herein trat nicht Demagyar, wie Andrej und offensichtlich auch Malthus und Abu Dun erwartet hatten, sondern Maria in Begleitung der beiden anderen goldenen Ritter: Kerber und Biehler.

Biehler war tatsächlich der Mann, den Sergé erschlagen hatte. Er wies nicht einmal einen Kratzer auf.

»Also doch«, rief Maria, bevor Andrej auch nur einen klaren Gedanken fassen konnte.

Malthus schaute fragend zu ihr hinüber und setzte zu einer Antwort an, aber die Schwester des Inquisitors ließ ihn nicht zu Wort kommen, sondern rauschte an ihm vorbei und steuerte auf Delãny zu.

»Bindet diesen Mann los!«, befahl sie entschieden. »Auf der Stelle!«

Malthus tauschte einen fragenden Blick mit Kerber und Biehler, erntete von beiden aber nur ein Achselzucken.

»Habt Ihr mich verstanden, Malthus?«, fragte Maria scharf. »Ihr sollt ihn losbinden!

Als der Angesprochene nicht reagierte, zerrte und riss sie selbst an Andrejs Fesseln herum, gab dieses für sie aussichtslose Unterfangen aber bald wieder auf. Mit hochrotem Gesicht fuhr sie zu Malthus herum und herrschte ihn an: »Was ist los? Rede ich so undeutlich, oder seid Ihr plötzlich mit Taubheit geschlagen?«

»Bitte, Maria«, begann Malthus unbehaglich, »ich kann ...«

»Ich habe Euch einen Befehl erteilt«, unterbrach ihn Maria. »Gehorcht! Sofort!«

Malthus trat ein paar Schritte auf sie zu, wich aber ihrem Blick aus. »Das kann ich nicht«, sagte er.

»Was soll das heißen?«

»Es wäre nicht im Sinne Eures Bruders«, erklärte Biehler an Malthus' Stelle.

»Nicht im Sinne ...?« Maria stockte und atmete tief durch, als wolle oder könne sie nicht glauben, was sie gerade gehört hatte. Dann fuhr sie gepresst, aber mit beherrschterer Stimme fort: »Im Augenblick spreche *ich* im Sinne meines Bruders. Und ich befehle Euch, diesen Mann auf der Stelle loszubinden!«

»Nein«, sagte Biehler ruhig.

»Nein?«

»Nein«, bestätigte der Ritter.

»Bitte, versteht doch, Maria ...« Malthus' Stimme klang gequält. »Wir alle lieben und verehren Euch. Wir würden unser Leben für Euch geben, ohne zu zögern, aber die Befehle Eures Bruders waren eindeutig. Dieser Mann ist ein Hexer. Wir werden ihn seiner gerechten Strafe zuführen.«

»Ein Hexer.« Maria betonte das Wort sonderbar nachdrücklich und bedachte Andrej mit einem langen, sehr nachdenklichen Blick, ehe sie sich wieder zu Malthus herumdrehte.

»Und all diese Leute dort draußen?«, fragte sie mit noch seltsamerer Betonung. »Sind das auch alles ... Hexer?«

»Sie gehören zu ihm.« Der Goldene deutete auf Andrej. »Sein ganzes Dorf war mit dem Teufel im Bunde. Es war der Befehl Eures Bruders, sie gefangen zunehmen und nach Rom zu bringen, wo ihnen der Prozess gemacht werden soll.«

»Nach Rom?«, warf Andrej ein. »Nicht vielleicht eher nach Alexandria? Oder nach Akkad?« Er lachte hart. »Seht Euch den Kapitän dieses Schiffes genau an, Maria. Für mich sieht er aus wie ein nubischer Sklavenhändler.«

Maria unterzog Abu Dun, der nur wenige Schritte von ihnen entfernt war, tatsächlich einer langen, eingehenden Musterung. Dann wandte sie sich wieder an Malthus und fixierte ihn mit einem eisigen Blick. »Ist das wahr?«, fragte sie.

»Maria, Ihr werdet diesem Mörder und Satansbündner doch nicht glauben«, warf Kerber ein. »Er versucht seinen Hals aus der Schlinge zu ziehen, mit allen Mitteln!«

Doch Maria würdigte den Leibwächter ihres Bruders keines Blickes, sondern starrte weiter Malthus an. »Ist das wahr?«, fragte sie noch einmal.

»Wir folgen nur den Befehlen Eures Bruders«, beharrte Malthus.

»Die darin bestehen, Christen als Sklaven zu verkaufen?« Maria schnaubte vor Wut. »Ich glaube Euch kein Wort.«

»Diese Menschen sind keine Christen«, antwortete Malthus. »Und es war der Befehl Eures Bruders.«

»Was er im Moment leider nicht bekräftigen oder abstreiten kann«, erwiderte Maria grimmig. »Wie praktisch für Euch. Aber Ihr solltet genau überlegen, was Ihr tut. Noch ist mein Bruder nicht tot.«

»Und wir beten zu Gott, dass er den feigen Mordanschlag dieser Hexer überleben wird«, gab Malthus zurück. »Solange er jedoch am Leben ist und uns nicht selbst von seinen Befehlen entbinden kann, müssen wir tun, was er uns zuletzt aufgetragen hat. Es tut mir leid.«

»Ihr solltet an Bord gehen, Maria«, sagte Kerber. Und Biehler fügte hinzu: »Euer Bruder ist bereits auf dem Schiff. Die ›Möwe‹ liegt zum Auslaufen bereit.«

»Ich gehe nirgendwo hin«, sagte Maria entschlossen. »Und ich lasse nicht zu, dass …«

»Bitte zwingt uns nicht, Euch gewaltsam an Bord bringen zu müssen«, unterbrach sie Malthus. Aber wir würden auch das tun, fügte sein Blick hinzu.

Einige Augenblicke lang stand Maria reglos und wie erstarrt da, dann wandte sie sich Andrej zu, warf ihm einen langen hilflosen Blick zu, wirbelte mit einem Ruck herum und lief mit schnellen Schritten nach draußen. Kerber folgte ihr auf der Stelle, wenige Augenblicke darauf stürzte auch Biehler hinaus.

Abu Dun, der diese Szene schweigend aber mit offenkundigem Unverständnis verfolgt hatte, schüttelte den Kopf. »Unglaublich«, murmelte er. »Ihr Christen werft uns vor, wir seien Barbaren und ungebildete Wilde, aber ihr gestattet euren Weibern, auf eine Art mit euch zu reden, für die ich sie auf der Stelle töten würde.«

»Sie ist die Schwester unseres Herrn«, sagte Malthus. »Solange er lebt, sind wir ihr gleichen Respekt schuldig wie ihm.«

Abu Dun legte den Kopf auf die Seite. »Und wenn er nicht mehr lebt?«

»Ihr solltet zu Eurem Schiff gehen«, erwiderte Malthus kühl. »Ich nehme doch an, dass Ihr das Verladen der Sklaven überwachen wollt.«

Der Sklavenhändler runzelte die Stirn. Er wirkte leicht verärgert, sagte aber nichts, sondern schürzte nur verächtlich die Lippen; schließlich drehte er sich ohne ein weiteres Wort um und ging.

Malthus folgte ihm, blieb eine geraume Weile an der Tür stehen und blickte dem Sklavenhändler nach. Dann schüttelte er den Kopf, kam mit langsamen Schritten auf Andrej zu, zog sein Schwert und holte weit aus.

Malthus' gewaltige Klinge schien sich in einen silbernen Blitz zu verwandeln, und Andrej spannte all seine Muskeln an. Doch statt ihm den Kopf von den Schultern zu trennen, sauste das Schwert haarscharf an seiner Schulter vorbei, schrammte an seinem Arm entlang, ohne ihm auch nur einen Kratzer zuzufügen, touchierte seine Hüfte und fetzte schließlich handlange Holzsplitter aus dem Boden. Als der Ritter das Schwert wieder hob und ein paar Schritte zurücktrat, fielen Andrejs Fesseln zerschnitten zu Boden.

Delãny wankte, geriet ins Stolpern, konnte sich aber mit einiger Mühe wieder fangen. Als er nach dem Sarazenenschwert greifen wollte, schüttelte Malthus den Kopf.

»Nicht so hastig, Delãny«, sagte er. »Ihr habt Stunden an diesem Pfahl gestanden. Wartet, bis Euer Blut wieder richtig fließt. Wärmt Eure Muskeln und macht sie geschmeidig. Oder habt Ihr es so eilig mit dem Sterben?«

Andrej blickte den hünenhaften Goldenen ungläubig an, aber Malthus nickte noch einmal zur Bekräftigung seiner Worte. Er meinte es ernst. Andrejs Zweifel verflogen. Wenn sein Gegner ihn hätte hinterrücks erschlagen wollen, hätte er wohl kaum seine Fesseln durchtrennt. Trotzdem ließ er Malthus keine Sekunde aus den Augen, während er sich ein paar Schritte von ihm entfernte.

In seinen Armen und Beinen prickelte es, zuerst sanft,

dann heftiger, schließlich geradezu quälend. Malthus hatte recht: Andrej hätte in diesem Moment nicht einmal die Kraft aufgebracht, das Sarazenenschwert zu halten, geschweige denn, mit ihm zu kämpfen.

»Warum tut Ihr das?« Andrej begann damit, abwechselnd seine Handgelenke zu massieren und die Finger zu spreizen und zur Faust zu schließen. Doch zunächst schienen diese Lockerungsübungen ihm nicht zu helfen. Sein Blut strömte zum ersten Mal seit langer Zeit wieder frei durch die Adern, aber dieses Fließen erschien ihm fast noch unerträglicher als die Schmerzen, die er in den letzten Tagen ununterbrochen hatte ertragen müssen.

»Es macht nicht besonders viel Spaß, einen Gegner zu besiegen, der sich nicht wehren kann«, erklärte Malthus.

»Das meine ich nicht. Kerber. Biehler. Was habt Ihr mit diesen ... Verrückten zu schaffen? Ihr seid nicht wie sie.«

Der Goldene lachte leise. »Ihr habt recht, Delãny. Sie sind verrückt. Das Töten macht ihnen Spaß.«

»Euch etwa nicht?«

»Nur, wenn es sein muss. Die beiden sind verrückt, aber sie sind auch nützlich. Irgendwann werde ich sie töten. Aber das hat noch Zeit.«

»Nützlich?«, wiederholte Andrej. »So wie Vater Domenicus, der unschuldige Menschen abschlachten lässt?«

»Irgendwann wird der Tag der Befreiung kommen«, entgegnete Malthus ernst. »Und es gibt viele von uns, viel mehr, als Ihr ahnt, Delãny.«

»Und Ihr lasst sie Euch von Domenicus und diesen beiden Wahnsinnigen vom Halse schaffen.«

»Jeder wählt seinen eigenen Weg, Delãny«, sagte Malthus.

»Auch Ihr hättet das getan, wären wir uns nicht begegnet. Glaubt Ihr, ich würde Euch nicht verstehen? Ich war einmal wie Ihr. Auch ich habe mit dem Schicksal gehadert und geschworen, dass ich nicht so werden will. Ich wollte nicht töten müssen, um leben zu können. Es hat Jahre gedauert, bis ich den ersten von unserer Art getötet habe. Und noch sehr viel länger, bis ich begriff, dass es *richtig* war. Das Töten ist nun einmal unsere Bestimmung.«

»Ihr tötet, um länger leben zu können?«, fragte Andrej. Er verstand noch nicht einmal ansatzweise, was hier vorging und von was Malthus die ganze Zeit über redete. »Ihr behauptet im Ernst, unverwundbar und unverletzlich zu sein?«

»Oh nein.« Der Ritter schüttelte entschieden den Kopf. »Wir sind sehr wohl verwundbar. Aber wenn man uns nicht auf die richtige Weise zu töten versteht – dann kommen wir wieder.«

»Teufelswerk«, murmelte Andrej, während ihm ein eiskalter Schauer über den Rücken rann.

»Teufelswerk?«, wiederholte Malthus, als habe er selber schon öfter über die Bedeutung dieses Wortes nachgedacht. »Wohl kaum. Ist Euch noch nie aufgefallen, wie sehr sich einzelne Menschen unterscheiden? Wir sind nur eine kleine Abweichung von dem, was die Menschheit unter normal versteht. Versteht mich recht: Wir kommen nicht aus der Hölle wieder. Wir werden verletzt, wir bluten wie jeder andere: Aber die Wunden schließen sich viel schneller und gründlicher als bei anderen Menschen – solange wir von einem ganz besonderen Lebenssaft gespeist werden.«

Ein ganz besonderer Lebenssaft – Andrej konnte sich nur zu gut vorstellen, was er damit gemeint hatte. All das, was er sich in seinen kühnsten Alpträumen zusammengeträumt hatte, war wahr – und nicht nur das. Die Wahrheit war tausendmal schlimmer, als er es sich je hatte vorstellen können. Malthus ließ ihn einen Blick hinter den Vorhang der Wirklichkeit werfen, und Andrej sah, was dahinter lauerte: der Wahnsinn, und etwas, gegen das alle Schrecken des Todes verblassten. Es gab eine zweite Wirklichkeit hinter den Dingen, und wenn er erst einmal bereit war, das zu akzeptieren, dann waren die Folgerungen aus diesem Gedankengang schlichtweg entsetzlich.

All die Jahre, in denen ihn Michail Nadasdy trainiert hatte, hatte er ihn nie gefragt, warum er ihn überhaupt dieser Anstrengung unterzog. Er war nie auf die Idee gekommen nachzuhaken, was für einen Sinn es machen sollte, einen transsilvanischen Bauernsohn zu einem begnadeten Schwertkämpfer zu erziehen. Es war für ihn selbstverständlich gewesen, dass Michail die besten Jahre seines Lebens damit verschwendete, ihn tagtäglich zu drillen, als wurde irgendwann einmal das Leben seines Stiefsohns davon abhängen.

Er hatte deswegen nicht danach gefragt, weil er es die ganze Zeit über insgeheim gewusst hatte. Irgendetwas in ihm hatte von einem Erbe gewusst, das ihn zum Außenseiter machte – nicht einmal so sehr in Borsã, wo einige Menschen mehr oder minder mit dem Fluch dieses Erbes gestraft waren und damit in relativer Ruhe zu leben verstanden, nicht einmal in Transsilvanien, wo dieses Phänomen womöglich häufiger auftrat als im Rest der Welt –, sondern im Angesicht ganz normaler Menschen wie Maria.

»Ihr schweigt, als hättet Ihr endlich begriffen«, sagte Malthus. »Ich kann nur hoffen, dass es so ist. Es wäre mir furchtbar, wenn Ihr ohne das nötige Wissen in den Tod gehen würdet.«

»Ich habe überhaupt nichts begriffen«, antwortete Delãny gehässig. »Außer, dass Ihr der Mörder meines Sohnes seid.«

Malthus schwieg eine ganze Weile. »Es täte mir leid, wenn das alles ist, was Ihr verstanden habt«, sagte er schließlich. »Zumal es nicht die Wahrheit ist. Jedenfalls nicht in diesem Sinne.« Er beugte sich ein ganz kleines Stück vor. »Jeder von uns stirbt nach einer mehr oder minder normalen Lebensspanne – wenn er nicht zuvor zerstückelt, zerquetscht wird oder lichterloh verbrennt. Warum glaubt Ihr wohl, verbrennt man schon seit Anbeginn der Zeiten Menschen, die im Verdacht stehen, mit dem Bösen im Bunde stehen? Warum steinigt man Ketzer, bis ihr Körper zur Unkenntlichkeit zertrümmert ist? Warum vierteilt man Außenseiter, denen man ruchlose Verbrechen angehängt hat?«

»Ihr wollt damit sagen …«, stammelte Andrej.

»Ich will damit sagen, dass uns die *normalen* Menschen durchaus häufig genug erkennen und erbarmungslos ausrotten, wenn sie unserer habhaft werden«, sagte Malthus bitter. »Sie kennen keine Gnade mit uns. Und sie würden uns noch viel bestialischer jagen, wenn sie unser Geheimnis kennen würden.«

»Welches Geheimnis?«

Der Ritter zögerte, und Andrej spürte den Zweifel, der Malthus daran hinderte, einfach draufloszureden. »Was soll es«, sagte er dann doch. »Ihr habt ein Recht zu wissen, zu welcher Art Ihr gehört.«

»Zu welcher Art gehöre ich denn?«, fragte Delãny mit klopfendem Herzen.

»Ein Teil des Geheimnisses ist, dass man uns viel leichter töten kann, als selbst die wenigen Eingeweihten glauben: Ein gezielter Stich ins Herz genügt.«

So, wie er es sagte, war das bei Weitem nur der kleinere Teil der Wahrheit. »Was gehört noch zu unserem Geheimnis?«, fragte Delãny heiser.

Malthus lächelte traurig. »Wir leben zwar länger als andere – aber nicht ewig. Es sei denn ...«

»Es sei denn was?«

»Es sei denn, wir nähren uns vom Blut unserer eigenen Art. Es sei denn, wir töten einen der unseren – und laben uns an seinem Saft.«

Andrej starrte ihn fassungslos an. Sein Herz raste, und seine Hände zitterten, als hätte er soeben eine große Anstrengung vollbracht.

»Damit wir uns recht verstehen, Delãny«, sagte Malthus ruhig. »Es geht in unserem Kampf darum, wer am Ende die Kraft des anderen aufnehmen kann. Um einen weiteren Schritt in die Unendlichkeit zu tun.«

Andrej gab keine Antwort mehr. Jedes weitere Wort war sinnlos. Malthus war in der Tat anders als Kerber und Biehler. Zweifellos war er der Gefährlichste der drei – aber möglicherweise hatte er auch ein tragischeres Schicksal durchlitten als seine beiden Kumpane. Und er glaubte an das, was er Andrej gerade versucht hatte zu verdeutlichen. Irgendwann, vor sehr langer Zeit, musste Malthus an der Erkenntnis dessen, was er für seine Bestimmung hielt, innerlich zerbrochen sein.

Auch der Ritter schien das Interesse an einem weiteren Wortgefecht verloren zu haben; er trat zwei oder drei

Schritte zurück und ließ sein Schwert mehrmals spielerisch durch die Luft pfeifen. Andrej erschrak, als er sah, mit welcher Leichtigkeit Malthus die schwere Waffe handhabte. Sein Gegner war viel stärker als er, und wie gut er mit dem Schwert umzugehen verstand, hatte Andrej ja schon einmal am eigenen Leib erfahren. Zwar hatte er ihn damals fast besiegt, aber das war kaum mehr als Glück gewesen; wahrscheinlich hatte er seinen Sieg nur dem Umstand zu verdanken gehabt, dass Malthus ihn unterschätzt hatte. Ein zweites Mal würde ihm dieser Fehler gewiss nicht unterlaufen.

Andrej dehnte seine Lockerungsübungen nach und nach auf sämtliche Körperteile aus. Schließlich zückte er sein Schwert und führte zwei, drei erste Übungsschläge aus. Seine Muskeln waren noch nicht ganz so geschmeidig, wie er das gewohnt war – und vor allem, wie das gegen *diesen* Gegner notwendig war; trotzdem bewegte er sich absichtlich nicht so schnell, wie er das selbst in seinem jetzigen Zustand gekonnt hätte. Malthus beobachtete ihn aufmerksam. Andrej würde jeden noch so geringen Vorteil dringend brauchen, um gegen diesen Mann zu bestehen – allerdings glaubte er nicht wirklich, dass er den Mann besiegen konnte, dem auf dem Weg zur Unsterblichkeit jedes Opfer recht zu sein schien.

Denke nie über deine Chancen nach!, flüsterte Michail Nadasdys Stimme ihm zu. *Ergreife sie! Und wenn du keine hast, dann schaffe dir welche! Die meisten Kämpfe werden im Kopf entschieden!*

... Und wenn du unterliegst, wirst du den Kopf selbst verlieren, fügte Andrej in Gedanken hinzu. Er lächelte, senkte das Schwert und stand fast eine Minute lang reglos und mit geschlossenen Augen da.

Als er die Lider wieder hob, waren alle Zweifel und alle Furcht verschwunden. Er war vollkommen ruhig und fühlte sich zugleich von einer großen Kraft erfüllt. Mit äußerster Konzentration absolvierte er drei verschiedene Angriffstechniken, dann senkte er das Schwert, wandte sich langsam zu seinem Gegner um und nickte ihm zu.

»Ich bin bereit«, sagte er.

»Eine bemerkenswerte Technik«, sagte Malthus. »Ich habe sie bisher nur einmal gesehen.«

»Und wo?«

»Bei einem Mann, der aus einem sehr fernen Land kam. Er war ein mächtiger Krieger. Ich habe ihn getötet«, antwortete Malthus. Und in derselben Sekunde griff er an.

Für einen Mann seiner Größe bewegte er sich unglaublich schnell. Ja, er schien heute noch schneller und noch beweglicher zu kämpfen als während ihrer ersten Auseinandersetzung im Wald. Und anders als damals versuchte er nicht, Andrej mit seiner ausgefeilten Technik oder geschickten Finten zu überrumpeln, sondern er setzte ausschließlich auf seine Kraft und seinen massigen Körper – gepaart mit seiner unerwarteten Schnelligkeit eine geradezu mörderische Mischung.

Andrej blieb gar keine andere Wahl, als sich mit einem hastigen Satz in Sicherheit zu bringen und mehr schlecht als recht den wuchtigen Schwerthieb zu parieren, mit dem Malthus diese erste Attacke begleitete.

Schon der erste Treffer schlug ihm um ein Haar die Waffe aus der Hand, und er taumelte zurück. Den nächsten Angriff des Goldenen erahnte er mehr, als dass er ihn sah; diesen Schwerthieb konnte er erst im buchstäblich allerletzten

Moment abwehren – allerdings um den Preis, dass er endgültig aus dem Gleichgewicht geriet und sich nur durch einen instinktiven Ausfallschritt vor dem Sturz schützen konnte.

Auf diese Blöße hatte Malthus nur gewartet. Er wirbelte mitten in der Bewegung herum, ohne dabei auch nur einen Deut langsamer zu werden. Sein Schwert prallte dicht über dem Handschutz gegen Andrejs Sarazenenschwert und riss dessen Arm in die Höhe; im selben Atemzug schmetterte er ihm die geballte Faust ins Gesicht. Andrej taumelte zurück, spie Blut und war für Bruchteile von Sekunden so gut wie blind. Dennoch gelang es ihm, Malthus' nächsten Hieb mit letzter Anstrengung noch abzublocken – aber der Fußtritt, den dieser Riese ihm nun versetzte, fegte ihm die Beine weg. Andrej schlug schwer auf dem Boden auf und rollte sich blitzschnell zur Seite; dann spürte er einen brennenden Schmerz, denn Malthus hatte ihm nachgesetzt und ihm mit einem weiteren Hieb eine tiefe Fleischwunde quer über der Brust zugefügt.

Der Ritter lachte, trat einen Schritt zurück und ließ kurz sein Schwert sinken. Er war nicht einmal außer Atem, während Andrej schon Mühe hatte, sich auf die Ellbogen zu stützen und seinen Körper einer Musterung zu unterziehen. Die Wunde in seiner Brust war nicht tief genug, um ihn nachhaltig zu schwächen. Aber Malthus hätte ihm bei dieser letzten Attacke leicht auch die Kehle durchtrennen oder ihn gleich enthaupten können.

Wahrscheinlich hatte er das nur deshalb nicht getan, weil ihm ein solch leichter Sieg keinen Spaß bereitete.

Andrej stemmte sich mühsam hoch, ergriff das Schwert fester und nickte seinem Gegner auffordernd zu. Malthus hob seine Waffe, salutierte spöttisch und deckte Andrej im nächsten Augenblick mit einem solchen Hagel von Hieben, Stichen und Finten ein, dass diesem Hören und Sehen verging. Diesmal hatte der Hüne seine Taktik geändert. Statt mit brutaler Gewalt auf ihn einzustürmen, überzog er ihn mit unglaublich schnellen, dabei aber äußerst präzise geführten Hieben; dabei verzichtete er bewusst darauf, das Gewicht seiner Waffe einzusetzen, sondern verließ sich einzig auf seine Schnelligkeit und seine perfekte Technik.

Und diese Technik *war* der seinen überlegen.

Andrej begriff dies nur allmählich – aber als er es begriff, war es wie ein Schock. Er musste die unglaubliche Tatsache hinnehmen, dass er der Körperkraft seines Gegners genauso wenig entgegenzusetzen hatte wie seiner Erfahrung. Andrej hatte von Michail Nadasdy sämtliche Techniken und Kunstgriffe gelernt, mit denen sein Lehrer im Laufe vieler Jahre die alte Fechtkunst der Sarazenen weiter und weiter verfeinert hatte. Und er hatte Andrej weismachen wollen, damit jedem nur denkbaren Gegner gewachsen zu sein. Dass das pure Übertreibung gewesen war, musste er jetzt schmerzhaft erfahren.

Was nichts anderes hieß, als dass Andrej am Ende Malthus unterliegen würde. Und Malthus wusste das.

Auf seinem Gesicht erschien ein siegessicheres Lächeln, doch seine Aufmerksamkeit ließ deshalb keinen Sekundenbruchteil nach. Er trieb Andrej erbarmungslos vor sich her, und diesem blieb keine andere Wahl, als sich mit verzweifelten Paraden und Ausweichbewegungen zur Wehr zu setzen.

Trotzdem wurde er erneut getroffen.

Diesmal fegte Malthus Andrejs Sarazenenschwert mit

einem kurzen, ansatzlosen Hieb zur Seite und trieb seinem Gegner die Klinge mit der nächsten Attacke in einer Abwärtsbewegung eine Handbreit tief in den Leib. Ein grausamer Schmerz explodierte in Andrejs Magen und breitete sich in Wellen in seinem ganzen Körper aus. Er krümmte sich, ließ das Sarazenenschwert fallen und sank auf die Knie. Andrej wartete auf den tödlichen Hieb – doch der blieb aus.

Statt den schon Bezwungenen zu enthaupten, wich Malthus zwei Schritte zurück, senkte seine Waffe und wartete, bis das Leben aufhörte in einem pulsierenden, dunkelroten Strom aus Andrejs Leib herauszuquellen.

Andrej griff mit seiner blutverschmierten Hand nach dem Sarazenenschwert und stemmte sich, auf die Klinge gestützt, schwerfällig wieder auf die Beine. Er wankte von einer Seite auf die andere, und seine Knie vermochten kaum das Gewicht seines Körpers zu tragen. Zum ersten Mal begriff er, dass das Erlernen einer überlegenen Kampfkunst allein nicht Unbesiegbarkeit bedeuten musste. Sein Körper war noch nicht zerstörerisch getroffen worden; aber der Blutverlust schwächte ihn. Und diese Schwäche verflog weniger schnell als der Schmerz.

»Du bist gut, Delãny«, sagte Malthus ernst. »Anscheinend hattest du einen hervorragenden Lehrer. Aber eines hat er dir wohl nicht beigebracht: Versuche nie, deine robuste Natur als Waffe einzusetzen! Sie ist ein unzuverlässiger Verbündeter.«

Und ohne Vorwarnung griff er erneut an.

Und diesmal machte er ernst.

Andrej kam seinem Angriff einen Sekundenbruchteil zuvor, indem er sich nach hinten fallen ließ und nach Malthus'

Knien trat, noch bevor seine Schultern den Boden berührten. Er traf, aber der Tritt reichte nicht aus, einen so großen und schweren Mann zu stoppen oder auch nur nennenswert aus dem Rhythmus zu bringen.

Immerhin brachte Delãny den Angreifer so weit aus dem Gleichgewicht, dass dessen nachgesetzter Schwerthieb Andrejs Hals verfehlte und stattdessen nur eine tiefe Scharte in den Boden der Lagerhalle riss.

Andrej sprang auf, stieß mit dem Schwert blind nach hinten und spürte, dass er irgendetwas getroffen hatte. Er vernahm ein schmerzerfülltes Grunzen, wendete sich mit einer instinktiven Bewegung um – und sah Malthus wie einen wütenden Stier auf sich losstürmen; es hatte den Anschein, als würde die tiefe Stichwunde in seiner Brust für Malthus gar nicht existieren.

Andrej versuchte erst gar nicht, diesen Angriff zu parieren ... Jeder Versuch, diesen tobenden Riesen aufhalten zu wollen, wäre einem Selbstmordversuch gleichgekommen. Stattdessen ließ sich Andrej abermals nach hinten fallen, verwandelte diesen Sturz aber mit größter Behändigkeit in einen Sprung, sodass er wieder auf den Beinen stand, als der Wütende auf ihn einhieb, ihn aber um Haaresbreite verfehlte. Im selben Atemzug holte Andrej aus, und die Klinge des Sarazenenschwertes fuhr tief in Malthus' Oberschenkel, gerade in der Sekunde, als dieser an ihm vorüberstürmte; der Ritter fiel mit einem gellenden Schmerzensschrei zu Boden.

Trotz der tiefen und heftig blutenden Wunde in seinem Schenkel war Malthus sofort wieder auf den Füßen. Sein Gesicht war schmerzverzerrt, und es fiel ihm schwer, sich auf den Beinen zu halten. Doch als Andrej versuchte, diesen vermeintlichen Vorteil zu nutzen und den Angeschlagenen zu attackieren, empfing dieser ihn mit einer wütenden, dabei aber so gekonnten Schlagkombination, dass er größte Mühe hatte, den Hieben auszuweichen.

Andrej glaubte dennoch, dass sich der Ritter nicht mehr lange würde halten können. Schon nach ein paar Sekunden musste er begreifen, dass das ein verhängnisvoller Irrtum war. Vollkommen gegen alle Regeln der Natur versiegte der Blutstrom aus Malthus' Bein von einem Moment auf den andern. Obwohl Andrej wusste, was kommen würde, sah er ungläubig und vollkommen fassungslos zu, wie der Ausdruck von Schmerz von seinem Gesicht verschwand und sich der Goldene wieder zu seiner vollen Größe aufrichtete.

Das war unmöglich! Selbst nach Malthus' ausführlichen Erklärungen hatte Delãny immer noch nicht richtig begriffen, was seine Worte eigentlich bedeuteten; sein Gefühl hatte sich gegen den dahinterliegenden Sinn gesperrt. Andrej konnte nicht die Augen davor verschließen, dass auch bei ihm selbst Wunden schneller heilten als bei anderen Menschen – aber das hier war völlig anders. Kein Mensch konnte sich nach einer solchen Verletzung so schnell wieder fangen! Bei keinem Menschen konnte sich eine klaffende blutende Wunde so schnell wieder schließen!

Aber andererseits – es passte zu seinen eigenen, unleugbaren und doch nie hartnäckig hinterfragten Erfahrungen. Es passte dazu, dass ihm selbst Verletzungen viel weniger anhaben konnten als jedem anderen Menschen, den er kannte – von Frederic und Barak einmal abgesehen. Es passte dazu, dass Bruder Toros ihn aus dem Borsã-Tal vertrieben hatte, als sei er der Leibhaftige. Es passte dazu, dass die Kirche

Vater Domenicus geschickt hatte, um die Delãnys für immer und alle Zeiten auszulöschen. Es passte zu ihm und den goldenen Rittern, wie die linke zur rechten Hand passte ...

Es war ein Augenblick, in dem alles in Andrej zusammenstürzte, sein ganzes Weltbild, sein Verständnis der Zusammenhänge, die sein Leben trieben, der Glaube, der ihn am Leben erhielt und ihm die Zuversicht gab, trotz allen erlittenen Schmerzes immer weiter- und weiterzumachen. Fur diesen ganz winzigen Augenblick nur begriff er die ganze und vollständige Wahrheit – dann entglitt sie ihm wieder und stieß ihn wieder hinaus in eine nicht minder bedrohliche Wirklichkeit.

»Du bist gut, Delãny«, sagte Malthus mit leicht zitternder Stimme. Die Wut in seinen Augen war geblieben. »Aber nun ist es genug. Ich habe keine Zeit mehr, weißt du? Mein Schiff läuft gleich aus.«

Es gelang Andrej, den nächsten Schwerthieb zu parieren, aber schon die bloße Wucht des Schlages ließ ihn zurucktaumeln.

Erneut wechselte Malthus seine Taktik. Jetzt griff er weni ger ungestüm an und vertraute stattdessen auf eine Kombination aus ausgefeilter Technik und brutaler Kraft. Andrej wehrte seine Attacken zwar mühelos ab, aber jeder Schlag jagte rasch aufeinanderfolgende Wellen fürchterlich vibrierender Schmerzen durch seine Arme und Schultern. Mit jedem Angriff wurde Andrej müder. Schritt für Schritt wich er vor Malthus zurück, aber der Riese trieb ihn mit unerbittlicher Beharrlichkeit weiter in die Enge – und seine Hiebe verloren nichts von ihrer Wucht.

Andrej war der Verzweiflung nahe. Seit Beginn dieses

Kampfes war er ausschließlich in der Defensive gewesen – und nach allem, was Michail Nadasdy ihn gelehrt hatte, war dies der sicherste Weg, einen Kampf zu verlieren. Aber Malthus gab ihm einfach keine Gelegenheit, selbst die Initiative zu ergreifen.

Wenn du schwächer bist als dein Gegner, hörte er erneut Michail Nadasdys Stimme in seinem Kopf, *dann suche nach* seiner *Schwäche!*

Aber dieser Kerl hatte keine Schwäche! Unerbittlich trieb er Andrej vor sich her, und jeder seiner Hiebe erschütterte diesen noch ein wenig stärker als der vorhergehende. Der Augenblick, in dem einer dieser mit brutaler Gewalt ausgeführten Angriffe seine Deckung durchbrechen und ihn schwer verletzen würde, war absehbar. Ein drittes Mal würde Malthus ihn gewiss nicht verschonen.

Andrej parierte einen weiteren Hieb und verletzte seinen Gegner dabei an der Hand – allerdings eher zufällig; zwar war die Wunde, die er ihm zufügte, nicht gefährlich, trotzdem aber mit Sicherheit schmerzhaft. Malthus grunzte, und erneut flammte mörderische Wut in seinen Augen auf. Seine nächste Attacke kam mit solcher Wucht, dass Andrej Mühe hatte, auf den Beinen zu bleiben.

Aber Andrej spürte: Selbst dieser Mann war besiegbar.

Er war weit davon entfernt zu triumphieren, aber er fasste immerhin wieder ein wenig Hoffnung. Neun Zehntel seiner Aufmerksamkeit waren nach wie vor nötig, um die immer ungestümer werdenden Angriffe des Goldenen abzuwehren – aber das übrige Zehntel seiner Gedanken beschäftigte sich unruhig mit der Frage, wie er diesen möglichen Schwachpunkt seines Gegners zu seinem Vorteil nutzen konnte. Er musste Malthus wütend machen, denn ein wütender Gegner beging Fehler.

Als Malthus' Schwert das nächste Mal herabsauste, parierte Andrej den Hieb auf eine Art, die ihn fast den letzten Rest seiner noch verbliebenen Kraft kostete; nichtsdestotrotz wirkte diese Parade geradezu spielerisch. Delãny lachte laut. »Vielleicht habt Ihr recht, Malthus«, sagte er. »Es wird allmählich Zeit, mit diesen Albernheiten aufzuhören. Und ... wisst Ihr was? Im Gegensatz zu mir seid Ihr nicht gut. Nur groß und stark und alt. Zu alt. Aber nicht wirklich gut.«

Malthus antwortete nicht, aber seine Lippen verzogen sich zu einem schmalen Strich, und in seinen Augen loderte Mordlust auf. Er schlug mit solcher Gewalt zu, dass dieser Hieb Andrej bei einem Treffer vermutlich in zwei Teile gespalten hätte. Doch der Bedrängte wich im letzten Augenblick zur Seite und schraubte sich mit einer tänzelnden Bewegung um seinen Gegner herum. Allerdings verzichtete er darauf, Malthus an der Schulter zu verletzen. Stattdessen trat er ihm mit der ganzen ihm zur Verfügung stehenden Kraft in den Hintern und lachte ihm ins Gesicht, als der Hüne sich mit einem zornigen Knurren wieder zu ihm herumdrehte.

»Warum gebt Ihr nicht endlich auf, Malthus?«, fragte Andrej provozierend, während er das Schwert spielerisch ein paarmal von der rechten in die linke Hand und wieder zurück wandern ließ. »Wer weiß, vielleicht lasse ich Euch ja sogar am Leben ... Es macht keinen besonderen Spaß, einen so ungeschickten Gegner wie Euch zu töten.«

Malthus brüllte wie ein verwundeter Stier, riss sein Schwert in die Höhe und stürmte mit der Unaufhaltsamkeit einer Naturgewalt auf ihn ein.

Andrej versuchte gar nicht erst, ihn aufzuhalten, sondern ließ sich auf die Knie fallen, packte das Sarazenenschwert mit beiden Händen und riss die Klinge im letzten Augenblick schräg nach oben, während er sich gleichzeitig zur Seite wegdrehte. Der rasiermesserscharfe Stahl drang beinahe ohne spürbaren Widerstand durch Malthus' Körper, durchtrennte seine Wirbelsäule und trat auf halber Höhe des Rückens wieder heraus.

Der Ritter erstarrte. Über seine Lippen kam einzig ein seufzender Laut, in dem Andrejs Empfinden nach vielleicht sogar ein Hauch von Erleichterung mitschwang. Seine Finger öffneten sich, das Schwert klirrte zu Boden, und der riesige Mann sank ganz langsam vor Andrej in die Knie.

Andrej hielt den Griff seiner Waffe noch immer mit beiden Händen fest umklammert. Er spürte, wie sich die Klinge weiter bewegte und unvorstellbare Verheerungen in Malthus Körper anrichtete. Blut lief über die Lippen des Riesen, er keuchte vor Schmerz, seine Augen waren trüb, und er zitterte am ganzen Leib. Andrej wollte diesem Mann keinen Schmerz zufügen. Er wollte *niemandem* Schmerz zufügen. Aber er hatte keine Wahl – und so bewegte er das Schwert weiter. Malthus stieß ein wimmerndes Keuchen aus, und ein weiterer Schwall tiefdunklen Blutes quoll über seine Lippen. Andrej verabscheute sich in diesem Moment selbst für das, was er tat, aber wenn er diesem Giganten auch nur die Spur einer Chance gab, würde er das mit seinem eigenen Leben bezahlen.

Obwohl er die Antwort im vorhinein wusste, fragte er dennoch: »Wenn ich dich leben lasse, wirst du dann gehen?«

»Keine ... Chance ..., Delãny«, würgte Malthus hervor. »Wenn du ... mich verschonst ... töte ich ... dich.«

»Dann lässt du mir keine Wahl.« In Andrejs Worten schwang ehrliches Bedauern mit.

»Töte ... mich«, hauchte Malthus. »Aber zuvor beantworte mir ... noch eine Frage.«

»Welche?«

»War ich ... wirklich ... dein erster?«

Andrej nickte.

»Dann wirst du ... gleich eine Überraschung erleben«, stöhnte Malthus. »Wir sehen uns, Delãny. Vielleicht schneller, als du ... denkst. Und jetzt tu es endlich!«

Die letzten Worte hatte er mit äußerster Kraftanstrengung aus sich herausgeschrien. Andrej starrte ihm noch einmal fest in die Augen, dann sprang er auf, riss das Schwert mit einem Ruck aus Malthus' Körper und ließ die Klinge aus der gleichen Bewegung durch die Luft pfeifen und das Herz des Ritters durchstoßen.

Malthus blieb noch für die Dauer eines einzelnen, trotzigen Herzschlages reglos und aufrecht auf den Knien hocken, dann fiel er langsam nach vorne und schlug mit einem dumpfen Geräusch auf den schmutzigen Holzbrettern auf.

Andrej trat einen Schritt zurück, schüttelte mit einem unbewussten, harten Ruck das Blut von der Klinge des Sarazenenschwertes und steckte die Waffe ein.

Er fühlte sich ... leer. Was immer er erwartet hatte, es kam nicht. Er empfand weder Triumph noch Befriedigung, ja, er fühlte nicht einmal Erleichterung darüber, dass es vorbei war. Er war einfach nur erschöpft. Was immer Malthus gemeint hatte, als er von der Überraschung sprach, die Andrej bei seiner ersten *Transformation* erwartete – es geschah nicht. Er hatte den ersten seiner Art getötet, aber er kam sich in diesen Sekunden nur wie ein Mörder vor, obwohl er zu dieser Tat gezwungen worden war. Er hatte diesen Mann nicht töten wollen.

Dann geschah etwas, was ihn im höchsten Maße entsetzte. Er ging mit langsamen Schritten auf den Toten zu. Im ersten Augenblick fürchtete er, die gebrochenen Augen würden sich wieder schließen, blinzeln, um sich dann mit einem eiskalten Blick auf ihn zu richten. Er glaubte in der Schwerthand des Toten ein leises Zittern zu sehen, eine kaum wahrnehmbare Bewegung, die sich über seinen Körper fortpflanzte, bis er sich schließlich aufrichten und auf ihn zukommen würde ...

Aber es war reine Einbildung. Malthus war so tot, wie ein Mensch – *Mensch*? – nur sein konnte. Trotzdem – er hatte nur das Wort des toten Ritters, dass ihn ein Stich durchs Herz wirklich zu töten vermochte. Vielleicht brauchte er ja nur etwas länger, diesmal, um wieder zu sich zu kommen und Kraft zu sammeln für den nächsten Schlag gegen einen Gegner, den er immer noch besiegen konnte. Vielleicht hatte er ihm das Märchen mit dem Stich durchs Herz nur aufgetischt, um ihn anschließend umso besser verhöhnen zu können.

Es mochten Gedanken sein, die nahelagen – aber irgendetwas tief in Andrej war sicher, dass sie nicht zutrafen. Und dieses Etwas wusste ganz genau, was er tun musste.

Delãny ging neben dem Toten in die Hocke. Sein rechtes Knie berührte ganz leicht und fast zärtlich den Arm des Toten. Zu seiner eigenen Verblüffung ruhte er in diesem Moment vollkommen in sich selbst, tiefer noch als nach Durchführung der Übungen, die ihm Michail als Kampfvorbereitung empfohlen hatte, aber gleichzeitig war er meilenweit von sich selbst entfernt; er empfand nichts weiter als die Gewissheit, dass er nun tun würde, was getan werden musste.

Sein Gesicht wanderte zum Kopf des Toten hinab, auf seinen Hals zu. Die Sonne, die hier nur mit sanften, gebrochenen Strahlen einfiel, schien sich gleichzeitig zu verdunkeln und ihn immer stärker zu blenden. Es war eine explosionsartige Steigerung seiner Lichtempfindlichkeit, die ihn zwang, die Augen zu schmalen Schlitzen zusammenzukneifen, sodass er sein Opfer kaum noch wahrnehmen konnte. Gleichzeiti glaubte er eine eiskalte, grauenhafte Hand nach seinem Herzen greifen zu fühlen, um es erbarmungslos zusammenzudrücken. Alles lechzte nach der Nahrung, die ihm viel zu lange verweigert worden war. Alles in ihm schrie danach, endlich dem Ruf seiner Bestimmung zu folgen.

Seine Zähne berührten den Hals des Toten und einen entsetzlichen Herzschlag lang begriff er, was er zu tun bereit war. Seine Hände und Knie zitterten, als ihm die ganze fürchterliche Bedeutung dessen aufging, was ihm Malthus hatte beibringen wollen. Aber wie eine Hyäne, die ihr totes Opfer gefunden hatte und sich durch nichts als durch rohe Gewalt von ihrer grausigen Mahlzeit würde abhalten lassen, vollbrachte er die Tat, mit der er sich seine ganz spezielle Nahrung einzuverleiben gedachte.

Seine Zähne gruben sich in die Halsschlagader des Ritters.

Im gleichen Moment zuckte die sengende Hitze purer Lebenskraft durch seinen Körper. Während er saugte und saugte raste Welle auf Welle unglaublicher Energie durch seine Adern, versengte ihn und fraß sich in seine Gliedmaßen und seinen Leib – als wollte sie ihn vernichten.

Er schrie in purer Agonie. Ein unglaublicher Schmerz hämmerte in seinem Körper, Hitze und Qual pulsierten in einem nie gekanntem Ausmaß durch seinen Leib, in immer heftigeren, immer rascher aufeinanderfolgenden Wellen; aber zugleich spürte er auch einen stärker werdenden Strom schierer Lebenskraft in sich eindringen, deren Gewalt alles übertraf, was er sich je hatte vorstellen können, und die jede Zelle seines Körpers überflutete und sie schier zum Bersten zu bringen schien.

Und dann ... war Malthus da.

Mit der Energie, die diese *Transformation* brachte, strömte noch etwas anderes in Andrej hinein. Nichts Körperliches – es war nicht so, als nähme er das Bewusstsein des Goldenen in sich auf, dessen Gedanken, Gefühle oder Erinnerungen. Vielmehr war es die reine *Idee* dieses Mannes, das, was Malthus ausgemacht hatte; seine Verbitterung, sein Zorn und seine dumpfe Resignation gegenüber einem Schicksal, das er sich nicht freiwillig ausgesucht hatte, ja, das er tief im Grunde seines Herzens vielleicht nie hatte haben wollen. Und in all dem, was von Malthus zu Andrej hinüberströmte, waren zudem noch die Kraft und die Lebensenergie all derer enthalten, die Malthus getötet und deren Blut er in sich aufgenommen hatte ... durchpulste Energie, die er zu einem Teil seiner Selbst gemacht hatte ... jedoch nicht rein, sondern umgeformt und zu etwas verwandelt, das viel mehr Malthus glich als dem früheren Ich seiner bezwungenen Gegner.

Der Kampf war hart, unvorstellbar hart, und Andrej war lange nicht sicher, dass er ihn gewinnen würde. Mehr als einmal lief er Gefahr, zu Malthus zu werden statt dessen Ich zu einem Teil seines eigenen Selbst zu machen. Es war seine erste *Transformation*. Er hatte keinerlei Erfahrung mit diesem unheimlichen Vorgang, wusste nicht, was mit ihm geschah – und er wusste vor allem nicht, was er tun konnte oder sollte, um sich gegen die Überflutung seines Ichs durch eine rein negative Energie zu wehren.

Andrej drohte in einem Strudel aus Verbitterung und Hass zu versinken, der seinen Geist überflutete wie eine Woge aus schwarzem, klebrigem Teer, der ihn in die Tiefe reißen und seine Seele verschlingen wollte; aber plötzlich war er nicht mehr allein. In der Dunkelheit, die um ihn herum herrschte, erschienen plötzlich die Gesichter Raqis und Michail Nadasdys, der größten und einzigen Liebe seines Lebens und des väterlichen besten Freundes, den er je gehabt hatte. Raqi, jung und strahlend schön wie an dem Tag, an dem er sie das erste Mal gesehen hatte, lächelte ihm zu, während er auf Michail Nadasdys Gesicht das vertraute, gutmütig-spöttische Stirnrunzeln entdeckte.

Tief in sich spürte Andrej, dass sie nicht wirklich anwesend waren. Aber das spielte keine Rolle. Seine Hände versuchten sich aus dem Dunkel hinauszutasten, als könnten sie die vertrauen Gesichter berühren; und mochte das alles auch eine Illusion sein – er schöpfte allein aus der Erinnerung an diese beiden Menschen schon neue Kraft. Es war gleich, ob sie hier waren oder nicht – was zählte war das, was Raqi und Michail Nadasdy ihm bedeuteten.

Doch dann war es fast leicht. Der blutrote dunkle Strom, der Andrej eben noch mit sich fortreißen wollte, bäumte sich ein letztes Mal auf – und erlosch. Die Kraft, die von Malthus ausgeströmt war, war noch immer spürbar, aber sie war nun zu einem Teil von ihm selbst geworden; sie war nicht länger sein Feind, sondern ein stilles, tiefes Reservoir auf dem Grunde seiner Seele, aus dem er schöpfen konnte. Vielleicht hatte er Malthus und die anderen in gewisser Weise sogar erlöst ... Er hoffte es.

Andrej kniete mit offenen Augen neben dem Toten. Er fühlte sich ausgelaugt und entkräftet wie nie zuvor in seinem Leben, aber zugleich auch von einer Kraft durchdrungen, die er mit Worten nicht beschreiben konnte.

In diesem Augenblick erklang ein reißendes Sirren, und ehe er ausweichen konnte, durchbohrte ein gefiederter, kaum handlanger Pfeil seine linke Schulter, riss ihn herum und nagelte ihn regelrecht an den Pfeiler, vor dem er hockte. Andrej keuchte vor Schmerz; seine rechte Hand griff nach dem winzigen Geschoß und versuchte es herauszureißen, aber er fügte sich damit nur noch größere Schmerzen zu. Stöhnend ließ er die Hand sinken, drehte den Kopf und sah zur Tür, darauf gefasst, gleich einem der beiden anderen goldenen Ritter gegenüberzustehen. Stattdessen sah er Herzog Ják Demagyar, der zwei Schritte hinter der Tür stehen blieb, ohne die geringste Hast seine Armbrust hob – und mit einem gezielten Schuss auch noch Andrejs rechte Hand an den Balken nagelte.

»Unglaublich«, murmelte er, während er kopfschüttelnd näherkam und dabei einen weiteren Bolzen auf die Armbrust legte. »So ungefähr muss es gewesen sein, wenn die alten Götter miteinander gefochten haben!«

Andrej kämpfte mit all seiner Willenskraft gegen den Schmerz an, spannte die Muskeln und versuchte, seine Hand loszureißen – aber es ging nicht. Der Bolzen hatte sich so tief ins Holz gebohrt, dass er schon beide Hände gebraucht hätte, um ihn herauszuziehen.

Natürlich bemerkte Demagyar Andrejs Versuch, sich loszureißen. Er schüttelte bedächtig den Kopf, hob die Armbrust und zielte diesmal auf Andrejs Herz. »Versuch es erst gar nicht, Delãny«, sagte er. »Ich habe gesehen, wie schnell du bist.«

Aber offensichtlich hast du nicht alles gesehen, dachte Andrej, *sonst würdest du mich sofort töten.* Trotzdem stellte er seine verzweifelten Bemühungen ein. Es hatte keinen Sinn, sich selbst weitere Schmerzen zuzufügen, wenn es dabei doch nichts zu gewinnen gab.

»Was bist du, Delãny?«, fragte Demagyar. »Bist du ... ein Magier? Oder hatte Domenicus recht, und du bist wirklich mit dem Teufel im Bunde?«

Andrejs Gedanken rasten. Ják Demagyar war offensichtlich Zeuge der *Transformation* geworden, und mit ziemlicher Gewissheit hatte er auch die letzten Augenblicke des Kampfes verfolgt. Aber er wusste nicht alles. Anscheinend glaubte er noch immer, Andrej durch einen einzigen Schuss seiner Armbrust ausschalten zu können. Und außerdem würde er sich kaum noch Zeit nehmen, mit ihm zu sprechen, wenn er begriffen hatte, was es mit Andrej wirklich auf sich hatte. Jedenfalls nicht, wenn auch nur ein Funken Verstand in seinem Kopf war.

»Wer weiß«, antwortete Andrej mit einiger Verspätung. »Aber wenn das zuträfe, wäre es nicht sehr klug von Euch, mich anzugreifen.«

Der Herzog lachte nur. »Ihr gebt nicht auf, wie? Niemals? Aber macht Euch nichts vor – ich werde Euch töten, wie ich den Jungen getötet habe. Doch beantwortet mir noch eine Frage.«

»Warum sollte ich das tun?«

»Nun, vielleicht deshalb, weil Ihr immerhin noch so lange am Leben bleibt, wie ich mit Euch rede.« Demagyar wedelte belustigt mit seiner Armbrust, ging dann aber zu Malthus' Leichnam, bückte sich und ergriff nach einem kurzen Zögern das gewaltige Zweihänderschwert des Riesen. Er war gewiss kein Schwächling, dennoch bereitete es ihm einige Mühe, die Waffe mit beiden Händen zu heben und mit ausgestreckten Armen zu halten.

»Lasst mich nachdenken«, sagte er versonnen. »Es ist geschehen, nachdem Ihr ... sein Herz mit dem Schwert durchbohrt habt.« Er sah Andrej fast versonnen an. »Ich frage mich, ob wohl dasselbe mit Euch geschieht ...«

Ein eisiger, lähmender Schrecken durchzuckte Andrej. Die Vorstellung war geradezu absurd: Nach allem, was er durchgestanden hatte, sollte er nun auf diese Weise sterben? Instinktiv bäumte er sich auf, aber es war sinnlos; seine Schulter und seine Hand waren fest an die Wand genagelt, und er hockte in einer demütigenden Haltung auf dem Boden, ohne auch nur eine Bewegung machen zu können.

»Ja«, sagte Demagyar. Er hatte Andrejs Reaktion richtig gedeutet. »Es geschieht.«

Er kam näher und hob das Schwert, doch plötzlich stutzte er. Sein Blick verharrte auf Andrejs rechter Hand, und auf seinem Gesicht erschien ein überrascht-nachdenklicher Ausdruck.

Auch Andrej sah an sich herab. Seine Hand hatte aufgehört zu bluten.

»Was ...?«, murmelte Demagyar.

Draußen vor der Tür polterte etwas, dann erscholl ein

Laut, und es erklang ein erstickter Schrei, aber Andrej war sich nicht sicher, was er da gehört hatte. Sekundenbruchteile darauf glaubte er das Klirren von Metall zu vernehmen.

Auch Demagyar hatte es gehört und fuhr auf der Stelle herum. »Lauft nicht weg, Delãny«, bemerkte er zynisch. »Ich komme gleich zurück.«

Er näherte sich mit schnellen Schritten der Tür, und in dem Moment, als er höchstens noch einen Schritt von ihr entfernt war, flog sie mit solcher Wucht auf, dass sie laut gegen die Wand knallte und sich der Herzog nur durch einen hastigen Sprung zurück davor schützen konnte, dass sie gegen seinen Körper prallte. Ein Soldat in einem weiß und orange gestreiften Waffenrock stolperte rückwärts in die Lagerhalle, machte noch zwei taumelnde Schritte und fiel dann unmittelbar neben dem Herzog zu Boden.

Wenn er überhaupt eine Chance hatte, dann jetzt. Andrej mobilisierte seine Kräfte, wappnete sich innerlich gegen den Schmerz und riss seine rechte Hand los. Im allerersten Moment war er sich nicht einmal sicher, ob es ihm tatsächlich gelungen war, aber dann spürte er, dass er seinen Arm frei bewegen konnte. Der Armbrustbolzen steckte noch immer fest in der Wand – aber Andrej hatte sich zur Hälfte aus seiner erzwungenen Bewegungslosigkeit befreit.

Ihm wurde übel vor Schmerz. Er wäre wohl zusammengebrochen, aber das zweite Geschoss in seiner Schulter hielt ihn weiterhin in einer aufrechten Haltung an den Pfeiler genagelt.

Ják Demagyar hatte sich mittlerweile der Tür weiter genähert und kampfbereit das Schwert erhoben. Aber er hielt plötzlich in der Bewegung inne und blieb wie erstarrt auf dem Fleck stehen. Vor Andrejs Augen verschwamm alles, doch obwohl er Demagyars Gesicht nur von der Seite erkennen konnte, bemerkte er, dass alle Farbe daraus gewichen war. Seine Augen waren ungläubig aufgerissen und schwarz vor Entsetzen.

Andrej biß die Zähne zusammen, hob die Hand und versuchte nach dem Pfeil zu greifen, der in seiner Schulter steckte, aber seine Finger verweigerten ihm den Gehorsam. Und dennoch war er sich jetzt ganz sicher, dass er über die gleichen Fähigkeiten wie Malthus verfügen würde – zumindest im Moment.

Sein Körper würde sich so schnell regenerieren wie der des Hünen nach dem vernichtenden Schlag, mit dem ihm Andrej fast sein Bein durchtrennt hatte. Aber das würde Zeit kosten. Er hatte keine andere Wahl, als so lange abzuwarten, bis die durchtrennten Muskeln und Sehnen seiner rechten Hand wieder zusammengewachsen waren. Allerdings wusste er nicht, ob der Prozess schnell genug abgeschlossen sein würde.

Herzog Demagyar schien im Moment allerdings jegliches Interesse an ihm verloren zu haben. Er trat zitternd einen Schritt zurück und ließ das Schwert sinken; möglicherweise war die Waffe einfach zu schwer, als dass er sie lange auf diese Weise halten konnte.

»Nein«, stammelte er. »Das … das kann nicht sein.«

Andrej hob erneut die Hand und griff nach dem Bolzen. Jede Bewegung bereitete ihm entsetzliche Schmerzen, jeder einzelne seiner Finger schien in Flammen zu stehen. Aber es ging.

Demagyar wich einen weiteren Schritt zurück. Vor ihm in

der Tür zur Lagerhalle standen Graf Bathory und ein hochgewachsener Mann in einem schwarzen Kettenhemd. Beide waren mit Schwertern bewaffnet, und Graf Bathory trug einen Verband um die Stirn.

Das Entsetzen des Herzogs galt jedoch nicht dem Edelmann oder seinem Begleiter – Demagyar starrte eine viel kleinere, in zerschlissene, mit eingetrocknetem Blut besudelte Kleider gehüllte Gestalt an, die zwischen Graf Bathory und dem Soldaten im Kettenhemd stand.

»Aber das ... das kann nicht sein«, stammelte Demagyar erneut. »Ich habe dich *getötet*!«

»Ja«, antwortete Frederic. »Das hast du.« Er öffnete sein Gewand – aus seiner Brust ragte der Griff eines Dolches heraus.

Andrej erstarrte. Für einen Moment war er nicht einmal mehr in der Lage, auch nur einen klaren Gedanken zu fassen.

»Aber beim nächsten Mal solltet Ihr direkt aufs Herz zielen – und nicht knapp daneben«, fuhr Frederic fort. Langsam hob er die Hand, schloss die Finger um den Dolchgriff und begann die Waffe vorsichtig herauszuziehen. Aus der Wunde quoll Blut, und das Gesicht des Jungen färbte sich aschgrau. Er wankte, stieß ein tiefes, qualvolles Stöhnen aus und wäre um ein Haar gestürzt, aber im letzten Moment fand er doch sein Gleichgewicht wieder. Stück für Stück zog er den Dolch weiter heraus, und praktisch in demselben Augenblick, als die Spitze der fast handlangen Klinge aus seinem Körper glitt, hörte die Wunde auf zu bluten.

»Ihr hättet es anders tun sollen«, fuhr Frederic mit brechender Stimme fort. Er taumelte auf Demagyar zu, hob die blutige Hand mit dem Dolch und sagte: »Ungefähr so.«

Mit diesen Worten trieb er Demagyar die Klinge schräg von unten in die Brust.

Frederics Bewegung war langsam – kaum schneller als diejenige, mit der er die Waffe eben aus seiner eigenen Brust herausgezogen hatte. Trotzdem unternahm Demagyar nicht einmal den Versuch, sich zu wehren. Er stand einfach da und starrte entsetzt den Dolch an, den Frederic ihm gleichermaßen langsam wie erbarmungslos in die Brust trieb; schließlich sank er mit einem tiefen Seufzer auf die Knie.

Als sich ihre Gesichter auf gleicher Höhe befanden, riss Frederic die Hand zurück und vollzog vor dem Kopf des Herzogs eine blitzschnelle, wischende Bewegung. Demagyar ließ das Schwert fallen, griff sich mit beiden Händen an die Kehle und kippte röchelnd nach hinten. Zwischen seinen Fingern quoll hellrotes Blut hervor.

»Seht Ihr, Herr«, sagte Frederic mit beängstigend ruhiger Stimme, »so macht man das.«

Graf Bathory trat mit zwei schnellen Schritten neben den sterbenden Herzog und sah einen Moment lang kalt auf ihn herab; dann näherte er sich Andrej. Ohne ein Wort zu sagen, schob er sein Schwert in die Scheide, griff mit beiden Händen nach dem Armbrustbolzen und zog ihn mit einem harten Ruck heraus.

Andrej stöhnte vor Schmerz laut auf, hielt mühsam sein Gleichgewicht und presste die Hand auf die Wunde, die sofort wieder heftig zu bluten begann. Das Mitleid auf Graf Bathorys Gesicht hielt sich jedoch in Grenzen.

Frederic kam langsam auf ihn zu. Auf seinem Gesicht lag ein angedeutetes, fast schüchternes Lächeln. Wäre da nicht etwas in seinen Augen gewesen, was Andrej erschauern ließ, man hätte ihn in der Tat für ein ganz gewöhnliches, vielleicht etwas zu schmächtig geratenes Kind halten können.

»Das war es, was ich dir die ganze Zeit sagen wollte«, sagte Frederic. »Aber es fiel mir unglaublich schwer. Und außerdem hast du mir ja nie richtig zuhören wollen.«

Vielleicht stimmt das sogar, dachte Andrej. Tief in seinem Inneren hatte er es vermutlich schon die ganze Zeit über gespürt; und endlich gestand er sich ein, dass er es hätte merken *müssen*, spätestens nach dem Brand im Gasthaus. Er hatte es einzig deshalb nicht bemerkt, weil er es nicht bemerken wollte.

»Bist du jetzt stolz auf dich?«, fragte er bitter. »Ist es dir wenigstens leichtgefallen, deinen zweiten Menschen zu töten? Ich meine, allmählich müsstest du doch Übung darin haben.«

»Du hast eine seltsame Art, danke zu sagen«, maulte Frederic. »Wenn wir nicht ...«

»Wenn er Demagyar nicht getötet hätte, hätte *ich* es getan«, mischte sich Graf Bathory ein.

»Ihr hättet Euren Herzog ...?« Andrej blickte den Edelmann ungläubig an und verharrte in einer etwas merkwürdigen Haltung. Die Wunde in seiner Schulter hatte aufgehört zu bluten, der Schmerz war erloschen – trotzdem presste er weiter die Hand dagegen und versuchte, den Anschein zu erwecken, als könne er sich nur mit Mühe auf den Beinen halten.

Graf Bathorys Blick machte allerdings deutlich, was er von Andrejs schauspielerischem Talent hielt.

»Er war ein schlechter Herrscher«, erklärte der Edelmann. »Und nicht sehr beliebt bei seinen Untertanen. Früher oder später hätte ihn ohnehin irgendjemand umgebracht. Ihr habt sein ... *Schloss* gesehen. Glaubt Ihr, er hat es grundlos in eine Festung verwandelt?« Er schüttelte abfällig den Kopf. »Ják Demagyar war ein grausamer Despot. Und ein Dummkopf dazu. Ich habe die Geschichte von dem angeblichen Diebstahl keinen Augenblick lang geglaubt ... so wenig übrigens wie diesen schlecht gespielten Überfall in der Nacht.«

»Ich wundere mich, dass Ihr noch lebt«, sagte Andrej.

»Gott bewahre!« Graf Bathory lachte leise. »Ich musste überleben. Demagyar brauchte einen glaubwürdigen Zeugen für den gemeinen Anschlag auf sein Leben. Das hätte ihm einen Vorwand gegeben, die Steuern und Abgaben noch weiter zu erhöhen – und sich vor allem einiger Kritiker zu entledigen, die ihm schon lange lästig waren. Wie gesagt: Ják Demagyar war ein Ungeheuer. Macht Euch keine Sorgen, niemand wird ihm eine Träne nachweinen – und niemand wird viele Fragen stellen, wie es zu seinem Tod kommen konnte.«

Andrej sah nachdenklich auf den Dolch, der in Frederics Gürtel steckte. Er wollte etwas sagen, aber Graf Bathory schüttelte den Kopf und sagte noch einmal und mit leicht erhobener Stimme: »Niemand wird viele Fragen stellen, Delãny ... es sei denn, Ihr zwingt sie dazu.«

Andrej verstand. Er hatte in den letzten Tagen viele Dinge gesehen, die er nicht hatte sehen wollen, und vermutlich war es wirklich besser, wenn er gar nicht herauszufinden versuchte, was das alles zu bedeuten hatte.

»Es wäre ratsam, wenn der Junge und Ihr die Stadt verlasst«, fuhr Graf Bathory fort. »Wenigstens für eine Weile.« Plötzlich lachte er. »Schließlich müsste ich Euch doch noch hinrichten lassen. Stellt Euch nur das Gesicht des Scharfrichters vor, wenn er am Ende völlig verzweifelt aufgeben müsste. Und außerdem ... Ehrlich gesagt, ich möchte gar nicht wissen, was mit euch beiden wirklich los ist. Ich verstehe es nicht, aber ich bezweifle zugleich, dass ihr oder irgendjemand sonst es mir erklären könntet.«

Andrej blieb ernst. »Ihr lasst uns gehen?«

»Es wäre viel zu kompliziert, irgendetwas anderes zu tun«, antwortete Graf Bathory mit deutlicher Nervosität in seiner Stimme, während sein Blick nochmals Andrejs Schulter streifte, sich dann jedoch erschrocken von der schon fast vollständig verheilten Wunde abwandte.

»Und ...«, Andrej deutete auf Frederic, »... seine Familie?«

»Das Schiff ist ausgelaufen.« Graf Bathory antwortete im Tonfall ehrlicher Überraschung. »Ebenso wie das andere.«

»Welches andere?«

»Die ›Möwe‹«, erwiderte Graf Bathory. »Vater Domenicus' Schiff. Es legt in diesem Moment ab.«

Andrej wollte herumfahren, aber Graf Bathory legte ihm beschwichtigend die Hand auf den Unterarm und schüttelte den Kopf.

»Es hat keinen Sinn, Delãny«, sagte er. »Ihr werdet niemanden finden, der Euch hilft, das Schiff eines Inquisitors aufzuhalten.«

Andrej riss sich los. »Und der Pirat?«

»Ist längst auf dem Meer«, sagte Graf Bathory. »Aber ich denke, ich kann Euch sagen, wohin sie wollen.« Er seufzte tief. »Aber Ihr müsst Euch entscheiden, welchem der beiden Schiffe Ihr folgen wollt, Delãny. Sie laufen verschiedene Häfen an ... Es sei denn, Ihr wäret in der Lage, gleichzeitig an zwei verschiedenen Orten zu sein.«

Der Blick, mit dem er diese Worte begleitete, ließ keinen Zweifel daran, dass er selbst dies mittlerweile nicht mehr für ausgeschlossen hielt – und dass er abermals auf eine Antwort lieber verzichtete.

Andrejs Blick wanderte zu Frederic, zu Graf Bathory und schließlich wieder zu dem Jungen. Dann sagte er: »Abu Dun.«

Und danach die beiden goldenen Ritter, fügte er in Gedanken hinzu. *Sie mögen nahezu unbesiegbar sein, aber sie wissen nicht, was es heißt, den Zorn eines Delãny herauszufordern.*

ENDE DES ERSTEN BUCHES